TOUT RECOMMENCER

LA SÉRIE RESTER À FLOT, LIVRE 3

MARIE FORCE

Tout recommencer
Série Rester À Flot, Livre 3
Par Marie Force

Publié par HTJB, Inc.
Copyright 2011. HTJB, Inc.

Couverture par Kristina Brinton
Mise en forme ebook par E-book Formatting Fairies
ISBN: 978-1952793271

La meilleure façon de garder le contact, c'est de vous abonner à ma newsletter. Rendez-vous sur marieforce.com et souscrivez dans la boîte en haut de l'écran qui demande votre nom et adresse mail. Si vous n'avez pas régulièrement de mes nouvelles, merci de vérifier que votre filtre anti-spam ne bloque pas mes messages et configurez votre boîte mail pour recevoir mes messages et ne jamais rater un nouveau livre, une opportunité de gagner des prix fabuleux ou une de mes visites dans votre région.

Abonnez-vous à mon blog pour recevoir les toutes dernières et meilleures nouvelles, y compris sur les cadeaux et prix fabuleux. Rendez-vous sur le blog et ajoutez votre adresse mail en haut à droite.

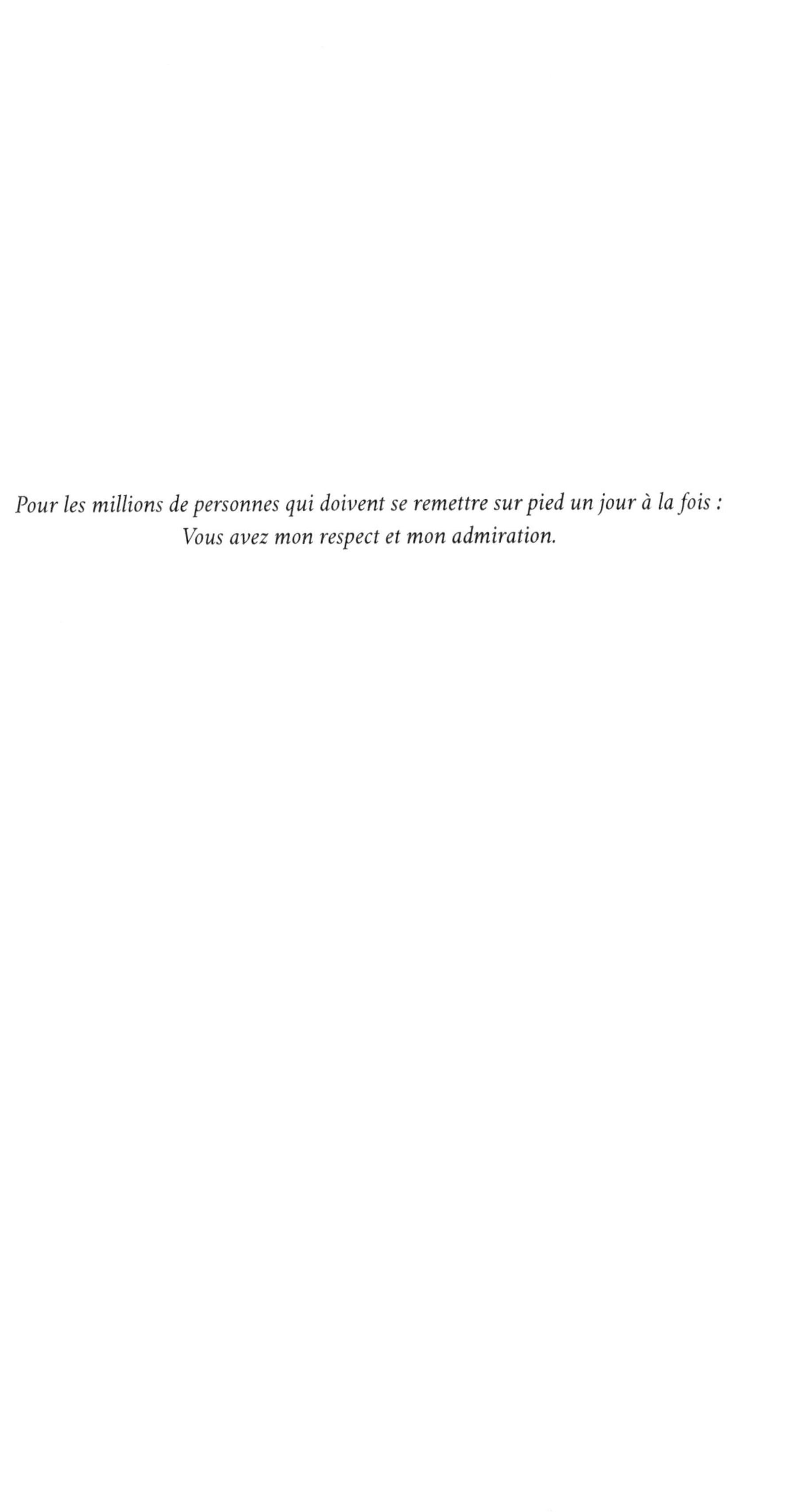

Pour les millions de personnes qui doivent se remettre sur pied un jour à la fois :
Vous avez mon respect et mon admiration.

NOTE DE L'AUTEUR

Encore un livre que je n'avais pas prévu d'écrire. Quand j'ai commencé à travailler sur *Marquer le pas*, je n'avais pas la moindre idée que je rencontrerai un personnage dont l'histoire s'imposerait à moi. Pendant que je cherchais un nom pour l'objet de l'affection de Clare dans *Marquer le pas*, mon amie Julie et moi avons considéré un tas d'options. Travis était l'un d'entre eux (nous avons fini par l'utiliser dans *True North*). Lorsque nous avons choisi le nom d'Aidan O'Malley, j'ai décidé de lui donner une grande famille irlandaise turbulente, pleine des joies, épreuves et tribulations qui y sont propres. Quand nous avons rencontré le frère d'Aidan, Brandon, dans *Marquer le pas*, il touchait le fond dans sa lutte contre l'alcool. Son histoire avait besoin d'être racontée, et c'est ainsi que *Tout recommencer* est né.

Au cours de la rédaction de ce livre, j'ai assisté à une réunion des Alcooliques Anonymes qui compte parmi les expériences les plus marquantes de ma vie. J'ai lu *le Gros Livre* de bout en bout et je me suis plongée dans tout ce qui concerne les AA et les Al-Anon. Et si l'alcoolisme de Brandon est un thème central de ce livre, ce n'est pas le thème dominant. J'aime à penser que ce livre traite de l'amour l'amour nourrissant d'une famille, l'amour entre un homme et une femme et l'amour d'un homme pour une petite fille qui lui sauve littéralement la vie. J'espère que vous apprécierez la lecture de ce livre autant que j'ai aimé l'écrire.

Brandon O'Malley était couché sur le lit étroit et comptait les parpaings dont était construite la pièce stérile. Dix en hauteur, vingt en largeur, peints d'un beige mat très terne. En plus du lit, il avait une commode déglinguée et une minuscule salle d'eau adjacente à la chambre. Une petite fenêtre donnait sur le parking du centre de traitement de Laurel Lake, son chez-lui pour les prochains trente jours.

Lorsque son frère Colin l'avait amené ici deux heures auparavant, Brandon avait remarqué que l'endroit ressemblait plus à un country club qu'à un centre de désintoxication.

« Ce n'est pas un country club, avait déclaré Colin. Ça coûte une fortune, alors n'oublie pas pourquoi tu es ici. »

Colin, toujours si parfait, avait le chic de le remettre à sa place. Brandon en avait ras le bol de ses trois frères et de la façon dont ils lui parlaient, juste parce qu'il aimait se soûler de temps en temps. Brandon toucha l'arête de son nez, tendre depuis que le poing de son frère aîné Aidan y avait atterri la veille.

Qu'ils aillent au diable, pensa-t-il alors qu'une douleur intense émanant de son visage meurtri vola le souffle de ses poumons. *Ils ne me comprennent pas. Aucun d'entre eux ne m'a jamais compris.*

Brandon regarda sa montre. Après l'examen physique le plus approfondi de sa vie, il avait été amené dans cette pièce austère et on lui avait dit que quelqu'un viendrait le voir dans une demi-heure.

C'était il y a quarante-cinq minutes.

Ce que je veux vraiment, c'est une bière et un shot de whisky. Brandon eut des sueurs froides lorsqu'il réalisa que cela n'allait pas arriver. Soudain, la pièce de dix parpaings par vingt lui sembla être une cellule, et il eut le besoin urgent d'en sortir. Il s'assit trop vite. Il avait la tête qui tournait, et le maigre contenu de son estomac remonta. Il se précipita vers la salle d'eau, vomit et était en train de s'asperger le visage d'eau froide lorsqu'il entendit frapper à la porte.

Tenant encore une serviette à la main, il ouvrit la porte à un homme chauve de taille et de corpulence moyennes.

« Ouais ? grogna Brandon.

— Bonjour, je m'appelle Alan. Je peux entrer ? »

Brandon haussa les épaules et s'écarta.

« Avez-vous tout ce dont vous avez besoin ? » demanda Alan avec un sourire sur son visage rond et amical. Il portait une chemise bleu clair amidonnée et un pantalon de ville bien repassé.

Brandon lui lança un regard plein de mépris.

« Des serviettes, des draps, ce genre de choses, précisa Alan.

— Je suppose.

— Eh bien, faites-nous savoir si vous avez besoin de quelque chose.

— Vous travaillez ici ?

— Je suis bénévole le vendredi.

— C'est mon jour de chance.

— Ça oui, alors. Alan s'assit sur le lit de Brandon. En fait, un jour, vous y repenserez peut-être et vous réaliserez que c'était le jour le plus chanceux de votre vie.

— Ouais, c'est ça, marmonna Brandon, pressant une main contre son visage endolori en essayant désespérément de soulager la douleur.

— Qu'est-il arrivé à votre visage ?

— Mon frère m'a frappé.

— Pourquoi ?

— Il dit que j'ai harcelé sa petite amie.

— Vous avez fait ça ? »

Brandon haussa les épaules.

« Vous ne vous souvenez pas ? »

Comme Brandon ne répondait pas, Alan continua, « Pourquoi êtes-vous là ?

— Mon frère a dit que c'était soit ça, soit sa petite amie allait porter plainte contre moi. Sympa, hein ?

— C'était gentil de sa part de vous donner le choix.

— Je vois de quel côté vous êtes.

— En fait, je suis de votre côté, Brandon. J'ai déjà été à la place que vous occupez aujourd'hui. Je suis un alcoolique.

— Holà, mec ! Je ne suis pas alcoolique. J'aime juste boire quelques bières après le boulot. Je ne sais pas pourquoi tout le monde en fait tout un plat.

— Avez-vous déjà eu des pertes de mémoire avant hier soir ?

— Non.

— Vous en êtes sûr ? »

Brandon détourna le regard.

« Quel âge avez-vous, Brandon ?

— Trente-huit ans.

— Vous avez déjà été marié ?

— Non.

— Vous avez parlé d'un frère. Vous avez d'autres frères et sœurs ?

— Trois frères et une sœur.

— Vous avez de la chance d'avoir une si grande famille.

— Ouais, eh bien, ils m'ont un peu laissé tomber aujourd'hui.

— C'est vraiment ce que vous pensez ? »

Brandon haussa les épaules.

« Qu'est-ce que vous faites comme travail ?

— Je suis ingénieur. Ma famille a une entreprise de construction.

— C'est impressionnant. Votre consommation d'alcool vous a-t-elle causé des problèmes au travail ?

— Non, dit Brandon sa patience à bout. C'est quoi, cet interrogatoire ?

— J'essaie juste d'apprendre à vous connaître. J'aimerais vous aider.

— Je n'ai pas besoin de votre aide.

— Peut-être pas, mais j'ai besoin de la vôtre.

— Qu'est-ce que je suis en mesure de faire pour vous ?

— Une partie de mon rétablissement consiste à aider d'autres personnes qui luttent contre l'alcool. Voulez-vous bien m'aider en écoutant mon histoire ? »

Brandon s'assit par terre. « Ai-je le choix ?

— Toujours.

— Très bien. Brandon eut à nouveau un haut-le-cœur. Allez-y, dit-il.

— J'ai commencé à boire à l'âge de treize ans, déclara Alan. Je suis tombé dans un groupe de gamins riches qui avaient facilement accès à l'alcool. On avait toujours du bon : de la vodka, du gin, du rhum. Je ne pouvais dire non à rien de tout cela, mais j'avais un penchant particulier pour la vodka. Je buvais tous les jours au lycée, à l'université et à la faculté de droit. Personne ne me l'a jamais reproché, alors j'ai pensé qu'ils ne s'en apercevaient pas. Je me suis marié un mois après avoir obtenu mon diplôme de droit, et il n'a pas fallu longtemps à ma femme pour se rendre compte que je buvais tout le temps. Si je n'étais pas au travail, j'étais ivre. Ce n'était pas ce à quoi elle s'attendait, alors elle m'a quitté deux mois après le mariage. J'ai découvert beaucoup plus tard qu'elle était enceinte quand elle est partie. J'ai un fils de quinze ans que je n'ai jamais rencontré. Vous voyez, le temps que je touche enfin le fond et que j'admette que j'étais alcoolique, j'avais perdu mon travail, j'étais fauché, mon ex-femme s'était remariée et un autre homme élevait mon fils. »

Malgré ses meilleures intentions de rester détaché, Brandon fut ému par l'histoire d'Alan. « Je suis désolé.

— Moi aussi. Je vais aux matchs de football de mon fils juste pour pouvoir le regarder quelques heures. Heureusement pour lui, il ressemble à sa mère, et je peux dire rien qu'à le voir qu'il est populaire avec ses amis. Il pense que son beau-père est son vrai père, et comme je ne ferai jamais rien qui puisse gâcher sa vie, je dois me contenter de quelques coups d'œil de temps en temps.

— Ça doit être très difficile.

— Ça l'est, mais j'ai réussi à me faire une bonne vie. Je suis à nouveau marié et j'ai deux petites filles qui sont la joie de ma vie. Je suis sobre depuis douze ans, cinq mois et treize jours.

— Vous comptez les jours ? demanda Brandon, incrédule.

— Chaque jour de sobriété est une victoire à célébrer.

— Ouais, bah, je suis désolé pour tout ce qui vous est arrivé, mais je ne vois pas en quoi cela s'applique à moi. »

Alan se leva pour partir. « Vous comprendrez, Brandon. Peut-être pas aujourd'hui ou demain, mais un jour, bientôt, vous le ferez. Il sortit une carte de visite de son portefeuille et la posa sur le lit. Si jamais vous voulez parler, n'hésitez pas à m'appeler, quand vous voudrez. Vous allez découvrir un énorme réseau de personnes qui veulent vous aider. Si vous ne voulez pas me parler à moi, parlez à l'une d'entre elles. Tout ce que vous avez à faire pour gagner l'accès à toute cette aide est de faire le premier pas le plus important de votre vie.

— C'est-à-dire ?

— D'admettre que vous en avez besoin. Il se retourna en arrivant à la porte. Oh, et vous allez vouloir vous souvenir de la date d'aujourd'hui.

— Pourquoi donc ?

— Parce que votre nouvelle vie commence aujourd'hui. Bonne chance à vous, Brandon. »

Après le départ d'Alan, Brandon se leva de par terre et prit la carte qu'il avait laissée sur le lit. Seuls le prénom d'Alan et un numéro de téléphone y étaient inscrits. Brandon étudia la carte pendant un moment, puis la jeta à la poubelle.

Brandon se tenait debout dans le cercle, main dans la main avec les personnes de chaque côté de lui. Il se concentrait sur une toile d'araignée dans un coin de la pièce pendant que les autres récitaient la prière de la Sérénité : « Mon Dieu, donnez-moi la sérénité d'accepter les choses que je ne puis changer, le courage de changer les choses que je peux, et la sagesse d'en connaître la différence. »

Lorsque la vingtaine de personnes s'assirent, le président de la session, un jeune homme prénommé Steve, chercha autour de lui un volontaire pour commencer. Brandon garda les yeux baissés pour que Steve n'établisse pas de relation avec lui.

La pièce sentait fort le café brûlé, et les murs étaient tapissés de slogans comme « Vivre et laisser vivre », « Agir… aisément », et un que Brandon avait souvent entendu au cours des cinq derniers jours : « Un jour à la fois ».

« Danielle ? dit Steve. Voulez-vous partager avec le groupe ? »

Danielle rougit jusqu'à ses racines blondes et baissa ses yeux bleus. Brandon se demanda si elle n'avait pas été pom-pom girl du temps où elle pesait quinze ou vingt kilos de moins.

« Euh, je m'appelle Danielle, je suis alcoolique et toxicomane. » Elle se tordit les mains sur ses genoux.

— Bonjour, Danielle. Le groupe répondit si fort que cela fit sursauter Brandon. Après cinq jours passés au lit à endurer la désintoxication – ou la DT, comme on l'appelait ici – c'était sa première fois en groupe, et il ne savait pas à quoi s'attendre.

— Je, euh, je suis clean et sobre depuis vingt-deux jours maintenant, dit Danielle et elle fut félicitée par les autres. Je sais que ce n'est pas très long, mais c'est une éternité pour moi. Je ne pensais pas pouvoir passer une journée sans boire ou sans me shooter, alors vingt-deux jours, c'est une grosse affaire. J'espère juste que j'arriverai à continuer quand je sortirai d'ici. Il m'a fallu les deux premières semaines passées ici pour admettre que ma vie était devenue ingérable. J'ai très peur de ce qui m'attend quand je sortirai d'ici. J'ai blessé tellement de gens. J'ai tellement honte de ce que j'ai fait… »

Une des autres femmes passa un paquet de mouchoirs en papier à Danielle.

« Vous aurez l'occasion de vous racheter, lui rappela Steve, en évoquant les huitième et neuvième étapes si importantes du programme de douze étapes.

— Oui, dit Danielle. J'ai préparé mes listes. Mais je suis certaine que mon mari ne voudra pas entendre mes excuses. J'avais… Je m'étais tournée vers la prostitution pour alimenter ma dépendance, et je sais qu'il ne me le pardonnera jamais. Je ne peux pas dire que je lui en veux. »

Brandon retint un cri. Cette jolie ex-pom-pom girl était une *pute ? Non ! Ce n'était pas possible.*

« Je vais faire tout ce que je peux pour respecter le programme, rester sobre un jour à la fois, et essayer d'obtenir le droit de visite de mes enfants. C'est mon but, et chaque jour je demande à Dieu de m'aider à y parvenir. »

Alors que les autres acquiescèrent d'un signe de la tête, Brandon résista à l'envie de lever les yeux au ciel. *Ouais, compte sur Dieu. Ça te mènera loin.*

Le groupe se tourna ensuite vers un homme d'âge mûr avec une bedaine et un visage rouge couvert de couperose. « Je m'appelle Jeff, et je suis alcoolique.

— Bonjour, Jeff.

— C'est mon dernier jour dans ce groupe. Je pars demain. Il est temps de faire face à la musique, comme on dit. Je vais aller au tribunal la semaine prochaine pour qu'on prononce ma condamnation pour détournement de fonds. Heureusement, la banque où je travaillais a demandé la clémence du tribunal, mais je pourrais malgré tout prendre deux ans de prison. »

Le désarroi se répandit dans le groupe.

« L'avantage, c'est qu'au moins je ne pourrai pas boire pendant que je suis en prison, dit Jeff avec un sourire triste. Je suis prêt à faire face à tout ce qui m'attend. Cette fois, je m'engage à rester sobre et je laisse Dieu guider ma vie. Tout ce qu'Il me réserve, je suis prêt à le prendre. Tout est mieux que là d'où je viens, même la prison. Je veux juste vous remercier tous de m'avoir écouté toutes ces semaines. Sa voix se brisa. Vous m'avez sauvé la vie, et je ne vous oublierai pas.

— Continuez à aller à des réunions d'AA, Jeff, dit Steve. Même si vous finissez en prison. Il y a des groupes partout. »

Jeff hocha la tête. « Oui, je le ferai. »

Steve regarda sa montre avant de demander à deux autres personnes de partager leur histoire. Chacune d'entre elles avait des points en commun : elles étaient impuissantes face à l'alcool et à la drogue, leur vie était hors de contrôle et une fois qu'elles avaient accepté la présence d'une puissance supérieure, elles avaient trouvé une paix qu'elles n'avaient jamais connue auparavant.

Tout ce blabla sur Dieu rebutait vraiment Brandon. C'était bien son genre, à sa sainteté Colin, de dénicher le seul programme sur le Cap qui ne parle que de Dieu.

« Je veux remercier tous ceux qui ont partagé leur histoire aujourd'hui, dit Steve. Nous avons quelques nouveaux membres avec nous. Souhaitons la bienvenue à Phyllis, Frank et Brandon.

— Bienvenue, dit le groupe à l'unisson.

— J'aimerais inviter tous les nouveaux venus à prendre la parole, si vous le souhaitez, » dit Steve, en balayant du regard le cercle pour inclure chacun d'entre eux.

Brandon de nouveau détourna le regard. *Pas question que je parle à ces gens. Ce sont tous des ivrognes et des drogués. Qu'est-ce qu'ils savent de moi, putain ?*

Phyllis craqua sous le regard de Steve et se mit à sangloter de façon incontrôlable.

Brandon retint un gémissement.

« J'ai besoin d'un ou deux volontaires pour rester parler avec Phyllis quand elle sera prête, dit Steve, se levant pour diriger le Notre Père. Quand ils eurent fini, ils dirent ensemble, « Revenez toujours. »

Brandon n'avait qu'une hâte : se tirer de là. Il franchit les doubles portes qui menaient à une terrasse de la cafétéria. Respirant l'air froid de l'hiver, il essaya d'arrêter les tremblements de ses mains en les fourrant dans les poches de son jean usé. On lui avait dit que les tremblements faisaient partie du processus de désintoxication.

« Salut, » dit l'autre nouveau, Frank, en s'approchant de Brandon et en allumant une cigarette.

Frank lui en offrit une, et Brandon secoua la tête.

« C'est un truc de dingues là-dedans, hein ? » dit Frank.

Brandon observa le tremblement de la main de Frank lorsqu'il porta la cigarette à sa bouche. « Ouais, dit Brandon. Je n'en croyais pas mes oreilles quand cette fille, Danielle, a dit qu'elle était une pute.

— Tu peux y croire – on se dit tu, hein ? J'ai vu des gens faire tout – et je dis bien *tout* – pour trouver la prochaine dose. C'est mon troisième séjour ici. J'espère que la troisième fois sera la bonne. »

Super, pensa Brandon. *Tout ça et ça ne marche même pas.* « Qu'est-ce qui s'est passé avant ?

— Je ne me suis pas pleinement engagé dans le programme et la sobriété. Mais cette fois, je vais le faire. Ma femme a dit qu'elle me quittera et qu'elle prendra mes enfants si je ne le fais pas. Je ne peux pas permettre ça.

— Bon, bah, bonne chance. J'espère que ça va marcher.

— Et toi ?

— Quoi, moi ?

— Toujours dans le déni ? La plupart des gens en sont là, à leur première ou deuxième semaine. »

Brandon haussa les épaules. « Je n'ai jamais été aussi mal loti que ces gens là-dedans. Je me bourre la gueule de temps en temps, mais je n'ai jamais été comme eux.

— T'en es sûr ? »

Brandon regarda un groupe de patients marcher sur le chemin qui longeait la propriété.

« Laisse-moi te donner un petit conseil que j'aurais voulu que quelqu'un me donne quand je suis arrivé ici, dit Frank. Accepte, mon ami. Laisse ces gens t'aider. Ça te fera gagner beaucoup de temps à toi, et ça épargnera à tes proches beaucoup de souffrances. Les deux fois, j'ai replongé plus fort que la fois précédente. J'ai laissé un vrai carnage derrière moi.

— J'apprécie le conseil, mais je fais mes trente jours et je me tire d'ici. Et je ne reviendrai pas. Tu peux en être sûr. »

Frank secoua la tête. « Continue à penser que tu n'es pas à ta place ici, et tu reviendras. Rappelle-toi de ce que je te dis. Il écrasa sa cigarette et la jeta dans le seau à mégots. À plus tard.

— Ouais. À plus. »

olin O'Malley conduisit sa voiture de société, un pick-up vert, à travers la ville pittoresque de Chatham, Massachusetts, en direction de la maison de ses parents sur Shore Road. Autrefois un pauvre village de pêcheurs, Chatham était devenu l'une des communautés les plus riches de Cape Cod.

Comme sur tous les pick-ups appartenant à O'Malley & Fils Construction, le nom de l'entreprise sur la porte du pick-up de Colin était entouré de cinq trèfles d'or – un pour chacun des frères et sœur O'Malley.

En conduisant, Colin répondit à plusieurs messages des équipes sur le terrain, sur son téléphone. Alors que son père se remettait à la maison d'une crise cardiaque et que son frère aîné Brandon était en cure de désintoxication, Colin et son frère cadet Declan dirigeaient l'entreprise de construction familiale avec l'aide de Tommy, le mari de leur sœur Erin.

Colin s'arrêta dans l'allée de ses parents et, comme toujours, fit une grimace en voyant la peinture rose et jaune fantaisiste que sa mère avait commandée plusieurs années auparavant. Ce qu'elle aurait voulu être une maison enchantée de conte de fées ressemblait plutôt à un gâteau à trois étages, comme le disait souvent le père de Colin lorsque sa femme ne pouvait pas l'entendre.

Le téléphone sonna encore lorsqu'il arriva à la porte d'entrée, et Colin régla deux crises de plus avant d'entrer.

« Maman ? » Il ôta sa casquette de baseball des Red Sox[1] et passa la main dans ses cheveux blonds-dorés trop longs. Comme Declan et Erin, il ressemblait à sa mère, mais les trois avaient les yeux bleu clair de leur père. Avec leurs cheveux ondulés et châtain foncé, Aidan et Brandon quant à eux ressemblaient à leur père quand il était jeune, mais avec les yeux vert foncé de leur mère.

Portant un tablier sur un pull en laine et un jean, Colleen O'Malley revint de la cuisine pour saluer son troisième fils. « Bonjour, mon cœur, dit-elle en lui plantant un bisou sur la joue, son accent irlandais à couper au couteau semblant plus fort que d'habitude ce jour-là. As-tu déjeuné ? J'ai fait de la soupe de poule pour ton père, et il y en a plein.

— Avec plaisir, Maman, dit Colin, même s'il n'en avait pas vraiment le temps. Mais elle avait été si triste avec tout ce qui s'était passé avec Brandon, y compris la terrible dispute qu'il avait eue avec Aidan, et si inquiète pour son mari, que Colin voulait passer du temps avec elle. Laisse-moi monter voir Papa d'abord. Il a dit qu'il avait besoin de me voir tout de suite. Je ne veux pas qu'il s'inquiète pour le travail alors qu'il est censé se reposer.

— Moi non plus, mais je ne veux pas que tu t'épuises non plus, Col. Ses yeux verts s'adoucirent d'inquiétude. Je sais que tu dois être débordé au travail sans Papa et Brandon.

— On s'en sort, dit-il en se dirigeant vers les escaliers. Ne t'inquiète pas, Maman. » Il ne pensait pas qu'elle avait besoin d'entendre que cela faisait longtemps que personne ne comptait plus sur Brandon au travail. Colin avait de vagues souvenirs de la maison avant que les deuxième et troisième étages ne soient ajoutés. Son père avait travaillé la nuit, les week-ends et les vacances pendant plus de deux ans pour agrandir l'ancien ranch afin de l'adapter à sa famille grandissante.

Colin frappa à la porte de la chambre de ses parents.

« Entre, appela Dennis d'une voix déjà plus forte que la veille. Il était assis dans son lit, appuyé contre une petite montagne d'oreillers. La chambre était remplie des fleurs qu'il avait reçues de ses amis et associés.

— Hé, Papa. Comment tu te sens aujourd'hui ?

— Prisonnier et dorloté, grogna Dennis en passant la main dans ses cheveux blancs comme la neige. Ta mère me rend dingue. »

Colin rit. « Je n'en doute pas. Il enfonça la main dans la poche de sa veste verte d'O'Malley & Fils, en sortit une barre de Snickers, et la glissa sous l'oreiller de son père. Ne le dis à personne.

— Ai-je déjà mentionné que tu es mon enfant préféré ? » demanda Dennis avec un grand sourire.

Colin poussa un grognement. « Ouais, c'est ça. Je suis ton préféré à l'instant.

— Pourquoi dis-tu ça ? C'est à cause de moi que tu te sens comme ça ?

— Comme quoi ? demanda Colin, surpris de trouver une inquiétude sincère sur le visage habituellement jovial de son père.

— Que tu n'étais pas mon préféré. Je vous aime tous autant. J'espère que tu le sais.

— Bien sûr. Même si je suis celui qui n'est jamais allé à l'université. Je ne suis pas médecin comme Aidan l'était ou un athlète comme Brandon. Je ne peux pas chanter comme Aidan et Dec le peuvent, et, bien sûr, Erin vous a donné cinq petits-enfants. Non, je suis juste le bon vieux Colin.

— Tu es celui en qui je me vois le plus. »

Surpris, Colin dit, « C'est vrai ? »

Dennis hocha la tête. « Depuis que tu as l'âge de marcher, tout ce que t'as jamais voulu, c'est venir travailler avec moi. Tu aimais tout ce qui concernait les camions, la cour, les hommes, le gravier, tout ça.

— Mais tu étais fou quand je n'ai pas voulu aller à l'université, lui rappela Colin.

— Je voulais plus pour toi – pour tous mes enfants – que ce que j'ai eu, moi. Je voulais que tu fasses des études avant de rejoindre l'entreprise pour que tu aies un plan B si jamais tu en avais besoin.

— T'as travaillé sept jours sur sept pendant quarante ans pour t'assurer que je n'en aurais pas besoin.

— Je suis fier de cette entreprise, mais rien ne me rend plus fier qu'avoir mes fils et mon gendre travaillant à mes côtés.

— T'es terriblement sentimental aujourd'hui, Papa. Qu'est-ce qui t'arrive ?

— La peur de Dieu sous la forme d'une crise cardiaque, avoua Dennis. Écoute, Col... »

Colin s'assit au bord du lit et prit dans sa main celle de son père, rendue rugueuse par le travail. « Qu'est-ce qu'il y a ?

— Je ne reviendrai pas, dit Dennis.

— Qu'est-ce que tu veux dire ?

— Maman veut que je prenne ma retraite, et je vais le faire. Elle attend que je ralentisse depuis longtemps, et il y a des choses qu'elle veut faire. Je lui dois un peu de mon temps avant d'être trop vieux et trop malade pour lui être utile. »

Stupéfait, Colin ne savait pas quoi dire. « Pourtant j'ai eu l'impression que tu lui avais résisté quand elle t'a dit à l'hôpital que tu allais prendre ta retraite.

— Je suis fatigué. Je crois que je suis prêt.

— Je ne peux pas m'imaginer de ne pas t'avoir au travail avec nous.

— Oh, vous n'avez pas besoin de moi. C'est vous qui êtes aux commandes depuis des années maintenant. J'étais juste là pour vous empêcher de vous chamailler.

— Tu fais beaucoup plus que ça, et tu le sais.

— Je veux que tu prennes la suite, Col. »

Choqué, Colin le fixa du regard.

« Quelqu'un doit être responsable, et j'ai décidé que ça devrait être toi.

— Et Brandon, alors ? Il en pètera un plomb à son retour.

— Il ne sera pas en état d'assumer ce genre de responsabilités pendant pas mal de temps, et même s'il l'était, ce n'est pas lui que je veux. C'est toi que je veux, fiston. »

Colin expira longuement. Il n'avait pas vu venir le coup. « Je ne sais pas, Papa.

— C'était l'idée d'Aidan, en fait.

— Tu lui as demandé en premier, c'est ça ? Colin n'essaya pas de cacher sa déception.

— La seule raison pour laquelle je lui ai demandé en premier, c'est que vous, les garçons, vous le respectez tellement. Je savais que personne ne lui tiendrait tête en tant que figure d'autorité. Ça va être plus dur pour toi de ce point de vue que cela ne l'aurait été pour lui en tant qu'aîné.

— Pourquoi a-t-il dit non ?

— Il refait sa vie dans le Vermont. Son entreprise de restauration se porte bien et il a enfin une nouvelle femme dans sa vie. Revenir ici ne serait pas bon pour lui après tout ce qu'il a vécu. J'ai eu tort de le lui demander, pour toutes ces raisons et parce que le choix le plus évident était celui qui était ici depuis le début.

— Le bon vieux Colin.

— Ce n'est pas parce que tu étais plus discret que je ne t'ai pas remarqué, mon fils. Tu ne m'as jamais donné le moindre fil à retordre. Et quand un homme a cinq enfants pleins d'entrain, tu peux me croire, il remarque celui qui ne lui pose jamais de problème. »

Colin sourit. « J'aurais dû foutre un peu plus le bordel.

— Tes frères et sœurs l'ont fichu plein de fois, le bordel, crois-moi. Alors, tu vas le faire, Col ? Tu vas reprendre mon entreprise et en faire la tienne avec l'aide de tes frères et de Tommy ?

— Tu crois vraiment que je peux le faire ?

— Je n'ai aucun doute et ton frère n'en avait pas non plus. *Reconsidère Colin*, Aidan a dit. *C'est le meilleur de nous tous. Sarah le disait toujours.* »

Les yeux de Colin le piquèrent au souvenir inattendu de la belle-sœur bien-aimée qu'il avait perdue à cause d'un cancer dix ans plus tôt. La femme d'Aidan était morte deux jours après avoir donné naissance à leur fils mort-né qu'ils avaient appelé Colin, en son honneur. « C'était gentil de sa part de dire ça.

— Il a raison et Sarah avait raison, elle aussi. Tu es tout ce qu'il y a de bon chez les O'Malley, et tu as gagné le respect des hommes. Il faudra peut-être du temps pour convaincre tes frères, mais tu peux le faire.

— Je suis honoré que tu aies une telle confiance en moi. Si cela peut t'apporter un peu de tranquillité d'esprit, je vais essayer. »

Le soulagement se lut sur le visage de son père. « Merci, Col. Nous allons faire les choses comme il faut. Je parlerai à Dec et à Tommy moi-même, et ensuite nous aurons une réunion avec tous les gars pour qu'ils sachent que la relève a été prise. Je pense qu'il est important pour eux de l'entendre de ma bouche.

— Et Brandon, alors ?

— Quand il rentrera à la maison, il nous faudra y aller doucement pour qu'il s'ajuste. En fait, j'ai une idée à propos de laquelle je voulais te demander ton avis.

— De quoi s'agit-il ?

— Tu sais, l'immeuble que j'ai acheté sur l'ancienne route Queen Anne ?

— Bien sûr. Tu vas juste le revendre, hein ?

— J'en avais l'intention, mais je me suis dit que si on y mettait un peu d'huile de coude, ça pourrait être un bon revenu supplémentaire pour Maman et moi à la retraite.

— Tu n'as pas besoin d'argent, Papa, non ? demanda Colin avec inquiétude.

— Non, non, mais l'immeuble locatif sera peut-être un bon projet pour Brandon, pour le remettre dans le bain sans la responsabilité de diriger une équipe. Après ce qui s'est passé avec la chargeuse, il va falloir du temps avant que les hommes ne lui fassent confiance, de toute façon.

— Tu as probablement raison. »

Brandon avait failli de peu de faire tomber un chargement de gravier sur deux des hommes une semaine avant que la dispute avec Aidan ne l'envoie en désintoxication. Colin savait que les travailleurs soupçonnaient qu'il avait été ivre quand c'était arrivé.

— Je lui parlerai s'il te pose des problèmes, dit Dennis.

— Non, je m'occuperai de lui au travail. Si je vais le faire, je dois le faire moi-même. Je ne peux pas te faire venir toutes les cinq minutes pour me tirer d'affaire. »

Dennis sourit.

« Quoi ?

— Je savais que tu étais capable de le faire, mais maintenant j'en suis sûr.

— Comment crois-tu qu'il va ? »

Dennis secoua la tête. « C'est dur à dire. Je suis certain qu'il se dispute avec tout le monde.

— Sans doute. C'est ce qu'il fait de mieux. Mais j'espère vraiment que ça va marcher. Je ne sais pas ce qu'on fera sinon.

— Maman et moi irons le voir le premier jour de visite la semaine prochaine. Nous pourrons voir alors comment il va.

— On a fait ce qu'il fallait, non ?

— Oui, mon fils. Absolument, et on aurait dû le faire il y a longtemps. Je n'arrive pas à croire ce qu'il a fait à Clare, dit Dennis en parlant de la petite amie d'Aidan.

— Tu as écrit ta lettre ? »

Dennis hocha la tête. « Et toi ?

— Ouais. Pas la chose la plus facile que j'aie jamais faite, mais la vérité fait mal. Je me demande s'il nous adressera encore la parole aux uns et aux autres une fois qu'il les aura lues.

— J'espère qu'il écoutera ce que nous avons à dire et qu'il prendra le traitement au sérieux.

— Je l'espère. Bon, bah, Maman a dit qu'il y a de la soupe en bas, et je suis affamé. Appelle-moi si tu as besoin de quoi que ce soit, OK ?

— Je n'y manquerai pas. Toi aussi. »

Colin sourit jusqu'aux oreilles. « Oh, t'auras de mes nouvelles, ne t'inquiète pas.

— J'y compte bien. Je t'aime, mon fils. Je suis fier de toi, et je sais que tu vas faire un travail formidable. »

Tout ému, Colin se pencha pour embrasser la joue de son père. « Prends soin de toi, Papa. »

« Waouh, c'était bon, Maman, dit Colin en finissant sa soupe et en tendant le bras par-dessus la table pour lui prendre la main. Ça va, toi ? »

Colleen haussa les épaules. « Je suppose. Je ne dors pas très bien. J'aimerais juste savoir comment Brandon s'en sort. Je l'imagine tout seul dans cet endroit... » Elle détourna le regard, luttant pour ne pas perdre sa contenance.

Colin s'approcha d'elle. « Nous étions obligés de faire quelque chose. Il glissa son bras autour d'elle. Nous avons de la chance qu'Aidan ne l'ait pas tué.

— Je sais. Colleen s'essuya le visage sur son tablier et se blottit contre son fils. Je n'arrive pas à comprendre comment c'est arrivé. J'y pense encore et toujours. Je sais qu'il a toujours bu, mais comment est-ce devenu un tel problème ? Comment en est-on arrivé au point où il ferait ce qu'il a fait à une femme dans notre maison et puis ne s'en souviendrait même pas ?

— C'est un gros problème depuis longtemps. C'est juste qu'on a couvert ses erreurs et essayé de le tenir à l'écart des problèmes.

— Qu'est-ce qu'on aurait dû faire d'autre ?

— Peut-être qu'on n'aurait pas dû essayer si fort. Peut-être qu'il aurait atteint ce point plus tôt, sans pratiquement attaquer Clare.

— Mais il aurait pu faire quelque chose d'encore pire.

— J'ai fait quelques lectures à ce sujet. L'alcoolisme est considéré comme une maladie – comme le diabète ou le cancer. On dit que ce n'est pas seulement une maladie du corps, mais aussi une maladie relationnelle. Ce que nous avons fait en réparant ses dégâts lui a permis de continuer à boire sans se soucier des conséquences. Nous ne pouvons plus faire cela. »

Colleen soupira. « Non, nous ne le pouvons pas.

— Je pense aller à une réunion Al-Anon. Ils aident les gens comme nous qui ont quelqu'un dans leur famille qui lutte contre l'alcool. Pourquoi ne viendrais-tu pas avec moi ?

— Oh, Col, je ne peux pas m'imaginer parler des problèmes de notre famille en public.

— Tu n'es pas obligée de dire quoi que ce soit et, si tu le fais, c'est complètement anonyme. Personne ne parlera jamais de ce qui se passe dans ces réunions. Ça pourrait nous aider à l'aider lui, et à nous sentir mieux, nous aussi.

— Je ne sais pas... »

Colin l'embrassa sur la joue et se leva. « Penses-y. Tu n'as pas à décider de quoi que ce soit pour l'instant. Ça ne te dérange pas si j'assiste à une réunion ? J'ai besoin de faire *quelque chose*.

— Bien sûr que ça ne me dérange pas. J'apprécie tout ce que tu as fait pour aider ton frère. Je sais que tu en as probablement ras-le-bol de lui, et pourtant tu l'aides encore.

— C'est mon frère, dit Colin en haussant les épaules.

— T'es un bon garçon. »

Colin éclata de rire. « J'ai trente-six ans, Maman.

— Et tu es encore mon garçon, dit-elle avec une étincelle fougueuse qui lui ressemblait bien plus que la tristesse.

— Je dois retourner au travail. Merci pour le déjeuner.

— Merci pour ce que toi, tu fais pour ton papa.

— Tu es au courant, hein ? »

Elle lui tint son manteau. « Il n'y a pas grand-chose qui se passe ici dont je ne sois pas au courant. Tu te débrouilleras très bien, Col. Elle lui boutonna son manteau comme elle le faisait quand il avait cinq ans. Suis ton cœur, sois équitable et fais ce qui est juste. Le reste se mettra en place tout seul.

— J'espère que tu as raison.

— J'ai toujours raison. »

Il sourit. On n'avait jamais dit aussi vrai. « Appelle-moi si tu as besoin de quoi que ce soit.

— D'accord, je le ferai.

— Pense à venir à Al-Anon avec moi.

— Je ferai cela aussi. »

---

1. Célèbre équipe de baseball de Boston.

Brandon s'assit en face de son psychologue, le Dr Sondra Walker-Smith, et attendit qu'elle dise quelque chose. C'était sa troisième séance avec elle en autant de jours, et les autres fois, elle l'avait mené dans une discussion ordinaire sur sa vie, sa famille et son travail. Mais cette fois-ci, elle semblait l'attendre et il se tortilla sur son siège sous l'intensité de son regard insistant. Son bureau était la plus belle pièce de ce qu'il connaissait pour l'instant de cet établissement austère.

Le Dr « Appelez-moi Sondra » Walker-Smith était une bombe. Le gros diamant qu'elle portait à la main gauche indiquait qu'elle était la bombe de quelqu'un d'autre, mais cela n'empêchait pas Brandon de se régaler les yeux avec la plus belle femme qu'il ait vue aussi loin qu'il s'en souvienne.

« Brandon ? dit-elle, ses yeux bleu pâle pleins de curiosité fixés sur lui.

— Quoi ? demanda-t-il d'un air maussade. Même pour elle, il ne pouvait pas faire semblant d'être heureux d'être là.

— Rien à dire aujourd'hui ? »

Il haussa les épaules.

« Comment ça se passe avec le groupe ? demanda-t-elle avec un soupir.

— C'est une bande de pleurnichards. Je n'ai jamais vu autant de larmes de ma vie. C'est pathétique.

— La plupart des gens pensent que pleurer est cathartique. Vous ne pleurez pas ?

— Non.

— Jamais ?

— Pas que je m'en souvienne.

— Il a bien dû y avoir quelque chose dans votre vie qui vous a fait pleurer. »

Juste une chose, mais vous ne me l'extirperez pas. Pas question.

« Non.

— Hmm. »

Sondra se caressa le menton en l'évaluant, le regard plein de sagesse, comme si elle avait toutes les réponses mais n'allait pas les partager avec lui. « Vous m'avez parlé de votre famille, mais vous n'avez pas parlé d'autres relations. Avez-vous déjà été amoureux ? »

Brandon ne l'avait pas vue venir celle-là, et garda une expression neutre pour dissimuler l'explosion de douleur en lui. Il n'avait jamais appris à s'y préparer. Plus que jamais depuis la semaine dernière, il aurait voulu boire un verre – quelque chose, *n'importe quel alcool* – pour atténuer la douleur.

« Brandon ?

— Non. Je n'ai jamais été amoureux. Son expression la mit au défi de le questionner.

— Vous savez, si vous me mentez à moi, vous vous mentez à vous-même.

— Je ne mens pas.

— Vous avez trente-huit ans, vous êtes plutôt beau, et vous allez me dire que vous n'avez jamais rien éprouvé pour une femme ? Ou un homme ? »

Il rit. « Je ne suis pas gay, alors vous pouvez rayer cela de votre liste de questions à explorer avec moi. »

Elle sourit. « Il n'y a pas de liste.

— Alors je ne suis que *plutôt* beau ? C'est un peu décevant.

— Vous avez de l'humour. Une autre facette se révèle.

— Je suis très compliqué, dit-il en feignant le sérieux et se délectant des plaisanteries malgré son désir de rester détaché. Il avait oublié à quel point il pouvait être amusant de badiner avec une femme sexy.

— Une partie de notre programme de traitement implique les familles de nos patients, déclara Sondra, en changeant de sujet. Les gens viennent à nous à différents moments de leur dépendance. Certains sont tellement fatigués et tellement las d'être dirigés par leurs démons qu'ils se plongent dans le programme et s'engagent pleinement dans leur rétablissement. D'autres, pour une raison ou une autre, résistent. Ils ne sont pas prêts à admettre qu'ils sont impuissants face à la drogue ou à l'alcool, ils ne considèrent pas leur vie comme ingérable, ils ne pensent pas avoir besoin d'aide. Ils se voient comme les victimes d'un complot de membres de leur famille qui sont mécontents.

— Ça alors, dans quel groupe est-ce que je tombe ? demanda Brandon avec un sourire en coin.

— Je pense que vous le savez.

— Alors, ceux d'entre nous qui font partie du groupe B sont-ils intraitables ?

— Loin de là. Il faut juste être un peu plus convaincant. Elle se leva pour récupérer une pile de papiers sur son bureau.

— Qu'est-ce que c'est ?

— Des lettres.

— De qui ? »

Elle s'assit en face de lui. « De votre famille. »

Quelque chose qui ressemblait beaucoup à de la peur tordit les tripes de Brandon. Il voulait se lever et partir, mais il resta figé sur sa chaise. « Je ne veux pas les lire.

— Alors je vous les lirai. Par laquelle dois-je commencer ? J'ai des lettres de vos frères, de votre sœur, de vos parents et de votre ex-petite amie Valerie. »

Brandon poussa un long soupir profond, et réussit finalement à s'arracher à sa chaise. Il atteignit la porte avant que Sondra ne parle.

« Brandon. »

Il se retourna et fut stupéfait de trouver de l'acier dans ses yeux habituellement compatissants.

« Asseyez-vous. »

Il soutint son regard jusqu'à ce qu'il réalise qu'elle n'allait pas le laisser s'échapper. Elle n'était ni sa mère, ni son père, ni sa sœur, ni aucun de ses frères. Elle ne l'aimait pas et n'allait pas lui trouver d'excuses. Cette femme n'avait rien à perdre en jouant au dur à cuire avec lui. Quand il ne put plus supporter la déception sur son joli visage, il retourna à sa place.

« Commençons avec votre frère Declan. Quel est la différence d'âge entre vous ? »

Brandon s'éclaircit la gorge et inspira encore longuement pour essayer de ralentir son cœur qui s'emballait. « Il a trois ans de moins que moi.

— Vous êtes proches ? »

Brandon haussa les épaules. « Je suppose.

— Peut-être que vous l'étiez avant ? »

Il baissa la tête pour étudier une des vieilles chaussures Nike au bout de sa longue jambe habillée de jean.

« Cher Brand, commença-t-elle, J'espère que tu tiens bon là-dedans. Colin dit que c'est un endroit agréable, et j'espère qu'ils pourront t'aider. Quand tu reviendras, je veux qu'on aille pêcher ensemble comme avant. Tu te souviens quand on sortait tout l'après-midi et on faisait frire ce qu'on avait attrapé sur la plage ? C'était l'un de mes moments préférés avec toi. Pourquoi on a arrêté d'aller à la pêche ?

« Quand on était gamins, tout le monde pensait que Colin et moi formions une paire, et Aidan et toi une paire. Je suppose que c'est parce que Aid et toi êtes arrivés en premier et que vous vous ressembliez, et que je ressemblais à Col. Mais pour te dire la vérité, Brand, j'ai toujours préféré être avec toi. J'adorais aller à tes compétitions de natation où tu étais vraiment génial, et je pouvais dire : c'est mon frère ! Tu as essayé de m'apprendre à nager comme toi, mais je ne suis pas né avec tes dons. Aucun de nous ne les avait.

« J'ai beaucoup réfléchi à ton histoire de boisson, en essayant de trouver quand c'est devenu si incontrôlable. Je n'arrive pas vraiment à décider quand c'est arrivé. Tout ce que je sais, c'est que lorsque je t'ai vu presque faire tomber ce chargement de gravier sur Simms et Lewis (et que je n'ai pas pu arriver à temps pour l'arrêter), j'ai compris qu'on ne pouvait plus l'ignorer. Puis Papa a fait une crise cardiaque et toute l'affaire avec Clare s'est produite. Eh bien, je suppose qu'Aidan et Colin ont veillé à ce que tu reçoives l'aide dont tu as besoin. S'il te plaît, guéris, Brand. Mon copain de pêche me manque. Je t'aime. Dec. »

Brandon resta rivé à son siège, luttant contre les larmes qu'il prétendait ne jamais verser.

« Celle-ci est de Valerie. » Sondra passa à la suivante sans hésiter.

« Cher Brandon, quand Colin m'a appelé pour me dire que tu étais en traitement, j'étais tellement soulagée que j'ai pleuré toute la journée.

Même si je suis maintenant mariée et heureuse, avec une petite fille et un autre bébé en route, je pense encore à toi presque tous les jours. Je t'aimais tellement, et te quitter a été la chose la plus difficile que j'aie jamais faite. Mais après avoir espéré pendant cinq ans que tu m'aimerais un jour ne serait-ce que la moitié de ce que je t'aimais, je ne pouvais plus faire passer tes besoins avant les miens.

Tu me tenais toujours à distance et, peu importe ce que je faisais, je ne pouvais jamais franchir ce mur que tu as construit autour de ton cœur. Les quatre années que nous avons vécues ensemble ont été parmi les plus heureuses et les plus difficiles de ma vie. Quand je pense à toi, je me souviens des nuits où nous préparions le repas du soir et où nous nous blottissions ensemble sur le canapé pour regarder un film. Je crois que je n'ai jamais été aussi satisfaite qu'à ces moments-là. Mais ensuite, tu disparaissais pendant deux ou trois jours, et j'étais terrifiée qu'il te soit arrivé quelque chose. J'avais atteint un point où je ne pouvais plus vivre comme ça, mais cela ne veut pas dire que j'ai cessé de t'aimer. J'espère que tu le sais.

Quelque part au fond de toi, il y a une source de douleur qui t'empêche de te donner pleinement à une autre personne. Je pense que tu bois pour atténuer la douleur afin de pouvoir faire semblant de vivre une vraie vie. Tu sais aussi bien que moi que ça ne marche pas. Rends-toi service, à toi-même ainsi qu'à tous ceux qui t'aiment. Fais tomber ce mur autour de ton cœur, et obtiens l'aide dont tu as besoin. Trouve le Brandon que nous savons tous être en toi, et libère-le. Je t'aimerai et tu me manqueras pour le reste de ma vie. Et je prierai pour que tu te rétablisses et que tu trouves en toi la force de donner l'amour que je sais que tu as en toi. Je serai toujours désolée que tu n'aies pas pu me le donner. Prends bien soin de toi. Avec toute mon affection, Valerie. »

Les larmes coulèrent à flots sur les joues de Brandon, mais il regarda par la fenêtre sans s'en rendre compte.

Sondra continua avec une détermination presque implacable. « Celle-ci est d'Aidan. Cher Brandon, lut-elle, ce n'est pas le bon moment pour que je t'écrive, mais Colin a dit que ça faisait partie du programme, alors voilà. Je suis tellement furieux contre toi que je me demande sérieusement si je pourrai un jour te pardonner ce que tu as fait à Clare.

« Je n'ai raconté à aucun d'entre vous toute l'histoire de ce qu'elle a vécu avant que je la rencontre. Je vous ai déjà dit, à toi et à Colin, qu'elle avait été violée. Ce que je n'ai pas mentionné, c'est que le type qui l'a fait a dit que si elle le disait à quelqu'un, il tuerait une de ses enfants. Elle a trois belles filles et les garder en sécurité était sa seule préoccupation, donc elle ne l'a dit à personne. Pas même à son mari. Elle a été renversée par une voiture quelques mois plus tard. Ses filles ont dit qu'elle a laissé la voiture la percuter exprès, mais personne ne pouvait comprendre pourquoi elle aurait fait cela. Elle a été dans le coma pendant trois ans après l'accident. Quelques mois après sa guérison, elle a réalisé qu'elle avait laissé la voiture la renverser parce qu'elle ne pouvait plus vivre avec ce qui s'était passé.

« Il n'y a même pas un an qu'elle s'est rétablie pour découvrir que son mari depuis vingt ans était tombé amoureux de quelqu'un d'autre et attendait des jumeaux avec elle. Clare est venue dans le Vermont en quête d'un peu de paix après l'enfer qu'elle a vécu. C'est alors que j'ai eu la chance de la rencontrer. Elle n'a même pas encore pu trouver le courage de me raconter tout ça. Ses filles me l'ont dit. J'espère qu'un jour elle pourra me le dire elle-même, mais même si elle ne le fait jamais, je m'en fiche.

« Je l'aime. Pour la première fois depuis que j'ai perdu Sarah et le bébé, j'ai trouvé quelqu'un qui comble les espaces vides en moi. Pendant dix longues années, j'ai erré comme un zombie, et le jour où j'ai rencontré Clare, je me suis senti mieux. C'est arrivé aussi vite que ça. Je voulais que tu connaisses, que tu connaisses vraiment, la femme que tu as piégée dans un coin de la cuisine de Maman et terrorisée.

« Tu as fait des dégâts, Brandon, des dégâts réels, sérieux, à elle et à ta relation avec moi. Pas que tu te soucies probablement de cette dernière. Nous n'avons pas vraiment été proches depuis l'enfance, n'est-ce pas ? Je ne me souviens pas quand c'est arrivé, mais tu as soudainement cessé de vouloir passer du temps avec moi comme nous le faisions. Pourquoi ? Qu'est-il arrivé à la proximité que nous avions toujours partagée ? Je ne l'ai jamais compris, mais maintenant je ne suis même pas sûr que ce soit important pour moi. J'espère que tu iras mieux, parce que je ne supporte pas la façon dont ta maladie (et c'est vraiment une maladie, j'en suis convaincu) affecte Maman et Papa. Pense à eux et accepte l'aide à laquelle je suis sûr que tu résistes. Fais-le pour eux. Aidan. »

Sondra plia la lettre d'Aidan et la mit en bas de la pile. « Comment vous vous sentez ? »

La lettre d'Aidan avait séché les larmes de Brandon. « Super.

— C'est beaucoup à avaler d'un coup.

— Vous êtes bien partie. Pourquoi vous arrêter maintenant ?

— Parlons de certaines choses qu'ils ont écrites. Je crois que nous pourrions passer toute une session sur la lettre d'Aidan, mais d'abord je veux savoir si Valerie a raison. Avez-vous une source secrète de douleur en vous ? »

Il avait porté la douleur depuis tellement longtemps qu'il ne la reconnaissait même plus en tant que telle. Elle faisait simplement partie de lui. « Je ne sais pas de quoi elle parle.

— Vous ne l'aimiez pas ?

— Apparemment non.

— Comment vous êtes-vous senti quand elle est partie ? »

Devrais-je admettre que ça faisait deux semaines qu'elle était partie avant même que je m'en aperçoive ? « Les choses s'étaient dégradées entre nous dans les mois avant son départ. Je n'étais pas surpris quand elle a fini par déménager.

— Vous vous en fichiez complètement que votre compagne depuis cinq ans vous ait quitté ? »

Brandon décida d'être honnête pour une fois. « Oui. Je m'en fichais. Je l'aimais beaucoup. Mais je n'en étais pas amoureux.

— Vous lui avez dit que vous l'aimiez ?

— Non. Je ne l'ai jamais dit à personne, parce que je ne l'ai jamais ressenti. Je ne crois pas qu'il faille dire quelque chose que je ne ressens pas.

— Elle a dû vous aimer énormément pour rester avec vous pendant cinq ans sans jamais entendre les mots en retour. »

Il haussa les épaules avec indifférence.

« N'avez-vous jamais regretté de ne pas pouvoir l'aimer ?

— Tout le temps. C'est une fille formidable et elle méritait mieux que ce qu'elle a vécu avec moi. Je suis content qu'elle ait trouvé un homme gentil à épouser et avec qui faire des enfants. Elle a toujours voulu des enfants.

— Vous en voulez ?

— De quoi ?

— Vous voulez des enfants ?

— Pas vraiment. Je ne suis pas exactement du genre à avoir des enfants. J'ai trois nièces et deux neveux, mais ils ne m'aiment pas beaucoup. »

Sondra parcourut la pile de lettres. « Voulez-vous savoir pourquoi ? J'ai la lettre de votre sœur Erin sous la main. »

Brandon eut à nouveau un accès de peur.

« Salut Brandon, lut Sondra de la lettre d'Erin. Comment tiens-tu le coup ? J'ai détesté ne pas pouvoir avoir de contact avec toi pendant les dix premiers jours. Nous espérons tous que tu tiennes le coup – et que tu ailles mieux. Oh, Brand, comment en est-on arrivés là ? Cela me rend si triste de voir quel gâchis tu as fait de ta vie autrefois prometteuse. Tu avais tout pour toi : les capacités sportives dont nous autres ne pouvions que nous émerveiller, de bonnes notes, et toutes les filles de l'école qui tombaient à tes pieds. Où est passé ce garçon ?

« Tu es tellement en colère que mes enfants ont peur de toi. Je sais que c'est une chose terrible à te dire, mais il faut que tu le saches. Tu les rends nerveux, alors je les tiens loin de toi. En revanche, Colin et Dec font du baby-sitting pour moi tout le temps. Tu le savais ?

« J'ai la chance d'avoir un mari merveilleux (qui, je le dis en passant, t'aime vraiment) et cinq enfants extraordinaires que tu connais à peine. J'espère pour toi que tu trouveras un moyen de vivre sans alcool pour que je puisse te faire entrer dans la vie de mes enfants. Je le veux pour toi autant que je le veux pour eux. Je veux que mon grand frère revienne. Je t'aime de tout mon cœur. Erin. »

Brandon se pencha en avant, posa ses coudes sur ses genoux, et les sanglots le firent trembler.

« Je vous laisserai prendre les lettres de vos parents pour quand vous serez prêt à les lire, mais il y en a encore une que je veux que vous entendiez maintenant. »

Il s'essuya le visage. « J'en ai assez entendu. Si vous voulez que j'admette que je suis alcoolique, je le ferai. Je ne discuterai plus. C'est ce que vous voulez entendre, non ?

— Il ne s'agit pas de ce que je veux, Brandon. Il s'agit de trouver la vérité en vous. Il s'agit de la première étape, admettre que vous êtes impuissant face à l'alcool et que votre vie est devenue incontrôlable, et de la quatrième étape : l'inventaire moral, sérieux et courageux de vous-même. Vous devez entendre cette dernière lettre. Elle est de Colin. »

Brandon garda les coudes sur ses genoux et la tête penchée.

« Cher Brandon, Je ne vais pas y aller par quatre chemins, et je vais être bref et concis. Papa paie ton prêt sur ta propriété depuis un an parce que tu n'as pas eu le temps de t'en occuper et que la banque allait prendre ta maison. Maman nettoie chez toi depuis des années et fait ta lessive. Si tu te demandes où disparaissent toutes tes réserves secrètes d'alcool, elle peut te le dire.

« J'ai payé ta note de bar plus de fois que je ne peux compter et je t'ai fait sortir de prison deux fois, une fois pour une bagarre chez Louie et une autre fois pour ivresse publique. Papa a fait disparaître les accusations les deux fois, alors que tu n'étais même pas au courant. Declan a pris sur lui de couvrir tes arrières au travail – si souvent que tu aurais été viré il y a longtemps si tu ne travaillais pas pour ton père. Alors tu vois, je nous blâme autant que je te blâme. Nous avons créé un environnement dans lequel il est possible pour toi d'être un ivrogne – saoul au point de tomber par terre, un ivrogne irresponsable et dangereux.

Mais c'est fini maintenant. Tu vas devoir te débrouiller tout seul à partir de maintenant. Pendant que tu es là-dedans, ce serait peut-être une bonne idée de devenir sobre pour pouvoir assumer les responsabilités d'une vie d'adulte. Je n'aime personne dans ce monde plus que je t'aime, et il n'y a rien que je ne ferais pas pour toi. Mais nos efforts pour réparer tes erreurs t'ont aidé à en commettre une encore plus grande. Tu peux t'appuyer sur moi, tu peux faire appel à moi, et tu peux compter sur moi. Toujours. Tant que tu restes sobre. Colin. »

Brandon était sous le choc. Comment tout cela avait-t-il pu se produire sans qu'il le sache ? Combien d'argent devait-il à son père ? Des milliers de dollars. Combien devait-il à Colin pour avoir payé sa caution ? *Deux fois ?* Il avait été arrêté *deux fois ? Bon Dieu*, pensa Brandon en essayant frénétiquement de digérer la lettre de Colin. Il n'en avait aucun souvenir – aucun. Combien de jours, de semaines, de *mois* de sa vie avaient été perdus à cause de trous de mémoire alimentés par l'alcool ? Rien dans les autres lettres ne l'avait frappé aussi durement que l'évaluation froide de Colin sur la façon dont sa consommation d'alcool avait affecté le reste de sa famille. Il leva les yeux pour trouver Sondra qui l'attendait.

« Ça va ? »

Il secoua la tête. « Non, dit-il doucement. Non, ça ne va pas.

— On peut remettre les choses en place, Brandon. On peut vous aider, mais d'abord il faut que vous vous aidiez vous-même. Il vous faut faire le premier pas. »

Soudain, la réalisation l'enveloppa et lui donna le courage dont il avait besoin. « Mon nom est Brandon, dit-il d'un ton hésitant. Et je suis alcoolique. »

Sondra lui tendit la main. « Bonjour, Brandon. »

Allongé sur son lit étroit, Brandon écoutait le gazouillis des oiseaux devant sa fenêtre. Après dix nuits presque sans sommeil, il savait que les gazouillements commençaient environ une heure avant le lever du soleil. Se tournant sur son flanc, il regarda son petit bout de ciel devenir rose. Sur la table de chevet, les lettres de ses parents attendaient qu'il ait le courage de les lire après la tempête émotionnelle créée par les autres. Ses parents allaient lui rendre visite aujourd'hui, et il se disait qu'il devrait lire leurs lettres avant leur arrivée.

Il alluma la lampe de chevet et s'assit. Pendant les quatre jours depuis que les paroles de sa famille l'avaient amené à reconnaître son alcoolisme, Brandon avait pleuré plus que pendant les trente-huit années précédentes réunies. Il n'avait encore rien partagé avec le groupe, mais leurs histoires avaient pris un nouveau sens. Les histoires touchantes et déchirantes se succédaient les unes après les autres, et les participants avouaient leur incapacité totale à contrôler leur dépendance. Ils avaient fait de lui un des pathétiques chialeurs qu'il avait autrefois méprisés. Il se sentait à vif et sans protection contre ce qu'il s'attendait à trouver dans les lettres de ses parents.

Effectivement, ses yeux brûlèrent à la vue de l'écriture familière de sa mère. « Bonjour, mon cœur. Je suis sûre que tu t'en es pris plein la tête de tous les autres, et tu en attends sans doute autant de moi aussi. Je vais te décevoir, là. Tout ce que je vais dire, c'est que je t'aime, que j'ai de la peine pour toi et que le Brandon que je connaissais me manque. Je veux qu'il revienne. Mais quoi que tu fasses ou ne fasses pas, je t'aimerai jusqu'à ce que je rende mon dernier souffle sur cette terre. Maman. »

Brandon balaya de sa main les larmes sur sa joue. Sa mère, féroce et intransigeante, lui avait donné exactement ce dont il avait besoin, malgré la terrible chose qu'il avait faite à la petite amie d'Aidan. Savoir qu'il avait causé à sa mère un tel chagrin lui faisait plus de mal que presque tout ce qu'il avait jamais vécu.

Après avoir digéré le message simple de sa mère, il se força à lire la lettre de son père.

« Mon fils, je veux que tu saches que je me blâme moi-même. J'ai été un terrible exemple pour tes frères, ta sœur et toi. Vous m'avez vu boire chaque jour de vos vies en grandissant. Quelques bières après une longue journée de travail, c'était exactement ce que je faisais. Je t'ai montré comment devenir cette personne que tu es, et j'en suis désolé. J'ai l'impression de ne pas avoir été à la hauteur avec toi.

« Tu es un homme bon, Brandon, un homme fort et, jusqu'à ces quelques dernières années, j'ai toujours su que je pouvais compter sur toi. Quand tu as terminé l'université, tu es rentré à la maison avec ton diplôme, comme tu me l'avais promis. Tu savais que je comptais sur toi pour apporter ton éducation à l'entreprise, et tu ne m'as pas déçu. Le fait que j'ai pu ne pas être à la hauteur me hante.

« La chose dont je suis le plus fier dans ma vie est de vous avoir, toi et tes frères, à mes côtés dans l'entreprise que j'ai construite à partir de rien. On a bien réussi, n'est-ce pas, fiston ? Mais l'entreprise ne signifie rien pour moi, comparée à ta mère et à vous, mes enfants. Vous êtes mon univers, vous tous, et la seule chose qui m'ait jamais vraiment intéressée, c'est de garder ma famille en sécurité et la rendre heureuse. On dit qu'il y a des moments où l'âme d'un homme est mise à l'épreuve. Voir ton frère perdre sa femme et son fils en a été une. Te voir lutter contre cette bête que je t'ai présentée en est une autre.

«Tu es mon fils et je t'aime. Il n'y a rien que je ne ferais pas pour t'aider. Nous allons battre cette chose, Brand. Nous allons nous en sortir de cela comme nous nous en sommes sortis de tout le reste. Ensemble. Je t'aime. Papa. »

Brandon enfonça son visage dans son oreiller et pleura. Son pauvre père adorable se blâmait. Le tsunami de douleur le paralysa et il n'y avait rien à disposition, absolument rien, pour atténuer sa peine.

Brandon se doucha et se rasa en prévision de la visite de ses parents. Dans le miroir, il vit un visage qu'il reconnut à peine. Des poches sous les yeux et un teint blafard lui donnaient l'air d'avoir dix ans de plus que ses trente-huit ans. Le médecin de l'établissement avait indiqué que le foie de Brandon ne fonctionnait qu'à 80 % et que sa tension artérielle était élevée au point d'être préoccupante. Le médecin lui avait assuré que ces deux conditions se corrigeraient d'elles-mêmes s'il restait sobre. L'athlète en Brandon était dégoûté par ce qu'il avait laissé arriver à son corps autrefois bien rodé. Il voyait par son jean maintenant trop grand qu'il avait déjà perdu environ cinq kilos depuis qu'il avait commencé son traitement, et il avait demandé à sa mère de lui apporter des vêtements de sport pour qu'il puisse recommencer à s'entraîner.

L'interphone sonna, et il enfila sa chemise en allant y répondre. « Oui ?

— Brandon, vos parents sont là.

— Merci, j'arrive tout de suite. Il boutonna sa chemise et vérifia une dernière fois son apparence dans le miroir. Eh bien, on y va, » dit-il à son reflet. Il espérait un jour reconnaître à nouveau ce visage.

Brandon descendit les deux étages jusqu'au petit salon du hall d'entrée. Un autre des détenus – comme ils s'appelaient en plaisantant – s'entretenait avec sa famille dans le coin à l'autre bout de la pièce.

Colleen et Dennis se levèrent lorsqu'ils le virent arriver, et sa mère lui tendit les bras.

Brandon se battit contre un énorme nœud dans sa gorge lorsque sa mère se blottit contre lui. Lorsqu'il s'éloigna finalement d'elle, elle leva la main pour lui caresser le visage.

« Comment vas-tu, mon amour ? Tu as perdu un peu de poids.

— Ça va. Brandon prit son père dans ses bras. Tu as l'air de bien aller, Papa. Tu te sens bien ?

— Beaucoup mieux, dit Dennis en tenant son fils. Le médecin dit que je vais vivre éternellement.

— J'en suis soulagé. Brandon leur fit signe de s'asseoir sur le petit canapé et prit une chaise en face d'eux. Merci d'avoir apporté mes affaires de jogging, Maman. Comment va tout le monde ?

— Bien. Elle croisait et décroisait ses doigts, indiquant à Brandon qu'elle était nerveuse. Ils sont impatients de savoir comment tu vas.

— Je me sens mal que vous soyez tous aussi inquiets pour moi. Non pas que je ne vous ai pas donné de bonnes raisons de l'être. »

Colleen lui tendit la main. « Tu as été malade, et tu vas mieux. C'est tout ce qui compte.

— J'essaie d'aller mieux. Ils m'ont aidé à voir que, eh bien…

— Quoi, mon cœur ? demanda Colleen.

— Que je suis alcoolique, Maman. Je ne peux pas boire comme le font les autres gens, parce que je ne peux pas m'arrêter une fois que je commence. J'ai tellement honte de tout ce que j'ai fait, murmura-t-il. J'en suis tellement désolé. »

Colleen cligna des yeux pour retenir ses larmes en le prenant à nouveau dans ses bras. « C'est du passé maintenant. Concentrons-nous sur ton rétablissement et sur ta sortie d'ici, d'accord ? »

Brandon s'éloigna à contrecœur. Il n'aurait aimé rien de mieux que de laisser sa mère essayer de faire disparaître tout cela. « Ce n'est pas si simple, Maman. J'ai fait des choses qui ont blessé des gens. De mauvaises choses. Je ne peux pas prétendre que rien de tout cela ne soit arrivé. Une grande partie de mon rétablissement consistera à me racheter auprès d'eux, même auprès de vous.

— Ne sois pas trop dur avec toi-même, fiston, dit Dennis d'un ton bourru. Tout le monde te soutient.

— Les gens ici parlent du fait que le reste de notre vie est un voyage. Je n'en suis qu'au tout début.

— Alors c'est là que nous sommes aussi, dit Dennis. Nous sommes avec toi, Brand, à chaque étape du voyage.

— Merci, Papa. Brandon appréciait leur soutien, mais il savait qu'il ne pouvait pas compter dessus comme il l'avait fait dans le passé. Il devait faire cela tout seul.

— Est-ce qu'ils te traitent bien ici ? demanda Colleen, en regardant autour d'elle avec méfiance. Est-ce que la nourriture est bonne ?

— C'est bon. Je ne m'en plains pas. Écoute, euh, as-tu parlé à Aidan ?

— Il a appelé l'autre soir pour dire qu'ils étaient de retour dans le

Vermont, dit Colleen. Je suppose qu'ils sont allés chez Clare à Rhode Island pour quelques jours après avoir quitté Chatham.

— Il a dit quelque chose ? À propos d'elle ? À propos de ce qui s'est passé ?

— Non, mon cœur, dit Colleen. Il n'en a pas parlé. »

Brandon secoua la tête. « Je n'arrive pas à croire ce que je lui ai fait. Il ne me le pardonnera jamais.

— Mais si, dit Colleen. Laisse-lui le temps.

— Tu penses que c'est vraiment l'amour entre eux ? demanda Brandon.

— Oui, oui, dit Colleen avec un sourire. Je le pense vraiment. Il est grand temps que ton frère ait un peu de bonheur, tu ne crois pas ? »

Brandon détestait l'accès de colère que cette question provoqua en lui, mais il le cacha à ses parents comme il l'avait fait presque toute sa vie. « Bien sûr. Il vérifia sa montre. Je suis désolé de le dire, mais je dois aller à ma séance de groupe à quinze heures. »

Colleen et Dennis se levèrent pour le serrer dans leurs bras. Les yeux de Colleen brillaient de larmes quand elle s'écarta. Elle leva la main pour l'enrouler autour du visage de son fils. « Nous t'aimons, Brandon. »

Brandon sentit les larmes lui piquer les yeux, à lui aussi. « Moi aussi, je vous aime tous les deux. J'apprécie que vous soyez à mes côtés même si je ne le mérite pas.

— Tu ne vas pas te débarrasser de nous comme ça, » dit Dennis, en mettant un bras autour de sa femme en sortant de la pièce.

Brandon les raccompagna jusqu'à la porte principale et puis se remit au travail.

« Parlons de votre frère Aidan, » dit Sondra une semaine après que Brandon eut admis son alcoolisme devant elle. Il n'avait pas encore pu parler au groupe, mais il savait que son jour approchait. Personne n'y échappait.

Brandon gémit. « Est-ce qu'on est obligés ?

— Quelle est votre objection ? »

Il garda une expression neutre. *Oh, j'ai des objections, c'est sûr.* « Pas d'objection. Que voulez-vous savoir ?

« — Il est plus vieux que vous ?

— D'un peu plus d'un an.

— Sa lettre dit que vous étiez proches en grandissant, mais plus tellement maintenant.

— Il vit dans le Vermont. Je vis à Chatham. On ne se voit pas très souvent.

— Depuis combien de temps vit-il dans le Vermont ? »

Brandon dût réfléchir. « Une dizaine d'années environ. Il a déménagé là-bas après la mort de sa femme.

— Qu'est-il arrivé à sa femme ? »

Brandon prit une grande inspiration et se rappela à lui-même de faire attention. « Sarah avait un cancer du sein, dit-il doucement. Elle est morte à vingt-neuf ans, deux jours après que leur fils est mort-né.

— Cela a dû être un moment terrible pour toute votre famille.

— Je suppose que oui. Quand il remarqua son sourcil levé, il ajouta : Ça l'a été.

— Est-ce que vous l'aimiez bien ?

— Oui, oui. Je la connaissais depuis l'âge de onze ans. Sa famille venait de Boston à Chatham chaque été. Ça a été très dur pour Aidan quand elle est morte, surtout parce qu'elle avait renoncé au traitement pour sauver le bébé. Puis il est mort, lui aussi.

— Cela donne un nouveau sens à la lettre d'Aidan.

— Oui, il est sérieusement en rogne contre moi. Il a été seul pendant des années jusqu'à ce qu'il rencontre enfin cette nouvelle femme, et après ce que je lui ai fait, il a probablement fait une croix sur moi. Peu importe. Tant qu'Aidan est heureux, tous les autres le sont aussi.

— Pourquoi dites-vous cela ?

— Aucune raison en particulier. C'est la vérité, c'est tout.

— Est-ce que vos parents l'ont traité différemment de la façon dont ils vous ont traité ?

— Non. Pas vraiment. »

Elle soupira. « Brandon, je ne peux pas vous aider si vous n'êtes pas honnête avec moi. Votre comportement change complètement quand vous parlez d'Aidan. Vous vous en rendez compte ? Êtes-vous en colère contre lui pour une raison quelconque ?

— C'est lui qui est en colère contre moi, souvenez-vous. »

Elle se leva. « Quand vous serez prêt à en parler, vous saurez où me trouver.

— Vous me mettez à la porte ? demanda Brandon, incrédule. Elle avait été d'un pénible sans fin, le poussant à parler de choses dont il n'avait jamais parlé. Et maintenant, elle le mettait à la porte ?

— On n'arrive à rien, dit-elle avec un geste de la main. Alors on réessayera un autre jour. » Elle se rassit à son bureau et s'occupa de papiers.

Brandon fut stupéfait de s'être fait renvoyer. Après une longue période de silence, il dit finalement, « Oui. »

Elle ne leva pas les yeux de ce qu'elle faisait. « Oui, quoi ? »

Brandon serra les dents. « Je suis en colère contre lui.

— Pourquoi ?

— Il a pu partir. »

Sondra posa son stylo et le regarda. « Que voulez-vous dire ?

— Toute notre vie, on nous a bien fait comprendre que notre père s'attendait à ce que nous le rejoignions dans l'entreprise familiale. Il voulait que nous allions à l'université, mais nous devions rentrer à la maison après. Le père de Sarah était un grand médecin à Boston. Il a convaincu Aidan de faire un essai à l'école de médecine et, comme avec tout ce qu'il fait, il a eu beaucoup de succès. Il était en bonne voie pour devenir cardiologue comme son beau-père. »

Sondra fit le tour du bureau et s'assit à sa place habituelle. « Que s'est-il passé ?

— Après la mort de Sarah et du bébé, il ne pouvait plus supporter d'être à l'hôpital, alors il a quitté son internat. Il a maintenant une entreprise de restauration et de construction dans le Vermont.

— Alors pourquoi êtes-vous en colère contre lui ?

— Parce que ! explosa Brandon. Il a fait ce qu'il *voulait* faire ! Il était presque médecin quand il a arrêté. Il avait tout ce qu'il voulait, et il a *laissé tomber* ! Et après tout ça il n'est même pas rentré chez lui pour travailler avec nous. Il est allé ailleurs. Ça doit être sympa d'être lui. Brandon s'affaissa sur sa chaise, épuisé par l'explosion.

— Que vouliez-vous faire, Brandon ? »

Le cœur de Brandon se mit à battre, l'adrénaline le parcourant. C'étaient de grandes confessions. « Je voulais être un commando marine, » dit-il pour la première fois. De la vie. Personne d'autre au monde ne le savait.

Sondra attendit qu'il continue.

« J'étais excellent nageur. C'était la seule matière dans laquelle j'étais plus fort que les autres. Quand j'étais en première année de lycée, mon entraîneur, M. Coughlin, m'a dit qu'un recruteur de la marine allait venir. Il m'a parlé des commandos, mais je ne savais même pas ce que c'était. Je suis allé à la bibliothèque et j'ai fait des recherches. Et puis je suis devenu accro. Je ne pensais qu'à ça.

— Qu'avez-vous fait ?

— Rien. Quand Aidan est allé à Yale en classe préparatoire aux études de médecine, j'ai réalisé qu'il avait obtenu le seul et unique laissez-passer. Il ne reviendrait pas travailler dans l'entreprise. Il n'y avait plus de laissez-passer pour moi.

— Vous ne pouviez pas en être sûr.

— Je le savais. La seule raison pour laquelle mon père a laissé Aidan partir est qu'il avait trois autres fils qui arrivaient derrière lui. La partie "fils" d'O'Malley & Fils Construction allait être moi, Colin et Declan.

— Brandon, vous avez deux autres frères. Pourquoi n'avez-vous jamais rien dit à votre père ? Pourquoi ne lui avez-vous pas dit ce que vous vouliez ?

— Parce que, dit-il doucement, bien que mon père soit fier d'avoir un fils médecin, je voyais toujours un soupçon de déception dans le fait que son fils avait choisi de suivre la voie de son beau-père plutôt que celle de son propre père. Je ne voulais pas le décevoir, moi aussi.

— Alors vous vous êtes déçu vous-même. Il y a combien de temps que tout cela s'est passé ?

— Oh, bon sang, je n'en sais rien. Si Aidan a presque quarante ans, il est allé à l'université il y a vingt-deux ans, je suppose.

— Vingt-deux ans. C'est une période terriblement longue pour porter en vous ce genre de colère. Elle s'arrêta, tapant son menton avec son stylo. Mais je suis curieuse.

— À propos de quoi ?

— Pourquoi votre colère était-elle dirigée contre Aidan plutôt que contre votre père ? C'est lui qui avait toutes ces attentes sur vous, soi-disant, pas Aidan.

— Aidan a toujours obtenu ce qu'il voulait. Brandon savait qu'il avait l'air d'un enfant irritable, mais il s'en fichait.

— Qu'est-ce qu'il a eu d'autre ? À part ça ? »

Brandon secoua la tête. Il ne pouvait pas le dire.

« Avant notre prochaine séance, je veux que vous lisiez le passage sur la rancune dans le Gros Livre, dit-elle, en faisant référence à la Bible du programme des Alcooliques Anonymes. Plus que tout, le ressentiment est l'ennemi de l'alcoolique. »

Elle prit son exemplaire aux pages écornées et l'ouvrit d'un coup à une page marquée. « Avec l'alcoolique, dont l'espoir est le maintien et la croissance d'une expérience spirituelle, cette affaire de ressentiment est infiniment grave, lut-elle. Nous avons constaté qu'elle est fatale. Car en nourrissant de tels sentiments, nous nous coupons de la lumière de l'Esprit. La folie de l'alcool revient et nous recommençons à boire. Et avec nous, boire, c'est mourir. Elle posa le livre. Chapitre cinq. »

Brandon se leva, s'approcha de la porte et resta là pendant un moment, le front posé contre le bois sombre et frais. Il était fatigué – tellement fatigué de s'accrocher aux secrets et à la douleur qu'il traînait avec lui comme un boulet attaché à sa cheville. « Sarah, dit Brandon doucement. Il a eu Sarah. » Sur ce, il ouvrit la porte et sortit.

Une fois que son cœur et ses poumons eurent cessé de protester, bien qu'il fût rouillé Brandon prit un rythme de course facile le long du chemin très fréquenté. « J'étais content d'apprendre que tu étais un joggeur, dit-il entre deux respirations. Mais je te ralentis.

— Tu me laisseras probablement à la traîne quand tu auras retrouvé ta forme, répondit Alan, ajustant sa foulée pour qu'elle corresponde à celle de Brandon.

— Il a fallu que je demande ton numéro au bureau, avoua Brandon. J'avais jeté ta carte de visite.

— Ce n'est pas grave. Tout ce que nous pouvons faire, c'est offrir de l'aide. Il est bien plus important que vous la demandiez.

— Les gens ici me font dire et faire toutes sortes de choses que je n'aurais jamais imaginé dire ou faire. »

Alan gloussa. « Ils trouvent le moyen de briser même les cas les plus graves. »

Brandon rit. « Ah, merci. Sympa.

— Ça fait du bien, n'est-ce pas ? De poser ce fardeau ?

— Oui, mais certains aspects sont plutôt lourds.

— J'imagine, sinon tu ne serais pas là. »

Au bout de cinq kilomètres, Brandon ralentit jusqu'à marcher et essuya la sueur de son front. Sa forte respiration laissait un nuage dans l'air glacé.

Alan prit le même rythme à côté de lui.

« J'ai dit à Sondra des choses que personne – et je veux dire personne – ne sait à mon sujet, déclara Brandon.

— Elle sait comment faire parler les gens. Elle est connue pour ça ici.

— Laisse-moi deviner : elle voit les cas les plus graves ?

— T'as compris.

— Je vois pourquoi on les lui réserve.

— Qu'est-ce qui t'a donné envie de m'appeler, Brandon ?

— J'ai beaucoup lu sur les AA. Je suis surpris par combien le *Gros Livre* est intéressant.

— La chose dont je me souviens encore de la première fois que je l'ai lu, c'est l'analogie avec les alcooliques qui pensent qu'ils peuvent recommencer à boire. Le livre dit que c'est comme quelqu'un qui perd ses jambes et pense qu'elles vont repousser. Je ne l'ai jamais oublié. C'est fascinant, non ?

— C'est sûr, et avec des millions de personnes qui disent que ça leur a sauvé la vie, c'est clair que ça marche aussi.

— Ça ne marche que pour ceux d'entre nous qui s'y engagent complètement. J'ai vu beaucoup de gens avec de bonnes intentions retourner à leur ancienne vie parce qu'ils avaient l'idée erronée qu'ils étaient différents de nous, ou qu'ils pouvaient d'une manière ou d'une autre contrôler cela. Ils pensaient que leurs jambes allaient repousser.

— Je ne veux pas faire partie des ratés, dit Brandon. J'en ai assez d'en faire partie. Je veux faire les choses comme il faut.

— Je suis heureux de te l'entendre dire. Tu en as fait du chemin, depuis le jour où nous nous sommes rencontrés pour la première fois.

— J'en sais beaucoup plus maintenant sur la façon dont j'ai blessé ma famille et d'autres personnes dans ma vie. Je ne veux plus faire ça. »

Alan s'arrêta de marcher et se tourna vers lui. « C'est très admirable, Brandon, et tu es en bonne voie de réaliser les étapes huit et neuf en t'en rendant compte. Mais tu ne peux pas faire ça pour ta famille. Tu dois le faire pour toi. Avant tout, ça doit être pour toi.

— Je veux rester à jeun pour moi aussi. Vraiment. Je ne peux pas croire ce que j'ai laissé arriver à mon corps. J'étais champion de natation à Notre

Dame. À l'époque, je courais seize kilomètres par jour sans transpirer. Maintenant, je suis presque mort après cinq.

— Tu te fais vieux, dit Alan en riant. Ça arrive aux meilleurs d'entre nous.

— J'ai trente-huit ans, Alan, et tout ce que j'ai réussi à faire, c'est me donner une bedaine de buveur de bière et un mauvais foie.

— T'es sur le bon chemin. Je pense que tu t'en sors bien. Tu as l'air beaucoup mieux, aussi. J'ai failli ne pas te reconnaître sans les yeux au beurre noir et le visage défoncé. Mais le plus important, c'est que ton attitude se soit considérablement améliorée.

— J'ai peur de ne pas pouvoir respecter le programme quand je sortirai d'ici, avoua Brandon.

— Pourquoi ? »

Brandon donna un coup de pied dans un tas de vieille neige sale. « Toutes ces histoires de Dieu me posent problème. Un gros problème.

— Comment ça se fait ?

— Je n'ai pas de bons antécédents avec Dieu.

— Il t'a laissé tomber ?

— Je suppose qu'on pourrait dire ça. Mes parents sont catholiques-irlandais, aussi catholiques que possible, et on a été forcés de pratiquer la religion quand on était enfants : école catholique, enfants de chœur, la communion, tout le tralala. Je n'ai pas mis les pieds dans une église depuis que j'ai l'âge de décider par moi-même.

— Les AA ne s'attendent pas à ce que tu retournes à l'église. Le programme te suggère seulement de t'ouvrir à *l'idée* d'une puissance supérieure, quelque chose de plus grand que toi. Pour certains membres de l'association, cette puissance supérieure, c'est les AA eux-mêmes. Tu dois trouver ta propre puissance supérieure et lui donner le contrôle de ta vie, parce que vous tu t'es rendu compte que lorsque tu essaies de faire cavalier seul, ça ne marche pas.

— Tu étais comme moi ? Tu trouvais tout ce discours sur la spiritualité rebutant ?

— Au début. Mais comme beaucoup de personnes que tu rencontreras grâce à cette association, j'ai trouvé toutes sortes de raisons d'y croire. J'ai vu que ça marchait. Pour moi, Dieu est la personne qui dirige ma vie maintenant, et je sais que le Seigneur me protège. C'est une chose de moins dont je dois me soucier chaque jour.

— As-tu eu un de ces moments révélateurs dont les gens parlent quand tu as pu embrasser tout ce truc spirituel ?

— Oui, oui. Quand mon fils avait six ans, il a eu la méningite et a failli mourir. Mon ex-femme a appelé ma mère pour lui dire qu'il fallait qu'elle vienne à l'hôpital immédiatement. Je ne buvais plus depuis environ trois ans à l'époque, et quand ma mère m'a appelé pour me le dire, ma première impulsion a été de trouver un bar. Au lieu de ça, je me suis mis à genoux et j'ai demandé à Dieu de sauver mon enfant. Comme je n'aurais pas été le bienvenu à l'hôpital, c'était la seule chose que je pouvais faire. J'ai prié pendant des heures, toute la nuit, en fait. Le lendemain matin, ma mère m'a appelé pour me dire que sa fièvre avait baissé et qu'on s'attendait à ce qu'il survive. On peut dire que je n'ai plus jamais remis en question l'existence de Dieu.

— C'est incroyable.

— C'est vraiment très simple. J'avais le choix ce soir-là entre trouver une bouteille ou mettre Dieu aux commandes. Il y a eu bien d'autres moments depuis où j'ai eu le même choix à faire, et je n'ai jamais regretté d'avoir choisi Dieu plutôt que l'alcool. »

Brandon leva les yeux vers le ciel gris où des nuages blancs cotonneux signalaient la probabilité de neige. « Avant je priais Dieu pour que mon frère meure.

— Je suppose qu'il ne t'a pas répondu ?

— Non. À la place, il a pris la femme de mon frère, la fille que nous aimions tous les deux. Jusqu'à ce que je vienne ici, personne n'a jamais su que je l'aimais aussi. »

— Alors tu te tiens responsable. Tu penses que parce que tu as prié pour la mort de ton frère, Dieu t'a joué un sale tour ?

— Quelque chose comme ça.

— Dieu ne marche pas comme ça. Sinon, pourquoi permettrait-il aux meurtriers et aux violeurs de continuer à marcher sur la Terre ? Pourquoi ne les aurait-il pas punis s'il allait te punir ainsi ? »

Brandon y réfléchit. Il ne voulait pas admettre que cela était logique. Le faire l'obligerait à abandonner certaines choses auxquelles il avait cru presque toute sa vie.

« Tu veux toujours que ton frère meure ? »

Après un long silence, Brandon dit, « Non. »

Lorsqu'ils arrivèrent à la fin de la piste, ils s'assirent sur un banc qui surplombait l'océan.

« Si ton frère était mort quand tu avais demandé à Dieu de le prendre, comment crois-tu que tu te serais senti ?

— Je ne sais pas. Je le déteste depuis tellement longtemps que je ne me souviens pas ce que c'est de ne pas le détester.

— Je me demande si peut-être tu te détestais toi-même en fait, et il était juste commode. »

Surpris, Brandon le regarda. « Pourquoi dis-tu ça ?

— Qu'est-ce qu'il a fait pour que tu le détestes ?

— Je l'ai rencontrée en premier. Les souvenirs de ce jour fatidique emportèrent Brandon à l'autre bout du monde. Aidan et moi étions insé-parables à l'époque. Nous jouions au football sur la plage. Je me suis lancé pour attraper le ballon et j'ai atterri la tête la première dans le sable, vrai-ment à ses pieds. J'ai levé la tête et c'était comme un coup de poing dans les tripes. J'avais onze ans et je pensais encore que les filles étaient dégoû-tantes, mais à ce moment précis, c'était comme si tous les mystères de l'univers avaient été soudain résolus, et je venais finalement de comprendre pourquoi on en faisait tout un foin. Je n'ai pas compris ce que c'était à l'époque, mais au fur et à mesure que les années sont passées et que les sentiments que j'avais pour elle sont devenus plus intenses, j'ai fini par comprendre ce qui m'était arrivé ce jour-là sur la plage. »

Alan garda le silence et laissa parler Brandon.

« Elle a ri parce que j'avais du sable sur le visage, puis elle s'est penchée pour ramasser le ballon. J'ai dû avoir l'air d'un idiot parce que je suis resté figé. Elle m'a tendu la serviette qu'elle avait autour du cou, et je me suis levé et l'ai utilisée pour enlever le sable de mon visage. Elle m'a dit qu'elle s'appelait Sarah Sweeny. Je pense que j'ai dû lui dire mon nom, mais je ne me souviens pas vraiment de ce que j'ai dit. Même à douze ans, elle était magnifique, avec de longs cheveux noirs et ses doux yeux marron qui scintillaient toujours comme si elle venait d'entendre une bonne blague. Je lui ai parlé pendant quelques minutes avant qu'Aidan ne vienne me trouver. Elle a posé les yeux sur lui et ne m'a plus jamais vu. J'ai juste disparu à ses yeux. Cette nuit-là a été la première de nombreuses nuits où j'ai demandé à Dieu de faire disparaître Aidan.

— Tu pensais qu'elle se tournerait vers toi s'il était parti ?

— Je lui ressemblais beaucoup à l'époque. Je suppose que c'est toujours le cas à bien des égards. Les gens demandaient à notre mère si on était jumeaux quand on était plus jeunes, alors je n'ai jamais compris ce qu'il avait de si spécial pour qu'elle cesse carrément de me voir l'instant où il s'est pointé.

— N'est-ce pas l'un des grands mystères de la vie ? Pourquoi sommes-nous attirés par une personne et pas par une autre ? Brandon, c'est *elle* qui l'a choisi. Ce n'était pas de la faute d'Aidan. Et ce n'était probablement pas seulement à cause de son apparence.

— S'il n'avait pas été là, peut-être qu'elle m'aurait choisi, moi. Peut-être que ma vie entière aurait été différente.

— Tu l'aurais quand même perdue, lui rappela Alan.

— Mais au moins elle aurait été *mienne*. C'est la seule fille que j'aie jamais aimée. C'est pathétique, non ? Je l'ai eue pendant dix minutes avant qu'il n'arrive et ne gâche tout. Ensuite, j'ai dû passer les seize années suivantes à les regarder être follement amoureux. Chaque été, elle revenait à Chatham, et ils reprenaient la relation comme s'ils n'avaient jamais été séparés. Ils sont allés à l'université ensemble, se sont mariés, ont attendu un enfant. Il a eu la chance de *tout* avoir avec elle. J'ai juste pu porter un smoking à leur mariage et il m'a fallu me comporter comme si ça me touchait en plus, putain.

— Il lui a fallu la perdre, aussi. Comment t'es-tu senti quand c'est arrivé ?

— Comme si c'était la fin du monde, dit Brandon simplement. C'était rapide. Elle est morte six mois après avoir été diagnostiquée. À ce moment-là, elle ne pouvait même plus me supporter. J'ai été un connard avec eux deux parce que je l'aimais tellement que je ne savais pas comment faire autrement. Pendant des années, c'est comme ça que j'ai fait face à la situation, mais pendant que j'étais occupé à cultiver mes sentiments pour elle, je n'ai pas réussi à avoir une relation authentique avec quelqu'un d'autre. Après sa mort, quelque chose en moi s'est éteint. C'était comme si je ne pouvais pas revivre ce genre d'épreuve.

— Tu es passé à côté de beaucoup de choses. Il n'y a rien de tel qu'être amoureux de quelqu'un qui t'aime en retour.

— Je n'en sais rien, dit Brandon. Je réalise maintenant que j'ai toujours trop bu, mais le jour où elle est morte, c'est la première fois que j'ai pleuré en tant qu'adulte. C'est aussi la première fois que j'ai bu jusqu'à ne plus me rappeler de rien. Je me suis réveillé le lendemain dans le lit d'une fille et je n'avais aucune idée de qui elle était ni comment j'étais arrivé là.

— Je suis désolé que tu l'aies perdue.

— Ce n'était pas ma perte. C'était celle d'Aidan.

— C'était aussi la tienne. »

Brandon se tourna vers lui. « Merci. Merci d'avoir compris ça. Ma mère ne m'a jamais pardonné de ne pas être allé à l'enterrement de Sarah. Elle était furieuse. Aidan n'y est pas allé non plus, mais tout le monde l'a compris. Alors que moi, je suis passé pour un connard insensible.

— Mais tu n'étais pas insensible, tu étais dévasté. Tu le sais bien. C'est ce qui doit compter là, pas ce que les autres pensaient. Ils ne pouvaient pas savoir ce que la perdre signifiait pour toi.

— Je ne pouvais quand-même pas admettre être amoureux de la femme de mon frère.

— Pas à l'époque, peut-être, mais maintenant, ça pourrait être le bon moment.

— Je vais devoir lui dire tout ça, hein ? demanda Brandon en jetant un regard circonspect à Alan.

— Tes sentiments envers lui ont été un cancer dans ta vie et tu as utilisé l'alcool comme médicament. Si tu veux arrêter de boire, vraiment arrêter, il faut que tu sortes de toute cette négativité et de ce ressentiment sous lesquels tu es enfoui. Ça t'étouffe.

— Je ne peux pas m'imaginer lui dire ça sans une bouteille de whisky et un pack de six bières dans le ventre.

— Demande à Dieu de te montrer le chemin. Tu n'as pas besoin de l'alcool. Quand le moment sera venu de le dire à Aidan, tu le sauras. Pour l'instant, ne t'inquiète pas. Inquiète-toi de surmonter la journée d'aujourd'hui.

— Un jour à la fois, dit Brandon, en répétant un principe de base de la philosophie des AA.

— C'est ça.

— Merci, dit Brandon, en tendant la main à Alan, qui la serra.

— Heureux d'avoir pu t'aider. On fait la course pour rentrer ? »

Brandon rit. « Seulement si tu me donnes une sacrée longueur d'avance. »

Colin rétrograda pour garer plus facilement sa grosse Harley dans un espace situé à l'extrémité du parking de l'église congrégationaliste. Lorsqu'il coupa le moteur, la moto laissa échapper un dernier vrombissement avant de se taire.

Il avait pris à cœur les préoccupations de sa mère à propos de laver le linge sale de la famille en public et alors avait décidé d'emmener la moto pour une rare sortie en plein hiver. Inutile de crier sur les toits son lien avec O'Malley & Fils en conduisant le pick-up de la société.

La moto était l'un des rares secrets qu'il cachait à sa mère, qui aurait une crise cardiaque si elle savait que ses deux plus jeunes fils possédaient des Harley et – même à trente-cinq et trente-six ans – se donnaient beaucoup de mal pour les lui cacher.

Enlevant son casque, Colin regarda les groupes de personnes se diriger vers la porte qui menait à la salle de l'église au sous-sol. La communauté semblait bien se connaître, et il se demanda comment elle accueillerait un nouveau venu.

Avant qu'il ne perde son sang-froid, il mit le casque sous son bras et traversa le parking.

A l'intérieur, il fourra ses gants dans les poches de son manteau de cuir marron et laissa le casque sur une table au fond de la pièce. Colin fut soulagé de ne connaître personne parmi la dizaine de personnes qui se servaient du café et des brownies. Jusqu'alors, il n'avait pas réalisé à quel point il était inquiet de tomber sur quelqu'un qu'il connaissait. Un homme d'âge mûr, avec une mèche rabattue pour cacher sa calvitie et un sourire amical, s'approcha de lui.

« Bonjour. Il serra la main de Colin. Je m'appelle Hugh. Entrez.

— Colin. Ravi de vous rencontrer.

— C'est la première fois ? demanda Hugh, en haussant un sourcil.

— Ça se voit, hein ?

— Ne vous en faites pas. Tout le monde est le bienvenu ici. Hé, les gars, dit Hugh aux autres. Voici Colin.

— Bonjour, Colin, » dirent-ils à l'unisson.

Quelques minutes plus tard, il tenait une tasse de café fumant et un brownie fait maison. Le groupe se dirigea lentement vers la table au milieu de la pièce. Une jolie brune que Colin pensait avoir autour de trente ans semblait en être le chef. Elle dit qu'elle s'appelait Meredith. Après avoir passé en revue les procédures de la réunion, elle demanda qui voulait commencer.

Hugh leva la main. « Ça a été une bonne semaine, mais je suis inquiet pour mon ami. Pour éclairer Colin, il ajouta : J'ai dirigé une entreprise avec mon meilleur ami depuis l'enfance jusqu'à ce que son alcoolisme fasse qu'il lui était impossible de travailler plus longtemps. J'ai fait tout ce que je pouvais pour lui éviter des ennuis jusqu'à ce qu'il atterrisse en prison, et je me suis retrouvé avec un ulcère à l'estomac. Je me suis rendu compte, grâce à tout le monde ici, que je ne pouvais plus continuer. » Hugh s'arrêta et se débarrassa de l'émotion qui lui serrait la gorge.

« Il est sans-abri maintenant, et je ne sais même pas où il est, mais je suis aussi impuissant que lui face à son alcoolisme. Je me rends compte maintenant que je ne peux pas l'aider. Alors je fais ce que je peux pour m'aider moi-même. »

Les doux yeux bruns de Meredith étaient pleins d'empathie pendant qu'elle écoutait Hugh, et Colin se demanda quel événement, ou *qui*, l'avait amenée ici.

« Merci, dit Hugh lorsqu'il eut terminé.

— Merci, Hugh, » répondit le groupe.

Lorsqu'il écouta cinq autres personnes partager leurs histoires, Colin fut fasciné de constater que peu d'entre elles parlaient de l'alcoolique – ou de leur « qualifiant » comme certains l'appelaient – dans leur vie. Ils se concentraient plutôt sur eux-mêmes et sur la façon dont l'alcool les affectait.

Le regard de Colin se dirigea vers un panneau sur le mur : « Je n'en suis pas la cause, je ne peux pas le contrôler, je n'en connais pas la cure. » Il avait vu le dicton dans la littérature Al-Anon, mais les mots prirent une nouvelle signification après avoir écouté le groupe parler des défis auxquels ils étaient confrontés dans leur vie et du rôle que l'alcool et l'alcoolisme avaient joué.

La réunion de quatre-vingt-dix minutes passa vite et Colin fut surpris lorsque Meredith dit qu'il ne leur restait presque plus de temps. « Avant de clore la soirée, nous aimerions vous souhaiter la bienvenue, Colin. J'espère que vous avez trouvé la réunion utile.

— Très. Mon frère est en cure de désintoxication, et tout le monde dans notre famille est inquiet de savoir comment il sera quand il rentrera à la maison. Je me suis reconnu dans ce que vous avez tous dit ce soir, à propos d'essayer d'empêcher que le pire arrive. Eh bien, c'est ce qui s'est passé de toute façon, et j'en suis venu à la conclusion que beaucoup de ce que moi-même et d'autres membres de la famille avons fait ne peut pas continuer. C'est pourquoi je suis ici.

— Continuez à venir aux réunions, dit une femme d'un certain âge du nom de Leslie. Ça aide. »

Colin hocha la tête. « Merci. Je n'y manquerai pas. »

Lorsqu'ils se mirent en cercle autour de la table, les gens de chaque côté de Colin lui prirent la main pour réciter la Prière de la Sérénité. Pendant qu'il aidait à ranger les chaises, il observa Meredith poser une main réconfortante sur l'épaule de Hugh et lui chuchoter quelque chose à l'oreille.

Après la réunion, Colin appela Declan. « Salut. Tu es à la maison ?

— Ouais.

— Seul ?

— Non, dit Dec en gloussant. Mais tu n'interromps rien. Pour l'instant.

— Épargne-moi les détails. J'allais passer, mais je te verrai demain.

— Passe, Colin. On ne fait rien de spécial.

— T'es sûr ?

— Sûr et certain.

— Je serai là dans quinze minutes. »

Colin conduisit la Harley à travers la ville déserte. Des lumières blanches scintillaient dans les vitrines le long de la rangée sinueuse de magasins et de restaurants qui formaient la pittoresque Main Street, la rue principale de Chatham. L'hiver avait été froid, mais jusqu'à présent il n'y avait pas eu beaucoup de neige et les rues étaient sèches, sinon il n'aurait pas pris la moto. Il aimait cette grosse moto puissante et la façon dont son grondement vibrait dans sa poitrine. Les sept mille habitants de Chatham avaient tendance à détester les motos bruyantes, mais la visière noire de son casque lui permettait de rugir dans l'anonymat.

Declan vivait dans une nouvelle maison de ville dans le nord de Chatham, presque à la limite avec la ville de Harwich. Il avait allumé la lumière extérieure pour son frère.

« Salut, dit Dec quand Colin entra. Declan et sa copine Jessica étaient assis ensemble sur le canapé et avaient mis leur film sur pause. C'est ta moto que j'ai entendue ?

— Ouais. Je suis allé à une réunion Al-Anon ce soir et, dans un esprit d'anonymat, j'ai laissé le pick-up à la maison.

— Fais gaffe au verglas, l'avertit Dec.

— Il fait trop doux pour qu'il y ait du verglas ce soir.

— Tu veux quelque chose à boire ?

— Non, merci, dit Colin.

— Comment s'est passée la réunion ? demanda Jessica. Dec fréquentait la physiothérapeute mignonne et amicale depuis Noël.

— Bien. C'est incroyable combien de gens sont dans le même cas que nous.

— Papa a dit que Brandon avait l'air d'aller vraiment bien quand ils l'ont vu, dit Dec.

— Ouais, mais le vrai test commence quand il sort de là, rappela Colin à son frère.

— J'espère qu'il y arrivera.

— Je pense qu'il sait maintenant qu'il le faut, mais on verra s'il s'y tient ou pas. Colin s'arrêta un instant avant de dire, Alors, tu as parlé à Papa ? »

Declan hocha la tête et prit une gorgée de sa bouteille de Sam Adams. « J'ai entendu dire qu'il allait y avoir un changement de direction, patron, » dit-il, les yeux pétillants.

Colin gémit. « Ne commence pas à m'emmerder. Je compte sur toi et Tommy pour m'aider. On va faire ça ensemble.

— Bien sûr.

— Alors tu n'es pas en colère ? demanda Colin, soulagé que Declan ne semble pas lui en vouloir de sa promotion.

— Alors, là, non. Ma première pensée quand Papa m'a dit que tu prenais la relève a été mieux vaut toi que moi. Tu le mérites, Col. Sans jalousie de ma part.

— J'en suis reconnaissant. Que crois-tu que dira Brandon ? »

Declan grogna. « Il va faire la gueule, mais à quoi il s'attend ? Pour rien au monde les gars ne voudraient travailler pour lui, vu comment il s'est comporté ces quelques dernières années. Mais ça ne va pas lui faire plaisir de rentrer à la maison et découvrir que son petit frère est son nouveau patron.

— C'est vrai, dit Colin. Mais je suis content de savoir que je peux compter sur toi pour m'épauler.

— Toujours. »

Avec ce simple mot, Declan rappela à Colin la relation proche qu'ils partageaient depuis l'enfance. Cela dit, malgré leur proximité, ils étaient aussi différents que deux personnes pouvaient l'être. Alors que rien ne décontenançait Declan à l'attitude décontractée, Colin prenait tout à cœur, ce qui n'avait fait que lui causer des soucis à propos de Brandon. Mais ces jours-là étaient finis. Il le fallait.

« Bon, je devrais y aller. Est-ce que vous allez dîner chez Erin dimanche ?

— On y sera, dit Dec en se levant pour raccompagner son frère jusqu'à la porte.

— Salut, Colin, dit Jessica.

— Au revoir, Jess.

— Eh, Col, dit Dec doucement quand ils arrivèrent à la porte. Tout ira bien. Il va y arriver. Le Brandon que nous connaissons n'aurait jamais fait ce qu'il a fait à une femme. Il va s'en souvenir. Ça le gardera dans le droit chemin.

— Espérons. »

Colin essuya les taches de boue sur le carénage chromé, rangea la Harley sous une bâche et appuya sur l'interrupteur mural pour fermer la porte du garage. Il entra dans la maison par la cuisine, où la faible lueur au-dessus du poêle créait un étroit faisceau de lumière. Se déplaçant dans l'obscurité, il alluma une lampe dans le salon et s'affala sur un fauteuil pour enlever ses bottes.

La maison était petite, mais quand Colin pensait à la ruine que c'était quand il l'avait trouvée, il était profondément satisfait d'à quoi elle ressemblait maintenant. Il avait passé deux ans à travailler soirs et week-ends – en vivant dans le chaos – pour rénover l'endroit. Il n'y avait pas un centimètre de la maison qu'il n'avait remis à nu, poncé, peint ou verni. Il avait encore l'impression qu'il devrait être en train de travailler à quelque chose quand il était à la maison, mais c'était finalement fini. Avec l'aide de sa mère et de sa sœur, il avait des meubles confortables et des rideaux tolérables qu'il avait acceptés sous une pression féminine phéno-ménale. D'habitude, il les gardait ouverts pour maximiser sa vue d'Oyster Pond.

Il s'appuya contre le dossier du fauteuil et releva le repose-pied, soudainement fatigué jusqu'à l'os. Dans des moments comme celui-ci, la maison était trop calme. Il s'attendait à être marié et à avoir des enfants maintenant. Six ans plus tôt, il avait failli, mais sa fiancée Nicole avait annulé leurs fiançailles un mois avant le mariage. Le coup l'avait dévasté, mais avec le temps, il s'était rendu compte qu'elle lui avait rendu service. Il manquait quelque chose entre eux. Il ne savait pas ce que c'était, mais il espérait le reconnaître si jamais il avait la chance de le trouver.

Sa mère se plaignait que trois de ses fils étaient en retard dans le domaine de l'amour. Seul Aidan avait été différent. Il s'était marié à vingt-deux ans et était devenu veuf à vingt-neuf ans. À la connaissance de Colin il n'y avait eu aucune autre femme dans la vie de son frère jusqu'à ce qu'Aidan ramène Clare à la maison lorsque leur père avait fait une crise cardiaque.

Il se demandait si Declan avait finalement trouvé l'âme sœur en Jessica. C'était une fille gentille et elle semblait convenir parfaitement à Dec, mais c'était malgré tout difficile d'imaginer son petit frère marié avec des enfants. C'était encore un gamin à bien des égards.

Toute la famille avait été déçue lorsque la charmante petite amie de Brandon, Valerie, l'avait quitté, mais ils ne pouvaient pas lui en vouloir. Elle avait persévéré avec lui beaucoup plus longtemps qu'elle n'aurait dû. La consommation d'alcool de Brandon avait empiré après le départ de

Valerie et, sans qu'elle soit là pour le surveiller, Colin avait été de plus en plus souvent entraîné dans le drame quotidien de la vie de Brandon.

Lorsque Colin céda à l'épuisement et ferma les yeux, il pensa à Meredith, la femme qu'il avait rencontrée à Al-Anon. Elle avait été si gentille et sympathique avec tout le monde, et il était clair qu'ils l'adoraient tous. Il y avait quelque chose de tellement réconfortant à recevoir ce genre d'empathie de la part de personnes qui avaient vécu la même chose et comprenaient. Sa dernière pensée avant de plonger dans le sommeil fut qu'il avait hâte d'y retourner.

Le dernier week-end avant le retour de Brandon, les O'Malley envahirent Boston pour fêter les quarante ans d'Aidan. Sa copine Clare lui fit la surprise d'inviter sa famille à les retrouver en ville pour le week-end.

Après le dîner du vendredi soir, Colin s'assit avec Aidan et regarda les autres se déchaîner sur la piste de danse dans la boîte de nuit de l'hôtel. Les cinq enfants d'Erin étaient au cœur de l'action, et Aidan sourit lorsque Josh, huit ans, fit virevolter sa grand-mère. L'expression sur le visage de Colleen était à en mourir de rire.

« On dirait que Maman a trouvé un partenaire à sa hauteur, dit Colin, en prenant une gorgée de sa bouteille de Sam Adams.

— Ça va être un tombeur, dit Aidan.

— C'est sûr. C'était gentil à Clare d'organiser ça.

— J'étais tellement surpris quand j'ai ouvert la porte et vous étiez tous là. Elle m'a vraiment eu.

— Ce n'est pas facile à faire.

— Je ne m'améliore pas avec l'âge. »

Colin pensait qu'il y avait des années que son frère n'avait pas semblé aussi bien dans sa peau. La dure carapace qu'il avait développée pour se protéger dans un monde sans sa femme adorée s'était finalement adoucie.

Ses yeux brillaient en regardant Clare danser avec ses filles Jill et Maggie et la fille de sept ans d'Erin, Nina. « Tu as l'air vraiment heureux, Aid. »

Aidan lança un bref regard à son frère. « Je vais l'épouser. »

Les yeux de Colin s'élargirent. « Vraiment ? »

Aidan hocha la tête. « Si elle veut bien de moi.

— Et pourquoi elle ne te voudrait pas ?

— Elle a vécu des moments difficiles ces dernières années. C'est une longue histoire, mais rien de tout cela n'a d'importance pour moi. Tout ce que je sais, c'est que je suis de nouveau heureux et elle en est la raison, elle et ses filles. Ce sont des enfants géniales. Tu devrais les voir skier. Elles sont venues après Noël et m'ont épuisé, mon pote.

— Quel âge ont-elles ?

— Jill a dix-neuf ans et est en première année d'université à Brown. Maggie a treize ans et il y a une troisième, Kate, qui a dix-huit ans. Elle habite à Nashville, et poursuit son rêve de devenir chanteuse.

— Elle est vraiment si douée que ça ?

— Oui, oui, vraiment. Je ne le croyais pas moi-même jusqu'à ce que je l'entende chanter. Elle a un talent fou.

— Waouh. Eh bien, j'espère que ça marchera pour vous.

— Merci. Et toi, alors ? Pas de femmes qui se précipitent à ta porte ? »

Colin poussa un grognement. « Pas vraiment. Je suis tellement occupé au travail que je n'ai le temps pour rien d'autre.

— Papa m'a dit que tu étais d'accord pour reprendre l'affaire.

— J'ai entendu dire que tu m'avais fait une recommandation élogieuse.

— Je lui ai juste dit la vérité. »

Leur père leur fit signe, pendant qu'il dansait avec sa femme.

« Il a l'air bien, dit Aidan. Beaucoup mieux que la dernière fois que je l'ai vu.

— Il va bien, dit Colin, d'accord. En tous cas, je suis content que tu approuves.

— Tu sais que je suis au bout du fil si jamais tu as besoin de moi, non ?

— Je vais avoir besoin de tout le soutien du monde, surtout quand Brandon l'apprendra. »

L'expression d'Aidan passa de sympathique à tourmentée. « Faudra qu'il s'y fasse. C'est de sa faute s'il est dans cette situation.

— Vas-tu un jour lui pardonner, Aid ? »

La mâchoire d'Aidan se crispa. « Je ne sais pas. » Colin regarda Aidan chercher Clare sur la piste de danse.

C'était une petite blonde aux yeux bleus éblouissants, et elle avait fait rire la famille pendant le dîner avec ses blagues sur le fait qu'elle avait sept ans de plus qu'Aidan – même si elle n'en avait pas l'air. Elle lui fit un clin d'œil, et l'expression d'Aidan s'adoucit. « Après ce qu'il lui a fait, je ne sais pas si je peux lui pardonner. Je vois rouge chaque fois que j'y pense. »

Colin hocha la tête, le comprenant. Il se sentirait pareil, mais il ne pouvait s'empêcher d'avoir de la peine pour Brandon, aussi.

Le dimanche soir, après être rentré de Boston, Colin prit le pick-up de la société pour faire le plein d'essence à la station-service de la rue principale pour la semaine à venir. S'il se permettait de trop réfléchir à ce qu'il devait accomplir au cours des six jours suivants, il n'arriverait pas à dormir. Il travaillait pour l'entreprise de son père depuis dix-huit ans et se souvenait de l'époque où il y avait une basse saison. Ces jours-ci, ils étaient occupés toute l'année, et il fallait une planification et une coordination sérieuses pour s'assurer que les hommes avaient suffisamment de travail à l'intérieur pendant la saison froide. La plupart des hivers, ils passaient également de longues soirées noires à déneiger, mais cette année avait été une rare exception à la règle.

Colin utilisa la carte de crédit de sa société pour payer l'essence et il était dans la lune, en train de regarder les numéros cliquer sur la pompe, quand quelqu'un l'appela. En levant les yeux, il vit Meredith d'Al-Anon qui utilisait la pompe en face de lui, adorable dans un chapeau rose bouffant sur ses cheveux brillants et foncés.

« Salut. » Il était ravi de la voir et se demandait ce qu'il devait penser de cette constatation.

« Comment ça va ? Vous nous avez manqué vendredi soir. On vous a fait fuir la semaine dernière ?

— Pas du tout. J'étais désolé de devoir louper la réunion cette semaine, mais j'étais à Boston pour l'anniversaire de mon frère. Ses quarante ans.

— Vous avez dû vous amuser.

— Oui, oui, mais l'hôtel ne sera plus jamais le même. »

Son rire était presque délicat. Elle finit de prendre son essence et récupéra son reçu à l'imprimante.

« Avez-vous le temps de prendre un café ? » demanda-t-il avant qu'elle ne puisse s'échapper.

Elle sourit. « Bien sûr. Où voulez-vous aller ?

— Chez Priscilla est encore ouvert à cette heure-ci ?

— Je pense que oui. On se retrouve là-bas ?

— Si j'arrive un jour à faire le plein d'essence de cette caisse, je m'y rendrai. »

Colin arriva chez Priscilla quinze minutes plus tard pour constater que Meredith avait déjà pris un box.

« Désolé que cela ait pris autant de temps », dit-il en se glissant sur la banquette en face d'elle. Elle portait un pull rose, et ses joues étaient rouges comme si elle avait passé la majeure partie de la journée dehors.

« C'est un vrai gouffre à essence, dit-il. Il enleva sa casquette de baseball *Chatham Townie* et la mit sur le siège à côté de lui.

— Peur qu'on vous prenne pour un touriste ? demanda Meredith, amusée par le chapeau.

— Dieu m'en garde.

— J'ai remarqué le logo sur votre pick-up. Un ami à moi travaillait pour O'Malley Construction il y a des années. Paul Tobin. Vous le connaissez ? »

Colin réalisa deux choses à cet instant – que sa couverture était foutue, et qu'il s'en fichait un peu. « Bien sûr, je connais Paul. Il a travaillé pour nous trois ou quatre étés pendant qu'il était à l'université. Il y a à peu près dix ans ?

— Il me semble que c'est dans ces eaux-là. Vous étiez son patron ?

— L'un d'entre eux. Il lui tendit la main. Colin O'Malley. »

Elle sembla impressionnée quand elle lui serra la main. « Meredith Chase. Je vois les véhicules de votre entreprise partout.

— Je suppose qu'on n'est plus anonymes, » dit Colin, soulagé qu'elle ne porte pas de bague à sa main gauche, et encore une fois il n'aurait pas su dire pourquoi cela aurait une telle importance.

Elle haussa les épaules. « Ce n'est pas grave. J'ai rencontré quelques-uns de mes meilleurs amis par Al-Anon. C'est important que nous ne discutions jamais de ce qui se passe aux réunions ou de qui nous y avons vu, mais il n'y a pas de règle qui nous empêcherait de devenir amis en dehors du Groupe des Familles.

— Je vois comment l'anonymat aide les inhibitions. »

La serveuse vint prendre leur commande et Colin commanda deux parts de la célèbre tarte aux pommes de Priscilla pour accompagner leur café.

« Comment va votre frère ? demanda Meredith.

— Je n'en suis pas sûr. Il rentre à la maison mardi, donc je suppose qu'on verra à ce moment-là. J'aurais aimé découvrir Al-Anon plus tôt. J'en aurais eu bien besoin ces dernières années.

— C'est sa première fois en désintoxication ?

— Oui.

— Mais ce n'est peut-être pas sa dernière fois. Vous le savez, n'est-ce pas ?

— Je suis d'un optimisme prudent. Il a touché le fond juste avant d'aller en cure, et je crois que ça a pu suffire à le réveiller. Du moins, je l'espère.

— Moi aussi, je l'espère. Vous avez une grande famille ? Vous avez mentionné deux frères.

— Trois frères et une sœur, qui est finalement devenue utile à ses frères quand elle a eu cinq gosses en cinq ans et a diminué la pression sur nous de faire des petits-enfants. »

Meredith rit, alors qu'on leur servait leur café et tartes. « Je ne peux pas croire que je vous ai laissé me convaincre de prendre cette tarte, se lamenta-t-elle une minute plus tard. Il va falloir que je sois très raisonnable pendant une semaine. »

Colin rit de sa détresse. Elle n'était pas du tout en surpoids. Plutôt, elle semblait avoir des formes là où il fallait. « Alors vous savez tout sur moi, mais je ne sais rien sur vous. »

Elle haussa les épaules. « Il n'y a pas grand-chose à dire. J'ai grandi à Orleans, et j'enseigne en CM2 à Brewster. J'ai mes parents, une sœur, un neveu, un chat, et beaucoup de bons amis. C'est assez ennuyeux, en fait.

— Cela n'a pas l'air du tout ennuyeux. Vous habitez ici à Chatham maintenant ? »

Elle hocha la tête. « Stepping Stones Road. Et vous ?

— J'ai une maison sur Oyster Bay Lane, en passant Cedar Street.

— Près du plan d'eau ? »

Il fit oui de la tête.

« Vous avez grandi ici ?

— Ouais. Mes parents vivent encore dans la même maison sur Shore Road. »

Les yeux de Meredith s'illuminèrent. « Oh, j'adore là-bas. Je me promène sur la plage de Chatham Light dès que j'en ai l'opportunité.

— Nous disons toujours que les O'Malley maintiennent l'humilité du quartier. Mes parents étaient là bien avant que cela ne devienne huppé. En fait, en une décision qui je suis certain a fait faire la grimace aux voisins, ma mère a fait peindre la maison en rose bonbon il y a deux ans.

— Je connais cette maison-là ! Je l'adore ! »

Colin gémit. « Dites-moi que vous blaguez.

— Mais non. C'est tellement fantaisiste.

— Si un jour vous rencontrez ma mère, vous ne pouvez pas lui dire ça. »

Meredith rit. « Je ne promets rien. » Elle tendit le bras pour prendre l'addition, mais Colin fut plus rapide.

« C'est pour moi.

— Merci, » dit-elle avec un léger rougissement des joues qu'il trouva charmant.

Il régla l'addition et la raccompagna à sa voiture. La température avait baissé pendant l'heure qu'ils avaient passée chez Priscilla.

« Est-ce qu'ils ont prévu de la neige ? demanda-t-elle.

— Pas que je sache, mais ça sent vraiment la neige, non ? »

Elle le regarda brièvement. « C'est exactement ce que je me disais. »

Colin se rendit compte qu'il ne pouvait pas détourner son regard d'elle. « On peut remettre ça ? Peut-être un dîner la prochaine fois ? »

Elle s'affaira à trouver ses clés dans son sac. « Je ne crois pas, Colin. Mais merci de l'avoir proposé, ainsi que pour la tarte.

— D'accord, dit-il, en lui tenant la portière.

— Je vous verrai à la réunion. »

Il resta là pendant un long moment après son départ, se sentant plus déçu qu'il ne l'avait été depuis longtemps.

Brandon sentit le feu de tous les yeux sur lui. Après plusieurs minutes d'un silence gênant, Steve, le chef de groupe, le désigna. « Brandon ? »

Brandon hocha la tête alors qu'une goutte de sueur lui roulait le long du dos. *Il fait chaud ici, ou c'est moi ?* Finalement, il s'éclaircit la gorge et, sans lever les yeux, dit : « Je m'appelle Brandon, et...euh, je suis alcoolique.

— Bonjour, Brandon, lui répondit le groupe.

— Je, euh, je veux dire que même si je n'ai encore rien dit, j'ai écouté, et vous m'avez tous beaucoup aidé. Alors merci pour ça. Il expira longuement et profondément et regarda Steve. C'est dur.

— Prenez votre temps. »

Après une autre longue pause, Brandon continua. « J'ai beaucoup appris sur moi-même et mon alcoolisme ce dernier mois. Je crois que j'ai toujours su que je ne buvais pas de la même façon que les autres gens, mais je n'y ai jamais beaucoup réfléchi jusqu'à présent. Mes frères et moi sortions boire quelques bières, même quand on avait à peine l'âge de boire, et ils en prenaient deux ou trois, alors que je m'en enfilais six en une heure. Ces deux ou trois dernières années, il me fallait au moins un pack de douze pour être éméché, alors j'ai commencé à ajouter des shots de whisky au mélange. Je, euh, buvais tellement que je perdais la conscience des choses presque tous les jours, les mois avant que je vienne ici. Pendant ces trous noirs, j'ai fait beaucoup de choses honteuses – et je vais devoir payer les pots cassés pendant longtemps. »

Brandon prit une gorgée du verre d'eau glacée qu'il avait apporté à la réunion et découvrit que sa main tremblait.

« Presque toute ma vie, j'ai gardé de très gros secrets qui ont engendré des ressentiments encore plus grands. Tout cela s'est ajouté jusqu'à m'amener ici, et j'aurai beaucoup de choses à me faire pardonner quand je rentrerai à la maison. »

Brandon leva les yeux pour trouver Alan appuyé contre le mur du fond.

Il sourit et hocha la tête pour l'encourager.

Prenant ses forces dans le soutien de son nouvel ami, Brandon s'assit un peu plus droit sur sa chaise. « On me dit que mon attitude a beaucoup changé ces trente derniers jours, et je me sens mieux physiquement que depuis des années. Je veux donc juste dire que je suis très déterminé à rester sobre, et j'espère que vous réussirez tous aussi. Merci. »

Le groupe l'embarrassa avec ses applaudissements. « Merci, Brandon, dirent-ils tous à l'unisson.

— Continuez à aller aux réunions, lui rappela Steve. Nous recommandons quatre-vingt-dix réunions dans les quatre-vingt-dix premiers jours. Nous avons découvert que c'est comme ça qu'on établit une habitude qui dure toute la vie.

— Je le ferai, » promit Brandon.

Une fois la réunion terminée, Brandon alla parler à Alan. Ils se serrèrent la main.

« Tu t'es bien débrouillé, Brandon.

— Je n'ai pas dit grand-chose.

— Tu en as dit assez. Comment te sens-tu ?

— Soulagé. Je redoutais un peu ça.

— C'est toujours un grand pas de dire les mots « je suis alcoolique » pour la première fois dans une pièce pleine de gens qu'on connaît à peine.

— Mais je les connais. Peut-être pas personnellement, dans certains cas, mais je les comprends mieux que la plupart des gens ne le pourraient. Après tout, je suis l'un d'entre eux, non ? »

Alan hocha la tête avec satisfaction. « Je suis fier de toi, Brandon. Tu as fait un bon bout de chemin depuis le jour où nous nous sommes rencontrés, et on dirait que tu comprends vraiment maintenant.

— Venant de toi, cela veut dire beaucoup.

— Comment vas-tu avec les questions spirituelles dont nous avons discuté ?

— J'ai beaucoup lu à ce propos dernièrement et j'y ai beaucoup réfléchi.

— C'est un bon début. Rappelle-toi, AA ne fait que t'encourager à avoir un lien avec une puissance supérieure telle que *toi*, tu la définis. Alan prit son portefeuille et en sortit sa carte de visite. On essaie encore une fois, tu veux ? »

Brandon rit en acceptant la carte. « Je ne la jetterai pas cette fois.

— Appelle-moi – à n'importe quelle heure.

— D'accord. Brandon serra la main d'Alan. Merci pour tout.

— Je prierai pour toi.

— Merci, Alan. »

« Alors, qu'en pensez-vous, Brandon ? demanda Sondra lors de leur dernière séance. Le père de Brandon allait bientôt arriver pour le ramener chez lui. Prêt à affronter le monde à nouveau ?

— Je l'espère. Je me sens bien. Mieux que depuis longtemps.

— Comment se passe la course à pied ?

— Je fais jusqu'à huit kilomètres et je fais de la musculation. J'ai n'ai plus l'impression que je vais mourir de l'effort.

— Vous avez l'air bien plus en forme que la première fois qu'on s'est vus.

— Ouais, bah, le poing de mon frère n'a pas rencontré mon visage depuis un mois, donc je devrais avoir meilleure mine. »

Sondra sourit. « Et à l'intérieur ? Vous savez ce que vous devez faire ? »

Brandon fit signe que oui de la tête. « Quatre-vingt-dix réunions en quatre-vingt-dix jours, trouver un parrain, lire le Gros Livre, me racheter auprès des gens que j'ai blessés et rester sobre – pas nécessairement dans cet ordre.

— Oui, rester sobre doit être la première chose sur votre liste.

— Je m'inquiète juste de...

— De quoi ?

— Les événements où tout le monde boit – les dîners en famille, les mariages, les fêtes… Ma famille est toujours en train de célébrer quelque chose, et tout le monde boit – pas comme je le faisais – mais l'alcool fait partie de chaque rassemblement.

— Il est très important de ne pas vous emballer. Prenez chaque jour et chaque événement comme il vient. Tout ce que chacun d'entre nous a vraiment, c'est le présent. Restez sobre aujourd'hui. Souciez-vous de demain, demain.

— Je vais faire de mon mieux.

— Tout ce que vous pouvez faire, c'est balayer devant votre porte. Vous entendrez souvent cette expression dans les AA. »

Brandon sourit. « Elle me plaît.

— Je reçois des patients en ville les mercredi et vendredi après-midis, si vous voulez continuer votre thérapie. Appelez mon bureau pour prendre rendez-vous. »

Elle se leva et se rendit à son bureau. Quand elle revint, elle tenait dans la main un livre relié en cuir et une carte de visite, qu'elle lui donna. « Mon numéro de portable y est, aussi. N'hésitez pas à l'utiliser. Vous pouvez me joindre sur simple appel si jamais vous avez besoin de moi. »

Brandon fut surpris d'avoir la gorge serrée. Les soutiens qu'il avait reçus ici avaient été énormes, et il n'avait aucun doute qu'ils lui avaient sauvé la vie en lui apprenant comment vivre. Le reste ne dépendait que de lui.

« Avant que je ne vous laisse partir, j'ai une petite tradition avec tous mes patients, dit Sondra. Il y a toujours une chose qui m'inquiète plus que tout le reste à propos de la sobriété future de mes patients. Mon inquiétude varie, et je donne à chacun d'entre vous l'opportunité de décider si vous voulez l'entendre ou non.

— Que font la plupart des gens ?

— La plupart choisissent de l'entendre, et c'est en général ceux-là qui ne se retrouvent pas de retour ici.

— OK, alors, allez-y. Je suis prêt.

— Avec vous, Brandon, ma plus grande inquiétude est votre rancœur. Il vous faut vraiment résoudre vos problèmes avec Aidan et trouver le moyen d'accepter les cartes que la vie vous a distribuées à tous les deux. Si vous continuez à garder tous ces secrets et ressentiments, votre capacité à rester sobre sera sérieusement diminuée à un moment donné. Il vous faut aussi dire à votre père ce que vous ressentez à propos de l'entreprise et ce qu'il attend de vous.

— Oui, je le sais. Il faut que je trouve le moyen de me faire comprendre par mon père. Quant à Aidan, je doute qu'il me reparle jamais.

— Alors écrivez-lui une lettre. Trouvez une façon de lui expliquer vos sentiments. Cela va être absolument essentiel pour continuer votre rétablissement que vous abandonniez toute la colère que vous avez traînée avec vous presque toute votre vie.

— Je comprends.

— Appelez-moi si je peux vous aider.

— Euh, je veux vous remercier. Je ne sais pas comment vous avez fait, mais vous avez réussi à me faire dire des choses que je n'avais jamais dites à personne. »

Elle sourit. « J'ai un don.

— Je suis bien d'accord, dit-il en riant. Merci. » Il lui tendit la main.

Elle serra sa main et lui donna le livre recouvert de cuir qu'elle avait pris de son bureau.

« Qu'est-ce que c'est ?

— Un journal intime. J'en donne un à tous mes patients quand ils terminent. Essayez d'y écrire quelque chose tous les jours à propos des difficultés et des tentations et comment vous vous sentez par rapport à elles. Parfois, cela aide de le mettre par écrit. »

Brandon prit le livre et se leva. Il voulait la prendre dans ses bras mais se dit que ce serait inapproprié.

Elle résolut le problème pour lui quand elle fit un pas vers lui, les bras tendus. « Bonne chance à vous, Brandon. Nous prierons pour vous.

— Merci pour tout, dit-il, la serrant à son tour.

— Portez-vous bien. »

Après avoir signé les papiers de sortie, Brandon retourna à sa chambre pour finir de faire ses bagages. Il enfila dans son sac le livre que Sondra lui avait donné, s'assit sur le lit et se passa les mains dans ses cheveux. Il avait peur – vraiment peur de sa capacité à rester sobre une fois qu'il aurait quitté la mesure de protection qu'était le centre de désintoxication.

Il se sentait aussi vulnérable qu'un nouveau-né qui quittait le ventre de sa mère. Et s'il n'y arrivait pas ? Et s'il retombait dans les vieilles habitudes et routines une fois de retour dans son environnement familier ? Et s'il décevait tous ceux qui avaient de grands espoirs pour lui ?

Arrête. Tu ne peux pas échouer. Un par un, les visages des personnes qu'il avait déçues se présentèrent à lui : ses parents, ses frères et sœurs, nièces, neveux, Valerie, les hommes qui travaillaient pour lui, et les amis qu'il avait abandonnés au cours de sa spirale dans l'alcoolisme.

Il ouvrit la fermeture Eclair de son sac et en sortit le journal intime. Fouillant au fond du sac, il trouva un stylo. Sur la première page du journal, il écrivit la date.

« *Aujourd'hui, c'est mon trentième jour de sobriété. Je fais la promesse à moi-même de rester sobre. Je jure de lire cette promesse chaque fois que je suis tenté de résoudre mes problèmes en buvant. Je dois plus aux personnes dans ma vie que ce qu'elles ont reçu de moi. Je vais faire mieux. Je ne vais pas oublier ce que j'ai appris à Laurel Lake.* » Il s'arrêta un instant avant d'ajouter, « *Que Dieu me vienne en aide.* »

Après avoir relu ce qu'il avait écrit, Brandon remit le journal intime et le stylo dans son sac et le referma, en expirant longuement et profondément alors qu'il ne s'était pas rendu compte qu'il retenait son souffle.

L'interphone sonna, et il se leva pour y répondre. « Brandon, votre père est arrivé.

— Merci. »

Il souleva son sac et regarda une dernière fois la petite pièce stérile qui avait été son chez-lui depuis un mois. « Que Dieu me vienne en aide, » murmura-t-il encore une fois avant de passer la porte pour faire face à ce qui l'attendait à la maison.

CHAPITRE 9, JOUR 30

Sur le trajet de quarante minutes pour rentrer à Chatham, Dennis maintint un flot constant de bavardage sur les événements au travail, les dernières histoires drôles à propos des enfants d'Erin et encore un autre projet que Colleen avait entrepris dans la grande maison rose.

Brandon tourna son visage vers l'air froid qui entrait par son carreau à peine entrouvert. Après avoir été si isolé de la vie normale, quelque chose d'aussi simple que l'air frais s'engouffrant par une fenêtre ouverte lui semblait extraordinaire. Ses sens, si longtemps émoussés par l'alcool, étaient en état d'alerte pour absorber les vues, les sons et les odeurs de la vie hors des murs de Laurel Lake.

« Tu as bonne mine, dit Dennis, jetant un œil sur son fils à l'autre bout de la grande banquette du pick-up de son entreprise pendant qu'ils se dirigeaient vers l'est sur la Route 6.

— Je me sens bien. » Tout ce qu'ils passaient sur le chemin familier de la maison rappelait à Brandon quelque chose de son passé : le restaurant où il avait célébré la fin de ses études secondaires, le complexe sportif où ses frères et lui avaient joué au baseball, le quartier où vivaient les parents de Valerie, le parking qu'il avait dégagé après des centaines de tempêtes de neige. C'était sans fin.

Brandon fut surpris quand son père continua tout droit sur Main

Street au lieu de tourner à gauche pour ramener Brandon chez lui sur Indian Hill Road, près de l'aéroport municipal de Chatham. « Où allons-nous ?

— Je me suis dit qu'on pourrait faire une balade en bord de mer.

— Il ne fait pas un peu froid pour ça ? »

Dennis le regarda en biais de son œil bleu. « T'es devenu une mauviette à rester là-bas ou quoi ?

— Non, alors, grogna Brandon. Si tu veux aller te geler les couilles, je ne t'en empêcherai pas. »

Dennis se gara dans le parking de Chatham Light et coupa le moteur. « Allons-y. »

Remontant la fermeture Eclair de son manteau de société vert, Brandon regretta de ne pas avoir de gants.

Dennis ouvrit sa boîte à outils sur le plateau du pick-up, en sortit deux paires de gants de travail, et en lança une à Brandon.

« T'as lu ma pensée.

— Je ne veux pas que tu attrapes un rhume, le taquina Dennis.

— Je t'emmerde, » dit Brandon en riant.

Ils descendirent la longue volée de marches jusqu'à l'immense étendue de sable qui formait le coude de Cape Cod. Derrière eux se dressait l'énorme phare blanc de la station des garde-côtes. Des drapeaux d'alerte destinés aux petits vaisseaux volaient sous la lumière, et le vent soufflant en rafales donnait au sable l'air d'avoir été balayé. Comme personne d'autre n'était assez fou pour faire face au mauvais temps ce jour-là, ils avaient la plage pour eux tout seuls.

« Est-ce que tu devrais faire des efforts physiques comme ça ? demanda Brandon quand ils eurent marché contre le vent pendant quelques minutes.

— Je vais très bien. Le souffle de Dennis forma un nuage dans l'air froid.

— Est-ce une sorte d'exercice pour forger le caractère que nous entre-prenons, là ? »

Dennis rit. « Quelque chose comme ça. Je voulais te parler, en fait.

— De quoi ?

— Du travail.

— Écoute, Papa, je sais que t'es en colère à propos de l'histoire avec les gravats, et je vais présenter mes excuses à Lewis et Simms.

— C'est bien, mais ce n'est pas ce que j'allais dire. » Dennis s'arrêta de marcher.

Brandon s'arrêta aussi, tourna le dos au vent et, pendant qu'il attendait que son père continue, un frisson qu'il ne put attribuer entièrement au froid le traversa.

« J'ai décidé de prendre ma retraite. »

Brandon sourit. « Ouais, c'est ça.

— Je suis sérieux.

— Mais tu as toujours dit qu'il nous faudrait te sortir de là dans un cercueil, dit Brandon, stupéfait.

— Ça a failli.

— T'exagères, Papa. Tu as eu une *petite* crise cardiaque.

— C'était un avertissement. De toute façon, il est temps. Maman veut voyager, et si je ne vais pas avec elle, qui va l'empêcher de faire des bêtises ?

— C'est juste. Alors pourquoi tu m'emmènes ici au milieu de rien pour me dire ça ?

— Parce que j'ai mis Colin à la tête de l'entreprise. »

De la fureur pure traversa Brandon d'un coup, mais il garda une expression neutre.

« Je voulais que tu l'entendes de ma bouche, continua Dennis. J'ai pris ma décision et je te demande de la respecter. »

Brandon frotta sa barbe d'un jour de sa main gantée. « Bon sang, je pars pour un mois et maintenant je travaille pour mon petit frère ?

— Il va falloir que tu trouves une façon de l'accepter, Brand. C'est celui qui a le plus d'ancienneté dans l'entreprise et il mérite cette opportunité.

— C'est celui qui a travaillé le plus longtemps pour l'entreprise parce qu'il a refusé d'aller à l'université, ce que tu as imposé à nous autres ! s'exclama Brandon, furieux. Comment est-ce juste, ça ?

— Tu crois honnêtement que tu serais en état de diriger une entreprise maintenant ? Avec tout ce dont tu dois t'occuper ?

— Peut-être pas immédiatement, mais putain, j'aurais aimé la chance d'essayer.

— Les hommes n'accepteraient pas de travailler pour toi, Brandon. Pas vu comment tu as été ces dernières années. J'avais beaucoup de choses dont il m'a fallu tenir compte, et c'en était une.

— Je ne vais pas prendre d'ordres de Colin, Papa. Pas question.

— Alors peut-être que tu devrais penser à trouver un nouveau travail, dit Dennis, ses doux yeux bleus devenant durs comme l'acier.

— *T'es sérieux ?* J'ai donné seize ans de ma vie à cette entreprise ! Il y avait d'autres choses que je voulais faire, mais je suis revenu ici et j'ai fait exactement ce que tu attendais de moi. Tu ne peux pas juste m'écarter comme ça ! » Les mots étaient sortis de sa bouche avant que Brandon ne puisse les arrêter. Il n'avait pas prévu d'avoir cette conversation aujourd'hui, ni imaginé qu'elle se déroulerait tout à fait comme cela. L'expression blessée sur le visage de son père fit comprendre à Brandon que les mots l'avaient piqué au vif.

« Qu'est-ce que tu as dit ? » demanda Dennis dans une voix qui était presque inaudible à travers le grondement de l'océan.

Les yeux de Brandon brûlaient. Il détourna son regard de son père. « Je ne voulais pas travailler pour l'entreprise, marmonna-t-il. Je ne voulais même pas devenir ingénieur. » Son estomac se noua de peur alors qu'un de ses secrets les mieux gardés se dévoilait.

Dennis fit un pas en arrière comme si Brandon lui avait donné un coup de poing. « Tu ne penses pas ça.

— Je ne le dis pas pour te faire du mal, Papa, mais c'est vrai. O'Malley & Fils n'a jamais été mon rêve, mais j'ai consacré toute ma vie à cette entreprise. Je mérite mieux que d'être mis de côté comme si j'étais juste un employé quelconque. »

Dennis retourna à l'escalier.

« Papa, appela Brandon. Attends. »

Mais Dennis continua à marcher.

Brandon courut pour le rattraper, et saisit la manche du manteau de son père.

Dennis retira d'un coup sec son bras de la main de son fils.

De retour dans le pick-up, Brandon enleva ses gants et les posa sur le siège entre lui et son père. « Je suis désolé, Papa. Je voudrais ne jamais te faire de mal ou te décevoir. C'est pourquoi je ne t'ai jamais dit ça auparavant. J'ai essayé de faire ce que tu voulais que je fasse, mais ça n'a pas très bien marché pour moi.

— Je ne comprends vraiment pas, dit Dennis, secouant la tête. Ses parents étaient des immigrants irlandais et, même si Dennis était né à Boston, quand il était fatigué ou contrarié, il avait tendance à reprendre l'accent du pays natal de ses parents. Plus que tout, cela dit à Brandon à quel point son père était ébranlé. Pourquoi tu ne m'as jamais rien dit ? »

Brandon haussa les épaules. « Quand Aidan est allé faire médecine, j'ai compris qu'il n'était absolument pas possible que je parte, moi aussi. Je savais que tu comptais sur nous autres.

— Qu'est-ce que tu voulais ? Qu'aurais-tu fait s'il n'y avait pas eu d'entreprise familiale ?

— Ça n'a plus d'importance.

— Si, ça a de l'importance ! hurla Dennis. Dis-le-moi. »

Brandon avala sa salive. « Je voulais être commando marine. »

Dennis posa ses grandes mains sur le volant et, une expression de surprise sur le visage, jeta un coup d'œil à son fils. « Quel genre d'homme est-ce que cela fait de moi ? chuchota-t-il. Quel genre de père étais-je pour que tu ne puisses pas venir me dire ça ? Est-ce que tu penses honnêtement qu'il y avait quelque chose, *quoi que ce soit*, que je t'aurais refusé ? Sa voix se brisa lorsqu'il posa sa tête sur ses mains.

— Papa, murmura Brandon. Je suis désolé. »

Dennis leva brusquement la tête. « Tu es désolé ? Toi ? Mais pourquoi tu t'excuses ? Je ne vois vraiment pas…

— Quoi ?

— Comment m'as-tu caché ça toutes ces années ? Il y a toujours ce nuage de malheur et de mécontentement autour de toi, mais je n'avais aucune idée que c'était de ma faute.

— Ce n'était pas de ta faute. C'était de la mienne. J'aurais dû dire quelque chose. Mais tu étais tellement déçu quand Aidan a décidé de faire médecine –

— Mais de quoi tu parles, bon sang ? Déçu ? J'étais aux anges ! Mon père a quitté l'école en 4ème et mon fils allait devenir *médecin* ? Comment as-tu pu croire que j'étais déçu ? C'était une des plus grandes joies de ma vie.

— Mais tu étais tellement triste… Brandon avait l'impression de se tenir sur des sables mouvants, tout ce en quoi il avait toujours cru se révélant faux. Tu voulais que nous venions travailler avec toi.

— Je voulais que vous soyez *heureux*. Et je ne voulais qu'aucun d'entre vous n'ait à se battre comme il m'a fallu le faire. L'entreprise était l'héritage que je vous laissais, mais pas si vous ne la vouliez pas. Que vous puissiez ne pas la vouloir ne m'est jamais venu à l'esprit. »

Brandon voulait pleurer les rêves perdus, les non-dits et la terrible douleur qu'il voyait sur le visage de son père. « Je ne voulais pas ça quand j'étais plus jeune, admit Brandon lorsqu'il put enfin se résoudre à parler à nouveau. Mais j'ai consacré ma vie à cette entreprise et c'est tout ce que je connais, Papa. Tu ne peux pas me l'enlever. Surtout pas maintenant.

— Tu vas devoir accepter Colin si tu restes. Je ne changerai pas d'avis sur ce point. Et jusqu'à ce que tu sois complètement remis, nous voulons que tu t'occupes d'un projet spécial.

— Quel genre de projet spécial ? demanda Brandon en lançant un regard méfiant à son père.

— Je veux que tu gères l'immeuble que j'ai acheté sur l'ancienne route Queen Anne. Il a besoin de travaux, et j'ai une locataire chiante là-bas qui se plaint de la plomberie, des souris et de pratiquement tout le reste. Je veux que tu t'en occupes.

— T'es pas sérieux.

— C'est le projet parfait pour toi en ce moment. Tu auras le temps d'aller à tes réunions et de faire ce qu'il te faut pour rester sobre sans avoir à faire face à beaucoup de stress au travail.

— C'était l'idée de Colin ?

— C'était mon idée, dit Dennis. Et, euh, il y a encore une chose.

— J'ai hâte de l'entendre.

— Je veux que tu y habites pendant que tu fais le travail. Je veux que les locataires sentent qu'ils ont un contact avec toi. »

Brandon grogna. « T'as tout prévu, hein ?

— C'est à toi de décider, Brand. Mais c'est ça ou rien. Les hommes ne te font pas confiance après ce qui s'est passé avec Lewis et Simms. Il va falloir que tu reviennes en douceur et ça, c'est un bon premier pas. »

Brandon y réfléchit un moment. « Eh bien, comme je suis bien trop vieux pour m'engager dans la marine, on dirait que je vais utiliser mon diplôme d'ingénieur pour être chef de chantier d'appartement.

— Alors c'est très bien, dit Dennis en démarrant le pick-up.

— Laisse-moi te demander ceci, Papa : qu'a dit Dec quand tu lui as dit que Colin allait diriger l'affaire ?

— Je crois que ses mots exacts étaient « mieux vaut lui que moi. »

Brandon pencha la tête en arrière et rit. « Je n'en doute pas. » Bien qu'il ne soit pas heureux du travail qu'on lui avait confié, il était énormément soulagé d'avoir un secret de moins à porter.

CHAPITRE 10, JOUR 31

*D*ennis O'Malley fixait les braises rouges du feu dans son bureau, mais il était tellement perdu dans ses pensées qu'il prêta peu attention aux éclats désespérés des flammes ou aux étincelles qui jaillissaient du dernier petit bout de bois. Il essayait encore de digérer ce que Brandon lui avait avoué cet après-midi-là. « Il a sacrifié ses propres rêves pour moi, » chuchota Dennis comme si le fait de le prononcer pouvait le rendre plus facile à croire.

Il leva les yeux lorsque Colleen entra dans la pièce, nouant la ceinture de sa robe de chambre autour d'elle. Sa mariée était toujours aussi belle, même à près de soixante ans et après avoir porté ses cinq enfants. Ses cheveux d'un roux soutenu avaient pris une teinte plus douce, un joli auburn, et ses yeux verts, habituellement si pleins de gaieté, débordaient d'inquiétude.

« Qu'est-ce que tu fais debout si tard, mon amour ? Il est minuit passé. »

Dennis tendit la main pour la faire s'asseoir sur ses genoux. Elle avait un caractère tellement fort et dominant qu'il oubliait parfois combien elle était petite. L'enlaçant, Dennis éprouva un élan de tendresse pour la minuscule boule d'énergie qui était le centre de sa vie depuis plus de quarante ans. « Je n'arrivais pas à dormir.

— Tu penses à Brandon ?

— Oui. Je n'arrive vraiment pas à voir comment c'est arrivé. Étais-je si déraisonnable que mon propre fils aurait eu *peur* de me parler de quelque chose d'aussi important ?

— Non, Denny. Colleen passa une main apaisante sur sa joue. Tu es un père merveilleux. Tous les enfants t'aiment, et les garçons t'adorent. Tu le sais.

— Mais est-ce qu'ils travaillent avec moi parce qu'ils en ont envie, ou parce qu'ils se sentent obligés ? Tout ce que je voulais c'était qu'ils aient la sécurité que nous n'avions pas quand nous avons commencé dans la vie. Ils ne connaîtront pas l'affreuse précarité que nous avons vécue au début, tu te rappelles ?

— Bien sûr que je m'en souviens, mon amour. On a eu bien des années de vaches maigres, mais tu as fait de l'entreprise un grand succès.

— Ce n'était pas vraiment un succès jusqu'à ce que les garçons soient assez grands pour travailler avec moi, admit Dennis. Tu crois que Colin et Declan se sentent comme Brandon ?

— Pas Colin, ça c'est sûr. Il fait exactement ce qu'il a toujours voulu faire. Et Dec a certainement l'air heureux. Mais il y avait toujours quelque chose de différent avec Brandon, n'est-ce pas ?

— Pas toujours. Il a changé l'été où il a eu dix ou onze ans. Tu te rappelles comme on n'arrivait pas à comprendre pourquoi il était tout à coup en colère contre le monde entier ? On a dit que c'était une phase.

— Sauf qu'elle n'a jamais pris fin.

— Je me sens déjà responsable pour son alcoolisme. Dennis soupira. Et maintenant ça. »

Colleen souleva sa tête de l'épaule de son mari pour le regarder dans les yeux. « Mais pourquoi donc te sens-tu responsable de son alcoolisme ?

— J'ai bu chaque jour de sa vie quand il vivait dans cette maison. J'ai été un terrible exemple pour lui et les autres.

— Si c'était vrai, Dennis O'Malley, pourquoi est-ce que les quatre autres ne sont pas alcooliques ? Réponds à cela, alors, mon amour, d'accord ?

— Euh. Je n'y avais pas pensé comme ça.

— Notre fiston est une âme compliquée, mais ce n'est pas un alcoolique à cause de toi. Peut-être qu'il a fait des sacrifices en venant travailler avec toi, mais il mène une vie très confortable grâce à cette entreprise. C'est le cas pour nous tous. Cela n'a certainement pas été qu'à son désavantage.

— Avant que l'alcoolisme ne s'aggrave, il travaillait tellement bien. Il nous a aidés à nous lancer dans des domaines où nous n'étions jamais allés auparavant – systèmes septiques, approvisionnement en eau, environnement. C'est difficile de croire qu'il a fait tout ça alors qu'il détestait ce travail. »

Colleen mit les deux mains sur le visage de son mari. « S'il détestait ce travail, s'il le détestait vraiment, il n'aurait pas tenu seize ans, Denny. Il aurait trouvé un moyen de s'en sortir il y a longtemps.

— Il a trouvé une issue, c'est sûr. Il a bu pour s'en sortir.

— C'est peut-être le cas, mais maintenant que tu sais ce qu'il ressent, tu peux l'aimer assez pour le laisser partir, si c'est ce qu'il veut vraiment.

— C'est bien vrai, ça. Il se pencha pour l'embrasser. Comment es-tu devenue si sage, mon amour ?

— J'ai toujours été sage. Toi, mon gars, tu as simplement été assez intelligent pour m'épouser.

— Si j'ai bonne mémoire, tu ne m'as pas donné bien le choix, » lui rappela Dennis en l'aidant à se lever. L'ultimatum de Colleen devant ses copains de virée devant un bar du sud de Boston était devenu une légende de famille. « C'est eux ou moi, Dennis O'Malley, avait-elle dit. À toi de choisir. » La choisir elle était, de loin, la meilleure chose qu'il ait jamais faite.

Elle rit. « Oh, tu avais le choix. Heureusement pour toi, tu as fait le bon. »

Il l'arrêta devant la porte du bureau. « Je ne l'ai jamais regretté ne serait-ce qu'un instant. Tu le sais, hein ?

— Bien sûr que je le sais, mon amour. Nous avons eu nos malheurs, mais nous sommes tellement bénis. Et notre Brandon s'en sortira très bien. »

Dennis leva un sourcil, amusé. « Comment tu le sais ?

— Parce que je suis sa mère, » dit-elle avec une confiance infinie, et elle lui prit la main et le conduisit au lit.

～

Pendant que ses parents parlaient de lui, Brandon était éveillé dans son lit à l'autre bout de la ville. Il était rentré chez lui pour trouver sa petite maison récemment nettoyée et son réfrigérateur bien approvisionné. Sa mère avait laissé des fleurs fraîches dans un vase sur le plan de travail avec une note qui disait : « Bienvenue à la maison, mon cœur. J'ai laissé du ragoût dans le réfrigérateur pour ton dîner et des muffins pour le petit déjeuner. J'ai aussi changé les draps de ton lit. Colin dit que nous devons te laisser faire ton propre ménage et tes courses maintenant, mais tu sais que tu peux toujours faire appel à moi si tu as besoin de quelque chose. Tu nous as manqué. Passe me voir demain. Je t'aime. Maman. »

Brandon ne se souvenait pas de la dernière fois qu'il avait passé une soirée à la maison sans avoir bu au moins un pack ou deux de six bières. Pour la première fois depuis plusieurs semaines, il était cruellement tenté de boire, mais il lut et relut le passage qu'il avait écrit dans son journal et parvint tant bien que mal à surmonter l'envie terrible de chercher la libération qu'il ne pouvait trouver que dans une bonne boisson forte. À mesure que la nuit blanche s'écoulait, Brandon se rendait compte que vivre dans l'immeuble pendant un certain temps pouvait avoir ses avantages. Dans un nouvel environnement, il serait peut-être moins enclin à reprendre ses vieilles habitudes.

Il se tourna sur son flanc pour pouvoir regarder par la fenêtre de la chambre où une demi-lune illuminait le ciel nocturne. Valerie et lui avaient acheté la maison après être sortis ensemble pendant un an. Brandon avait racheté sa moitié lorsqu'ils s'étaient séparés, mais la touche de Valerie était encore là dans les meubles, la peinture et les rideaux. Elle n'avait emporté que ses vêtements et quelques photos, laissant tout le reste derrière elle lorsqu'elle avait déménagé. Bien que cela couvait depuis longtemps, le départ de Valerie avait finalement été abrupt – et Brandon n'avait même pas remarqué qu'elle était partie.

Brandon soupira, sachant qu'il n'y avait pas lieu de ressasser le passé alors que le présent exigeait toute son énergie et son attention. Il avait prévu d'assister à une réunion des AA à huit heures le lendemain matin, puis il devait rencontrer son père à l'immeuble pour passer en revue le travail à faire. Il consacrerait un mois, deux au maximum, à ce projet, en attendant le bon moment pour pouvoir reprendre sans heurts son rôle de responsable chez O'Malley & Fils.

Entretemps, il travaillerait douze heures par jour, s'il le fallait, pour avancer tant bien que mal les réparations nécessaires à l'immeuble. Il se disait que plus il resterait occupé, moins il serait tenté de replonger dans l'alcool. Le fait de travailler dans l'immeuble lui permettrait également de s'éloigner de Colin, et il en avait grand besoin. La dernière chose qu'il voulait pour l'instant était de recevoir des ordres de son jeune frère. Il lui faudrait un certain temps pour s'y habituer.

Brandon dut finalement s'assoupir, car la pluie qui battait contre la fenêtre de sa chambre le réveilla à six heures et demie. Pendant un instant, il resta parfaitement immobile, car il se réveillait dans son propre lit pour la première fois depuis plus d'un mois. C'était étrange de saluer le matin dans cette chambre, dans ce lit, sans la bouche sèche, un mal de tête lancinant et le besoin désespéré de vomir.

Comme il avait du temps avant sa réunion, il se leva pour aller courir et allongea son parcours pour inclure un dixième kilomètre pour la première fois depuis qu'il avait recommencé à courir. La pluie et la sueur se mélangèrent sur son visage, et il haletait quand il rentra chez lui pour faire cinquante pompes et une série de cent abdominaux. Son corps retrouvait lentement sa forme athlétique d'antan et Brandon avait également remarqué une augmentation de son niveau d'énergie.

Regarder dans son placard était presque comme trouver les vêtements d'un étranger chez lui – des chemises qu'il ne se souvenait pas d'avoir achetées et des jeans qui seraient trop grands pour lui maintenant qu'il avait perdu presque dix des quinze kilos de trop qu'il avait trimballés pendant les dix dernières années. Il attrapa une des chemises en flanelle qu'il portait au travail et trouva un jean décoloré qui lui allait encore, puis se rasa, prit sa douche et en sortant avala deux muffins aux myrtilles faits maison par sa mère.

Il choisit une réunion à Harwich, en espérant qu'il n'y rencontrerait personne qu'il connaissait lors de sa première sortie. C'était assez d'être connu par sa famille, ses collègues de travail et ses amis comme alcoolique qui se remettait, sans avoir à faire face à des connaissances de la ville aux AA.

Hormis quelques bus scolaires, Brandon avait la route pour lui tout seul en conduisant son pick-up de société vers le nord, jusqu'à la limite de la ville de Harwich, en passant devant les bâtiments où vivait Declan, sur son chemin. Il atteignit le centre communautaire de Harwich cinq minutes avant la réunion. Se battant contre le froid et la pluie, Brandon s'enfila à l'intérieur derrière deux femmes. Il leva les yeux et poussa un cri lorsqu'il vit son entraîneur de l'équipe de natation du lycée parmi le groupe rassemblé pour la réunion.

M. Coughlin semblait tout aussi surpris de voir Brandon et s'excusa auprès de son entourage pour venir le saluer. Depuis la dernière fois que Brandon l'avait vu, il y avait cinq ou six ans, les cheveux noirs de M. Coughlin étaient devenus argentés, mais ses yeux bleus étaient aussi chaleureux que dans les souvenirs de Brandon, même s'ils avaient maintenant davantage de rides dans les coins. « Comment vas-tu, Brandon ? » demanda-t-il en tendant la main.

Brandon lui serra la main, n'arrivant toujours pas à croire qu'il venait de trouver ce personnage plus grand que nature de sa jeunesse à une réunion des AA.

« On m'appelle juste Joe ici, ajouta M. Coughlin. Ça fait plaisir de te voir.

— Oui, balbutia Brandon. Ça fait un bail.

— Trop longtemps. C'est ta première réunion ?

— La première depuis que je suis sorti de la désintox. Et vous ?

— Dis-moi tu. Ça fait vingt-cinq ans que je viens ici, confessa Joe.

— Même du temps où j'étais dans ton équipe ? » demanda Brandon, stupéfait.

Joe hocha la tête. « Même de ce temps-là. Cela fait combien de temps que tu es sobre ?

— Trente et un jours. Le nombre réduit gênait Brandon. Je viens juste de sortir de Laurel Lake hier.

— Bien joué. T'as passé le cap du premier mois, et tu es où tu dois être maintenant. Entre, viens t'asseoir. Joe glissa son bras autour des épaules de Brandon. C'est une super réunion. Tu vas trouver les gens sympathiques. »

À la fin de la réunion, Brandon, qui avait choisi de ne pas parler, essayait encore de digérer le fait que l'homme qui l'avait entraîné à Notre Dame pour obtenir une bourse complète d'études sportives avait été alcoolique pendant toutes les années où ils avaient passé une grande partie de leurs journées ensemble. Brandon appela son père pour repousser d'une heure leur rencontre à l'immeuble et invita Joe à le rejoindre pour prendre un café.

Comme la pluie avait cessé, ils marchèrent les deux pâtés de maisons du centre communautaire jusqu'à un petit café en centre-ville. Une fois assis dans un box, Joe lui dit: « Tu as l'air en forme. Plus que jamais.

— T'aurais dû me voir il y a un mois. Je cours tous les jours, pour essayer de retrouver ma forme. Je me suis vraiment laissé aller de plus d'une façon.

— Qu'est-ce qui s'est passé, Brandon ? »

Brandon haussa les épaules. « J'ai commencé à me foutre de tout et j'ai bu jusqu'à me détruire, en gros. Et puis un soir pendant que j'étais fait à en perdre la mémoire, j'ai fait la brute avec la nouvelle copine d'Aidan, puis Aidan l'a fait avec moi, et le jour suivant je me suis retrouvé à Laurel Lake. Fin de l'histoire. »

Joe fit une grimace. « C'est dur. Je suis désolé. Mais tu as atterri au bon endroit. Laurel Lake a une excellente réputation.

— Les gens là-bas ont été fantastiques. Ils ne m'ont pas laissé m'en tirer avec mes conneries habituelles. Ils m'ont confronté, et c'était ce dont j'avais besoin. Et toi ? Je n'avais pas la moindre idée...

— Ce n'est pas quelque chose que je criais sur les toits, surtout à l'époque où beaucoup de gens n'auraient pas vu d'un bon œil un professeur et un entraîneur alcoolique au lycée. J'avais peur de perdre mon emploi si les gens le découvraient. Alors je n'en ai jamais parlé à personne. Jamais. Aujourd'hui, je suis à la retraite, et je me fiche complètement de qui le sait.

— Ça doit être libérateur, » dit Brandon lorsqu'on leur servit le café.

Joe ajouta du lait et du sucre dans le sien. « Oui, oui. Mais nous vivons dans un monde différent aujourd'hui. Notre maladie n'est pas stigmatisée de la même manière, parce qu'elle est mieux comprise qu'à l'époque.

— Je n'ai malgré tout pas hâte de l'annoncer au monde entier.

— Tu n'as pas à le faire. Il suffit de suivre le programme, de vivre sa vie au mieux, de se racheter. Tu connais la chanson maintenant.

— Je t'envie vraiment. »

Joe poussa un petit rire. « Pourquoi diable m'envierais-tu ?

— Parce que tu as vingt-cinq ans de sobriété à ton actif, et je ne fais que commencer.

— Il y a une histoire dans le *Gros Livre* à propos d'un gars avec une tren-taine d'années dans le programme qui tombe sur un nouveau sobre qui dit exactement ce que tu viens de dire. Le vieux explique au nouveau qu'il échan-gerait sa place avec lui en clin d'œil s'il le pouvait. Bien sûr, le nouveau ne peut pas le croire, mais l'ancien sait quelque chose que le nouveau ne peut pas savoir : il trouvera plus de joie qu'il ne peut l'imaginer dans ce parcours, et s'il le pouvait, l'ancien retournerait au premier jour pour pouvoir tout revivre. Si je le pouvais, Brandon, j'échangerais ma place avec toi tout de suite. Non seulement tu es jeune et beau, plaisanta-t-il, mais tu es au début du plus incroyable voyage que tu entreprendras dans ta vie. C'est moi qui t'envie. »

Brandon s'assit pour digérer ce qu'avait dit Joe. « L'une des premières choses sur ma liste de choses à faire est de trouver un sponsor. Voudrais-tu, je veux dire...

— Ce serait un honneur. Ce serait comme au bon vieux temps, hein ? »

Brandon rit et leva sa tasse de café pour porter un faux toast. « Au bon vieux temps.

— Et aux nouveaux départs, » dit Joe, en choquant sa tasse contre celle de Brandon.

L'odeur de bois neuf et de sciure planait dans l'air humide pendant que Colin inspectait un restaurant que la nouvelle division de construction venait de terminer à Brewster. O'Malley & Fils avait monté la charpente et allait confier le projet à d'autres entrepreneurs pour le terminer. Normalement, c'était Brandon qui inspectait et approuvait un travail comme celui-ci, mais Colin savait ce qu'il fallait vérifier et était satisfait de ce qu'il voyait. Alors qu'il faisait le tour du bâtiment avec le chef de chantier, le téléphone de Colin sonna. Il le décrocha de sa ceinture pour prendre l'appel de Lorraine, la directrice du bureau.

« Colin ? » Lorraine devait avoir la soixantaine bien passée, et Colin ne l'avait jamais vue sans sa coiffure choucroute et ses lunettes papillon, qu'elle possédait dans une étonnante variété de couleurs et de motifs. Après près de quarante ans à la tête du bureau, elle était le ciment de l'opération.

« Oui, ma petite dame ? » Il vivait dans la crainte que la retraite de son père n'incite Lorraine à en faire autant, mais jusqu'à présent, elle n'en avait pas parlé et il n'allait certainement pas lui poser la question.

« Tu voulais que je te fasse savoir quand FedEx était passé.

— J'attends une pièce de garantie pour un des nouveaux fourgons qui est hors service jusqu'à ce que ça arrive.

— Rien pour l'instant. Tu veux que je suive la livraison ?

— C'est bon. On leur donne jusqu'à demain. Rien d'autre à signaler ? Brandon n'est pas venu, non ? Colin était nerveux à l'idée que Brandon se présente au travail à l'entreprise plutôt qu'à l'immeuble.

— Aucun signe de Brandon. Tu as eu un appel d'une certaine Meredith Chase. Tu veux le numéro ou je le laisse sur ton bureau ? »

Le cœur de Colin s'emballa et il prit le stylo qui dépassait de son casque. « Je vais prendre le numéro, s'il-te-plaît. Il l'écrivit sur sa main pendant que Lorraine le récitait.

— Elle a dit que c'était son numéro de portable, et qu'elle était en pause jusqu'à dix heures trente. »

Colin regarda sa montre. Dix heures quinze. « Merci, Lorraine. » Il remit son téléphone à sa ceinture et se tourna vers l'employé avec qui il était. « Excuse-moi une minute, Ray. Je dois passer un coup de fil.

— Prends ton temps. »

Colin se rendit à son camion pour passer l'appel sur son téléphone portable personnel. Pendant qu'il attendait que Meredith réponde, le téléphone sonna deux fois, mais il l'ignora. Lorsqu'il entendit sa voix, une image d'elle avec le chapeau rose lui revint à l'esprit. Malgré son intention de l'oublier et de passer à autre chose, il avait souvent pensé à elle depuis qu'elle avait refusé son invitation à dîner.

« Bonjour, c'est Colin O'Malley.

— Bonjour, Colin.

— J'ai eu votre message.

— J'espère que ça ne vous dérange pas que je vous appelle au bureau.

— Bien sûr que non. Je suis ravi d'avoir de vos nouvelles. Comment ça va ?

— Je vais très bien. Je me demandais simplement si votre frère était rentré et comment ça se passe. »

Colin fut déçu de constater qu'il s'agissait d'un appel Al-Anon. « Il est à la maison. Nos chemins ne se sont pas encore croisés, mais nous allons dîner avec lui ce soir. Mon père a passé un peu de temps avec lui hier et a dit qu'il semble être en bonne forme. On verra bien.

— Je prierai pour votre famille.

— Merci. Je suis dans le quartier de votre école en ce moment.

— Vraiment ? Que faites-vous ?

— Nous sommes l'entreprise qui travaille sur le nouveau restaurant à l'intersection de la 28 et de la 6A.

— Je connais l'endroit. Elle fit une pause. Euh, Colin, je me sens mal à propos de la façon dont on s'est quittés l'autre soir. Je ne veux pas que vous pensiez...

— Quoi ? »

Il y eut une autre longue pause pendant laquelle il se demanda si elle était encore au bout du fil. « Que je ne voulais pas vous revoir, dit-elle d'une petite voix. Ce n'est pas cela.

— Qu'est-ce que c'est, alors ? demanda-t-il, soulagé par sa confession.

— Cela n'a rien à voir avec vous. J'aimerais vous revoir. C'est juste que, eh bien, je ne sors pas avec les hommes, ni rien de la sorte.

— Pourquoi pas ?

— Disons simplement que chat échaudé craint l'eau froide. »

Il la comprit à un tout autre niveau grâce à ce premier indice sur ce qui avait bien pu l'amener à Al-Anon. « Ça n'a pas besoin d'être un rendez-vous galant. On pourrait simplement l'appeler un dîner et en rester là. Vous sortez avec des amis, n'est-ce pas ?

— Eh bien, oui, je suppose que oui.

— J'aime à penser que nous pourrions être amis. Colin se sentit presque malhonnête car il savait déjà qu'il voulait être bien plus qu'ami avec cette femme. Il y avait quelque chose de tellement doux en elle, et l'indice qu'elle lui avait donné ne faisait qu'alimenter son désir d'en savoir plus sur elle.

— Cela me ferait plaisir.

— Alors aimerais-tu dîner avec cet ami samedi soir ? dit-il en la tutoyant.

— C'est le soir des rendez-vous galants. »

Il rit. « Eh bien, dimanche soir ?

— Il y a école le lendemain.

— Je n'ai pas entendu cette excuse en vingt ans, dit-il en riant. Qu'est-ce qui est pire ? Le soir des rendez-vous galants ou un soir où il y a école le lendemain ?

— Le soir des rendez-vous galants, c'est sûr. Alors, c'est dimanche.

— Je t'appellerai, promit-il.

— D'accord. Tu viens à la réunion vendredi ?

— J'en ai l'intention.

— Alors je te vois vendredi. Il faut que je retourne en classe.

— À vendredi. » Colin raccrocha et poussa un grand cri. Ce n'était pas un rendez-vous en amoureux, mais c'était un début. Il leva la tête pour trouver son employé, Ray, en train de le regarder de la porte d'entrée du restaurant. Son visage brûla de honte lorsqu'il sortit du pick-up.

« Tout va bien, patron ? demanda Ray avec amusement. Les hommes l'avaient appelé ainsi depuis que Dennis avait annoncé sa promotion lors de la réunion du lundi matin.

— Retournons au boulot, » grogna Colin en remettant son casque.

Ray rit. « Après vous, patron. »

Brandon gémit lorsqu'il s'arrêta devant la maison sur l'ancienne rue Queen Anne. La maison victorienne avait été agrandie au fil des ans, et Dennis avait déclaré qu'elle était structurellement saine mais qu'elle nécessitait un travail esthétique important pour l'adapter au XXIe siècle. Il y avait six appartements en tout, dont cinq étaient loués.

En remontant l'allée fissurée, Brandon examina l'aménagement paysager envahi par la végétation et la peinture jaune décolorée qui s'écaillait sur les murs extérieurs. Les marches en bois de l'entrée s'affaissèrent sous son poids, et il trouva encore de la peinture écaillée, grise cette fois, sous le porche d'entrée au bout duquel une ancienne balançoire était suspendue au plafond. « Ce serait risquer sa vie que de s'asseoir sur ce truc, » marmonna Brandon.

Dennis sortit par la porte d'entrée. « Hé, le voilà ! Il donna à son fils une tape dans le dos. L'homme du moment !

— Plutôt le crétin de l'heure. Désolé d'être en retard. Je suis tombé sur le coach Coughlin à Harwich ce matin.

— Comment va-t-il ?

— Il va très bien. Ça m'a fait plaisir de le voir. Brandon enfonça un doigt dans le cadre pourri d'une des fenêtres à l'avant. À quoi tu pensais bon sang quand tu as acheté cet endroit, Papa ?

— C'est un bon amortissement fiscal, et en plus il du vrai potentiel. Viens, je vais te montrer. »

Une heure plus tard, Brandon avait eu droit à une visite avec une longue énumération des points faibles et peu de points forts. L'endroit avait besoin de tout. Mais tandis qu'il râlait devant son père, au fond de lui Brandon ressentait une étincelle d'excitation en pensant à ce qu'il pouvait faire ici. Au fur et à mesure que lui et ses frères avaient assumé plus de responsabilités au sein de la compagnie, ils avaient moins mis la main à la pâte, et Brandon fut surpris de découvrir que cela lui manquait. « Alors, quel est le budget ?

— J'aimerais qu'il reste en dessous de cinquante mille, sans compter ton temps. Dennis remit à son fils une carte de crédit qu'il avait allouée au projet. Penses-tu pouvoir le faire pour ce montant ? »

Brandon mit la carte dans sa poche arrière, se gratta la tête, et jeta un nouveau coup d'œil à l'appartement du bas qui allait être le sien pour le moment. La moquette devait partir, la salle de bain et la cuisine devaient être arrachées et remplacées, il fallait tout repeindre, et ce n'était qu'un seul des six appartements. « Je ne sais pas. Je peux essayer. On aura des réductions d'achat en gros sur beaucoup de choses puisqu'il y aura six de tout. Si je m'approche de cinquante mille, je te le ferai savoir. Alors, où vont vivre les locataires pendant que je fais les gros travaux dans leur logement ?

— Eh bien, dit Dennis, les yeux pétillants d'amusement, je me suis dit que tu pourrais faire cet endroit d'abord pour qu'ils puissent rester ici à tour de rôle pendant que tu fais le leur. »

Les yeux de Brandon se plissèrent. « Alors j'ai la chance de vivre dans le chaos pour que les locataires soient à l'aise ?

— Quelque chose comme ça.

— J'ai vraiment pigeon écrit sur le front, c'est ça ? »

Dennis prit un air sérieux. « Je pensais que ça te plairait, mais après ce dont on a parlé hier, je ne me fais plus confiance pour prendre cette décision à ta place. Si tu ne veux vraiment pas le faire, tu n'es certainement pas obligé. Je peux remettre l'immeuble sur le marché.

— J'étais en train de me dire que ça va être amusant, avoua Brandon en réalisant qu'il s'engageait dans un projet qui prendrait beaucoup plus qu'un mois ou deux. C'est le genre de choses que nous faisions l'été, avant que l'entreprise ne grandisse et devienne importante. »

Dennis rit. « Oui, et c'est exactement ce qu'Aidan fait dans le Vermont. Son sourire s'effaça à l'évocation de son fils aîné.

— Quoi ?

— Il se passe quelque chose avec lui. Ta mère l'a appelé juste pour dire bonjour ce matin. Elle a bien compris que quelque chose n'allait pas, mais il n'a rien voulu lui dire.

— Peut-être qu'elle l'a simplement dérangé à ce moment-là.

— Non, c'était plus que ça. Dennis leva les yeux et devint pâle quand une grande blonde mince passa devant la fenêtre où ils se tenaient. Il attrapa le bras de son fils pour l'écarter de la fenêtre.

— Qu'est-ce qui ne va pas, bon sang, Papa ? demanda Brandon, en dégageant son bras.

— Chut, elle va nous entendre. Elle a déjà vu les pick-ups, alors elle nous cherche.

— Mais qui donc ? chuchota Brandon, se sentant bête.

— La locataire de l'enfer, murmura Dennis avec une expression sincère de peur sur son visage.

— M. O'Malley ? retentit dans le couloir la voix d'une femme. Je sais que vous êtes ici quelque part, et que vous vous cachez de moi, mais je peux attendre toute la journée s'il le faut.

— Merde, merde et *merde*, » chuchota Dennis.

Brandon eut du mal à ne pas se rouler par terre de rire. « Sérieusement, tu te caches d'une femme ? Après avoir vécu avec Maman pendant quarante ans ?

— À côté de cette femme, ta mère se laisse marcher sur les pieds, chuchota Dennis.

— Il faut que je voie ça. Brandon se dirigea vers la porte.

— *Brandon !* Dennis continua à coller sa grande carrure contre le mur entre les deux fenêtres. Surtout n'ouvre pas cette porte ! »

Lançant un regard moqueur à son père, Brandon ouvrit la porte à la femme la plus époustouflante qu'il ait jamais vue. Et elle était bien énervée.

« M. O'Malley se cache-t-il là-dedans ? demanda-t-elle, les mains sur ses hanches menues. Ses yeux d'un brun doré se plissèrent de colère lorsqu'elle essaya de regarder derrière Brandon dans l'appartement.

— Je suis M. O'Malley. Brandon lui tendit la main. Que puis-je faire pour vous ? »

Elle ignora sa main tendue et sembla brièvement troublée d'avoir affaire à un autre O'Malley.

La bouche de Brandon s'assécha quand, d'un geste énervé, elle balaya ses longs cheveux blonds de son épaule, révélant des seins fermes et généreux sous un débardeur moulant.

« J'essaie de joindre le M. O'Malley *plus âgé* depuis deux semaines. Il y a une fuite dans mon plafond, mon évier de cuisine est bouché et j'entends *encore* le bruit de petites pattes la nuit. Vous pouvez lui dire que s'il ne fait pas quelque chose *aujourd'hui* j'appelle le Service Communal d'Hygiène et de Santé. J'ai un enfant qui habite dans cet appartement.

— Je serai là après le déjeuner. Cela vous convient ? »

Prête à se battre, elle ne semblait pas préparée à sa capitulation facile. « Bien. » Elle se retourna et descendit le couloir jusqu'aux escaliers.

Brandon pencha sa tête autour du cadre de la porte pour la regarder partir. « Mmm, mmm, *mmm*, c'est une dame très sexy.

— C'est une dame très grincheuse, » dit Dennis derrière lui.

Brandon se tourna vers son père. « C'est bon, Papa. Tu peux sortir maintenant. Je me suis occupé de la fille terrifiante.

— Ferme-la.

— Qui est-ce ?

— Je te l'ai dit, la locataire du diable. Dieu merci, c'est ton problème maintenant.

— Mais comment s'appelle-t-elle ?

— Daphne Van quelque chose. Je l'ai par écrit à la maison, à côté des quarante-six messages qu'elle m'a laissés ces deux dernières semaines.

— Pourquoi tu l'as ignorée ? Elle a un enfant. Ce n'est pas ton genre.

— Elle me crie dessus. »

C'était la dernière goutte. Brandon laissa tomber sa tête en arrière et éclata de rire.

— Qu'est-ce qu'il y a de si drôle ? » demanda Dennis, insulté.

Quand Brandon reprit finalement son souffle, il essuya ses larmes mais n'effaça pas le sourire de son visage. Bon sang, comme c'était bon d'être de retour à la maison. « Dennis O'Malley, 1 m 80. Peur d'une fille. Je ne pensais pas voir ça de mon vivant.

— J'allais t'offrir le déjeuner, mais tu peux aller au diable, » s'exclama Dennis en passant devant son fils avant de franchir la porte.

Brandon le suivit. « Je te laisse m'inviter à déjeuner parce que vas me faire travailler comme un esclave ici, alors c'est le moins que tu puisses faire. Et maintenant que je sais que tu as peur d'une des *filles* locataires, mon prix vient d'augmenter.

— Rigole tout ce que tu veux, fiston, mais on verra qui rira quand tu auras passé une semaine ou deux à t'occuper de cette femme. Oui, on verra bien qui rira le dernier. »

Brandon était en train de serrer le dernier boulon sous l'évier de Daphne lorsqu'il entendit le bruit de ses clés dans la porte. Elle parla d'un ton grave et contrôlé à un jeune enfant, et il décida de rester sur place jusqu'à ce que celui-ci se révèle à lui. Allongé sur le dos, il regarda de petites mains grassouillettes retirer des baskets rouge vif et les laisser tomber d'un coup sec sur le plancher en bois.

Il avait été agréablement surpris de trouver l'appartement du troisième étage chaleureux et accueillant, ce qui contrastait nettement avec sa première impression de la femme qui vivait ici. Les meubles n'étaient pas luxueux, mais c'était confortable. Des abat-jours avec une frange de perles, des coussins colorés et les murs peints en jaune vif donnaient au salon une atmosphère joyeuse. Des bougies étaient posées sur toutes les surfaces, ainsi qu'une douzaine de photos encadrées, mais comme il se sentait comme un intrus, il ne s'était pas arrêté pour les étudier. Les jouets étaient empilés dans un coin et un chevalet d'art en occupait un autre. Il était évident que l'enfant qui vivait ici était le centre de la vie de sa mère.

« Mike ! dit Daphne. Mets ces baskets mouillées sur le tapis. Tu fais des flaques sur le sol. »

Détends-toi, Maman, se dit Brandon. *Il faut que jeunesse se passe.* Une fois que les baskets eurent atterri à nouveau – heureusement cette fois-ci à leur place – il entendit des petits pieds courir dans sa direction, vit des jambes habillées de jean entrer dans la cuisine, et rit quand elles s'arrêtèrent net.

« MAMAN ! s'écria l'enfant. Un homme a perdu ses jambes dans notre cuisine ! »

Daphne entra en courant. « Sortez de là, dit-elle du même ton ferme que celui qu'elle avait utilisé pour s'occuper des baskets qui dégoulinaient. Tout de suite. »

Brandon sortit en glissant de sous l'évier et s'assit pour trouver deux belles blondes devant lui, furieuses et magnifiques, l'une adulte et l'autre qui avait encore pas mal à grandir, les mains sur les hanches et leurs yeux marron doré identiques se plissant avec méfiance.

« Que faites-vous dans mon appartement ? » demandèrent-elles à l'unisson.

Brandon les regarda d'où il était assis par terre. « Vous avez dit que vous vouliez faire réparer votre évier. Eh bien, il est réparé.

— Je n'ai pas dit que vous pouviez venir ici quand je n'étais pas à la maison, dit Daphne.

— En fait, si, quand vous avez signé le bail. Il se leva, ouvrit l'eau, et testa son travail en se lavant les mains. Vous voyez ? Voilà. Comme neuf.

— Qui êtes-vous ? demanda la Daphne miniature. Elle portait une salopette en jean, une chemise rouge à manches longues assortie à ses joues roses, et ses boucles blondes étaient domptées dans des couettes.

— Et toi, qui es-tu ? répondit Brandon en séchant ses mains sur son jean.

— J'ai demandé en premier. »

Il sourit. La gamine avait du cran, comme sa mère. « Brandon O'Malley, » dit-il en tendant la main.

Elle sourit jusqu'aux oreilles du plaisir d'être traitée en adulte et lui serra la main. « Je suis Mike Van Der Meer, et j'ai cinq ans. »

Il l'évalua. « J'aurais dit six, et je déteste avoir à te le dire, ma petite, mais Mike c'est pau un nom de fille. »

Elle croisa les bras sur le bavoir de sa salopette et plissa encore les yeux. « Je vais avoir six ans en mai, Mike est un nom de fille, et *pau*, c'est pau un mot. »

Brandon rit. « Eh bien, me voilà corrigé.

— Mike, ne fais pas l'impertinente, la réprimanda Daphne.

— Est-ce ton art partout sur le frigo ? » demanda Brandon.

La petite hocha la tête. « Je suis peintre.

— Je vois ça.

— Je peux vous en faire un si vous voulez.

— Mon appartement en bas bénéficierait d'un peu de couleur, c'est sûr.

— Je vais essayer de vous en faire un si j'arrive à le caser. »

Brandon retint son rire en voyant la moue sérieuse qu'elle fit en réfléchissant à son emploi du temps chargé.

« Va jouer, Mike. J'ai besoin de parler à M. O'Malley. Daphne fit filer la petite au salon et porta à nouveau son attention sur Brandon. Je n'aime vraiment pas que vous soyez ici quand je ne suis pas à la maison. Cela a quelque chose de très Big Brother.

— Vous avez dit que vous alliez nous signaler aux autorités, et je n'avais aucun moyen de savoir quand est-ce que vous alliez être de retour. Il se pencha pour ranger ses outils dans la boîte à outils rouge qu'il avait été chercher après le déjeuner. J'ai trouvé l'origine de la fuite dans les combles et je l'ai bouchée. Je vais essayer de venir réparer les dégâts de votre plafond dans la semaine ou en début de semaine prochaine. J'ai aussi mis des pièges à souris, et je reviendrai les vérifier demain. »

Daphne lança des regards furtifs dans la pièce à la recherche des pièges. « Où sont-ils ?

— Nulle part où les petites mains pourraient les trouver, ne vous inquiétez pas. Vous avez dit que vous aviez un enfant, et j'ai vu les jouets. Je ne suis pas complètement idiot.

— Juste un peu, alors ? demanda-t-elle avec un léger sourire.

— Une blague ? demanda-t-il, feignant le choc. Vous avez fait une blague ?

— Je ne suis pas complètement connasse.

— Juste un peu, alors ? »

Elle rit, et le son envahit Brandon comme le whisky le faisait avant – chaud et doux.

« Touché, dit-elle. Merci d'avoir fait les réparations si vite.

— De rien. »

Elle prit appui sur le comptoir et pencha la tête en étudiant Brandon. « Vous êtes beaucoup plus réactif que l'autre M. O'Malley.

— C'est mon père. Le regard pointu de Brandon lui fit comprendre que casser du sucre sur l'autre M. O'Malley ne marcherait pas avec lui. Il a eu beaucoup de problèmes dernièrement.

— Eh bien, il devrait rappeler ses locataires.

— Je serai dans les alentours pendant les deux prochains mois pour faire des rénovations sur place. Je vais vivre dans l'appartement du bas, donc si vous avez besoin de quelque chose, faites-le moi savoir.

— Les locataires parlent des rénovations. Vous devriez leur faire savoir ce que vous comptez faire. Les autres sont âgés, et ce genre de chose les rend anxieux. »

Elle le suivit quand il prit sa boîte à outils et se rendit dans le salon.

« Je vais leur parler. On va repeindre et refaire toutes les cuisines et les salles de bains. On va mettre à disposition mon appartement pendant qu'on travaille sur les vôtres. Si l'un d'entre vous ne veut pas que cela soit fait, vous n'êtes pas obligés.

— Super, grommela-t-elle.

— Nous essayons de remettre en état l'endroit. Quel est le problème ?

— Combien de temps vous faudra-t-il pour augmenter le loyer afin de couvrir les frais ? Elle se mordit nerveusement l'ongle du pouce, l'air de faire le calcul dans sa tête.

— On ne va pas augmenter le loyer.

— Oui, c'est ça. »

Comme il savait qu'il n'arriverait pas à la convaincre, il ne prit pas la peine d'essayer. « À bientôt, Mike.

— Au revoir, M. O'Malley, dit Mike depuis le canapé où elle était absorbée par un épisode de Dora l'exploratrice.

— C'est vraiment son nom ? chuchota Brandon.

— Michaela, dit Daphne. Appelez-la comme ça un jour. Vous verrez ce qui se passe.

— Je parie que ça vous ferait plaisir.

— Vous n'avez pas idée, dit-elle, avec un soupçon de sourire qui faisait penser qu'il y avait peut-être un côté plus doux caché quelque part très loin sous son extérieur dur comme la pierre.

— C'est un plaisir de vous avoir rencontrée, dit-il avec un sourire artificiel en franchissant le seuil du couloir.

— Oh, tout le plaisir était pour moi. Restez hors de mon appartement. »

Brandon rit quand elle claqua la porte. *Quel sacré numéro, celle-là !*

~

Il pensait encore à Daphne et à Mike en rentrant chez lui pour prendre une douche et se changer pour aller dîner chez Erin. La famille organisait une fête de bienvenue pour lui, mais elle avait été qualifiée de « simple dîner ». Il avait prévu de leur faire plaisir pendant une heure ou deux avant de rentrer à la maison pour préparer ce qu'il emporterait à l'appartement le lendemain. Pourquoi son père insistait pour qu'il vive là, il n'en savait rien, mais Brandon n'allait pas s'y opposer. Il savait qu'il devait changer les choses pour éviter de retomber dans ses vieilles habitudes.

Le téléphone sonna quand il entra par le garage, et il se précipita vers le poste de la cuisine qu'il décrocha. « Oui, j'arrive !

— Brandon ? Salut, c'est Alan.

— Oh, désolé, Alan. J'ai cru que c'était soit ma mère, soit ma sœur qui s'assurait *encore* que je venais dîner. »

Alan gloussa. « Comment ça va ?

— Aujourd'hui, ça a été une bonne journée. Je suis allé à une réunion, j'ai trouvé un parrain, j'ai déjeuné avec mon père, une femme des plus sexy m'a crié dessus, j'ai rencontré un enfant mignon et j'ai travaillé. Maintenant, je vais dîner chez ma sœur.

— Je suis épaté. Pas mal pour un premier jour à l'extérieur.

— Ouais, c'était occupé, mais je pense que rester occupé va m'aider.

— Du moment que tu n'es pas occupé à faire ce que tu faisais avant. Alors tu as un sponsor, hein ?

— Ouais, c'était la chose la plus bizarre. Je suis allé à une réunion des AA et j'ai rencontré mon entraîneur de natation au lycée. Il fait partie des AA depuis vingt-cinq ans. Je ne m'en suis jamais douté. Bref, il a accepté d'être mon parrain.

— C'est une étape très importante. C'est bien pour toi. Je ne veux pas te retenir. Je voulais juste m'assurer que tu allais bien.

— Je suis content que tu l'aies fait. Allons, euh, dîner ou autre chose. Bon Dieu, j'ai failli dire allons prendre une bière.

— Les vieilles habitudes ont la vie dure, dit Alan. Mais elles finissent par mourir. Pourquoi tu ne viens pas manger à la maison un soir ? J'aimerais que tu rencontres ma femme et mes filles.

— Ce serait super, Alan. Je t'appelle la semaine prochaine. »

En posant le téléphone, Brandon essaya de se souvenir de la dernière fois qu'il s'était fait un nouvel ami qui n'était pas un pote de beuverie. Ça faisait du bien de savoir qu'il y avait des gens qui lui voulaient du bien et qui seraient là pour lui s'il trébuchait. C'était peut-être à ça que servaient toutes ces histoires de puissance supérieure, pensa-t-il, en s'asseyant sur son lit pour enlever ses bottes de travail. Il s'allongea sur le lit et regarda le plafond.

« Dieu, donne-moi la force de passer cette soirée avec ma famille, » chuchota-t-il, s'attendant à ce que la terre bouge ou à ce qu'un éclair passe par la fenêtre. Mais lorsqu'une demi-minute s'écoula sans aucun signe de mécontentement divin face à sa pathétique tentative de prière, il se leva pour prendre une douche.

Toutes les lumières étaient allumées dans la grande maison victorienne d'Erin, située à moins d'un kilomètre de la maison des parents de Brandon, sur Shore Road. Erin et Tommy avaient utilisé une grande partie de l'héritage de Sarah qu'Aidan avait partagé avec sa famille pour l'acompte sur une maison dans un quartier qu'ils n'auraient pas pu se permettre autrement. Tommy avait fait une tonne de travaux sur place, et le résultat était un environnement confortable et désordonné.

L'allée ressemblait à un parking de voitures d'occasion, et Brandon gémit quand il réalisa qu'il était le dernier à arriver. La Cadillac argentée de ses parents, le pick-up de la société de Colin et la Mustang de Declan se trouvaient dans l'allée derrière le pick-up de la société de Tommy et le mini van d'Erin. Brandon gara son pick-up devant la maison, prit une grande inspiration et remonta l'allée.

Erin sortit en trombe par la porte, courut dans les escaliers et sauta dans ses bras.

« Bon sang, tu m'as presque coupé le souffle, ma belle. Brandon planta un baiser bruyant sur sa tête d'un blond vénitien alors qu'elle s'accrochait à lui.

— C'est bon de te voir, » lui chuchota-t-elle dans le cou.

Il la tint pendant un long moment avant de la reposer à terre. « Ne me dis pas que tu pleures. »

Elle s'essuya le visage. « Ne sois pas ridicule. »

Malgré les huit années qui les séparaient, Brandon avait partagé un lien spécial avec sa petite sœur jusqu'à ce que la consommation d'alcool de l'un et la famille grandissante de l'autre les aient entraînés dans des directions opposées.

Erin passa son bras dans le sien pour le faire monter les escaliers. La famille était réunie dans le salon, et la première chose que Brandon remarqua fut à quel point ils semblaient tous raides lorsqu'un par un ils se levèrent pour le saluer. Il embrassa sa mère, qui pleurait également. Dec l'enlaça chaleureusement.

Quand finalement Declan le laissa partir, Brandon se tourna vers Colin. « Salut, Col.

— Tu as l'air en forme, Brand. Colin serra la main de son frère. En très bonne forme.

— Je me sens bien, répondit Brandon en serrant la main de son beau-frère Tommy. Où sont les enfants ?

— Ils passent la nuit avec la mère de Tommy pour qu'on puisse avoir du temps entre adultes ce soir, dit Erin.

— Pourquoi tout le monde se comporte si bizarrement ? Brandon regarda autour de lui et remarqua qu'aucun d'entre eux ne buvait. Oh, allez, vous pouvez prendre une bière ou autre chose. Vous n'allez pas me faire replonger.

— Ce n'est pas grave, dit Colleen. On n'en a pas besoin.

— Maman, écoute, vous devez vivre votre vie. J'apprécie l'intention, mais ce n'est pas votre problème. C'est le mien. Maintenant, Erin, va leur chercher des bières et sois normale, tu veux bien ? S'il te plaît ? »

Tous les yeux se tournèrent vers Colleen.

« Eh bien, je suppose que c'est bon, mais si tu changes d'avis, Brand, tu n'as qu'un mot à dire, ajouta Colleen. Nous ne voulons pas te rendre la tâche plus difficile qu'elle ne l'est déjà.

— J'ai besoin de normalité, Maman. Brandon l'embrassa sur la joue. Erin, apporte une bière à Papa avant qu'il ne commence à baver. »

Ils rirent tous du regard noir que Dennis lança à son fils, et Brandon sentit que les choses revenaient à la normale, ou ce qui passait pour normal ces jours-ci.

~

Après un dîner composé de poulet au barbecue, de pommes de terre au four et de salade, Colleen rassembla ses fils dans le salon près de la cuisine d'Erin.

Les « garçons » échangèrent des regards nerveux. Cela ressemblait beaucoup à la séance d'identification qu'ils avaient endurée après avoir cassé la fenêtre chez le vieux Kuzminski et menti à ce sujet, ou encore quand ils avaient crevé tous les pneus de la voiture du père de Jimmy Olsen lorsque ce dernier, âgé de treize ans, les avait emmenés faire une virée qui avait en fait avait été l'idée de Declan.

« Qu'est-ce qu'il y a, Maman ? demanda Dec quand Colleen eut fermé la porte. Qu'est-ce qu'on a fait ?

— Ne sois pas bête. Vous n'avez rien fait. J'ai parlé à Aidan ce matin, et il avait l'air bizarre. Est-ce que l'un d'entre vous lui a parlé ? Colleen était tellement petite à côté de ses fils qu'il lui fallait incliner la tête à un angle dramatique pour voir leurs visages.

— Pas depuis que nous sommes rentrés de Boston dimanche, déclara Colin.

— Pourquoi étiez-vous à Boston ? demanda Brandon.

— Clare nous a tous emmenés en ville pour le quarantième anniversaire d'Aidan, » dit Colleen.

Brandon ressentit une pointe de remords d'avoir manqué ce qui avait dû être un moment amusant – un moment amusant centré sur Aidan. Intéressant de constater qu'il ressentait des remords et non de la colère, pensa Brandon. Avant qu'il n'ait l'opportunité de digérer cette révélation, sa mère continua.

« Je ne l'ai pas trouvé bien. Quelque chose ne va pas chez lui, mais il n'a pas voulu me dire ce que c'était.

— Tu n'en sais rien, Maman, dit Colin. Il était peut-être simplement fatigué ou pas en forme.

— C'est plus que ça. Je l'ai entendu à sa voix tout comme je l'entendrai à la vôtre si c'était l'un d'entre vous. Je veux que vous alliez là-haut prendre de ses nouvelles ce week-end, les garçons.

— J'ai prévu des choses, protesta Declan.

— Je sors avec une femme, dit Colin.

— Il ne veut certainement pas me voir, » dit Brandon.

Colleen leva la main pour les faire taire. « Quelque chose ne va pas avec votre frère et vous trois irez dans le Vermont vendredi pour voir ce que c'est. Ses yeux verts sévères passèrent d'un fils adulte à l'autre et puis au troisième. Ils étaient aussi impuissants contre ce regard particulier de Colleen à la fin de la trentaine que lorsqu'ils étaient adolescents. Est-ce que je me fais bien comprendre ? »

Ils regardèrent le sol et marmonnèrent « Oui, Maman, » dans une harmonie à trois voix.

« C'est bien, mes garçons, » dit-elle en se retournant et en quittant la pièce.

Une fois leur mère partie, Colin fut le premier à prendre la parole. « Quel âge pensez-vous que nous aurons avant qu'elle ne puisse plus nous faire ce genre de coup ?

— Apparemment, plus vieux que nous le sommes maintenant, dit Declan.

— Elle n'a que soixante ans, leur rappela Brandon. Elle pourrait encore durer trente bonnes années, voire plus. »

Ils gémirent.

« Il faut que je sois de retour pour dix-huit heures dimanche, dit Colin.

— Jessica va être en rogne, dit Dec. Ses parents et sa sœur viennent en ville ce week-end. Il vaut mieux que j'aille l'appeler. »

Quand ils furent seuls, Colin se tourna vers Brandon. « Tu as l'air d'aller tellement bien. J'ai failli ne pas te reconnaître.

— J'ai perdu dix kilos de graisse. J'ai aussi recommencé à courir.

— Est-ce que c'est dur ? De ne pas boire ?

— Une vraie bataille minute par minute, mais j'y arrive.

— Euh, Brand, à propos du travail...

— Tu attends que je pète un plomb ?

— En quelque sorte, admit Colin.

— Je ne te mentirai pas. Je n'en suis pas ravi, mais j'ai appris que la colère mène à des vraies merdes pour moi. Alors je choisis de ne pas être en colère à ce sujet. »

Colin ouvrit la bouche pour dire quelque chose mais la referma et étudia son frère. « Tu me surprends.

— Je me surprends moi-même. Mais commence à me faire chier au travail, et je te botterai le cul – sans être en colère, bien sûr. »

Colin éclata de rire. « C'est noté. »

Debout sous le lent filet d'eau de la douche dans l'appartement du chef de chantier, Brandon prit note de s'occuper de la question de la pression lamentable de l'eau première chose lundi matin. Ses muscles lui faisaient mal après deux jours de dur labeur physique, au cours desquels il avait remplacé les marches avant qui s'affaissaient et avait arraché la moquette ainsi que la cuisine de son appartement. Il avait également rencontré le reste des locataires, tous des personnes âgées vivant seules, et leur avait expliqué les plans de rénovation.

Alors qu'il se passait un rasoir sur le visage, Brandon se souvint qu'il devait vérifier les souricières de l'appartement de Daphne avant de partir pour le Vermont. Lors d'une vérification antérieure, il avait découvert que les petits salauds avaient réussi à voler l'appât sans se faire prendre. Il avait l'impression d'être Coyote qui essayait de capturer Bip Bip.

La musique frénétique de l'oiseau Bip Bip jouait encore dans sa tête pendant qu'il passait un peigne dans ses cheveux indisciplinés et s'habillait. *Il est temps de se faire couper les cheveux,* pensa-t-il en étudiant son reflet dans le miroir. Son visage avait perdu l'aspect bouffi et malsain qu'il avait eu pendant des années, et il commençait à se reconnaître à nouveau.

Lors de la réunion des AA à Harwich ce matin-là, il avait partagé un petit bout de son histoire. Joe l'avait encouragé à franchir ce pas pour mettre la première fois derrière lui, et Brandon avait dû admettre que son parrain avait eu raison – il s'était senti mieux par la suite. Ils l'avaient également aidé à trouver une réunion à laquelle il pourrait assister pendant qu'il était dans le Vermont.

Brandon vérifia sa montre. Il avait quinze minutes avant que Declan et Colin ne viennent le chercher dans la nouvelle Mustang de Dec. Montant les escaliers deux par deux, Brandon se rendit à l'appartement de Daphne au troisième étage et frappa à la porte.

« Qui est là ? demanda Mike derrière la porte.

— Brandon. »

Mike ouvrit la porte et l'accueillit avec un grand sourire. Elle était descendue lui rendre visite deux ou trois fois ces deux derniers jours, et bien qu'il aurait voulu se montrer agacé par elle, il n'y était pas tout à fait arrivé. Elle était tellement mignonne, bon sang.

« Bonjour, Madame, dit-il avec une révérence bien basse qui la fit rire. Ta mère est à la maison ?

— MAMAN ! cria Mike.

— Ça, j'aurais pu le faire. » Brandon la fit rire à nouveau quand il ouvrit la bouche et fit semblant de pousser un cri. Il était soulagé de découvrir qu'il pouvait encore jouer avec un enfant. Il y avait peut-être de l'espoir pour lui avec ses neveux et nièces.

Daphne sortit de la cuisine, et Brandon dut s'empêcher de baver sur le pas de sa porte. Elle portait un autre de ses débardeurs – cette fois-ci de couleur saumon – et un pantalon de yoga noir qui ne laissaient *rien* à l'imagination. Ses cheveux blonds étaient empilés sur le dessus de sa tête dans un style qui aurait fait désordonné sur n'importe qui d'autre. Sur elle, c'était la perfection même. Elle était une déesse – une déesse peu sympathique – mais une déesse tout de même.

« Tu la fixes, chuchota Mike.

— Quoi ? Brandon arracha ses yeux de la mère pour regarder la fille, tout aussi jolie.

— Tu la *fixes*, chuchota-t-elle encore une fois.

— Oh, euh, je, ah, je voulais vérifier les pièges à souris. Il maudit la déesse pour avoir fait de lui un idiot qui bégayait.

— Entrez donc, dit Daphne. Vous voyez, c'est comme ça qu'on fait : vous frappez. Je dis entrez. Vous êtes en train d'apprendre.

— Oui, Madame, dit Brandon sur un ton délibérément bête. Je suis peut-être un homme stupide, mais oui, je peux effectivement être dressé. »

Mike ricana.

Même Daphne sourit malgré elle.

Brandon alla vérifier les pièges et découvrit que les rongeurs l'avaient encore rusé. « Merde, dit-il dans sa barbe.

— Ohhh, tu as *juré*, » dit Mike.

Brandon sauta presque au plafond. « Bon Dieu, tu m'as fait peur, murmura-t-il.

— Tu l'as refait !

— Je ne sais pas de quoi tu parles, » dit-il, amusé par l'expression scandalisée sur son visage enfantin.

Elle s'affaissa à côté de lui pour une bonne discussion. « Pourquoi tes cheveux sont tout mouillés ?

— T'as jamais entendu parler d'une douche ?

— Pourquoi est-ce qu'on prendrait une douche alors qu'il fait encore jour ? » demanda-t-elle, son nez se plissant de dégoût.

Il laissa tomber sa tête en arrière et rit. « Parce que j'en avais besoin après avoir travaillé toute la journée, et je pars en voyage. »

Son visage s'allongea de déception. « Où tu vas ? » demanda-t-elle d'une petite voix qui lui tirailla le cœur.

Hier, il l'avait remarquée en train de jouer toute seule dans la cour clôturée. Elle était la seule enfant de l'immeuble, et il y avait une certaine aura de solitude autour d'elle qui l'attristait.

« Je vais dans le Vermont pour le week-end pour voir mon frère.

— Tu as un frère ?

— J'en ai trois.

Ses yeux s'agrandirent avec envie. « *Trois* frères ? Vous avez dû bien vous amuser quand vous étiez petits.

— Oui, oui. Il sourit en se rappelant le chaos de son enfance avec quatre frères et une sœur. Il y avait toujours quelque chose à faire, c'est sûr. J'ai une sœur aussi, et elle a cinq enfants, dont trois petites filles comme toi.

— Tu as tellement de chance. J'ai juste ma mère.

— Peut-être que tu pourrais jouer avec les enfants de ma sœur un jour. Les mots étaient sortis de sa bouche avant qu'il ne puisse les arrêter.

— *Je peux ?* Tu le penses vraiment ?

— Bien sûr, dit-il, prenant grand plaisir à sa joie.

— Mike, tu lui casses les oreilles ? demanda Daphne depuis le couloir.

— Bien sûr que non, répondit Brandon en faisant un clin d'œil à son amie. Elle me tient compagnie. Il sortit le sachet de fromage qu'il avait apporté avec lui pour appâter les souris. Ne t'approche pas de ces choses, Mike. Tu m'entends ? »

Elle hocha la tête. « Oui, oui. Devine quoi, Maman ? Brandon a dit que je peux jouer avec les filles de sa sœur un jour.

— Ah oui, c'est ce qu'il a dit, Brandon ? Depuis quand tu appelles un adulte par son prénom ?

— Depuis qu'il m'a dit que je pouvais, dit-elle en jetant un regard complice sur lui.

— M. O'Malley, c'est mon père. Moi, c'est juste Brandon. Il tira doucement une des couettes de la petite. Mes amis m'appellent Brand.

— C'est un surnom, comme Mike, c'est ça ? »

Il rit. « Exactement. Eh bien, mesdames, il faut que j'y aille. Mes frères vont venir me chercher d'une minute à l'autre. Passez un bon week-end.

— Quand est-ce que tu seras de retour ? Les petites lèvres de Mike se tordirent en une moue aussi grande que celle d'une femme.

— Dimanche soir. Je passerai te voir à ce moment-là, OK? Encore une fois il semblait que sa bouche faisait des promesses à l'enfant sans l'aide de son cerveau.

— OK, dit-elle avant de partir en courant dans sa chambre.

— Désolée si elle vous embête, dit Daphne.

— Elle est adorable. J'aime bien lui parler.

— J'apprécie le fait que vous soyez gentil avec elle et tout, mais…

— Mais quoi ? »

Elle se mordit la lèvre inférieure, et Brandon se retrouva à la fixer encore du regard, se demandant si cette lèvre avait un goût aussi délicieux qu'elle en avait l'air. « Je ne veux pas qu'elle s'attache.

— Pourquoi pas ? Je ne vais pas m'en aller.

— Je ne sais pas combien de temps nous resterons ici, et moins elle s'attachera, plus ce sera facile quand nous déménagerons. »

La déception le submergea. Il lui faudrait attendre plus tard pour savoir pourquoi. Pour l'instant, il voulait profiter de sa proximité avec la déesse pour sentir son parfum séduisant. Il était aussi assez proche pour la toucher, même s'il risquait de perdre un doigt ou deux s'il le faisait. « Où irez-vous ?

— Je ne le sais pas encore. Tout dépend.

— De quoi ? »

Elle secoua la tête. « Rien, dit-elle, en se refermant si fort sur elle-même qu'il put presque entendre la porte lui claquer au visage. Merci d'avoir vérifié les pièges.

— Pas de problème. Ça vous dérange si je passe voir Mike dimanche ? Je lui ai en quelque sorte promis que je le ferai.

— D'accord, dit-elle en soupirant, comme si le poids du monde entier reposait sur ses épaules menues.

— Je ne lui ferai pas de mal, dit-il avec une détermination féroce. Pour des raisons qu'il ne comprenait pas bien, il lui importait d'être quelqu'un sur qui la petite fille pouvait compter, malgré ses terribles antécédents dans le domaine de la fiabilité.

— Je ne vous laisserai pas lui en faire, » déclara Daphne avec une détermination tout aussi féroce.

Brandon soutint son regard jusqu'à ce qu'un grand coup de klaxon provenant de la rue ne le ramène à la réalité. « C'est mon chauffeur. Je vous verrai plus tard. »

Elle ne dit rien lorsqu'il s'en alla.

Les chamailleries commencèrent juste au sud de Boston. Declan n'aimait pas l'odeur des chips au vinaigre que Colin avait achetées à la station-service, alors il interdit à son frère de les manger dans sa nouvelle voiture. Colin les ouvrit quand même, et lorsque Declan les saisit, Brandon dut se précipiter de la banquette arrière pour récupérer les chips avant qu'elles ne s'envolent dans toute la voiture.

« Pour l'amour de Dieu, vous deux. Arrêtez. Brandon lança les chips à Colin. Ouvre une fenêtre. Elles puent.

— C'est pour ça que je ne les veux pas dans ma voiture, dit Declan.

— Tu fais la chochotte avec cette voiture, dit Colin.

— Va te faire.

— Ce n'est pas parce que ta petite amie est en colère contre toi que tu dois être un connard avec nous tout le week-end, dit Colin.

— Arrête de lui casser les couilles, Col. » Un mal de tête avait commencé derrière l'œil gauche de Brandon qui promettait de ne faire qu'empirer dans les trois heures à venir si les deux hommes contrairement à leur habitude continuaient à se bagarrer. Brandon était déjà assez nerveux à l'idée d'être reçu par Aidan sans écouter les Bickersons[1] se disputer sur le siège avant.

Il aspirait à un peu de paix et de tranquillité pour pouvoir réfléchir à la raison pour laquelle Daphne le faisait baver d'envie et pourquoi la pensée de son déménagement et celui de Mike le remplissait d'une telle tristesse. Il ne les connaissait que depuis quelques jours, mais il avait déjà Mike dans la peau. Il se souvint de quelque chose qu'il avait entendu lors d'une de ses réunions sur les nombreuses bénédictions qui découlaient d'une vie sobre et il se demanda si Mike s'avérerait une bénédiction dans sa vie.

En revanche, sa mère, qui était très irritable, pourrait s'avérer une véritable malédiction. Il rit en imaginant la réaction de Daphne si elle le voyait baver d'envie en la regardant. Ce ne serait probablement pas la première fois qu'un homme se couvrirait de ridicule pour elle.

Colin et Declan étaient tombés dans un silence bienvenu.

« Est-ce que Jessica est vraiment en colère, Dec ? demanda Brandon.

— Royalement.

— On aurait pu y aller sans toi, dit Brandon. Maman n'aurait pas su. »

Declan grogna. « Comme si. Elle l'aurait su, et je serais encore plus dans la merde que je ne le suis avec Jess. »

Colin rit. « Pourquoi ça nous importe encore à ce point si notre mère est furieuse contre nous ? On a probablement besoin d'un psychologue ou quelque chose comme ça. »

Ils rirent ensemble, et la dispute à propos des chips fut oubliée.

« Vous pensez que si nous avons un jour des enfants, ils nous craindront comme nous la craignons ? demanda Colin.

— Non, alors, dit Brandon. On aura de la chance s'ils ne finissent pas en taule.

— Vous croyez qu'Aidan va être furieux que nous arrivions là-bas sans prévenir ? demanda Dec.

— Ça dépend de ce qui lui arrive, dit Colin.

— Comment était-il quand vous l'avez vu le week-end dernier ? demanda Brandon.

— Aux anges, répondit Colin. Il a dit qu'il allait épouser Clare.

— Ah bon ? Dec se tourna pour regarder Colin. Il a dit ça quand ?

— Vendredi soir quand vous autres vous dansiez.

— Waouh, dit Dec. C'est rapide. Il ne vient pas de la rencontrer ?

— Il y a quelques mois, mais il a dit qu'il l'aime depuis le tout début. Elle semble vraiment bien pour lui, et il aime ses enfants aussi.

— Elle a des enfants ? demanda Brandon.

— Trois filles, déclara Colin. Dix-neuf, dix-huit, et treize ans. La plus âgée et la plus jeune étaient là le week-end dernier. Ce sont des gamines sympas.

— Comment pensez-vous qu'il va se sentir en me voyant ? » demanda Brandon, exprimant l'inquiétude qu'il avait depuis que leur mère avait donné ses ordres deux nuits plus tôt.

Colin se retourna pour regarder Brandon. « À un moment ou un autre, il va falloir que vous régliez ça, vous deux.

— J'ai des choses à lui dire, dit Brandon. À vous tous, en fait.

— Comme quoi ? demanda Colin.

— Je dois parler de certaines de ces choses avec Aidan. Peut-être pas ce week-end, s'il a d'autres choses qui le chagrinent, mais un de ces jours. C'est de la merde qui remonte à loin, mais ils m'ont aidé à voir en désintoxication quel effet cela a eu sur ma vie.

— Allez, dis-nous Brand, » supplia Declan, en jetant un coup d'œil à son frère dans le rétroviseur.

Brandon regarda par la fenêtre les lumières de la ville de Boston qui défilaient à toute vitesse alors qu'ils traversaient le pont Zakim sur l'Interstate 93 Nord[2]. Il allait devoir le faire à un moment donné. Pourquoi pas maintenant ? « Vous vous souvenez quand Aidan est entré à l'école de médecine ?

— Bien sûr, dit Colin. Avant que Sarah et lui obtiennent leur diplôme de Yale, juste avant leur mariage, c'est ça ?

— Oui, oui. J'ai alors tiré une conclusion hâtive dont je n'ai découvert que récemment qu'elle était erronée. Très erronée. Quand il prit une grande inspiration pour calmer ses nerfs, il réalisa que Dec avait éteint la radio et qu'il avait toute l'attention de ses frères. J'ai supposé que Papa s'attendait à ce que nous autres allions joindre l'entreprise familiale.

— Je pense que nous l'avons tous supposé, dit Colin.

— Mais je ne voulais pas, dit Brandon tellement doucement que c'était presque un murmure.

— Qu'est-ce que tu voulais faire ? demanda Dec, en regardant Brandon dans le miroir.

— Je voulais être commando marine. Je voulais voyager. Voir des choses. Je voulais me tirer du Cap.

— Pourquoi tu n'as jamais rien dit ? demanda Colin, incrédule.

— Je me suis dit qu'Aidan était tombé sur la case 'vous êtes libéré de prison' et que cela n'arriverait pas pour nous autres.

— Pourquoi supposerais-tu ça ? » demanda Colin.

Brandon haussa les épaules. « Quand j'en ai parlé à Papa l'autre jour, il m'a fait comprendre que j'avais tout faux. Il était dévasté, en fait. Je me suis senti comme une merde de l'avoir contrarié comme ça.

— Alors toutes ces années, tu as simplement détesté ta vie ? demanda Declan.

— Pas chaque minute, mais beaucoup. Ouais. »

Brandon donna à ses frères une minute pour digérer ce qu'il venait de leur dire. « Et vous, les gars ? Il n'y avait pas d'autres choses que vous vouliez faire ?

— Pas moi, dit Colin. C'est pour ça que Papa n'a pas réussi à me faire aller à l'université. J'étais exactement là où je voulais être.

— Moi non plus, dit Declan. J'avais hâte de finir l'école pour pouvoir revenir vivre à la maison et me mettre au boulot.

— Je suppose que c'était juste moi. Brandon soupira. Et j'en ai voulu à Aidan pour tout ça parce qu'il a pu partir, et puis quand il a abandonné la médecine – *même à ce moment-là* – il n'est pas revenu à la maison pour travailler avec nous. J'étais vraiment furieux à propos de ça.

— Pourquoi ? demanda Colin. Ce n'était pas de sa faute si tu n'avais pas pu faire ce que tu voulais.

— Je le sais maintenant. Je sais beaucoup de choses maintenant, mais à l'époque, c'est comme ça que je voyais les choses. Pour de nombreuses raisons, je l'ai blâmé.

— Est-ce que c'est lié à, euh, l'autre chose ? demanda Declan.

— Tu peux dire le mot alcoolisme, Dec. Ce n'est pas interdit. Et oui, c'est lié à tout ça. J'ai gardé d'énormes secrets et nourri des ressentiments encore plus grands, qui sont tous deux très destructeurs pour quelqu'un qui a une inclination naturelle à trop boire. Ensemble, ils sont comme l'huile et le feu. J'étais arrivé au point de ne pouvoir faire face à quoi que ce soit ou qui que ce soit sans alcool pour d'abord m'engourdir.

— Alors, il y a plus ? demanda Colin. Tu as dit qu'il y avait des secrets, au pluriel.

— Oui, mais le reste, ce sont des trucs que je dois régler avec Aidan. Un jour. » L'estomac de Brandon se noua. Il ne pouvait pas imaginer un scénario qui lui permettrait de dire à son frère aîné, *Ta femme, l'amour de ta vie qui est morte ? Oh, au fait, je l'aimais aussi.* Un frisson le parcourut. *Et je te détestais parce que tu l'avais et pas moi.* Oui, ça allait être un week-end d'enfer.

Lorsqu'ils arrivèrent juste après dix heures à la maison avec la charpente en forme de A qu'Aidan avait construite aux environs de Stowe, dans le Vermont, ils le trouvèrent évanoui sur le canapé avec une douzaine de bouteilles de bière vides éparpillées autour de lui.

« Merde, dit Colin. Il est défoncé.

— Aid. Declan poussa son frère. Aidan.

— *Quoi ?* grogna Aidan. Qu'est-ce que tu veux ?

— Réveille-toi, » dit Dec en jetant un coup d'œil à Colin. Ils n'avaient pas vu Aidan dans cet état depuis la mort de Sarah.

Brandon se tint à la porte du salon d'Aidan, restant à distance autant que possible.

« Aidan ! appela Declan.

— Quoi ? Je suis réveillé. Ses mots étaient mal articulés, et il y avait bien des jours qu'il ne s'était rasé. Mais qu'est-ce que vous faites ici ?

— Ta mère nous a envoyés, dit Colin. Elle veut savoir ce qui ne va pas chez toi, et comme tu n'as pas voulu le lui dire, nous voilà.

— Tout va bien, alors rentrez chez vous. Aidan s'enfouit le visage dans son bras et semblait sur le point de se rendormir.

— Oh, non, tu ne vas pas nous faire ce coup-là. On vient de faire quatre heures de route pour venir ici, alors tu vas nous parler. » Colin mit son frère debout.

C'est alors qu'Aidan aperçut Brandon dans l'embrasure de la porte.

« Qu'est-ce qu'il fait ici, celui-là, *putain* ? hurla Aidan. *Sortez-le d'ici !*

— Maman l'a obligé à venir avec nous, alors fiche-lui la paix, dit Declan. Où est Clare ? »

Aidan garda les yeux fermés. « Partie, murmura-t-il. Elle est partie.

— Partie où ? Colin lança un autre regard à Declan.

— Qu'est-ce que ça peut faire, bordel ? dit-il en mangeant ses mots. Elle n'est pas ici et elle ne revient pas.

— Il y a une semaine, tu allais l'épouser, dit Colin. Qu'est-ce qui s'est passé, bon sang ?

— Elle a refusé de m'épouser, dit Aidan, ses yeux se remplissant de larmes.

— Non, soupira Colin. Ce n'est pas possible. Elle est dingue de toi.

— Ouais, bah, pas autant que je croyais.

— Elle t'aime, Aidan, dit Declan. C'était une évidence pour nous tous le week-end dernier. Raconte-nous exactement ce qui s'est passé. »

Aidan passa une main fatiguée sur son visage. « Je lui ai demandé de m'épouser, et elle a dit qu'elle voulait, mais qu'il y avait autre chose qu'elle voulait aussi.

— Quoi ? demanda Colin.

— Elle veut adopter un gosse.

— Et quel est le problème ? » demanda Declan.

Aidan secoua la tête. « Je ne veux pas d'un gosse. Ni maintenant, ni jamais. Ses gamins me conviennent très bien, mais je n'en veux pas un à moi. »

Ils pensèrent tous à ce moment-là au fils que Sarah voulait si désespérément qu'elle refusa le traitement contre le cancer pour donner au bébé une chance de vivre. Sa mort à la naissance avait été presque aussi dévastatrice pour Aidan que la mort de Sarah deux jours plus tard.

« Alors Clare n'a pas exactement dit non, n'est-ce pas ? demanda Colin.

— Ça n'a pas d'importance. C'est fini, et elle est partie. »

La terrible douleur gravée sur le visage d'Aidan fit à Brandon de la peine pour le frère qu'il avait autrefois voulu tuer.

Colin et Declan réussirent à faire monter à Aidan trois volées d'escaliers en colimaçon pour atteindre sa chambre au dernier étage.

« Qu'est-ce que je vais faire maintenant, Collie ? gémit Aidan en s'effondrant en larmes. Comment suis-je censé vivre sans elle ? Sans ses filles ? Je les aime, elles aussi.

— Je sais que tu les aimes. Colin tira les couvertures sur son frère. Tu vas dormir un peu et on trouvera la solution demain. »

Declan entra dans la pièce avec un verre d'eau et deux cachets d'Advil, qu'ils firent prendre à Aidan.

« Je vais dormir ici en haut avec lui, dit Declan quand Aidan commença à ronfler doucement entre deux sanglots. Au cas où il vomisse ou quelque chose comme ça. »

Colin frotta la tension à l'arrière de sa nuque. « Pourquoi les choses n'auraient-elles pas pu marcher pour lui cette fois-ci ? Il n'a pas assez souffert comme ça ?

— Je sais. Le voir en larmes, c'est tellement pas normal. Il n'est pas comme ça.

— C'est vrai. Bon, je vais aller voir *l'autre*, » dit Colin avec un roulement de yeux dramatique.

Declan se mit à rire. « Quand sommes-nous devenus les frères *aînés* ?

— Je ne te le fais pas dire. Appelle-moi si l'ours sort d'hibernation et tu as besoin d'un coup de main, » dit Colin en laissant Declan avec Aidan et il descendit au rez-de-chaussée pour trouver Brandon qui empilait des bouteilles de bière vides dans un sac à courses.

« Pourquoi tu ne me laisses pas faire ça, Brand ?

— Je peux le faire. Brandon se baissa pour prendre deux bouteilles par terre. Alors c'est à ça que ça ressemble, hein ?

— Quoi ?

— Un gros soulard moche. C'était moi, ça. Combien de fois tu m'as vu comme ça ? »

Colin haussa les épaules. « Quelques fois.

— Bien des fois, insista Brandon. Ne l'embellis pas, Col. C'était laid, et ça a duré des années. Tu m'as même sorti de taule. Deux fois.

— C'est du passé maintenant. On n'a pas besoin de s'y attarder. »

Colin ajouta quelques bûches au poêle à bois dans le salon douillet d'Aidan, la pièce préférée de Colin dans cette maison extraordinaire.

Brandon posa le sac de bouteilles sur le sol et s'assit sur le canapé. « Je n'en avais pas le moindre souvenir, tu sais. Jusqu'à ce que je reçoive ta lettre en désintox, je ne le savais même pas. Tout le monde m'a dit des trucs vraiment durs dans ces lettres, mais c'est la tienne qui m'a finalement fait prononcer les mots. »

Colin se tourna pour regarder Brandon. « Quels mots ?

— Les mots les plus importants : je m'appelle Brandon et je suis un alcoolique – un très grand moment en désintoxication. Ta lettre m'a fait réaliser que je ne pouvais plus nier ce que j'étais.

— Je me suis senti comme un connard pendant des jours après avoir écrit cette lettre, avoua Colin.

— Tu as dit des choses que j'avais besoin d'entendre, des choses que je ne savais pas. Honnêtement, je n'avais aucune idée d'à quel point j'étais devenu incontrôlable.

— On a fait beaucoup pour te rendre les choses faciles. On était, entre guillemets, tes facilitateurs. Tant qu'on nettoyait après toi, tu n'avais pas besoin de prendre de responsabilités.

— Je vous ai fait tous vivre un enfer. Brandon laissa tomber sa tête entre ses mains. Je suis vraiment désolé, Col. Sincèrement.

— Hé. Colin attendit que Brandon le regarde avant de continuer. C'est du passé. Le reste, ça va aller. Un jour à la fois, non ?

— Comment tu sais ça ?

— Al-Anon.

— Vraiment ? »

Colin hocha la tête. « Je n'y suis allé qu'une fois pour l'instant, mais j'ai l'intention d'y retourner. Il avait appelé Meredith pour lui dire pourquoi il ne viendrait pas à la réunion de vendredi soir et pour confirmer leurs plans pour dimanche.

— C'est cool. Merci, Col, tu sais, de ne pas m'avoir abandonné même quand tu m'as fait sortir de prison.

— Je ne t'abandonnerai jamais, ni toi, ni l'autre, » dit Colin en jetant un coup d'œil vers le haut pour inclure Aidan.

Brandon ricana. « Quelle paire on fait, hein ?

— Sans commentaire, » dit Colin avec un sourire en allumant la télévision en quête de sport.

---

1. Comédie américaine diffusée à la radio et puis à la télévision dont les personnages s'adonnent au badinage.
2. Autoroute reliant l'État du Massachussetts à celui du Vermont.

CHAPITRE 13, JOUR 34

Le lendemain matin, Brandon emprunta la Mustang pour se rendre à Stowe pour une réunion des AA. Comme il ressemblait beaucoup à Aidan, qui était bien connu dans la petite ville, il se tut à la réunion, même s'il mourait d'envie de parler pour une fois. Le fait de revoir Aidan avait suscité beaucoup de sentiments en Brandon, et l'envie de boire en cette froide matinée d'hiver était forte. Il se battit contre en rentrant chez Aidan, dans sa maison construite dans les contreforts au pied du Mont Mansfield.

Une route sinueuse menait à la maison en haut de la colline, et Brandon remarqua avec soulagement que le pick-up d'Aidan était parti. La maison était vraiment une merveille. Brandon dut reconnaître le mérite d'Aidan en ce qui la concernait. Environ un an après la mort de Sarah, Aidan était venu dans le Vermont, où ils avaient utilisé une partie de l'argent qu'elle avait hérité de sa grand-mère pour acheter le terrain pour une future résidence secondaire. Accablé par le chagrin et ayant abandonné sa carrière médicale, Aidan avait utilisé les compétences acquises au cours des années de travail l'été avec leur père pour se lancer dans la construction de la maison. Il avait prévu de la vendre, mais lorsqu'il l'eut terminée, il s'était senti chez lui dans la petite ville de montagne, et son entreprise de restauration avait pris son envol, grâce au bouche à oreille.

Brandon entra dans la cuisine et s'arrêta net lorsqu'il trouva Aidan assis torse nu à la table, en train de boire une tasse de café. Tout son être lui criait de se retourner et de sortir de là, mais ses pieds ne voulaient pas bouger. Il demanda finalement à son frère : « Tu te sens bien ?

— Ouais, grogna Aidan, ses yeux injectés de sang et ses cheveux ébouriffés. On ne peut mieux.

— Ça te dérange si j'en prends un peu ? demanda Brandon en montrant d'un signe de tête le café.

— Je m'en fiche. »

Véritable merveille de confort moderne, la cuisine était dotée de touches artistiques telles que la crédence en carrelage et les pots en cuivre brillants suspendus au-dessus de l'îlot central. Aidan avait toujours aimé cuisiner, et la disposition de la cuisine avait été bien pensée. Brandon apporta son café pour s'asseoir à la table.

Après plusieurs minutes de silence gênant, Brandon s'éclaircit la gorge. « Euh, je sais que tu ne veux pas de moi ici, et je comprends tout à fait pourquoi, mais tu sais comment Maman peut être quand elle a quelque chose en tête. »

Aidan aurait probablement rit au lieu de grogner s'il avait parlé à quelqu'un d'autre. « Elle a tenu un pistolet sur ta tempe, c'est ça ?

— Quelque chose comme ça. Où sont les gars ?

— Ils ont pris mon pick-up et sont allés skier. »

Brandon eut envie de gémir. Il allait être coincé ici, seul avec Aidan, pendant des *heures* ? « Tu veux y aller ? Ça ne me dérangerait pas de skier.

— Putain, non. Aidan passa une main sur sa tête fragile. Pas aujourd'-hui. Vas-y, toi. »

Va ! pensa Brandon. *Cours !* Mais malgré l'envie irrésistible de fuir, il semblait figé sur place. « Je peux dire quelque chose ? »

Aidan soupira puis grimaça quand le mouvement fut apparemment plus que ce que sa tête endolorie pouvait supporter. « S'il le faut.

— Je sais que tu as d'autres choses en tête, mais je veux que tu saches à quel point je suis désolé de ce qui s'est passé cette nuit-là chez Maman. Il avala sa salive. Avec Clare. »

Le regard d'Aidan s'endurcit à la mention de son nom. « Ce n'est pas moi que tu as attaqué.

— Tu as raison, et j'aimerais avoir la chance de m'excuser auprès d'elle aussi.

— Pourquoi tu ne laisses pas tomber ? »

Oh, comme j'aimerais pouvoir. « Parce que je ne peux pas. Ça fait partie du programme. Faire amende honorable.

— J'ai entendu dire qu'elle était retournée à Rhode Island. Elle avait hâte de s'éloigner de moi, je suppose.

— Tu n'en sais rien, Aid.

— Toi, tu n'en sais *certainement* rien, » dit Aidan d'un ton sec.

Brandon leva les mains en signe de défense. « Tu as absolument raison. Il se leva pour mettre sa tasse dans le lave-vaisselle. Si tu as son adresse, je vais lui écrire une lettre.

— Je l'ai quelque part.

— D'accord. »

Brandon se dirigea vers le salon qui avait été construit pour mettre en valeur le piano à queue de Sarah.

« Brandon. »

Il se retourna. « Ouais ?

— Je peux te demander quelque chose à mon tour ? » Aidan ressemblait plus à lui-même, car le café luttait contre la gueule de bois.

Brandon haussa les épaules. « Bien sûr.

— Pourquoi t'es devenu un tel connard ?

— Ne te gêne pas surtout, dit Brandon en grognant. Dis-moi ce que tu ressens vraiment.

— Tu étais cool quand on était gamins, avant de devenir un vrai connard d'un jour à l'autre. On était inséparables, et tout d'un coup, tu ne pouvais plus me voir. Pourquoi ? »

L'estomac de Brandon se retourna. « Tu ne veux pas en parler, crois-moi. Pas maintenant.

— *Ne* me dis *pas* de quoi je veux parler. Les yeux vert foncé d'Aidan lancèrent un regard noir à son frère. Tu as perdu ce droit quand tu as commencé à me traiter comme de la merde.

— Ce n'est pas le moment. Sérieusement, dit Brandon, se sentant plutôt désespéré alors qu'Aidan le cherchait.

— Moi, je pense que c'est le moment idéal. Il n'y a que toi et moi, et cette discussion aurait dû avoir lieu il y a longtemps. Aidan inclina la chaise de cuisine sur ses pieds arrière. Éclaire-moi. »

Brandon déplaça son poids d'une jambe à l'autre et croisa ses bras devant son torse. Lorsqu'une contraction de sa joue se fit sentir, plus qu'à tout autre moment au cours des trente-quatre derniers jours, il eut envie de boire un verre.

Le regard d'acier d'Aidan ne faiblit pas pendant que Brandon s'efforçait de trouver le courage de continuer. *OK*, pensa-t-il, *s'il y a vraiment une puissance supérieure, ce serait le bon moment pour qu'elle se montre. Aidez-moi. S'il vous plaît, aidez-moi.*

« Avant que je ne dise quoi que ce soit, il faut que tu saches que ça pourrait être la dernière fois qu'on se parle. Ce n'est pas ce que je veux, mais tu pourrais le vouloir. »

Aidan poussa un rire amer. « Ce n'est pas comme si on se parlait maintenant. Qu'est-ce que ça changera, putain ? »

Brandon s'appuya contre le comptoir et garda ses mains moites cachées dans ses bras. Alors qu'il rassemblait le courage dont il avait besoin, les mots du Dr Walker-Smith résonnaient dans sa tête. « Il vous faut vraiment résoudre vos problèmes avec Aidan. Cela va être absolument essentiel pour continuer votre rétablissement. »

Une goutte de sueur roula dans le dos de Brandon, et il savait qu'il pourrait bien vomir s'il se concentrait trop sur son estomac qui se retournait. Une autre minute de silence inconfortable s'écoula alors qu'il essayait de s'armer de courage. « Tu te souviens du jour où nous avons rencontré Sarah ? »

Les yeux d'Aidan se plissèrent. « Bien sûr que je m'en souviens.

— De quoi te souviens-tu exactement ?

— Nous jouions au football sur la plage, et je t'ai lancé le ballon au-dessus de la tête. Il a atterri juste à ses pieds. Un petit sourire transforma le visage d'Aidan lorsqu'il se souvint de cette journée qui avait changé sa vie de plus de façons qu'il ne le savait.

— Exact.

— Tu es allé chercher la balle, et tu as mis un temps fou. Alors je suis allé te chercher.

— Que s'est-il passé quand tu es venu là où nous étions ?

— Elle m'a souri, et rien n'a plus jamais été pareil. Mais quel l'intérêt de se plonger dans les souvenirs ? »

La mâchoire de Brandon se déplaça d'abord vers la gauche, puis vers la droite. « La même chose m'est arrivée à moi.

— Qu'est-ce que tu racontes ? demanda Aidan, son visage se tordant de confusion.

— J'étais amoureux d'elle. Dès le premier jour. »

La chaise d'Aidan tomba sur le sol avec un grand fracas. « Tu n'as pas le droit de dire ça. » Il bondit de la chaise comme s'il avait été lancé d'un canon.

Brandon ne bougea pas quand Aidan saisit le devant de sa chemise.

« Je te donne une chance de retirer ce que tu as dit, siffla Aidan, à quelques centimètres du visage de Brandon.

— Ou quoi ? Tu as dit que tu voulais savoir. Je te le dis. »

La bataille des volontés fut féroce, mais ni l'un ni l'autre ne cligna des yeux pendant longtemps. Quand Aidan finit par relâcher la chemise de son frère, sa main forma un poing.

« Vas-y, frappe-moi si ça te fait du bien, mais ça ne changera rien.

— Tu avais raison. Aidan semblait faire un énorme effort pour contenir sa rage. Je ne veux pas entendre ça. » Il quitta la pièce et, une minute plus tard, Brandon entendit une porte claquer à l'étage.

« Eh bien, dit-il dans la pièce vide. Ça s'est bien passé. »

Declan et Colin rentrèrent du ski en début de soirée avec des provisions pour le dîner. La maison était sombre lorsqu'ils entrèrent et découvrirent Brandon en train de regarder un match de basket de Notre Dame dans le salon alors qu'Aidan était à l'étage dans sa chambre.

« Que s'est-il passé ici aujourd'hui ? » demanda Colin.

Brandon haussa les épaules. « Les conneries habituelles. » Il ne mentionna pas qu'il avait passé des heures à avoir des sueurs froides en essayant de résister à l'envie de boire. Dans son désespoir, il avait même appelé Joe pour en parler. Son soulagement en voyant Colin et Declan était immense, car il savait qu'il ne boirait jamais devant eux.

« Vous vous êtes disputés ou quelque chose comme ça ? demanda Declan.

— Quelque chose comme ça, répondit Brandon.

— Punaise, Brand, il a assez de problèmes sans que tu en rajoutes, dit Colin.

— Je le sais, » dit Brandon d'un ton sec.

Tous les trois tombèrent dans un silence de plomb en commençant à préparer le dîner. Ils étaient tous les trois compétents en cuisine, grâce à la campagne acharnée de leur mère pour envoyer des hommes autosuffisants dans le monde, et ils travaillèrent ensemble, telle une équipe bien rôdée.

Lorsque le dîner fut prêt, Colin monta chercher Aidan. Il frappa à la porte de la chambre d'Aidan et ouvrit la porte pour trouver son frère endormi. Il le réveilla d'un coup de coude.

« Salut. Aidan se frotta les yeux. Comment était le ski ?

— Super. Les conditions parfaites.

— J'aimerais pouvoir en dire autant de ce qui s'est passé ici, dit Aidan, le visage figé dans une expression de colère.

— Qu'est-ce qui s'est passé ?

— Tu ne me croirais pas si je te le disais. Qu'est-ce que vous cuisinez, les gars ? Ça sent bon.

— Dec a fait des lasagnes. Pourquoi tu ne descends pas en manger ?

— Je serai là dans une minute. Aidan se leva et se dirigea vers la grande salle de bains adjacente à sa chambre. Hé, Col ?

— Ouais ?

— Je suis content que vous soyez venus, les mecs. Je fais de mon mieux pour ne pas tuer Brandon, mais je suis content que Dec et toi soyez là. Ça a été une semaine horrible.

— J'aimerais pouvoir faire quelque chose pour aider avec la situation avec Clare. »

Aidan soupira, résigné. « Il n'y a rien que personne puisse faire. C'est juste comme ça. On veut des choses différentes de la vie.

— Descends manger, » dit Colin.

Aidan rit en se rendant à la salle de bains. « On dirait Maman, qui nous balance de la nourriture pour résoudre tous les problèmes.

— Ouais, OK, va te faire foutre. »

Le rire d'Aidan suivit Colin jusqu'au rez-de-chaussée.

Quand il arriva à la cuisine, Colin confronta Brandon. « Mais qu'est-ce que tu lui as dit, bordel ? »

Brandon secoua la tête et leva la main pour arrêter Colin avant qu'il ne s'y mette. « Je ne veux pas en parler. On peut juste manger, bon sang ? »

Putain, ce week-end, ça craint ! Combien d'heures avant que je puisse me tirer d'ici ?

Aidan descendit quelques minutes plus tard, et les quatre se mirent à table pour manger les lasagnes, la salade et le pain à l'ail. Après dix minutes d'un silence inhabituel et gênant, Aidan leva les yeux vers Brandon. « Alors pourquoi tu ne leur dis pas ce que tu m'as dit aujourd'hui ? »

La fourchette de Brandon s'arrêta en l'air. « C'est entre nous. »

Declan et Colin échangèrent un regard.

« Je pense que tes frères ont besoin d'entendre comment tu as convoité ma femme pendant des années.

— Quoi ? » s'exclama Colin.

Brandon se leva tellement vite que sa chaise se renversa. « Ce n'est pas ce que j'ai dit, Aidan, dit-il. C'est bien ton genre d'en faire quelque chose de moche.

— Bon les gars... dit Declan. Respirez un grand coup.

— Allez, Brand, raconte-leur comment t'es tombé amoureux d'elle le jour où nous l'avons rencontrée, le provoqua Aidan. Raconte *tout*. C'est tellement mignon.

— Va te faire foutre, Aidan. Va au diable. Brandon tourna sur ses talons et attrapa son manteau qui était suspendu à un crochet sur le mur. Une seconde plus tard, il était dehors, sous un souffle d'air froid de la montagne qui lui cinglait le visage. Des larmes lui piquaient les yeux et la neige crissait sous ses bottes pendant qu'il descendait l'allée sinueuse d'Aidan.

— Brandon ! appela Declan. Attends ! »

Brandon continua à marcher.

« Brandon, arrête !

— Pourquoi ? demanda Brandon par-dessus son épaule. Pour que tu me casses les couilles aussi ? Non merci. »

Declan rattrapa finalement Brandon. « Je ne vais pas te casser les couilles, mais c'est quoi, cette histoire ?

— Tu l'as entendu. »

Les yeux de Declan s'agrandirent. « C'est vrai ? Tu avais un faible pour Sarah ? »

Brandon soupira. « Oui.

— Pour de vrai ? Et t'as été le lui *dire* ? Bon sang, Brand, t'as envie de mourir ou quoi ?

— J'essaie de rester sobre. Tu te souviens de ce que j'ai dit sur les secrets et les ressentiments ? »

Declan secoua la tête en essayant de digérer l'information. « Depuis combien de temps ? Je veux dire… Il bafouilla. Merde.

— Depuis toujours. Depuis le jour où nous l'avons rencontrée, mais elle ne voyait que lui, comme tu le sais.

— Alors, dit Declan avec un hochement de tête entendu, c'est pour ça.

— C'est pour ça, quoi ?

— Que tu le détestes. »

Brandon s'arrêta de marcher et se tourna vers son frère. « Je n'ai jamais dit que je le détestais. » Du moins il ne pensait pas l'avoir jamais dit tout haut avant de l'avoir confessé à Sondra en désintox.

Declan rit mais avec une certaine amertume. « Tu penses sincèrement que tu as réussi à bien le cacher toutes ces années ? »

Brandon n'avait pas réalisé que cela se voyait tant que ça. « Je ne le déteste pas, du moins je ne le détestais pas jusqu'à il y a cinq minutes. »

Brandon était toujours furieux contre Aidan pour s'être moqué de lui. « Quoique, pendant longtemps, je l'ai détesté. Je ne vais pas le nier. Je lui ai reproché tout ce qui n'allait pas dans ma vie. Il a eu la femme qu'il voulait, la carrière qu'il voulait. Il avait tout, et je n'avais rien.

— Mais bon sang pourquoi te mettre à parler de ça avec lui maintenant ? Tu le frappes quand il est à terre, quand même, non ?

— Il m'a demandé de but en blanc pourquoi les choses étaient devenues si difficiles entre nous au fil des ans. Je lui ai dit que ce n'était pas quelque chose dont nous devrions parler maintenant, mais tu sais comment il peut être. Il ne voulait pas lâcher.

— Merde. »

Dec exhala longuement, profondément, et sa respiration forma un nuage dans l'air froid. Après avoir marché pendant plusieurs minutes en silence, il arrêta Brandon d'une main sur son bras. « Rentrons.

— C'est bon. Je vais rester ici.

— Retournons et finissons-en. Mettons toute cette merde là où elle doit rester : dans le passé. »

Brandon secoua la tête. « Je n'en ai pas le courage à l'instant, Dec. J'ai eu beaucoup de mal à ne pas boire aujourd'hui. Ça a été plus dur que tout autre jour depuis que j'ai arrêté. Je ne vais pas bien, là.

— Je ne te laisserai pas boire. Je resterai avec toi toute la nuit s'il le faut, mais je ne te laisserai pas boire. Viens avec moi. Parle-lui pour que tu puisses mettre ça derrière toi et continuer à vivre. Il est temps, non, Brand ? T'as craché le morceau, alors finissons-en. »

Brandon n'avait jamais vu une détermination aussi farouche dans les yeux de son plus jeune frère et, sans prendre consciemment la décision de rentrer, il laissa Declan le ramener pour affronter Aidan une fois pour toutes.

Colin et Aidan étaient en train de nettoyer la cuisine quand Declan et Brandon entrèrent. Lorsque Brandon hésita à la porte de la cuisine, Declan lui fit un signe de tête encourageant et poussa doucement son frère.

« Aidan, Brandon veut te parler, dit Dec. Tu crois qu'on peut essayer d'être courtois ? Brandon a besoin de mettre ça derrière lui. Son rétablissement en dépend. »

Le soutien de Declan et sa compréhension des raisons pour lesquelles c'était si important touchèrent profondément Brandon.

Aidan leur garda le dos tourné en finissant de laver la dernière casserole. Quand il se tourna finalement vers ses frères, son expression était indéchiffrable. Il s'essuya les mains sur une serviette en étudiant Brandon. « Parle. »

Tous les regards se tournèrent vers Brandon. Comme le poids de leurs attentes pesait lourdement sur lui, il lui était important de ne plus s'enfuir. Il en avait tellement marre qu'ils attendent qu'il fasse une bêtise. Au lieu de merder, cette fois-ci il allait s'affirmer.

« Je n'essayais pas de te faire du mal avant, dit Brandon. J'essayais juste de te dire la vérité sur quelque chose que j'ai caché à toi et à tout le monde presque toute ma vie. Je sais que le timing est pourri à cause de ce qui s'est passé entre Clare et toi, mais tu as vraiment insisté alors que je t'avais dit que ce n'était pas le bon moment. »

Regardant leurs frères s'affronter, Colin et Declan étaient prêts à se mettre entre eux s'ils en arrivaient aux mains.

« Je veux te parler de ça, continua Brandon. Je veux crever l'abcès entre nous si nous le pouvons, mais pas si tu veux te moquer de ce que je ressens pour Sarah ou en faire peu de cas. Je ne m'infligerai pas cela.

— Tu t'attendais à ce que je dise quoi ? demanda Aidan. Il se trouve que c'est un peu choquant.

— Je sais que ça l'est, et je m'attendais à ce que tu sois en colère, surpris et peut-être triste parce que nous parlons de quelqu'un que nous avons tous aimé et perdu. Et je comprends que tu aies perdu beaucoup plus que nous, que moi. Mais cette perte n'était pas seulement la tienne, Aidan. Elle n'appartenait pas qu'à toi. »

La mâchoire d'Aidan se crispa alors qu'il étudiait le sol carrelé de la cuisine.

« Je n'avais qu'onze ans, Brandon se força à continuer. Il ne savait pas d'où venait sa volonté, mais il ne pouvait pas s'arrêter maintenant. Je ne savais pas que ce que je ressentais pour elle était de l'amour, mais je savais que ce que je ressentais pour toi quand elle t'a choisi au lieu de moi était de la haine, pure et simple. J'en suis arrivé à voir que je n'étais pas juste envers toi. Ce n'était pas de ta faute.

— Bah dis-donc, merci. Il t'a fallu quoi ? Vingt-sept ans pour arriver à cette conclusion ? Et pendant tout ce temps, tu m'as détesté et tu n'as même pas essayé de le cacher parce qu'elle m'a choisi moi, plutôt que toi ? Aidan secoua la tête avec incrédulité. Elle n'était pas un jouet, pour l'amour de Dieu.

— Je le sais maintenant, mais je n'étais qu'un enfant. Je ne savais pas comment gérer ce que je ressentais, alors je ne l'ai pas géré du tout. J'ai payé un prix très élevé pour ça, si ça peut te consoler.

— Ce n'est pas une consolation.

— Allez, Aidan, dit Declan. Donne-lui une chance. Il fait de son mieux, là.

— Il me dit qu'il était *amoureux* de ma femme ! rugit Aidan. Comment veux-tu que je réagisse ? Aidan se figea soudain, lorsqu'autre chose lui vint à l'esprit. C'est pour ça que tu as fait ce que tu as fait à Clare ? Pour te venger de moi parce que j'étais à nouveau heureux ?

— Non ! dit Brandon, horrifié par cette suggestion. Non. J'avais perdu la tête cette nuit-là. Je n'en ai aucun souvenir, alors comment aurais-je pu le faire exprès ? Je n'aurais jamais fait une chose pareille intentionnellement à une femme, peu importe avec qui elle était.

— Tout ça me rend malade, dit Aidan, en passant la main sur la barbe de quelques jours sur sa joue.

— Ce n'est pas tout, » dit Brandon.

S'il allait faire cela, autant aller jusqu'au bout. Il parla à Aidan de l'entreprise et de combien il lui en avait voulu d'avoir eu l'opportunité de partir. « Et quand tu as arrêté médecine, *même à ce moment-là* tu n'es pas revenu à la maison pour travailler avec nous. Ça m'a rendu fou furieux, parce que vu comment je voyais les choses à l'époque, j'avais tout abandonné pour que tu puisses avoir ce que tu voulais.

— Tu veux savoir pourquoi je ne suis pas rentré à la maison ? demanda Aidan en un murmure.

— Ouais, dit Brandon. Je suppose que je veux savoir. Mais il y avait quelque chose dans la façon dont le visage de son frère se tordit de douleur qui fit regretter à Brandon d'avoir déterré les vieilles blessures dans le cœur d'Aidan, surtout quand une toute fraîche venait juste de s'y installer.

— Je ne suis pas rentré à la maison parce que c'était tellement douloureux d'être là que pendant des années après sa mort, j'ai dû me forcer à revenir pour les vacances et tout ça. Il n'y avait aucune chance que je puisse vivre là-bas ni à l'époque, ni même maintenant. C'est là que nous sommes devenus un couple, que tout a commencé. Aujourd'hui encore, j'en ai le souffle coupé quand je descends la rue principale de Chatham, sachant que je dois vivre le reste de ma vie sans elle.

— Je suis désolé, dit Brandon. Je ne le savais pas.

— Tu ne le savais pas parce que tu n'as jamais demandé. Au lieu de ça, tu l'as juste ajouté à la longue liste de reproches que tu me faisais. Qu'est-ce que tu as d'autre ? T'as le vent en poupe, putain. Autant tout déballer.

— Rien. Il n'y a rien d'autre.

— C'était plus qu'assez.

— Je me suis trompé sur plein de choses. Je m'en rends compte maintenant. Je t'ai blâmé pour bien des merdes qui n'étaient pas de ta faute. Mais j'aimais Sarah. Je suis désolé si cela te fait du mal, mais c'est la vérité.

— Elle ne te trouvait même pas sympa, dit Aidan sans méchanceté. Elle pensait que t'étais un connard.

— J'ai fait en sorte que vous me preniez tous les deux pour un connard. C'était la seule défense que j'avais.

— Je suppose que la prochaine chose que tu vas me dire est que ma femme et moi avons fait de toi un alcoolique.

— Non, j'ai fait ça tout seul. Brandon jeta un coup d'œil autour de lui pour trouver Colin et Declan qui le regardaient avec quelque chose de nouveau dans les yeux : du respect. Ça faisait du bien.

— Vous pensez que vous pourriez peut-être essayer de mettre tout ça derrière vous maintenant, les gars ? » demanda Colin.

Sans jamais quitter Brandon des yeux Aidan répondit : « Je ne sais pas. J'ai besoin d'un peu de temps pour y réfléchir. Rien que de parler de Sarah et de penser à elle et à Colin... Il posa une main sur sa poitrine, comme s'il essayait de contenir l'explosion de chagrin provoquée par la mention du fils qu'il avait perdu.

« Parfois, c'est comme si tout cela était arrivé hier plutôt qu'il y a dix ans. La seule fois où je me suis senti normal depuis, c'est quand j'étais avec Clare, et maintenant elle est partie, elle aussi.

— Je suis désolé, Aidan, dit Brandon avec hésitation. Je suis probablement la dernière personne qui devrait dire ça, mais peut-être que tu pourrais accepter pour l'enfant, tu sais, si ça voulait dire que tu pourrais être avec elle. Il se prépara à une explosion de colère de la part d'Aidan, mais elle ne se concrétisa pas.

— J'y ai pensé, avoua Aidan. Mais tu ne crois pas qu'un enfant mérite plus qu'un père qui n'est là que physiquement ?

— Tu serais un père génial, insista Declan. Les enfants d'Erin t'adorent. »

Aidan secoua la tête. « Je ne peux pas, chuchota-t-il. Je ne peux pas prendre le risque que quelque chose se reproduise. J'y ai à peine survécu la première fois. »

Comme ses frères ne pouvaient pas dire le contraire, ils n'essayèrent pas.

Les frères étaient silencieux sur la route vers le sud à travers les Montagnes Vertes[1] le dimanche après-midi. Brandon regardait le paysage passer depuis le siège avant tandis que Declan s'appliquait à conduire sur la route de montagne sinueuse. Alors qu'il revivait la confrontation avec Aidan, une série d'émotions se déchaînaient en Brandon. Une vie entière de secrets s'était révélée, le libérant de l'énorme effort qu'il avait dû faire pour les garder pour lui. Le soulagement s'était mêlé au regret et au remords d'avoir consacré toutes ces années à la haine d'un frère qui ne le méritait pas.

Si seulement il avait ouvert son cœur à quelqu'un pour partager ne serait-ce qu'une petite partie de sa douleur. Ses parents auraient fait ce qu'ils pouvaient pour l'aider. Les enseignants, les entraîneurs, les amis, même ses jeunes frères et sa sœur, tous auraient essayé de l'aider, si seulement il l'avait demandé. Sa vie aurait pu être très différente s'il avait parlé à quelqu'un, mais au lieu de cela, il avait gardé tout cela enfoui en lui. Et, comme il l'avait dit à Aidan, il avait payé le prix.

« Hé, Col ? dit Brandon.

— Mm, grogna Colin à moitié endormi.

— Tu sais où Sarah est enterrée à Boston ?

— Moi, je sais, dit Declan.

— Moi, aussi, dit Colin.

— Vous y êtes allés ?

— Deux ou trois fois avec Maman et Papa, dit Declan. Aidan m'a dit qu'il y est finalement allé pour la première fois avec Clare. Il soupira. Elle était parfaite pour lui. J'aimerais qu'ils puissent résoudre leur problème d'une manière ou d'une autre.

— On ne sait jamais, dit Brandon. Peut-être qu'ils y arriveront.

— On dirait qu'ils sont dans une impasse assez importante, dit Colin.

— Alors, euh, vous pensez qu'on pourrait passer au cimetière sur le chemin du retour ? demanda Brandon.

— Ça ne me dérange pas, dit Declan.

— Moi non plus, dit Colin. Du moment que je suis à la maison à dix-huit heures.

— Qui est cette nana pour laquelle tu dois rentrer à la maison de toute façon ? demanda Declan en jetant un coup d'œil dans le rétroviseur à Colin.

— Juste une amie avec qui je dîne ce soir.

— Une *amie* ? demanda Declan.

— Pour l'instant.

— Moi aussi, je sors avec quelqu'un ce soir, dit Brandon.

— Avec qui ? demanda Declan, surpris.

— Une petite de cinq ans dans l'immeuble qui craque pour moi. Elle est mignonne comme gamine.

— Elle a mauvais goût en ce qui concerne les hommes, dit Colin en blaguant.

— Merci bien, dit Brandon. Tu devrais voir la mère. Il prit une grande inspiration et secoua la tête. Une vraie déesse.

— *Oh*, rit Declan. Maintenant je comprends.

— Non, la gamine est vraiment cool, insista Brandon. Je vais vous dire une chose, je l'aime bien plus que la mère – la locataire du diable, comme Papa l'appelle.

— Peut-être que j'aurais dû me porter volontaire pour le boulot de l'immeuble, dit Colin. On dirait que t'es le chef de Melrose Place là-bas.

— Oui, c'est ça ! s'exclama Brandon. C'est drôle, je n'ai pas souvenir de m'être porté *volontaire* pour le travail de l'appartement. Les autres locataires sont des seniors. Ils sont probablement plus intéressés par le bingo que des partouzes dans les jacuzzis.

— Quelle belle image, dit Colin d'un air pince-sans-rire.

— Alors les gars, dit Declan. Puisqu'on se fait un week-end de confessions, je voulais vous dire…

— Quoi ? demanda Brandon, en se tournant vers Dec.

— Je pense demander Jess en mariage. C'est-à-dire si elle m'adresse encore la parole après ce week-end.

— Ce n'est pas vrai ! dit Colin. Tu ne la connais que depuis quelques mois. »

Declan haussa les épaules. « Il y a quelque chose de différent à propos d'elle. Je l'ai réalisé presque tout de suite.

— Je ne peux pas t'imaginer marié, dit Brandon.

— Je le sais, mais je suis prêt. Je veux une famille, et il faut voir les choses en face, on ne rajeunit pas.

— C'est bien vrai, dit Colin. Moi-même j'y ai pensé dernièrement. Je n'avais jamais imaginé être encore célibataire à trente-six ans.

— C'est drôle, parce que je n'ai jamais imaginé me marier, dit Brandon.

— Parce que t'étais amoureux d'une fille que tu ne pouvais pas avoir, lui rappela Declan.

— Peut-être. Quand elle est morte, je crois que j'ai fait une croix sur ces choses-là. C'est pour ça que Valerie n'a jamais eu une chance avec moi.

— Pauvre Valerie, dit Colin. Elle était tellement dingue de toi. » Brandon fit la grimace. « Elle méritait mieux que moi. C'est certain.

— Alors pendant qu'on est à Boston, ça vous dit de m'aider à acheter une bague, les gars ? demanda Declan.

— T'es sérieux, dit Brandon. Tu vas vraiment le faire.

— Je crois bien que oui.

— Dix-huit heures, leur rappela Colin. Je ne peux pas être en retard.

— Il y a des choses dans cette histoire qu'il ne nous dit pas, » dit Brandon à Declan.

Dec fit signe d'acquiescer. « Sans aucun doute.

— Dix-huit heures, » répéta Colin.

On ne devrait pas prendre des fleurs ou autre chose ? demanda Brandon alors qu'ils franchissaient les portes de pierre du cimetière.

— On n'est pas obligés, dit Dec. C'est assez de montrer notre respect.

— J'apprécie que vous compreniez que j'ai besoin de faire ça.

— Je dois dire que toute cette histoire avec Sarah explique beaucoup de choses, dit Colin. J'ai du mal à croire que personne n'ait jamais compris.

— J'ai fait tout mon possible pour garder le secret. J'en avais parfois honte, surtout après leur mariage.

— C'est là. » Colin montra du doigt l'endroit alors que Declan garait la voiture.

Ils descendirent de la voiture et enfilèrent leurs manteaux O'Malley & Fils assortis pour monter la petite colline où Sarah était enterrée avec son fils Colin et sa grand-mère.

Les frères étudièrent la pierre tombale pendant plusieurs minutes silencieuses avant que Colin et Declan ne laissent Brandon seul sur la tombe. Il passa une main sur le granit lisse. « Je suis désolé d'avoir été si con, Sarah, murmura-t-il. J'aurais aimé que tu saches à quel point je t'aimais. J'aurais fait n'importe quoi pour toi. Je n'ai jamais cessé de penser à toi, et j'espère que tu as trouvé la paix où que tu sois maintenant. »

Les larmes piquaient ses yeux. « Aidan s'accroche, tu n'as pas à t'inquiéter pour lui. Je pense que lui et moi irons mieux maintenant. Du moins, je l'espère. » Une larme chaude coula sur sa joue froide. « Bon, je ferais mieux d'y aller. Colin a un rendez-vous galant qui n'en est pas vraiment un, et il a hâte de rentrer chez lui. Je suis désolé d'avoir mis autant de temps à venir ici. Nous t'aimons tous et tu nous manques, tout comme bébé Colin. » Brandon resta encore un long moment recroquevillé contre le froid avant de retourner à la voiture.

« Ça va, Brand ? demanda Declan.

— Ouais, dit Brandon, la voix lourde et chargée d'émotion. Allons trouver la bague qu'il te faut. »

---

1. Massif du Vermont faisant partie de la chaîne des Appalaches.

CHAPITRE 15, JOUR 35

Ils arrivèrent à Chatham à dix-sept heures trente avec une bague en diamant de deux carats enfermée à clé dans la boîte à gants de la voiture de Declan.

« Ne fais rien d'irréfléchi, Dec, dit Colin en sortant de la voiture devant chez lui. Ce n'est pas parce que tu as la bague que tu dois poser la question juste pour qu'elle ne soit plus fâchée avec toi. »

Declan rit. « Je vais essayer de me contrôler. Amuse-toi bien à ton rendez-vous galant ou autre.

— Tu passeras voir Maman ? » demanda Colin à Brandon.

Brandon fit oui de la tête. « Je vais m'en occuper.

— Elle va être déçue, dit Colin. Elle aimait beaucoup Clare.

— Je le sais, dit Brandon.

— Eh ben, ça a été vraiment... Colin prit son sac à dos dans le coffre. Je vous parlerai demain. »

Quand Declan le déposa à l'immeuble, Brandon jeta son sac à l'arrière de son pick-up et se rendit chez ses parents. Il voulait les voir avant de tenir sa promesse à Mike.

« Bonjour, appela-t-il en entrant dans la maison rose. Y'a quelqu'un ?

— Ici, mon cœur, » répondit sa mère.

Ses parents étaient installés dans leurs fauteuils côte à côte et regardaient les nouvelles.

« Hé, dit Dennis. Vous êtes de retour. Comment s'est passé le voyage ? »

Brandon embrassa sa mère et s'assit sur le pouf devant elle. « C'était, bah... mémorable.

— Alors qu'est-ce qui ne va pas avec ton frère ? » demanda Colleen, allant droit au but.

Brandon prit sa main. « Clare et lui ont cassé.

— *Quoi ?* Colleen poussa un cri alors que ses yeux se remplirent de larmes. Non…

— Je suis désolé, Maman. Je sais combien tu l'aimais.

— Mais que s'est-il passé ? Ils étaient follement amoureux ! C'était tellement évident.

— Je crois qu'ils le sont toujours, mais elle veut adopter un enfant.

— Et lui ne veut pas, dit Colleen, hochant la tête avec compréhension.

— Non.

— Mais pourquoi ? demanda Dennis. Il ferait un excellent père.

— On a essayé de le lui dire, mais il a juste dit qu'il ne pouvait pas, vous savez, après ce qui s'est passé avec bébé Colin et tout le reste. »

Colleen essuya une de ses larmes. « J'ai vraiment cru qu'il allait l'épouser.

— Je suppose que tout ça est sorti quand il l'a demandée en mariage. »
Colleen fit une grimace.

« Pauvre Aidan, dit Dennis sa bouche figée en une expression triste. Il doit avoir le cœur brisé.

— Oui, oui, mais il retourne au travail demain, et je crois que ça va aller. Il ne veut pas que vous vous inquiétiez pour lui.

— Comme si c'était possible, déclara Colleen. Et toi ? Tu as arrangé les choses avec lui ?

— Eh bien, nous avons un peu clarifié les choses. Brandon hésita avant d'ajouter : écoutez, ah, il y a des choses qui sont arrivées ce week-end dont je devrais probablement vous parler avant que vous ne l'appreniez par quelqu'un d'autre.

— Quel genre de choses ? » demanda Dennis.

Pour la deuxième fois en autant de jours, Brandon confessa ses sentiments pour Sarah et comment ils avaient influencé sa relation avec Aidan.

« C'était la femme de ton frère, dit Colleen en un murmure scandalisé, sa main sur son cœur.

— Elle n'était pas la femme de mon frère quand je suis tombé amoureux d'elle, Maman.

— Mais quand même, balbutia Colleen. Marie, mère de Dieu.

— Qu'a-t-il dit quand tu lui as révélé cela ? demanda Dennis, le choc visible sur son visage, aussi.

— Cela va sans dire, il était plutôt bouleversé, mais on en a parlé, et j'espère qu'on se comprend peut-être mieux. C'était un sacré week-end.

— On dirait bien, dit Dennis.

— Je n'arrive pas à voir comment tu as pu garder ça pour toi tout ce temps, dit Colleen.

— Tu te souviens quand t'étais vraiment en colère que je n'aille pas à ses funérailles ? Je n'y suis pas allé parce que je n'en étais pas capable. J'étais tellement dévasté, Maman, et je n'avais même pas le droit de l'être. Est-ce que tu comprends comment ça m'a affecté ?

— Tu as gardé tellement de choses enfouies en toi, mon cœur. Ce n'est pas étonnant que tu te sois tourné vers l'alcool.

— C'était la seule façon de soulager la douleur. Mais j'ai découvert qu'il y avait beaucoup de soulagement dans l'honnêteté.

— J'ai eu raison de vous envoyer là-haut, dit Colleen. Je savais qu'il avait un problème et je voulais que vous deux arriviez à arranger les choses entre vous. »

Brandon sourit. « Tu as fait d'une pierre deux coups, hein, Maman ?

— J'ai fait ce qu'il fallait, » dit-elle en haussant les épaules.

Brandon lança un regard amusé à son père. « Elle nous manipule, pas vrai, Papa ?

— Il vaut mieux que je reste en dehors de ça. L'instinct de conservation.

— Oh, chut, Denny. Colleen passa une main apaisante sur les cheveux de son fils. Tu veux manger quelque chose ?

— Non, merci. Brandon se leva. Je dois y aller. Il se pencha pour embrasser sa mère. Essaie de ne pas t'inquiéter, Maman. Aidan va s'en sortir. C'est un survivant.

— Toi aussi, mon cœur. Je suis fière de toi, tu prends tes responsabilités et tu travailles dur pour rester sobre. »

Il serra sa main. « Je vous appellerai demain.

— Prends soin de toi, mon fils, » lui dit Dennis.

Colin apporta des fleurs. Il savait qu'il n'aurait probablement pas dû, mais après avoir attendu avec impatience de la voir tout le week-end, il avait transformé cela en rendez-vous galant dans son esprit. La maison de Meredith sur Stepping Stones Road était une bâtisse traditionnelle du Cap, à étage et au toit en bardeaux. Colin suivit le chemin créé par les lanternes illuminées qui traçaient un chemin jusqu'à la porte d'entrée.

Avant qu'il ne puisse sonner, elle se présenta à la porte, vêtue d'un pull blanc qui était peut-être bien en cachemire, avec un pantalon noir et des bottes à talons hauts. Ses cheveux noirs lisses tombaient en cascade sur ses épaules.

« Salut, » dit-elle en lui ouvrant la contre-porte.

Colin garda les fleurs derrière son dos, se transformant soudain en une vraie boule de nerfs. Il n'aurait pas dû les apporter. « Tu es très élégante. »

Puisqu'il ne pouvait pas les garder cachées toute la soirée, il lui tendit les fleurs. « Pour toi.

— Oh, dit-elle, rougissant.

— De la part d'un ami, clarifia-t-il.

— Elles sont belles. Merci. Entre. »

Il la suivit à travers la maison confortable jusqu'à la cuisine, où elle sortit un vase pour les fleurs.

« Je vois que tu es fan d'antiquités.

— Ma mère dit que j'ai acheté la maison pour mes antiquités quand elles ont envahi chaque coin de mon appartement.

— Quelque chose sent bon.

— J'espère que ça ne te dérange pas, mais j'ai juste traîné à la maison aujourd'hui, alors j'ai cuisiné. Ça te va ? »

Quand les joues de Meredith devinrent toutes roses, Colin en perdit sa langue. « Bien sûr, cela me va. Laisse-moi appeler pour annuler la réservation.

— Je suis désolée. J'ai gâché les plans.

— Ce n'est pas grave. Je préfère rester ici.

— Tu es sûr ?

— Sûr et certain. Il sortit son portable de la poche de son manteau et donna le manteau à Meredith. Après un bref coup de fil au restaurant pour annuler sa réservation, il éteignit le téléphone.

— Tu veux du vin ? Sinon j'ai de la bière, aussi. Je n'étais pas sûre ce qui te plairait.

— Qu'est-ce que tu prends, toi ?

— Juste un verre de merlot.

— Ça me tente. » Il lui prit la bouteille des mains pour l'ouvrir.

Une fois qu'il leur eut versé un verre chacun, il lui en tendit un. « Santé. »

Elle trinqua avec lui. « Santé.

— Tu es nerveuse, Meredith ? demanda-t-il, la regardant par-dessus le bord de son verre à vin.

— Est-ce que ça se voit ?

— Tu n'as pas à avoir peur de moi. »

Elle ne détourna pas le regard. « Il me semble que si.

— Pourquoi dis-tu ça ? demanda Colin, faisant un énorme effort pour paraître décontracté quand son cœur battait la chamade.

— Parce que j'avais trop hâte de te voir ce soir. »

Il voulait sauter de joie mais il garda une expression neutre. « Alors c'est peut-être moi qui devrais avoir peur de toi.

— Comment ça se fait ?

— Parce que moi aussi j'avais trop hâte de te voir. »

Son sourire était timide, et Colin dut résister à l'envie folle de découvrir si ses joues roses étaient aussi douces qu'elles en avaient l'air.

« Comment s'est passé le voyage avec tes frères ? »

Colin leva les yeux au ciel. « C'était intéressant. » Il lui fit un bref résumé des temps forts et des moments les plus difficiles.

« On dirait que ça a été très mouvementé. Brandon a l'air de vraiment se tenir au programme.

— Il est très déterminé. Je continue d'afficher un optimisme prudent. »

Meredith prit une petite gorgée de son vin. « Comment t'es-tu senti quand Brandon a avoué qu'il était amoureux de la femme d'Aidan ? Cela a dû être tellement…

— Choquant ? »

Elle hocha la tête.

« Ça l'était, mais d'une certaine façon je peux le comprendre. Elle était tellement belle, et nous l'aimions tous. Sa mort a été bouleversante.

— Elle est morte il y a combien de temps ?

— Dix ans. Aidan est une sorte d'âme en peine depuis, alors on espérait qu'il ferait en sorte que ça colle avec Clare. C'est vraiment dommage que ça n'ait pas marché entre eux.

— Tu es vraiment proche d'eux, n'est-ce pas ? Tes frères ? »

Colin hocha la tête. « Ce sont mes meilleurs amis. Peut-être que c'est parce que nous avons aussi travaillé ensemble toutes ces années, mais mes parents nous rappelaient souvent qu'on serait toujours là les uns pour les autres. Je suppose qu'on l'a pris à cœur.

— Brandon a de la chance de vous avoir à ses côtés en ce moment. C'est grâce à cela qu'il s'en sortira. »

Colin s'appuya contre le comptoir et étudia Meredith pendant qu'elle remuait quelque chose sur le feu. C'était tellement facile de lui parler, et l'empathie qu'il avait vue en elle à Al-Anon correspondait aussi en grande partie à la personne qu'elle était en dehors du programme.

« As-tu faim ? Comme je ne savais pas ce que tu aimais, j'ai fait un peu de tout. » Son visage rougit à nouveau d'embarras.

Cette fois, Colin n'essaya pas de résister à l'envie de passer un doigt sur une de ses joues roses. Quand elle reprit son souffle, il regarda le pouls de sa gorge battre en réponse. Il se pencha pour effleurer ses lèvres avec les siennes et s'attarda lorsque les mains de Meredith se posèrent sur son torse. L'attirant à lui, il découvrit que le pull était bien en cachemire. Il l'embrassa sans insistance, mais le goût du vin sur ses lèvres était enivrant.

En ouvrant les yeux, il trouva les siens fermés, en signe d'approbation. Encouragé, il fit courir sa langue le long de sa lèvre inférieure, ce qui soudain fit prendre à Meredith une respiration profonde. Il lui donna ensuite de doux baisers le long de la mâchoire, descendant lentement jusqu'au dans son cou. L'odeur de sa peau et la sensation de ses cheveux soyeux sur son visage enflammèrent son désir, mais il continua à avancer lentement, de peur de l'effrayer.

Colin s'attendait à ce qu'elle l'arrête, et quand elle ne le fit pas, il captura à nouveau sa bouche, cette fois-ci sans rien retenir. Plusieurs minutes passionnées s'écoulèrent avant que Colin ne se force à ralentir. « Meredith, murmura-t-il à son oreille. Tu me rends fou. »

Elle frissonna. « Je crois que quelque chose brûle.

— C'est peut-être moi, dit Colin en posant d'autres baisers le long de sa mâchoire.

— Sur le feu, » dit-elle avec un gloussement.

Une fois qu'elle eut ajusté la température du brûleur, Colin la prit encore dans ses bras.

« Je ne fais pas ce genre de chose, dit-elle.

— Quoi ? Te faire câliner au-dessus d'une cuisinière chaude ?

— Me faire câliner n'importe où.

— Pourquoi pas ? Tu fais ça bien. »

Elle rit. « Arrête.

— Je suis obligé ? demanda-t-il, en l'embrassant encore.

— *Colin.*

— Quoi ? demanda-t-il, ses lèvres pressées contre son cou.

— Arrête. »

Quelque chose dans la façon dont elle prononça ce simple mot l'arrêta net.

« Je suis désolé.

— Ne le sois pas. C'est juste que je ne suis pas très douée pour ça.

— Il me semble qu'on en a déjà parlé. Tu es très douée pour ça. Il l'embrassa sur la joue. Pourquoi on ne mangerait pas de ce festin que tu as cuisiné ? Ça sent très bon.

— J'espère que tu as très faim.

— Une faim de loup. »

Elle avait fait du rosbif, du ragoût de fruits de mer, des pommes de terre nouvelles, des asperges, une salade et du pain frais.

Colin mangea à ne plus pouvoir bouger. « C'était fabuleux. Merci.

— J'en ai trop fait, dit-elle, en sirotant toujours son premier verre de vin.

— Ma mère continue à faire la cuisine pour sept personnes, même si maintenant ils ne sont plus que deux.

— Elle devait faire assez pour une armée quand elle avait quatre garçons à la maison.

— Oui, oui. On mangeait comme des ogres, mais elle nous a tous obligés à apprendre à cuisiner pour pouvoir être indépendants. »

Meredith sourit. « J'ai l'impression que c'est un sacré personnage. »

Colin lui prit la main sur la table. « Elle t'aimerait bien. »

Meredith détourna le regard.

Il glissa sa chaise plus près de la sienne tout en lui tenant fort la main. « Alors qu'allons-nous faire à propos de cette règle que tu as de ne sortir avec personne ? »

Son expression était marquée par la peur lorsque son regard croisa le sien.

« Parce que je veux te revoir. Il passa ses doigts dans les siens. Bientôt.

— Je suis un gros risque, Colin. »

La tristesse qu'il entendait dans le ton de sa voix le tiraillait. « Je ne le pense pas. »

Elle secoua la tête.

« Est-ce que je te plais, Meredith ? » Il pressa ses lèvres à l'intérieur de son poignet, où il pouvait mesurer sa réponse par le battement de son pouls.

Elle hocha la tête.

« Alors peut-être que nous pourrions voir ce qui se passe ? Quand elle ne répondit pas, il continua. Je ne te ferai pas de mal. Je ne te ferai jamais de mal.

— J'ai peur que ce soit moi qui te fasse du mal.

— Oh, je suis costaud. Je vais tenter ma chance. »

Il fut surpris quand ses yeux brillèrent de larmes. « Tu ne comprends pas, lui chuchota-t-elle.

— Aide-moi, lui demanda-t-il. Aide-moi à comprendre pourquoi une belle jeune femme douce et attentionnée aurait une règle de célibat, surtout une femme aussi ardente.

— Je ne suis pas ardente.

— Il faut que je te rafraîchisse la mémoire ? » demanda-t-il en l'embrassant doucement.

Elle s'éloigna de lui et se leva. « Je ne peux pas faire ça, Colin. Je ne peux tout simplement pas.

— Tu ne peux pas ou tu ne veux pas ?

— Les deux. »

Colin soupira et se leva pour prendre son manteau. « Le dîner était superbe. Merci.

— Colin... »

Il monta la fermeture Eclair de son manteau.

« Je suis désolée. »

Passant la main sur sa chevelure douce, il l'embrassa sur la joue. « Pas autant que moi. Il me semble qu'il pourrait y avoir quelque chose de formidable entre nous. Tu sais où me trouver si tu changes d'avis. »

Elle hocha la tête.

Il la laissa debout dans la cuisine et sortit par la porte d'entrée. Sur le court trajet du retour il réalisa avec consternation qu'il comprenait maintenant ce qui avait manqué avec son ex-fiancée Nicole.

Elle n'était pas Meredith.

Brandon résista à la tentation de monter en courant les marches dès son arrivée à l'immeuble. Il déballa ses affaires, se doucha et se rasa. Lorsqu'il s'aspergea d'un peu d'eau de Cologne, il se dit qu'il était idiot de se pomponner pour un enfant de cinq ans. Prenant le sac qu'il avait laissé tomber sur le canapé, il sortit par la porte et monta les escaliers. Arrivé au troisième étage, il prit une grande respiration et frappa à la porte.

Daphne semblait surprise de le voir quand elle ouvrit. « Hé, dit-elle. Entrez.

— Comment s'est passé votre week-end ?

— Bien. Rien de spécial. Mike est dans la baignoire.

— J'allais demander si je pouvais l'emmener manger une glace ou autre chose. »

Les yeux de Daphne s'agrandirent. « Toute seule ?

— Bien sûr que non. Vous êtes invitée aussi. »

Daphne se rongea l'ongle en réfléchissant. « Elle a école demain, et elle est déjà dans la baignoire.

— Peut-être une autre fois.

— Asseyez-vous. Daphne montra d'un geste le canapé. Je vais la chercher. »

Brandon s'assit pour l'attendre et en profita pour enfin étudier les photos encadrées de Mike posées sur la table du fond. À côté d'une photo d'elle qui faisait des bulles lorsqu'elle était petite, il y avait une photo de Daphne, Mike bébé et un homme aux cheveux d'un blond-roux que Brandon supposa être le père de Mike.

Elle se précipita dans la pièce en chemise de nuit en flanelle rose, ses boucles blondes encore mouillées par son bain. « Tu es venu », dit-elle, le souffle coupé par l'excitation.

Touché par le plaisir qu'elle avait à le voir, Brandon sourit. « Je t'avais dit que je viendrai. »

Elle posa une petite main sur chaque joue de Brandon. « Merci de ne pas avoir oublié. »

Il lui tendit les bras, et lorsqu'elle vint à lui comme si elle l'avait fait toute sa vie, il tomba éperdument amoureux d'elle. Il ferma les yeux et respira le doux parfum du shampoing pour bébé. Lorsqu'il ouvrit les yeux, il trouva Daphne appuyée contre l'encadrure de la porte, les regardant avec un mélange de peur et de suspicion dans les yeux.

« Hé. Brandon mit Mike sur ses genoux. Je t'ai apporté quelque chose. »

Le sourire de la petite illumina son visage. « C'est vrai ? »

Il lui tendit le sac.

Elle cria de joie lorsqu'elle en sortit un ours en peluche. Il était brun clair et portait un pull vert qui disait VERMONT en lettres majuscules blanches. « Oh, je l'aime, dit-elle en embrassant Brandon sur la joue. Merci. »

Son plaisir pour un si petit cadeau toucha son cœur. « Comment vas-tu l'appeler ?

— Brandon, dit-elle sans hésiter. Brandon l'Ours.

— C'est un très joli nom. »

Mike rigola. « Tu sens bon.

— Tu trouves ?

— Oui, oui. » Elle posa sa tête sur l'épaule de Brandon en câlinant l'ours.

Il sentit sa chemise s'humidifier sous ses cheveux mouillés, mais il ne bougea pas l'enfant.

« Mike, c'est l'heure d'aller au lit, dit Daphne.

— Pas encore, Maman. Brandon vient d'arriver.

— Si tu veux une histoire, c'est maintenant ou jamais. »

Mike se tourna vers Brandon. « Tu veux bien me faire la lecture ?

— Bien sûr, si ta mère est d'accord. Va chercher un livre. »

Elle attrapa l'ours et s'en alla dans sa chambre.

« C'était gentil de lui apporter quelque chose, » dit Daphne presque à contrecœur.

Il haussa les épaules. « Ce n'est rien.

— Pas pour elle. »

Mike revint avec un livre sur les animaux du zoo qui complotaient leur fuite et reprit sa place sur les genoux de Brandon.

Celui-ci se surprit à créer une voix différente pour chaque animal, ce qui enthousiasma Mike.

« Très bien, Mike, dit Daphne. Dis bonsoir.

— Je peux venir te voir demain ? demanda Mike à Brandon.

— Je vais faire de la peinture dans mon appartement. Pourquoi ne viendrais-tu pas m'aider en rentrant de l'école ?

— Je peux vraiment ?

— Bien sûr que tu peux. Mais porte de vieux vêtements. »

Mike le serra de nouveau dans ses bras et lui murmura à l'oreille : « Je t'aime. » Elle l'embrassa sur la joue et était partie avant qu'il ne puisse répondre.

« Je reviens tout de suite, » dit Daphne en suivant sa fille.

Brandon s'assit dans le canapé et poussa un soupir satisfait. Il se souvint qu'Alan lui avait dit qu'il n'y avait rien de tel que d'aimer quelqu'un et de recevoir son amour en retour. Il comprit finalement exactement ce qu'avait voulu dire son ami.

Daphne revint quelques minutes plus tard. « Voulez-vous quelque chose à boire ? Du vin ou de la bière ? »

Brandon avala sa salive. « Euh, non, ça va. Merci.

— Ça vous dérange si je prends un verre de vin ? C'est ma récompense pour avoir survécu à la journée.

— Ça ne me dérange pas.

— Merci d'être aussi gentil avec elle. Elle peut être un peu trop parfois, mais vous êtes très patient avec elle.

— C'est une gamine formidable. »

Daphne apporta son verre de vin avec elle lorsqu'elle s'assit à côté de lui. « Elle l'a toujours été. Depuis qu'elle est bébé, elle a cette façon de se connecter avec les gens que je n'ai jamais eue. Elle tient ça de son père.

— Je peux vous demander quelque chose qui ne me regarde pas ? »

Le regard de Daphne était méfiant. « Je suppose que oui.

— Où est-il ? Son père ?

— Il est mort il y a cinq ans.

— Je suis désolé.

— Je suis désolée pour Mike qu'elle ne l'ait jamais connu.

— Que lui est-il arrivé ? Brandon craignait d'aller trop loin. Il s'attendait toujours à ce que le côté épineux de Daphne réapparaisse.

— Il avait beaucoup de problèmes. Elle regarda dans son verre de vin en se souvenant du temps passé. C'était presque comme si le simple fait de vivre était trop pour lui.

— Comment ça ?

— Randy venait d'une famille puissante. Ils étaient très impliqués dans la politique, et il détestait la façon dont ils étaient forcés de vivre sur le devant de la scène. C'était un artiste doué, mais cela ne leur suffisait pas. Il n'était jamais à la hauteur de leurs attentes.

— J'ai presque peur de demander...

— Je l'ai trouvé dans le garage avec la voiture en marche. Ils ont dit qu'il était mort depuis une heure. Mike n'avait qu'un an à l'époque.

— Mon Dieu, Daphne. Je suis vraiment désolé. Il lui tendit la main et fut presque ébahi quand les doigts de Daphne s'enroulèrent autour des siens.

— C'était horrible. Je savais qu'il était déprimé, mais je n'avais aucune idée qu'il était désespéré à ce point-là.

— Il avait probablement peur de le montrer à qui que ce soit, même à vous, » déclara Brandon, s'exprimant avec une certaine autorité sur le fait de garder des secrets.

Elle haussa les épaules. « Peut-être. Quoi qu'il en soit, Mike et moi faisons équipe depuis, et nous nous en sortons très bien.

— Vous avez fait un travail formidable avec elle.

— Merci.

— Vous avez de l'aide ? De la famille dans les environs ? »

Elle secoua la tête. « Non, il n'y a que nous. »

Brandon ne pouvait pas s'imaginer être aussi seul au monde et se sentit de tout cœur avec Daphne, aussi. Ces deux-là le touchaient profondément, mais pour une raison quelconque, ça ne le dérangeait pas. Cela faisait du bien de se soucier de quelqu'un d'autre que lui-même pour changer. Il posa sa tête contre le dossier du canapé. « Vous n'avez pas besoin d'être toute seule, vous savez. »

Daphne jeta un œil sur leurs mains jointes. « Vous, pourquoi l'êtes-vous ? »

Il hésita une seconde avant de décider d'être honnête avec elle. « Parce que j'ai passé la plupart de ma vie à être amoureux d'une femme que je ne pouvais pas avoir, et du coup j'ai pris beaucoup de mauvaises décisions.

— C'est une raison aussi valable que n'importe quelle autre, je suppose. Vous êtes encore amoureux d'elle ?

— Elle est morte il y a dix ans.

— On dirait qu'on a plus en commun que je ne le pensais.

— Je n'ai pas eu d'enfant avec elle. En fait, je n'ai jamais rien eu avec elle, alors ce n'est pas pareil que ce qui vous est arrivé.

— C'est tout de même une perte.

— Que vouliez-vous dire l'autre jour quand vous avez dit que vous alliez peut-être bientôt partir ?

— Nous déménageons souvent.

— Pourquoi ? »

La porte sur son âme se referma d'un coup lorsqu'elle retira sa main de la sienne. « Il se fait tard. »

Brandon se leva, regrettant de l'avoir poussée un peu trop loin. « Envoyez Mike peindre quand elle rentrera demain.

— Vous êtes sûr que ça ne vous dérange pas ?

— Ça ne me dérange pas. Je suis en bas si jamais vous avez besoin de quoi que ce soit.

— Merci, dit Daphne, mais la chaleur qu'il avait vue en elle plus tôt avait disparu.

— Bonne nuit. » Brandon retourna en bas avec le sentiment étrange qu'il avait de nouveau perdu quelque chose qu'il n'avait jamais vraiment possédé.

*D*ans le mois qui suivit, Brandon trouva une routine gérable. Il commençait chaque matin avec un long footing et une réunion des AA à Harwich, suivie d'un café avec Joe. Puis il retournait à l'immeuble locatif, où il travaillait jusqu'à ce que l'épuisement le force à se coucher. Il avait fini son appartement et un autre et œuvrait maintenant dur chez Mme Oczkowski.

Lorsqu'il l'avait aidée à déménager ses affaires essentielles dans son appartement à lui pour qu'il puisse travailler dans celui de la dame, celle-ci lui avait conseillé de « bien faire les choses et de les faire vite. » Elle était ce que sa mère appellerait une sacrée bonne femme.

Mike venait le retrouver dès qu'elle rentrait de la maternelle tous les jours. Brandon avait généralement quelque chose pour l'occuper pendant quelques heures, et il s'émerveillait de sa capacité à passer autant de temps à bavarder sans cesse. Elle ne manquait jamais, mais jamais de choses à lui dire. Il savait tout de ses amis à l'école, chaque détail de la routine du matin à la maternelle, et la plupart des histoires personnelles des locataires.

Brandon regarda sa montre. Mike allait rentrer d'une minute à l'autre, et elle serait plus excitée que d'habitude aujourd'hui puisqu'ils allaient enfin chez sa sœur pour qu'elle puisse jouer avec les enfants d'Erin. Il était conscient que Daphne avait de grandes réticences à le laisser sortir seul avec Mike, mais elle avait fini par accepter à contrecœur lorsque Mike l'avait épuisée en la suppliant sans relâche.

De la fenêtre de Mme Oczkowski au deuxième étage, il vit le SUV rouge de Daphne s'arrêter sur le parking. Il sourit lorsque Mike sortit de la voiture pour se rendre sur le porche. Daphne la rappela et, avec de vives protestations, Mike fit demi-tour pour récupérer son sac à dos.

Brandon sortit dans le couloir pour l'attendre.

Elle monta les escaliers et cria quand elle le vit.

Il la souleva d'un bras. « Qu'est-ce qui presse, mon chou ? »

Son expression agacée était si sophistiquée qu'elle aurait pu avoir trente ans au lieu de cinq. « Tu le sais bien, dit-elle avec exaspération.

— Quoi ? C'est un jour spécial aujourd'hui ? »

Elle lui donna un coup de poing sur l'épaule. « Je serai prête dans dix minutes, » dit-elle, se tortillant pour se libérer de ses bras tandis que Daphne les rattrapait.

« J'espère que vous savez dans quoi vous vous embarquez, » dit Daphne une fois Mike était montée à l'étage.

Alors que son amitié avec Mike continuait de s'épanouir, Daphne avait été amicale mais distante avec Brandon dans les semaines qui avaient suivi leur conversation sur le père de Mike.

« Ça va aller. Elle s'amusera bien avec les enfants, et je la ramènerai fatiguée.

— Pour cela, je vous serai éternellement reconnaissante. »

Brandon rit. « Reconnaissante à quel point ? »

Son sourire coquin faillit arrêter son cœur. « *Très*.

— Vraiment, bredouilla-t-il. Eh bien, euh... »

Elle rit de son expression troublée. « Vous savez vous y prendre. Un vrai séducteur.

— Je l'étais. Jusqu'à ce que je vous rencontre.

— Bien sûr, c'est de ma faute. »

C'était à son tour de rester sans voix quand il enroula une mèche de ses cheveux blonds autour de son doigt. « Vous êtes si belle, murmura-t-il. Vous faites de moi un idiot qui en perd sa langue. »

Elle lui prit la main. « Brandon...

— Je suis prête, » cria Mike en descendant les escaliers.

Daphne laissa tomber sa main, et le moment fut perdu. « Faites attention à mon bébé, dit-elle doucement pour que Mike ne l'entende pas.

— Elle est en sécurité avec moi. Vous l'êtes toutes les deux. »

Daphne s'accroupit pour fermer le manteau de Mike. « C'est Brandon qui commande. Tu l'écoutes, tu m'entends ?

— Oui, Maman.

— Et sois sage chez sa sœur. Pas de folies.

— D'accord. Mike caressa la joue de sa mère. Ne t'inquiète pas. Brandon prendra bien soin de moi. »

Sa foi absolue en lui donnait envie à Brandon de pleurer. Il espérait juste qu'il pourrait en être digne aussi longtemps qu'elle serait dans sa vie. C'était presque suffisant pour qu'il reste sobre.

« Allez, ma puce. Brandon lui tendit la main. Allons-y. Pour Daphne, il ajouta : Vous avez mon numéro de portable si vous voulez nous joindre, non ? » Il avait donné le numéro à tous les locataires.

Elle hocha la tête.

Brandon passa un doigt sur sa joue douce. « Ne vous inquiétez pas.

— Je ne m'inquiéterai pas. »

Le sourire de Brandon lui fit comprendre qu'il ne la croyait pas.

« Prenez son siège d'appoint dans ma voiture, » cria Daphne alors que Brandon et Mike descendaient les escaliers ensemble.

Il lui fit un signe de la main pour lui faire savoir qu'il l'avait entendue.

« Ouf, dit Mike quand ils étaient dehors. Je ne pensais pas qu'elle allait nous laisser partir.

— C'est dur pour elle. Elle ne me connaît pas si bien que ça, et elle me laisse partir avec ce qui lui est le plus précieux au monde. »

Les yeux de Mike étaient sages au-delà de son âge lorsqu'elle les leva vers lui. « Je suis tout ce qu'elle a.

— C'est pourquoi c'est si difficile pour elle de te laisser partir. Il l'attacha dans le rehausseur de siège avant de son pick-up de société et passa la main sous le tableau de bord pour désactiver l'airbag côté passager.

— Mais nous pouvons te faire confiance. »

Curieux, Brandon l'étudia. « Comment tu le sais ?

— Parce que je te connais. Elle mit sa main sur le cœur de Brandon. Je te connais ici. »

Étourdi par elle, Brandon resta momentanément sans voix. Il prit sa main sur son torse et la serra avant de fermer la porte et de se diriger vers le côté conducteur. S'il n'avait pas déjà été complètement gaga d'elle, il l'aurait été maintenant.

Sur le court trajet vers la maison d'Erin, elle lui demanda de lui parler encore de ses neveux et nièces. Il avait répondu à cette question une centaine de fois la semaine dernière, mais il lui fit plaisir. « Je te l'ai déjà dit, et tu le sais par cœur, donc tu ne peux pas me faire croire que tu ne le sais pas, mais Josh a huit ans, Nina sept ans, Cecelia six ans, Ben cinq ans et Amanda quatre ans.

— Tu crois qu'ils vont m'aimer ? » demanda-t-elle d'une petite voix.

Surpris par son manque de confiance inhabituel, il lui tendit la main. « Bien sûr qu'ils vont t'aimer. Je te l'ai dit, ils ont hâte de te rencontrer. »

Elle hocha la tête mais garda la main bien serrée autour de celle de Brandon jusqu'à ce qu'ils arrivent à la grande maison victorienne d'Erin. Mike sursauta. « *C'est là qu'ils vivent ?* C'est comme un château de princesse ! »

Voir la maison à travers ses yeux, c'était comme la voir pour la première fois. « Je suppose que ça l'est. »

Erin les attendait à la porte d'entrée avec Amanda dans ses bras. « Salut, entrez. » Elle ouvrit la contre-porte et avec aisance posa Amanda d'un seul geste.

Brandon s'étonnait toujours d'à quel point être mère semblait facile avec sa sœur.

« Tu dois être Mike, dit Erin, en lui serrant la main.

— Oui, Madame. Vous êtes la sœur de Brandon ? Vous ne lui ressemblez pas. »

Erin rit. « Je suis bien sa sœur, mais il ressemble à notre père et je ressemble à notre mère. Et tu peux me dire tu.

— Tu as de beaux cheveux.

— Merci, toi aussi. Voici Amanda. »

Brandon s'accroupit au niveau d'Amanda et lui tendit un doigt.

Elle enroula ses doigts boudinés autour du sien et le serra.

« Oncle Brandon peut-il avoir un bisou ? » demanda-t-il, faisant un visage pathétique qui fit rire les deux filles.

Amanda l'étudia un long moment, pendant lequel Brandon pria pour que l'enfant ne s'enfuie pas par peur de lui.

Mike brisa la tension en l'embrassant sur la joue.

Ne voulant pas être laissée de côté, Amanda l'embrassa sur l'autre joue.

« Merci, mesdames, dit Brandon, touché par ce que Mike venait de faire pour lui. Il était étonné par sa capacité à comprendre des choses qui auraient dû la dépasser.

— Amanda, emmène Mike dans la salle de jeux et présente-la aux enfants, d'accord ? dit Erin.

— OK, dit Amanda, et les deux filles partirent en courant.

— Quelle belle petite fille, dit Erin en menant son frère à la cuisine.

— N'est-ce pas ?

— Je n'arrive pas à croire que tu deviennes copain avec une enfant de cinq ans.

— C'est le nouveau moi.

— Ça me plaît.

— Moi aussi. »

Elle leur versa à chacun une tasse de café, et ils s'assirent à la grande table de la cuisine. La maison était remplie du désordre créé par cinq jeunes enfants, mais Erin réussissait à la faire paraître plutôt organisée.

« Alors, comment vas-tu, Brand, vraiment ?

— Je vais bien. Du moins, c'est ce qu'il me semble. Soixante-dix jours de sobriété aujourd'hui.

— C'est un grand accomplissement. Félicitations. Est-ce que tu as toujours, tu sais...

— Envie de boire ? »

Elle hocha la tête.

« Tous les jours. Mais jusqu'à présent, il semble que j'aie plus envie de ne pas revenir à la façon dont je vivais avant.

— Tu es magnifique. Tu es tout mince.

— Je cours tous les jours. En plus, le travail manuel que Papa me fait faire à l'appartement m'aide aussi.

— Tu as horreur de devoir travailler là-bas ?

— Pas autant que je le pensais. »

Les yeux d'Erin se remplirent soudainement de larmes.

« C'est quoi, ces pleurs ? demanda-t-il, perplexe.

— Je suis désolée. Elle balaya une larme de sa joue. Je suis tellement heureuse de te revoir. Tu m'as tellement manqué. »

Il la serra dans ses bras. « Merci de ne pas m'avoir abandonné.

— Je ne t'abandonnerai jamais.

— Tu as entendu ce qui s'est passé dans le Vermont ? »

Ses yeux s'illuminèrent d'amusement pendant qu'elle buvait de sa tasse. « A ton avis ?

— Tu l'as su cinq minutes après Maman.

— Plutôt trois minutes, avoua Erin avec un sourire. Il t'a fallu beaucoup de courage pour dire la vérité à Aidan. Je ne peux pas m'imaginer ce que ça a dû être pour toi.

— C'était la chose la plus effrayante que j'aie jamais faite.

— Tu as dû te sentir tellement mieux après l'avoir dit.

— Oui, mais je me suis senti mal parce que le timing était vraiment pourri pour lui. Il venait de rompre avec Clare.

— Je lui ai parlé hier soir. Il semble aller mieux. Il travaille beaucoup et il a fini le travail qu'il faisait sur la maison du frère de Clare à Stowe.

— Je voudrais que ça s'arrange entre eux. Tout le monde pensait qu'elle était si bien pour lui.

— Elle l'était. Maman l'aimait beaucoup. »

Il se mit à rire. « Et nous savons tous que c'est la moitié de la bataille de gagnée. »

Erin grogna en accord. « Sans blague.

— Ça t'a choquée ? Le truc à propos de Sarah ?

— Oui, mais ça explique pourquoi tu semblais tellement en colère contre le monde entier toutes ces années.

— Je vois maintenant que j'ai perdu beaucoup de temps à être en colère contre le monde et contre Aidan. Je n'ai pas été juste envers lui.

— Je suis fière de toi, Brand. Tu es vraiment en train de reprendre ta vie en main, et je sais que ça ne doit pas être facile pour toi.

— Merci. Vous avoir tous de mon côté m'aide beaucoup. »

Quand ils entendirent les enfants courir au deuxième étage, Brandon leva les yeux. « Est-ce que je dois aller voir si elle va bien ?

— Non, elle va très bien, dit Erin, amusée par sa nervosité.

— C'est nouveau pour moi. Je ne sais pas trop ce que je suis censé faire.

— Tu tiens vraiment à elle, pas vrai ?

— Oui, oui. Elle a réussi à se glisser dans mon cœur. Merci de m'avoir laissé l'amener pour jouer avec les enfants. Elle est assez seule dans l'immeuble.

— Amène-la quand tu veux. C'est incroyable comme un enfant supplémentaire peut divertir mes cinq gamins pendant tout un après-midi. D'ailleurs, Valerie a amené sa fille pour jouer la semaine dernière.

— Je ne savais pas que tu étais encore en contact avec elle.

— Je la vois tout le temps.

— Comment va-t-elle ?

— Elle a l'air heureuse. Contente de sa vie. Sa fille Chelsea est adorable.

— C'est bien. Je suis heureux de l'entendre. J'aimerais la voir, ne serait-ce que pour m'excuser de la façon dont je l'ai traitée.

— Ce n'est peut-être pas une bonne idée. Elle a mis du temps à se remettre de toi, et elle a vraiment repris sa vie en main maintenant.

— Je ne ferais jamais rien pour gâcher ça, mais... Tu lui demanderas ? J'ai besoin de cinq minutes, et je ne demanderais pas si ce n'était pas important. »

Erin hocha la tête. « D'accord. Je vais demander, mais ne sois pas blessé si elle dit non.

— Je comprendrais tout à fait. Elle ne me doit rien, c'est sûr. »

Un hurlement venant d'en haut fit bondir Brandon de sa chaise et monter les escaliers en courant. Il trouva Mike en boule sur le sol de la salle de jeux, tenant sa tête et pleurant à chaudes larmes. Son neveu Josh était dans le même état. Erin prit Josh pendant que Brandon alla voir Mike. Les autres enfants regardaient avec de grands yeux ronds.

« Que s'est-il passé, bébé ? » Brandon dégagea les cheveux de Mike de son front pour y trouver une bosse rouge. Il ne l'avait jamais vue pleurer auparavant, et ses larmes le déconcertaient.

« Josh et moi nous sommes cognés la tête, dit-elle entre deux sanglots. C'était un accident. Elle prononça mal le mot de façon à ce qu'il sorte comme « à six dents ».

— Allons en bas mettre de la glace sur ces bosses. » Erin gérait la situation avec le calme de quelqu'un qui s'était occupé de beaucoup de bobos.

Brandon, en revanche, était certain d'être en train de faire une crise cardiaque en portant Mike jusqu'en bas. Les bras de Mike étaient étroitement enroulés autour de son cou, et la chemise de Brandon était humide des larmes de la petite. Il la garda sur ses genoux lorsqu'il appliqua une pochette de glace sur sa bosse. Finalement, ses sanglots se transformèrent en hoquet, mais il la tint néanmoins près de lui.

« Je pense que je vais bien maintenant, dit-elle.

— Tu es sûre ?

— Mm-hmm.

— Tu veux rentrer chez toi ?

— Non ! On s'amusait jusqu'à ce qu'on se cogne la tête.

— Désolé, oncle Brandon, marmonna Josh en jetant un regard méfiant à Brandon tout en descendant des genoux de sa mère.

— T'inquiète pas, mon grand. Brandon tendit la main pour ébouriffer les cheveux blonds de son neveu. Ce n'était la faute de personne.

— Allez, Mike. Josh se lança vers les escaliers comme si de rien n'était. Je veux te montrer mon camion télécommandé. »

Mike le suivit sans hésiter.

Après leur départ, Erin se tourna vers son frère. « C'est bon, Brand, dit-elle en se moquant de lui. Tu peux respirer maintenant. Elle va bien.

— Bon sang, dit-il, essayant toujours de se remettre. Ça m'a fichu une sacrée frousse.

— Tu es mal en point, mon gars. Erin secoua la tête, ravie. Comment est sa mère ?

— Imagine Mike, seulement vingt-cinq ans de plus.

— Waouh.

— Tu l'as dit.

— Alors, tu as le béguin pour elles deux, hein ?

— On dirait bien.

— C'est une bonne idée si tôt après la désintoxication ?

— Probablement pas, mais qu'est-ce que je suis censé faire ? C'est une enfant géniale, et elles sont ici toutes seules. Pas de famille à proximité.

— Pourquoi tu ne les amènes pas à Pâques ?

— Je ne sais pas. Les O'Malley sont peut-être trop envahissants pour Daphne. C'est une sorte de loup solitaire.

— On se tiendra à carreau. Demande-lui.

— On verra. »

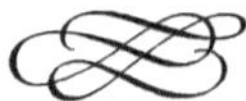

« Tu t'es amusée ? demanda Brandon quand le calme inhabituel de Mike commença à se faire sentir sur le chemin du retour.

— Oh oui, beaucoup de plaisir.

— Alors pourquoi ce silence ?

— Je me disais juste qu'ils avaient de la chance d'avoir toujours quelqu'un avec qui jouer.

— C'est vrai, mais d'après ce que j'ai entendu, ils ont toujours quelqu'un avec qui se battre aussi.

— Pourquoi tu n'es pas proche d'eux ? Elle le regarda. Les enfants, je veux dire. »

Une fois de plus, elle l'ébahit. « Je, euh, eh bien... C'est une longue histoire, mais j'y travaille. Peut-être que tu peux m'aider avec ça.

— Bien sûr. Je vais y réfléchir. »

Il rit de son ton sérieux. « Merci. »

Ils arrivèrent à l'immeuble, et après avoir remis le rehausseur de Mike dans la voiture de Daphne, Brandon la suivit à l'étage.

« Maman ! cria-t-elle, en passant la porte. Je suis de retour à la maison !

— Salut, Winnie mon ourson. »

Brandon remarqua l'éclair de soulagement qui traversa le visage de Daphne quand ils entrèrent.

« Eh bien, qu'est-ce qui est arrivé à ta tête ? » demanda Daphne à sa fille.

Brandon fit la grimace. Il aurait dû savoir qu'elle verrait tout de suite la bosse.

« Oh, ce n'est rien. Josh et moi, nous nous sommes cognés la tête quand nous avons essayé d'attraper le même jouet. »

Daphne embrassa la bosse. « Tu t'es bien amusée ?

— C'était génial ! Ils ont la maison la plus cool du monde. Elle ressemble au château de Cendrillon. »

Daphne sourit. « Je suis contente que tu aies passé un bon moment. Maintenant, va te laver pour le dîner.

— OK, dit Mike, mais elle se dépêcha d'embrasser Brandon d'abord. Merci de m'avoir emmenée.

— Tout le plaisir était pour moi.

— Elle a pleuré ? demanda Daphne une fois que Mike eut quitté la pièce.

— Comme une folle.

— Ça vous a fait flipper, hein ?

— Juste un peu. »

Daphne rit. « Les enfants sont faits de plastique à bulles super élastique. Vous ne le saviez pas ?

— Mais non, dit-il avec un air renfrogné, en jouant le jeu. Vous auriez pu me dire ça avant.

— C'est plus drôle de vous imaginer dans tous vos états. »

Il sourit, profitant d'un rare aperçu de son côté enjoué. « Je suis heureux d'être disponible pour vous divertir. »

L'expression de Daphne devint sérieuse, et elle l'étudia pendant un long moment.

Nerveux sous son regard insistant, il dit : « Quoi ?

— Vous êtes très... » Elle détourna le regard, gênée.

Il combla la distance qui les séparait. « Je suis très quoi ? »

Elle leva les yeux pour rencontrer les siens. « Beau, » murmura-t-elle.

Il saisit l'instant avec un baiser qui devint si passionné qu'il en eut des vertiges.

« Ne fais pas ça, dit-elle une minute plus tard en reculant. Mike...

— À quelle heure se couche-t-elle ?

— Elle s'endort à neuf heures et demie.

— Je reviendrai. » Il attendit qu'elle y fasse objection, mais elle ne s'y opposa pas.

～

Brandon s'obligea à attendre jusqu'à neuf heures quarante-cinq. Il avait travaillé quelques heures dans l'appartement de Mme Oczkowski, avait mangé un sandwich pour le dîner et à neuf heures, il avait pris une douche et s'était rasé. Il aurait aimé prendre un verre pour se détendre. Au lieu de cela, il mit un match des Red Sox de début de saison et s'assit pour attendre.

Le temps qu'il monte à l'étage et frappe doucement, il avait un nœud à la gorge. Il se demandait si elle le laisserait l'embrasser à nouveau, ou si la méfiance et la suspicion qui semblaient tant faire partie de son identité seraient revenues au cours des heures qu'ils avaient passées séparés.

Elle ouvrit la porte, portant un débardeur bleu pâle et le pantalon de yoga noir qui le faisait baver.

Les yeux dans les yeux, ils firent tous deux un pas en avant.

Brandon la souleva et la blottit contre lui, et leurs lèvres se rencontrèrent avec une urgence frénétique. Il ferma la porte derrière lui d'un coup de pied et porta Daphne jusqu'au canapé où ils se posèrent sans rompre le baiser. Lorsqu'il sentit ses doigts s'enfouir dans ses cheveux pour le tirer plus près, il eut du mal à ne pas gémir fort. C'était donc ce qui lui avait manqué pendant toutes ces années passées à se languir d'une femme qu'il ne pouvait pas avoir, sans parler des années passées avec une femme qu'il ne voulait pas – pas comme ça en tout cas.

Il glissa la main sous son haut et l'enroula autour de son sein.

Elle haleta et se cambra contre lui. « Brandon, » lui chuchota-t-elle à l'oreille.

Il fit courir son pouce sur son téton, et celui-ci durcit instantanément.

Elle gémit et le tira assez près pour l'embrasser à nouveau.

Mais cette fois, il prit son temps, faisant courir sa langue sur sa lèvre avec une lente patience qui la fit gémir. Il accorda à son oreille la même attention alors qu'il essayait de reprendre son souffle après la première explosion de passion. S'il ne ralentissait pas les choses, cela allait devenir incontrôlable. Rapidement.

Cependant, elle ne coopérait pas avec le plan de ralentissement. Elle avait les mains sur lui. Il frissonna quand elle traîna son ongle le long de sa colonne vertébrale, puis enfonça une main à l'arrière de son jean.

« Brandon, emmène-moi au lit, » chuchota-t-elle.

Il pensait à son rétablissement et à tous les avertissements à propos d'en faire trop, trop tôt, quand il dit : « Je ne peux pas. »

Elle déplaça sa main vers l'avant de son jean et la poussa contre sa longueur rigide. « Il me semble que tu peux. »

S'efforçant de l'arrêter tant qu'il le pouvait encore, il retira sa main, la porta à sa bouche et posa un long baiser sur sa paume. « Je ne cherche pas une aventure d'un soir.

— Je pourrais peut-être le faire deux fois. »

Il rit. « Tu ne me prends pas au sérieux.

— Je n'ai pas fait l'amour depuis cinq ans. Crois-moi, je te prends *très* au sérieux.

— Cinq *ans* ? »

Elle fit rouler son lobe de l'oreille entre ses dents. « Cinq ans, Brandon, chuchota-t-elle.

— Tu me tues, c'est officiel. J'essaie d'être un mec bien, là.

— Tu es un type bien. C'est pour ça que je te veux dans mon lit. » Elle l'embrassa à nouveau et mit tout en œuvre pour le séduire.

Se disant idiot de lui résister, il était sur le point de céder quand Mike appela sa mère. Il leva son bras pour libérer Daphne et la laisser aller voir la petite.

Brandon s'assit, passa une main dans ses cheveux et essaya de reprendre son souffle. Il n'avait jamais été aussi excité de sa vie.

Daphne revint quelques minutes plus tard. Ses joues étaient rouges, ses lèvres gonflées d'avoir embrassé Brandon. « Elle sait que tu es là. Ça te dérangerait d'aller la voir ?

— Bien sûr que non. »

Brandon se leva pour la suivre dans le couloir. Une veilleuse sur la table de chevet de Mike jetait une faible lueur sur la chambre. En s'asseyant sur le lit, il fut touché de voir Brandon l'Ours bordé à côté d'elle. « Hé, comment ça se fait que tu es réveillée ? »

Daphne s'assit de l'autre côté du lit.

« J'ai fait un mauvais rêve, dit Mike, la lèvre tremblante.

— Tu veux m'en parler ? » demanda Brandon.

Elle secoua la tête. « Tu veux rester ici avec moi jusqu'à ce que je m'endorme ? »

Brandon regarda Daphne.

Elle hocha la tête.

« Bien sûr. » Brandon s'étendit à côté de Mike tandis que Daphne fit de même de son côté du lit.

Mike soupira et ferma les yeux. « Merci. »

Brandon l'embrassa sur la joue.

Daphne passa son bras autour de Mike et prit la main de Brandon.

Lorsque les doigts de Daphne se lièrent aux siens, il fut rempli de satisfaction. Il s'endormit à côté d'elles récitant une prière silencieuse pour remercier la puissance supérieure qui les avait amenées dans sa vie.

L'horloge Mickey Mouse sur la table de chevet indiquait à Brandon qu'il était juste après quatre heures. Mike se servait de lui comme oreiller. Daphne avait son bras autour d'eux deux, et une jambe par-dessus lui. Brandon resta parfaitement immobile pour écouter la douce cadence de leur respiration. La veilleuse lui permettait de les regarder dormir, et l'intimité de leur sommeil était presque spirituelle.

Lorsqu'il comprit qu'il ne pourrait pas se rendormir, il bougea lentement pour s'extraire. Il replaça la tête de Mike sur son oreiller, lui balaya les cheveux du visage et posa un léger baiser sur son front.

Quand il s'assit, les yeux de Daphne s'ouvrirent.

« Tu as dormi un peu ? chuchota-t-elle.

— Oui, mais je suis réveillé, alors je vais y aller. Il se pencha pour l'embrasser.

— Merci pour ça, » dit-elle en jetant un coup d'œil sur Mike.

Comment pouvait-il lui dire que rien ne lui avait jamais donné plus de plaisir que de dormir avec elles deux blotties contre lui ? « De rien. On se voit plus tard ? »

Elle hocha la tête mais ne semblait pas pouvoir détourner son regard.

Ce qui passa entre eux pendant cette seconde infinie, fut la compréhension que cela pouvait être le début de quelque chose d'important – pour eux tous. Il fit le tour du lit pour l'embrasser à nouveau. Quand la main de Daphne s'enroula autour de sa nuque, il s'attarda plus longtemps qu'il ne l'avait prévu.

« Rendors-toi un peu, » murmura-t-il avec un dernier baiser.

~

Brandon ne pensa qu'à Daphne lors de sa course matinale. Il se souvenait s'être senti comme cela une seule autre fois dans sa vie, et il avait déjà vécu plus avec Daphne qu'avec Sarah. Celle-ci de relation avait le potentiel d'être saine, ce qui était une idée nouvelle pour lui. Mais il devait y aller doucement et ne pas s'emballer. Peu importe la force de ses sentiments pour Daphne et Mike, son rétablissement devait passer avant tout pour l'instant.

Lors de la réunion des AA de ce matin-là, Brandon leva la main lorsque le chef de groupe demanda qui voulait entamer la discussion.

« Je suis Brandon, et je suis un alcoolique.

— Bonjour, Brandon, répondit le groupe.

— Ça fait soixante et onze jours que je suis sobre, et jusqu'à présent je pense que je m'en sors plutôt bien. J'ai toujours envie de boire, mais je parviens de mieux en mieux à contrôler ces envies. J'ai aussi essayé de me racheter auprès des personnes que j'ai blessées en buvant. »

Les autres hochèrent la tête en signe d'approbation.

« Quand j'étais en désintoxication et que j'ai découvert le programme, la partie qui me posait le plus de problèmes était l'aspect spirituel. Depuis que je suis sorti, cependant, j'ai commencé à ressentir certains des bienfaits qui viennent d'une vie sobre. »

Brandon prit une gorgée de son café avant de continuer. « Une de ces bénédictions est une adorable petite fille de cinq ans qui est entrée dans ma vie et m'a montré ce que c'est que d'aimer quelqu'un à un tel point que je ferais n'importe quoi pour elle. Je m'engage aussi auprès de sa mère. Je sais que ce n'est pas le moment idéal pour moi de commencer de nouvelles relations, mais j'ai décidé que tant que je resterai concentré sur mon rétablissement, il peut y avoir de la place dans ma vie pour d'autres choses aussi. C'est ce que je voulais dire. Merci.

— Merci, Brandon. »

Après la réunion, Brandon accompagna Joe au café où ils étaient maintenant des habitués.

« Alors la fille que tu as mentionnée à la réunion est celle qui vit dans les appartements où tu travailles, pas vrai ? demanda Joe.

— C'est ça. Elle s'appelle Mike, le diminutif de Michaela, et elle me tient dans le creux de la main. »

Joe sourit jusqu'aux oreilles. « J'ai trois filles. Je comprends ta souffrance, crois-moi. Et avec la maman, alors ? Comment s'appelle-t-elle ?

— Daphne, dit Brandon avec un sourire. Elle est… Il ne trouva pas ses mots. Elle est très courageuse. Elle élève Mike toute seule, mais elle ne semble pas accablée par la responsabilité comme le seraient la plupart des gens. Et elle est éblouissante. Je veux dire belle à en mourir.

— Tu as l'air mordu.

— Elles deviennent très importantes pour moi.

— J'étais content d'entendre à la réunion que tu fais de ton rétablissement ta priorité absolue dans ta vie. Mais je ne ferais pas mon boulot de parrain si je ne te disais pas d'être vigilant. Tu te sens plus fort que depuis des années – physiquement et émotionnellement – ce qui est une grande réussite. Néanmoins, si cette relation ne marchait pas, tu pourrais mettre en danger tous tes énormes efforts. Bien des rechutes sont causées par une déception.

— Je le sais. Crois-moi, j'aurais voulu que cela arrive dans un an, quand je serai plus apte à y faire face. Mais cela pourrait être ma première chance d'une vraie relation avec une femme. Je ne peux pas passer à côté simplement parce que le moment n'est pas idéal.

— Fais attention, Brandon. Pas juste pour toi, mais pour leur bien à elles, aussi. Plus elles en viennent à t'aimer et à dépendre de toi, plus tu risques de les décevoir si tu faisais une rechute. »

Les paroles de Joe firent trembler de peur Brandon. « Je ne laisserai pas cela arriver. »

Quand Brandon rentra à Chatham, il s'arrêta chez lui pour prendre son courrier, et il y trouva une lettre de Clare, l'ex petite amie d'Aidan.

Cher Brandon,

Merci de votre très gentille lettre. J'apprécie que vous ayez pris le temps de vous excuser de ce qui s'est passé chez vos parents. Je comprends que vous étiez en proie à votre maladie ce soir-là, et je vous pardonne. J'étais également contente d'entendre que vous progressez à grands bonds dans votre rétablissement.

Moi, aussi, je suis désolée que les choses n'aient pas marché entre Aidan et moi. C'est une personne formidable, et je me sens bénie de l'avoir connu, ainsi que les autres O'Malley. Vous avez la chance d'avoir le soutien d'une famille si forte et pleine d'amour à ce moment de votre vie. S'il-vous-plaît, transmettez toutes mes amitiés à vos parents. Merci encore de votre lettre,

Bien cordialement,

Clare Harrington

Brandon soupira, soulagé. C'était gentil de sa part de le pardonner, mais il était encore une fois submergé par le remords – ainsi que la honte – de ce qu'il lui avait fait.

Dennis l'attendait quand Brandon arriva aux appartements.

« Salut, ça fait longtemps que tu attends ?

— Je viens juste d'arriver, répondit Dennis.

— Merci de m'aider aujourd'hui.

— Pas de problème. On ne peut pas monter des placards tout seul. Et puis, je suis content d'avoir une excuse pour sortir de la maison. Ta maman me rend dingue avec les préparatifs pour ce voyage en Irlande.

— Vous partez quand ?

— Pas avant septembre, mais je jure qu'elle ne parle que de ça. Cinq mois comme ça avant qu'on parte ! »

Brandon rit de la détresse de son père. « Pourquoi ne pas créer une distraction en l'emmenant à New York pour un week-end et changer de sujet ? » lui demanda-t-il pendant qu'ils grimpèrent les marches jusqu'à l'appartement de Mme Oczkowski. Les nouveaux placards de cuisine occupaient le sol de son salon.

« Ce n'est pas une mauvaise idée. »

Dennis passa le coin pour aller inspecter le travail de Brandon dans la salle de bains. « Bon boulot, mon fils. Il approuva d'un hochement de la tête le nouveau meuble lavabo étincelant, les murs fraîchement peints et le sol carrelé. C'est magnifique.

— Merci. C'est la formation que tu m'as donnée qui porte ses fruits.

— Ce qui me fait le plus plaisir, c'est que je n'ai pas eu un seul coup de fil des locataires depuis que tu es là.

— Ce sont des gens sympas. Tu savais que M. Pauley au 2C était un Tigre Volant dans la deuxième guerre mondiale ? Il me racontait tout ça l'autre jour.

— Je ne le savais pas. Dennis aida Brandon à porter le premier des placards dans la cuisine. Au fait, t'as parlé à Colin ? »

Il fallut que Brandon réfléchisse. « Tu sais quoi, maintenant que tu le mentionnes, non, pas depuis à peu près une semaine. Je lui ai laissé quelques messages, mais il ne m'a pas rappelé et ce n'est pas son genre. Pourquoi demandes-tu ça ?

— Il est plutôt de mauvaise humeur au boulot dernièrement. J'ai déjeuné avec Dec hier, et il dit que Colin se comporte en vrai ours.

— C'est bizarre. Je me demande ce qui se passe.

— J'espère qu'il n'est pas complètement débordé par le nouveau travail. J'ai peur de lui avoir tout refourgué et m'en être lavé les mains.

— Tu ne lui as pas tout refourgué, Papa. Il s'est préparé à cela toute sa vie. Il devrait être tout à fait dans son élément aux commandes. Je passerai dans les quelques jours qui viennent pour vérifier qu'il va bien. »

En préparant le mur à recevoir le premier des placards, Brandon remarqua que son père le regardait. « Quoi ?

— Ça me fait plaisir que tu sois revenu, dit Dennis doucement. De là où tu étais parti ces dernières années. »

Brandon sourit. « C'est bon d'être de retour. »

Brandon et son père étaient en train d'accrocher les derniers placards lorsque Mike fit irruption par la porte ouverte de l'appartement de Mme Oczkowski. Elle s'arrêta net quand elle vit que Brandon n'était pas seul.

« Salut, ma petite, comment ça a été à l'école ?

— Super. On a eu le droit de faire de la peinture au doigt aujourd'hui.

— Tu as réussi à en mettre sur la feuille ? » demanda Brandon en souriant. Le haut de Mike était couvert de peinture.

Elle lui lança son regard noir devenu désormais habituel. « Très drôle. Moi, c'est Mike, dit-elle en tendant la main à Dennis.

— Ah oui ? Je suis Dennis O'Malley. Heureux de te rencontrer.

— C'est mon papa, dit Brandon.

— Tu en as de la chance. Je n'ai pas de papa, moi. »

Brandon posa son pistolet à calfeutrer et se tourna vers elle. « Non, tu n'en as pas. Mais tu as des amis comme moi, pas vrai ?

— Oui, oui.

— Mike ! appela Daphne du couloir.

— Ici ! » cria Mike.

Dennis poussa un cri quand Daphne entra.

« Oh, bonjour M. O'Malley.

— Bonjour, comment allez-vous ? » Dennis arriva à dire.

Brandon cacha son amusement devant les balbutiements de son père devant Daphne. Les joues de Daphne devinrent toutes rouges quand elle lança un regard à Brandon. « Mike, il faut que tu viennes finir ton déjeuner.

— Je peux revenir après ? » demanda Mike à Brandon.

Brandon s'accroupit pour lui parler. « Aujourd'hui je suis obligé de dire non parce mon papa et moi allons découper le nouveau plan de travail de Mme Oczkowski, et il faut que nous utilisions des outils très dangereux. »

La déception se lut sur son visage.

« Et si je venais te voir une fois que j'ai fini de travailler ? Est-ce que ça irait ? »

Elle n'avait besoin d'entendre rien de plus. « D'accord, dit-elle, et elle sortit en sautillant pour aller finir son déjeuner.

— Euh, est-ce que je pourrais te parler une minute ? demanda Daphne à Brandon.

— Bien entendu. Je reviens tout de suite, Papa. »

Brandon ignora le sourcil levé de son père quand il mit la main sur le dos de Daphne pour la guider en sortant de l'appartement.

« Qu'est-ce qui se passe ? demanda-t-il une fois qu'ils étaient dans le couloir. Il avait envie de la blottir contre lui et lui montrer combien elle lui avait manqué depuis la dernière fois qu'il l'avait vue.

— Je, euh, je suis mortifiée par la façon dont j'ai agi hier soir.

— Qu'est-ce que tu veux dire ? demanda Brandon, confus. Il n'y a pas de quoi être mortifiée.

— Je me suis comportée comme une obsédée en manque de sexe, » murmura-t-elle, ses joues rougissant, ce qu'il trouva adorable – et excitant.

Brandon rit et l'enlaça. « Et moi qui ai passé toute la journée à espérer que tu me sauterais dessus peut-être encore ce soir.

— *Arrête*, gémit-elle, enfouissant son visage dans sa chemise de travail en jean. C'est gênant. »

Levant son menton, il l'embrassa avec délicatesse. « Il n'y a rien d'embarrassant à ça. Il la fit reculer jusqu'au mur et appuya son érection contre elle. Tu crois que c'est gênant pour toi ? Regarde dans quel état tu me mets juste à être près de toi.

— *Brandon* ! » s'exclama-t-elle.

Riant de son expression scandalisée, il l'embrassa sur le nez et puis sur les lèvres. « Je ne veux plus entendre parler de gêne, d'accord ?

— D'accord.

— Est-ce que je peux emmener Mike et toi dîner ce soir ?

— Elle serait ravie. »

Brandon pressa ses lèvres contre son cou. « Et toi ?

— Oui, dit-elle, le souffle coupé. Moi aussi. »

Brandon se donna cinq bonnes minutes pour se calmer après que Daphne s'en alla retrouver Mike à l'étage. Quand il retourna finalement à l'appartement de Mme Oczkowski, Dennis lui sauta dessus.

« Est-ce que tu *batifoles* avec la locataire du diable ? » demanda Dennis en chuchotant fort.

Brandon rit. « Qu'est-ce que ça veut dire, *batifoler*, bon sang ?

— Tu sais très bien ce que ça veut dire. Alors, c'est ce que tu fais ?

— Peut-être.

— Mais elle est…

— Quoi ?

— Affreuse, dit Dennis avec sa franchise habituelle. Ne te laisse pas tromper par son apparence.

— Ce n'est pas juste, Papa. Tu ne la connais même pas. Elle élève sa petite toute seule. Elle n'a pas eu la vie facile.

— La gosse est vraiment mignonne, dit Dennis. J'étais stupéfait de voir comment elle s'est présentée.

— C'est une gamine incroyable.

— Vas-y doucement avec la maman, fiston. Il y a quelque chose en elle qui me gêne. Elle a de la chance que je l'ai laissée rester ici quand j'ai acheté l'immeuble. Elle paie son loyer en espèces, elle n'a voulu signer qu'un bail mensuel et elle a refusé de me donner son adresse précédente. C'est bizarre, tu ne crois pas ? »

Brandon garda une expression neutre pour que son père ne s'aperçoive pas à quel point il trouvait cela étrange. « Je suppose, mais ça ne veut pas dire que c'est malhonnête. Elle pourrait avoir une raison parfaitement valable, on n'en sait rien.

— Je n'aime pas ça, et je ne veux pas qu'elle te blesse. Tu as assez souffert.

— Ne t'inquiète pas pour moi, Papa. Je sais prendre soin de moi. »

Après le départ de Dennis, Brandon partit à la recherche de Mike. Son bavardage incessant lui avait manqué dans l'après-midi. Depuis le couloir du deuxième étage, il la vit faire rebondir une balle sur le trottoir qui longeait l'arrière du bâtiment.

Il descendit les escaliers du fond et sortit par cette chaude journée de la mi-avril. Les buissons jaunes de forsythia dans le jardin étaient en fleur, et l'air était imprégné du parfum du printemps. Brandon ne se souvenait pas de la dernière fois où il avait remarqué un changement de saison.

Mike se concentrait sur son dribble et ne le vit pas venir.

« Quoi de neuf, ma puce ? »

Surprise, elle leva les yeux vers lui. « Tu as fini de travailler ?

— Pour l'instant. Qu'est-ce que tu fais ?

— Rien.

— Qu'est-ce qui ne va pas ? »

Elle haussa les épaules.

« Ça te dit d'aller au parc ?

— Si tu veux.

— Va le dire à ta maman. »

Elle entra dans la maison sans son emballement habituel et était encore apathique quand elle revint après avoir mis un pull.

Brandon la souleva et l'installa sur ses épaules pour la porter sur le court trajet jusqu'au parc. « Alors comment ça se fait que tu ne joues jamais sur les balançoires dans le jardin ?

— Maman ne me laisse pas. Elle dit qu'il me faut une piqûre de téchanos pour jouer sur ce vieux truc rouillé. »

Brandon rit. « Tu veux dire tétanos ? Je suppose que c'est un peu rouillé. »

Pendant que Brandon la poussait sur la balançoire, il étudiait l'équipement du terrain de jeu et il eut une idée qui prit davantage forme au cours des quelques minutes qui suivirent. Elle l'arracha à ses pensées quand elle lui demanda soudain d'arrêter de la pousser.

« Qu'est-ce qui ne va pas ma chérie ? Il ralentit la balançoire, puis l'arrêta. Tu n'es pas dans ton assiette aujourd'hui.

— J'ai mal à l'estomac, » dit-elle, se tenant le ventre.

Il passa la main sur son visage et découvrit qu'elle était brûlante. « Tu as de la fièvre. Allez, je te ramène à la maison.

— Attends, dit-elle quand il essaya de la soulever. Je crois que je vais vomir. »

Brandon se dépêcha de la porter à la grande poubelle ouverte et la tint pendant que son petit corps convulsait, pris par des vagues successives de nausée. Il ne s'était jamais senti aussi impuissant.

Quand ce fut enfin terminé, elle pleura à chaudes larmes. « Désolée, » chuchota-t-elle.

Sa gêne brisa le cœur de Brandon. « Ne sois pas désolée, ma petite. Tu n'y pouvais rien. » Il sortit un bandana de sa poche arrière et lui essuya le visage et la bouche avant de la soulever doucement dans ses bras.

Elle posa la tête sur son épaule et dormait avant même qu'il franchisse le portail du parc.

Brandon la ramena aussi vite que possible et frappa à la porte de Daphne.

Elle fut alarmée de trouver Brandon portant Mike endormie. « Que s'est-il passé ?

— Elle a dit qu'elle avait mal à l'estomac, et puis elle a vomi. Elle est aussi très chaude. » Il suivit Daphne dans la chambre de Mike et installa l'enfant sur le lit.

Daphne défit les baskets rouges de Mike et les enleva. « Elle avait l'air bien quand elle est venue me dire qu'elle partait avec toi.

— Elle était un peu patraque. Brandon balaya les cheveux du front chaud de Mike. Certainement pas elle-même.

— Je vais chercher le thermomètre. Je reviens tout de suite. »

Elle revint une minute plus tard et poussa un cri quand le thermomètre afficha 39°5. « Mon Dieu, c'est arrivé tout à coup. Elle allait bien juste avant.

— Qu'est-ce que nous allons faire ? demanda Brandon, pris d'inquiétude pour sa jeune amie. Il leva les yeux et trouva Daphne qui le regardait avec une expression bizarre sur le visage. Qu'est-ce qu'il y a ? Tu as peur ?

— Non. C'est juste de la fièvre, et ça va aller, mais c'est la première fois que quelqu'un me demande, Qu'est-ce que *nous* allons faire. »

Touché, il lui prit la main. « Alors, qu'allons-*nous* faire ?

— *Nous* allons lui donner du paracétamol et espérer qu'elle ne sera pas malade toute la nuit. »

Brandon l'aida à tenir Mike éveillée assez longtemps pour lui faire avaler le médicament liquide. Puis ils la mirent en pyjama et allumèrent la veilleuse. Daphne installa un seau au cas où elle vomirait encore et mit Brandon l'Ours dans le lit près de Mike.

Daphne tira doucement la main de Brandon pour qu'il laisse Mike dormir. « Ça va aller.

— Tu promets ? Brandon se pencha pour embrasser encore une fois la joue chaude de Mike.

— Tu te souviens de ce que j'ai dit sur le plastique à bulles super extensible ? »

Il la laissa finalement le mener au salon, où elle lui tendit les bras. « Cela a été le baptême du feu ces deux derniers jours pour toi – une bosse à la tête et un incident de vomi. Tu vas prendre tes jambes à ton cou et partir loin de nous.

— Non, certainement pas, dit-il d'une voix rauque en enfouissant son visage dans ses cheveux blonds parfumés.

— Désolée à propos du dîner.

— On pourra le faire une autre fois. Pourquoi je nous prendrais pas quelque chose à emporter ? »

Elle s'éloigna de lui pour le regarder. « Tu n'es pas obligé de faire ça. Tu as probablement mieux à faire que de rester à la maison avec une enfant malade.

— Est-ce que je peux dire qu'il n'y a rien que je préfère faire que de rester à la maison avec cette enfant malade ?

— Tu peux, dit-elle, en souriant lorsqu'elle l'attira pour l'embrasser.

— Qu'est-ce que tu as envie de manger ?

— Ce que tu veux. Surprends-moi. »

Il l'embrassa. « Je reviens de suite. »

Brandon appela la maison de sa sœur depuis le pick-up.

« Résidence Maloney, répondit Josh.

— Salut, Josh, c'est l'oncle Brandon. Comment va ta tête ?

— J'ai un super bleu. Il est tout violet et jaune. Mike a la tête dure. »

Brandon rit. « On dirait que tu as fini en plus mauvais état qu'elle. Je pouvais à peine voir le sien aujourd'hui.

— Est-ce qu'elle peut revenir jouer un jour ? Elle est cool.

— Bien sûr, mon pote. Brandon était incroyablement heureux de voir que son neveu avait accepté Mike. On va remettre ça bientôt. Ton père est là ?

— Attends, je vais le chercher. »

Brandon gloussa quand Josh appela son père en criant carrément dans le téléphone. Il entendit également la réprimande discrète de Tommy sur les manières du garçon au téléphone avant de répondre.

« Salut, Brand, quoi de neuf ? Comment ça se passe en Sibérie ? »

Brandon rit. « Très drôle. Je reviendrai bien assez tôt pour casser les couilles aux mecs dans la cour de l'entreprise.

— C'est bien. Peut-être que tu pourras alors faire quelque chose à propos de Colin. Il a été d'humeur massacrante ces derniers temps.

— C'est ce que j'ai entendu dire. J'ai dit à mon père que je lui parlerai, mais je ne suis pas sûr que ça serve à grand-chose. Écoute, la raison pour laquelle je t'appelle, c'est que je me demande où je peux trouver un de ces portiques de balançoires. Un bon.

— On a acheté le nôtre chez Foster. Est-ce que ton père en installe un à l'immeuble ?

— Non, c'est moi qui fais ça tout seul. »

Tommy pouffa. « T'en as jamais monté un ?

— Non, mais ça ne peut pas être si dur que ça, non ? »

Cette fois, Tommy rit de bon cœur. « C'est plus facile de construire une maison. Je peux t'aider samedi après-midi après le travail si tu veux. J'en toucherai un mot à Col et Dec, aussi. Tu vas avoir besoin de nous tous.

— Mais non.

— Je ne blague pas. Tu sais combien ça coûte ?

— J'ai presque peur de demander.

— Environ deux mille cinq cents balles pour un bon.

— *Non, tu déconnes !* »

Tommy hurla de rire.

« Ça te fait plaisir tout ça, hein ?

— Oui, alors. Je serai là samedi, et j'apporterai un chargement de paillis pour rembourrer en-dessous. Assure-toi juste d'avoir assez de bière. Tommy s'arrêta lorsqu'il se rendit compte de ce qu'il venait de dire. Bon sang, Brandon, je suis désolé. Je n'ai pas réfléchi.

— Ne sois pas désolé. Bien sûr que j'aurai de la bière pour vous les gars, si vous m'aidez.

— Tu n'es pas obligé. On n'en a pas besoin.

— Ne t'inquiète pas, Tom.

— Eh bien, ta sœur gigote devant moi pour essayer d'attirer mon attention. Je crois qu'elle a envie de te parler. »

Brandon eut droit à une bataille pour le téléphone entre sa sœur et son mari.

« Punaise, déclara Erin lorsqu'elle réussit finalement à prendre le téléphone de Tommy. Quel emmerdeur, celui-là.

— Tu l'aimes.

— Peu importe. J'ai donc parlé à Valerie aujourd'hui. Elle a dit que tu pouvais passer n'importe quel après-midi entre quatorze et seize heures quand sa fille fait la sieste. Je t'ai laissé un message avec son numéro.

— Merci, Erin.

— Tu as demandé à Daphne pour Pâques ?

— Pas encore, mais je le ferai. Mike a une gastro.

— Oh, non ! J'espère qu'elle ne l'a pas chopé d'un de mes enfants.

— Pas de signe de maladie chez eux ?

— Non. J'espère que ça restera le cas vu que c'est Pâques ce week-end. Est-ce que le portique est pour Mike ?

— Ouais.

— C'est vraiment gentil de ta part, Brandon.

— C'est une gentille gamine. Bon, à plus tard. »

Ensuite, il essaya d'appeler Colin, mais eut le répondeur à la maison et sur son portable, alors il laissa un message de plus pour son frère. Sur un coup de tête, Brandon fit demi-tour en voiture et se rendit au bureau dans l'espoir de trouver Colin encore au travail.

Il franchit le portail d'O'Malley & Fils pour la première fois en près de trois mois. Comme il était plus de sept heures, la cour était déserte et les camions étaient silencieux après une longue journée. Mais dans le bureau à l'étage, Brandon vit une lumière allumée. Il se gara à côté du camion de société de Colin et monta à l'étage, passant devant son propre bureau sombre sur le chemin de ce qui était auparavant le bureau de leur père, où il trouva Colin penché sur l'ordinateur.

« Salut, dit Brandon, faisant sursauter Colin. Tu travailles jusqu'à minuit ?

— Mais non. J'essaie juste de comprendre le système d'inventaire de Papa. Je commence à penser que ça n'a de sens que pour lui. »

Brandon s'assit sur la chaise à côté du bureau. « Comment va le reste ?

— C'est fou ce que c'est occupé. Tu sais comment c'est en cette période de l'année. Dès que le sol dégèle, on travaille à fond les gamelles.

— Et *toi*, comment vas-tu ?

— Bien, je suppose. Quelques problèmes de transition ici et là, mais rien que je ne puisse gérer.

— Je t'ai laissé plusieurs messages. »

Colin passa une main dans ses cheveux, tous ses geste remplis d'une lassitude qui ne lui ressemblait pas. « Je sais. Je suis désolé. Je n'ai pas eu le temps d'appeler qui que ce soit.

— Qu'est-ce qui ne va pas, Colin ?

— Rien. Comme je t'ai dit, je suis juste débordé.

— T'es sûr qu'il n'y a rien d'autre ?

— Ouais, bah…

— Quoi ? Dis-moi.

— Il y a cette fille, dit Colin timidement.

— Voilà, voilà ! Je savais qu'il y avait quelque chose. Qu'est-ce qui se passe ?

— Justement, rien. C'est tout le problème. Je l'aime vraiment bien, mais ça ne l'intéresse pas d'aller plus loin, même si on passe de très bons moments ensemble.

— Pourquoi n'est-elle pas intéressée ?

— C'est le pire. Je ne sais pas, mais je sais qu'elle m'aime bien aussi. Colin soupira. On dirait des histoires de lycée, hein ? »

Brandon rit. « Non, c'est juste la preuve que ça ne devient jamais facile, même pour de vieux boucs comme nous. C'est la fille que tu étais très pressé de voir, pour laquelle tu devais rentrer quand on était dans le Vermont ?

— Ouais. Je n'arrête pas de penser à elle, tu sais ? Ça me rend fou qu'elle ne veuille même pas me donner une chance. »

Brandon y réfléchit un instant. « Y a-t-il moyen de la voir sans lui mettre la pression ? Faire en sorte que ton chemin croise le sien ?

— Je suppose que je pourrais faire ça. Je vais y réfléchir.

— C'est bien. Brandon se leva pour partir. En attendant, tu pourrais peut-être être plus sympa ici. Ça râle un peu sur la mauvaise humeur du nouveau patron. »

Colin eut l'air stupéfait. « Pour de vrai ?

— Ouais.

— Merde. Merci de m'avoir prévenu. Et toi, ça va ? Tout va bien ?

— Super bien, mais je ne peux pas t'expliquer, là. Je suis en train d'organiser une équipe pour travailler aux appartements samedi après-midi. Tu es libre ?

— Oui, oui. C'est quoi comme travail ?

— Oh, tu verras, » dit Brandon avec un sourire et un au-revoir de la main en quittant le bureau de Colin.

Brandon retourna à l'appartement de Daphne avec de la nourriture chinoise. Lorsqu'il la trouva en train de bercer Mike dans le salon, il posa la nourriture dans la cuisine.

« Que s'est-il passé ? murmura-t-il, en passant la main sur les cheveux humides de Mike.

— Elle a vomi partout, chuchota Daphne. La pauvre. Elle était tellement bouleversée d'avoir tout sali. Je viens tout juste de la sortir de la baignoire.

— Qu'est-ce que je peux faire ?

— Tu veux prendre la relève pour que je m'occupe de son lit ?

— Je peux faire le lit si tu préfères rester avec elle.

— Non, c'est bon. » Daphne se leva doucement et transféra Mike aux bras de Brandon.

La petite gémit quand Brandon s'assit avec elle.

« Ça va, ma belle, dit-il, effleurant ses cheveux de ses lèvres.

— Malade, » murmura Mike.

La tenant contre lui, il la berçait. « Je sais. Je déteste ce méchant virus. »

Son rire se transforma en grimace. « Ne pars pas.

— Je ne vais nulle part.

— Je t'aime, Brandon. »

Il était impuissant face aux larmes qui lui remplirent les yeux. « Je t'aime aussi, ma puce. On doit se dépêcher de te soigner avant que le lapin de Pâques n'arrive. »

Elle fit oui de la tête et se rendormit une minute plus tard.

Il sentait la chaleur de sa fièvre à travers sa chemise.

« Ça y est, dit Daphne à son retour. J'ai changé le lit et mis les draps au lavage. Tu veux la remettre au lit ?

— Je suis obligé ? »

Elle sourit en posant une main sur le front de Mike pour vérifier sa température. « Elle est complètement gaga de toi. Tu t'en rends bien compte, non ?

— Elle a intérêt, parce que c'est tout à fait réciproque. »

Daphne se pencha pour embrasser Brandon sur la joue. « Mettons-la au lit pour que tu puisses manger. »

Brandon berça Mike une minute de plus avant de se lever pour la porter au lit. Sa chambre dégageait une légère odeur de vomi, et une fois de plus, il eut pitié de Mike en la couchant. « Où est Brandon l'Ours ?

— Dans la machine à laver, » dit Daphne.

Brandon fit la grimace. « Pauvre gars. C'est lui qui a pris alors qu'il n'y était pour rien, hein ? »

Elle gloussa. « C'est ça. »

Ils installèrent Mike et retournèrent au salon. « Ça va ? demanda-t-il en lui massant les épaules.

— *Oh*, ça fait du bien. »

Il la tourna et massa son dos en profondeur tout en posant de doux baisers sur son cou. « Tu as faim ?

— Je ne sais pas si j'arriverai à manger après avoir nettoyé tout ça. Vas-y, toi. Je vais simplement prendre un verre de vin.

— Ne fais pas ça, » murmura-t-il contre son cou.

Elle se tourna vers lui, perplexe. « Pourquoi ? »

Il n'avait pas prévu d'en parler ce soir, mais il savait qu'il devait le lui dire le plus tôt possible. « Je n'ai pensé qu'à t'embrasser à nouveau aujourd'hui, mais si tu bois le vin, je ne pourrai pas.

— Pourquoi ? »

Il garda ses bras autour d'elle en la regardant dans ses yeux dorés. « Parce que je suis un alcoolique et que je veux te goûter, toi, pas l'alcool. » Son cœur s'arrêta en attendant qu'elle dise quelque chose.

Elle se libéra de son étreinte. « Depuis combien de temps es-tu sobre ?

— Soixante et onze jours. »

Elle cligna des yeux. « Ça ne fait même pas trois mois. »

Il posa ses mains sur ses épaules. « Daphne, s'il te plaît, écoute-moi. Je suis sobre, et je vais le rester. Je le jure devant Dieu, rien ne pourrait me faire revenir à la vie que j'avais avant – ne serait-ce que parce que je vous adore, Mike et toi. Je ne ferai jamais rien qui puisse vous faire du mal ni à l'une, ni à l'autre. »

Elle passa ses doigts dans ses cheveux. « Je ne sais pas quoi dire. J'ai laissé ma fille s'attacher à toi. Je ne peux pas prendre de risque avec elle.

— Je l'aime. Tu sais que je l'aime. Ne me l'enlève pas à cause d'erreurs que j'ai commises dans le passé. Je ne suis plus la personne que j'étais avant. Tout est différent maintenant.

— Peux-tu me dire que tu ne boiras plus jamais ? Peux-tu me le promettre ? »

Brandon fit passer son poids d'un pied à l'autre. « Non. Je ne peux pas faire cette promesse. Je fais de mon mieux chaque jour pour balayer devant ma porte. C'est le mieux que je puisse faire – c'est le mieux que chacun d'entre nous puisse faire. »

Daphne versa des larmes. « Je ne sais pas quoi dire. Ma mission est de protéger Mike.

— Penses-tu honnêtement qu'il te faudra un jour la protéger de moi ? » demanda-t-il, se sentant comme si sa propre vie était en jeu.

Daphne l'étudia pendant un long moment. « Non.

— Alors donne-moi une chance. C'est tout ce que je demande. »

Elle appuya sa tête contre sa poitrine. « Je veux en savoir plus.

— Et je te raconterai – tout ce que tu veux savoir, mais pas ce soir, OK ? Il la blottit contre lui, les jambes en coton tellement il était soulagé. Au moins, elle ne l'avait pas chassé de leur vie. Tout ce qu'il te faut savoir pour l'instant, c'est que je ne te laisserai pas tomber, et je ne laisserai pas tomber Mike non plus. Ça, oui, je peux vous le promettre. »

Elle leva les yeux vers lui, et il essuya les larmes de son visage avant de se pencher pour un baiser qui devint passionné quand elle s'accrocha à lui.

« J'ai tellement peur, Brandon, chuchota-t-elle. Mike n'est pas la seule qui t'aime. »

Son cœur s'emballa. « Non ? »

Elle secoua la tête. « Tu es si bon pour elle, pour nous deux. Je ne me souviens pas de ce qu'on faisait avant de t'avoir dans notre vie. »

Il soutint son regard pendant un long moment avant de la soulever dans ses bras pour l'embrasser à nouveau. Il voulait lui dire qu'il l'aimait aussi. Mais il n'avait jamais dit ces mots à une femme, et après avoir attendu trente-huit ans pour cela – pour elle – ce n'était pas quelque chose qu'il voulait simplement laisser échapper. Non, il avait besoin de faire ça bien.

« Je te veux tellement, chuchota-t-elle. Je ne pense qu'à ça.

— Moi aussi, dit-il contre son oreille, et il provoqua en elle un frisson. Mais pas avec Mike malade dans la pièce d'à côté. La première fois sera juste pour nous.

— Quand ? Comment ?

— Laisse-moi faire, d'accord ? »

Elle acquiesça. « Tu n'as pas faim ?

— Pas de nourriture. »

Son rire remplit la pièce. « Pose-moi et va manger.

— Je suis obligé ? demanda-t-il pour la deuxième fois ce soir-là.

— Oui, tu es obligé sinon je vais te sauter dessus ici-même malgré ton code éthique très strict.

— Plus j'ai ton corps sexy enroulé autour de moi, moins je suis capable d'entendre ma conscience parler. »

Elle se libéra, le traîna dans la cuisine et le poussa sur une chaise. « Mange, » lui ordonna-t-elle, en lui donnant une assiette et des couverts.

Il commença à manger la nourriture chinoise pendant qu'elle leur versait à chacun un coca.

« Ma sœur veut que Mike et toi veniez manger chez elle à Pâques. »

Daphne se retourna pour le regarder. « Je ne sais pas...

— Allez, ce sera sympa. Mike s'amusera comme une folle. Erin fait une grande chasse aux œufs pour les gamins. »

L'expression de Daphne était pleine d'envie.

« Quoi ?

— Je ne me souviens pas de la dernière fois que j'ai passé des vacances avec quelqu'un d'autre que Mike.

— Pourquoi es-tu si seule au monde, Daph ?

— Parce que j'ai choisi de l'être, ou du moins c'était le cas jusqu'à ce que ma fille décide que tu lui étais indispensable. »

Il sourit. « C'est une fille qui sait ce qu'elle veut.

— Oui, alors ! Que Dieu nous aide.

— Ça ne m'explique pas pourquoi vous êtes si seules toutes les deux. »

Elle s'appuya contre le comptoir et l'étudia par-dessus le bord de son verre. « C'est comme ça que je la garde en sécurité.

— Contre ? demanda-t-il en posant sa fourchette.

— Des gens qui me l'enlèveraient s'ils en avaient l'occasion. »

En se levant pour lui faire face, Brandon se sentit soudain malade lui-même. « Qui te l'enlèveraient s'ils le pouvaient ? »

Daphne secoua la tête, comme si elle regrettait d'en avoir dit autant.

« Tu ne peux pas lâcher cette bombe et ne pas finir. Brandon posa ses mains sur ses épaules. Dis-moi.

— Les parents de Randy, murmura-t-elle. Ils la cherchent.

— Qu'est-ce que tu veux dire, ils la cherchent ? »

Elle soupira. « Je t'ai dit que sa famille était politiquement puissante, non ? »

Il hocha la tête, et sa mâchoire se crispa lorsqu'il réalisa qu'il n'allait pas aimer ce qui venait.

« Son père est le sénateur sénior de Californie[1]. »

Brandon poussa un cri. « Bon Dieu. Tu ne blaguais pas.

— Randy était leur fils unique, et ils se sont donnés beaucoup de mal pour cacher comment il est mort. Le reste du monde pense qu'il est mort dans un accident de voiture. C'est dingue, hein ? Personne ne sait la vérité sauf nous trois et une poignée de personnes qu'ils ont payées pour se débarrasser de ce genre de problèmes. Après ses funérailles, j'ai trouvé la mère de Randy dans la chambre de Mike, penchée au-dessus de son berceau. Elle disait qu'elle ne pouvait pas la perdre, elle aussi, et que Mamie s'occuperait de tout. J'ai vu ce qu'ils ont fait à Randy, où ils l'ont mené. Je savais que si je ne sortais pas Mike de là, ils lui feraient la même chose. Alors cette nuit-là, je l'ai prise, elle et les quelques affaires sans lesquelles nous ne pouvions pas vivre, et je suis partie. Je les fuis depuis. »

Brandon la fixa du regard, incrédule. « Mais tu as des droits. Tu es sa mère. »

Daphne ricana. « Je ne suis personne. Je n'aurai aucune chance contre eux.

— C'est pourquoi tu déménages autant. »

Elle hocha la tête. « Dès que je sens qu'ils approchent, on déménage.

Cela leur prend un peu de temps pour nous retrouver, mais ils y parviennent toujours. Ici, c'est l'endroit où nous sommes restées le plus longtemps – presque deux ans. »

Brandon la fixait encore, sans pouvoir y croire. « Combien de temps peux-tu continuer comme ça ?

— Pour le restant de ma vie, s'il le faut pour protéger mon enfant.

— Je veux t'aider. Laisse-moi te trouver de l'aide. »

Elle secoua la tête. « Ils ont le pouvoir, de l'argent et des gens qui font tout ce qu'ils leur disent de faire. Je n'ai rien pour me battre contre eux, et je ne prendrai pas le risque de les voir gagner.

— Je peux te trouver de l'argent, des avocats, tout ce dont tu as besoin. » Il serait obligé de demander l'argent à Aidan, mais pour Mike, il le ferait sans l'ombre d'une hésitation.

Elle lui saisit la main. « Merci de vouloir m'aider, mais j'y fais face.

— Tu n'y fais pas face, tu fuis. Ce n'est pas une façon pour Mike de grandir.

— Tu crois que je ne le sais pas ? Ses yeux dorés s'enflammèrent de colère. Mais l'alternative est inimaginable. Tu n'as qu'à demander à Randy. »

Il avait envie de pleurer quand il la prit dans ses bras. « Daphne, s'il te plaît, il doit bien y avoir quelque chose que nous pouvons faire pour te sortir de cette situation. »

Elle posa sa tête contre son torse et l'enlaça. « Tu m'aides par le simple fait d'être là. Ça ne peut pas être suffisant pour l'instant ? »

Brandon était tout retourné à l'intérieur quand il s'éloigna pour la regarder. « J'ai tellement de questions.

— Telles que ?

— Et tu fais comment pour te cacher à la vue de tous ?

— En ne laissant aucune trace écrite.

— Mais comment subviens-tu à vos besoins à toutes les deux ?

— Je trouve des gens qui sont prêts à payer cash pour ce que je fais pour eux.

— Est-ce que je vais aimer ce que je vais entendre ? »

Elle rit. « Ce n'est rien de sordide. Dans ma vie antérieure, j'étais expert-comptable, mais cela nécessite une autorisation, et les autorisations créent du papier. Alors maintenant, je suis aide-comptable. J'ai vraiment eu de la chance ici. Le type qui possède la boîte de nuit où je travaille a un tas d'autres entreprises, c'est donc mon seul client. Il me laisse travailler à la maison la plupart du temps, et je n'ai besoin d'aller au club que deux ou trois après-midis par semaine pour quelques heures afin de faire les dépôts et la paie. Cela ne le dérange pas si j'emmène Mike avec moi.

— Tu gagnes assez d'argent en faisant ça ? »

Elle hocha la tête. « On n'a pas besoin de beaucoup. »

Brandon passa la main dans ses cheveux. « Et l'assurance maladie ?

— J'ai eu de la chance là aussi. On n'en a pas eu besoin, et c'est moins cher de payer au fur et à mesure.

— Est-ce que je connais même vos vrais noms ? demanda-t-il, en faisant les cent pas dans la petite cuisine.

— Nos prénoms. Van Der Meer était le nom de jeune fille de ma grand-mère.

— Quel est votre vrai nom de famille ?

— Monroe. »

Stupéfait, Brandon la fixa du regard. « Harrison Monroe était ton beau-père ? »

Elle fit oui de la tête.

« Pas n'importe quel sénateur, le dirigeant de la majorité au Sénat.

— Je t'avais dit qu'il était puissant. »

Brandon prit une respiration profonde et saccadée. « Que sait Mike ?

— Tout. Je lui ai dit dès que j'ai senti qu'elle était assez grande pour comprendre l'essentiel. Je ne voulais pas qu'elle ait peur, mais j'avais besoin qu'elle sache à quoi nous avons affaire pour qu'elle puisse être vigilante.

— Pas étonnant qu'elle soit si mûre.

— Je déteste qu'elle soit obligée de vivre comme ça, mais je pense que c'est une enfant heureuse dans l'ensemble.

— Elle semble l'être, mais il y a définitivement beaucoup de raison – une vieille âme – dans ce petit corps.

— Je le sais. Daphne soupira. Je dis toujours que si je devais passer toute ma vie seule avec elle, j'ai le bon enfant. Elle est la meilleure chose qui me soit jamais arrivée. C'est pour ça que je ne peux pas la perdre.

— Je vais te dire quelque chose tout de suite, dit Brandon avec fougue. Il leur faudra me passer sur le corps pour te l'enlever, tu m'as compris ? »

Son rire était doux et tendre, tout comme elle. « Où étais-tu toute ma vie, Brandon O'Malley ? »

Il caressa sa mâchoire de ses pouces et enfouit ses mains dans ses cheveux. L'attirant à lui, il l'embrassa avec la même détermination féroce. « J'étais ici-même, à t'attendre.

— Et maintenant que tu m'as, que vas-tu faire de moi ? demanda-t-elle avec un sourire sexy qui le fit brûler de désir.

— Oh, non. Ne recommence pas avec ça. Je pensais que tu étais mortifiée. Qu'est-il arrivé à « J'étais une obsédée en manque de sexe » ?

— C'était maladif – il y a une différence – et je m'en suis remise, » dit-elle en pressant ses hanches contre lui.

Brandon ferma les yeux et essaya de compter jusqu'à dix lorsque les mains de Daphne se glissèrent sous sa chemise. Il arriva à deux. « Grand cerveau sous l'attaque du petit cerveau dans le slip, chantonna-t-il. Petit cerveau en train de gagner la bataille. »

Daphne rit. « J'aime la façon dont le petit cerveau pense.

— Je veux que ce soit spécial, Daph. Il emprisonna ses mains baladeuses dans les siennes et se demanda d'où lui venait toute cette maîtrise de soi. Je ne veux pas que ce soit juste une autre partie de jambes en l'air. »

Elle fronça un sourcil. « Tu penses vraiment que ce serait le cas ?

— Je sais que ça ne le sera pas. C'est pourquoi je veux attendre que nous soyons seuls. Il l'embrassa sur la joue. Vraiment seuls.

— OK. Tu as raison.

— Il vaut mieux que j'y aille pendant que j'en ai encore la force. Je peux voir comment va Mike avant de partir ?

— Bien sûr. » Elle le suivit dans la chambre de Mike.

Brandon toucha le visage de l'enfant qui dormait. « Elle est moins chaude qu'avant.

— Elle a rendu presque tout le paracétamol la deuxième fois, je suis contente qu'elle en ait gardé un peu en elle.

— Et si elle se réveille encore ? Je lui ai dit que je ne partirai pas.

— Alors reste. Dors avec moi. On n'est pas obligés de faire quoi que ce soit. »

Il grogna. « Ouais, c'est ça. »

Elle se mit derrière lui et enroula ses bras autour de son corps. « Je me tiendrai bien, je te le promets. Je veux que tu restes. »

Il mit ses mains sur les siennes tandis que sa raison faisait la guerre à ses sentiments pour elle. « Laisse-moi descendre me changer.

— Tu vas faire scandale dans l'immeuble si quelqu'un te voit revenir.

— Le groupe de seniors doit être endormi depuis longtemps maintenant. Je reviens tout de suite. »

Il était de retour dix minutes plus tard, vêtu d'un pull et d'un T-shirt, une expression d'étonnement sur le visage. « Tu ne vas pas y croire.

— Croire quoi ?

— J'ai entendu des voix au premier étage, alors j'ai jeté un coup d'œil dans la cage d'escalier et j'ai vu M. Pauley et Mme Oczkowski se rouler des pelles dans le couloir.

— Non ! Ce n'est pas *vrai* !

— Je te le jure ! Ils ont, quoi, tous les deux ? Quatre-vingt-cinq ans ? »

Daphne gloussa. « Et moi qui pensais qu'on ferait scandale nous deux.

— Mon frère Colin a dit que je dirigeais Melrose Place ici. Je commence à me dire qu'il a peut-être raison. »

Elle rit. « Ouais, Melrose : les années sénior.

— Est-ce, euh, tu vas au lit comme ça ? »

Elle avait mis un bas de pyjama en satin et un caraco moulant. Examinant ce qu'elle portait, elle dit, « Ouais, pourquoi ? Qu'est-ce qui ne va pas ?

— Rien. Il avala sa salive. Rien du tout. Ce n'est peut-être pas une bonne idée que je reste. »

Rigolant de l'expression sur son visage, elle lui prit la main et le mena à sa chambre. « J'ai promis de bien me tenir.

— Pas moi.

— Mais tu le feras. Tu es M. Position Éthique Élevée, tu te rappelles ?

— Le petit cerveau est M. Dégénéré, cependant. C'est lui, le problème. »

Daphne rit en allumant la lampe de chevet. Un foulard de couleur mandarine couvrait la lampe qui jetait une lumière ambre sur la jolie pièce féminine.

« J'aime ta chambre, dit-il alors qu'un soupçon de son parfum dans l'air attira l'attention de M. Dégénéré.

— C'est mon jardin, dit-elle, faisant référence aux fleurs sur sa couette et sa tapisserie. On déménage trop pour en avoir un vrai, alors j'emmène celui-ci avec moi partout où je vais. Elle ouvrit le lit et lui tendit la main.

— Que va dire Mike si elle me trouve ici ? » demanda-t-il en se couchant près d'elle et en la prenant dans ses bras.

Elle posa sa tête sur son torse. « Je lui ai demandé aujourd'hui si ça la dérangerait si tu devenais mon petit ami.

— Qu'a-t-elle dit ?

— Elle a dit, « Pourquoi est-ce que ça me dérangerait ? Je l'ai choisi pour nous. »

Brandon rit. « Elle est trop. Casé par une petite de cinq ans. J'adore.

— C'est vrai qu'elle t'a choisi, tu sais. Daphne se tourna pour lui faire face. Elle ne s'est jamais attachée à quelqu'un comme elle l'a fait avec toi dès l'instant où elle t'a rencontré.

— Moi, non plus. Je vois encore ses petits pieds entrer dans la cuisine quand j'étais sous ton évier. Je pensais que c'était un garçon parce que je t'ai entendue l'appeler Mike. »

Daphne rit.

« Je ne sais pas comment j'ai pu la prendre pour un garçon. Il n'y a pas plus féminin qu'elle. Tout comme sa maman, » dit-il en passant la main dans le dos de Daphne. Il se pencha pour l'embrasser et se perdit en elle la seconde où ses lèvres touchèrent les siennes. C'était encore une révélation de faire cela avec quelqu'un qu'il aimait et de découvrir que l'amour changeait tout. Le baiser était sans pareil, même avec elle.

Le temps qu'ils reprennent leur souffle, il était sur elle et les mains de Daphne lui massaient le dos sous sa chemise. Il la regarda et l'embrassa à nouveau. Il ne savait comment, sa chemise s'était retrouvée par terre. Le haut de Daphne atterrit à côté une minute plus tard. Il caressait ses seins tandis que ses lèvres effleuraient sa peau lisse.

« Je t'avais dit que nous n'arriverions pas à être au lit ensemble et à bien nous tenir, chuchota-t-il en passant sa langue autour de son mamelon.

— Brandon, » dit-elle en haletant, enfouissant ses mains dans ses cheveux pour le retenir.

Quand il entendit Mike gémir dans la pièce d'à côté, il s'arrêta pour écouter avant de prendre le haut de Daphne et de l'aider à le remettre.

Elle alla voir Mike.

Brandon se laissa retomber contre l'oreiller et s'efforça de calmer son corps. *Mon Dieu, ce que cette femme me fait !* Le simple fait d'être près d'elle avait suffi à le propulser dans un état d'excitation des plus douloureux. Il n'arrivait pas à imaginer ce que ce serait de faire l'amour avec elle. « Est-ce qu'elle va bien ? demanda-t-il à Daphne à son retour.

— Oui, elle rêve. »

Quand elle retourna au lit, il mit son bras autour d'elle. « Sauvé par le gong, » dit-il.

Elle gloussa. « Endors-toi.

— Ouais, bien sûr. J'ai l'impression que ma tête va exploser et se détacher de mon cou.

— Un, deux, trois, dors. » Elle posa un baiser sur sa poitrine et soupira de contentement.

Il la sentit s'endormir, mais il resta longtemps éveillé, à penser à tout ce qu'elle lui avait dit et à essayer de trouver comment il pourrait y remédier pour elle.

---

1. Il y a deux sénateurs par État, celui en poste depuis le plus longtemps est le sénateur sénior, l'autre le sénateur junior.

Brandon était suspendu quelque part entre le sommeil et la conscience lorsqu'il sentit une main bouger sur sa poitrine. Il était suffisamment éveillé pour se souvenir qu'il avait couché avec Daphne, et il prit sa main. Sa toute petite main... Ses yeux s'ouvrirent pour trouver Mike debout à côté du lit. Se maudissant d'avoir oublié de remettre sa chemise, il retint son souffle et attendit qu'elle dise quelque chose.

« Tu as des poils sur la poitrine, murmura-t-elle, scandalisée par cette découverte.

— Euh, oui. » Il n'était pas du tout sûr de savoir comment gérer cela.

Comme Daphne était recroquevillée contre son dos, endormie, elle ne lui était d'aucune utilité pour le moment. « Tu te sens mieux ?

— Un peu. »

Il souleva le drap pour l'inviter à s'allonger avec eux.

Elle le regarda pendant un moment interminable, comme si elle pesait le pour et le contre d'une décision, avant d'entrer à côté de lui.

Il remonta les couvertures autour d'eux et posa sa main sur son visage. « Tu as encore un peu de fièvre, chuchota-t-il. Ton ventre va mieux ?

— Oui.

— Ça te dérange que je sois là ?

— Non. Je t'ai demandé de rester, tu te souviens ? »

Il hocha la tête.

« Est-ce que tu aimes ma mère ? »

Il fut touché par la question et son expression sérieuse. C'était impor-tant. « Je vous aime toutes les deux, chuchota-t-il.

— Je ne veux plus déménager. Je veux rester ici avec toi. »

Il la serra contre lui et l'embrassa sur le dessus de la tête. « On va trouver une solution, ma puce. Ne t'inquiète pas, d'accord ?

— D'accord. »

Il sacrifia son footing du matin pour prendre le petit déjeuner avec Mike. Ils laissèrent Daphne dormir pendant qu'il préparait des toasts pour Mike et faisait du café. Mike lui dit où tout se trouvait et le bombarda de consignes : couper les croûtes, mettre d'abord la cannelle, et seulement *après*, le sucre.

« Ne le mange pas trop vite, la prévint-il. Tu ne veux pas avoir de nouveau mal à l'estomac. »

Elle lécha le beurre et la cannelle de ses doigts. « Je déteste vomir. C'est tellement dégoûtant.

— Mais tu t'es sentie mieux après. Il la surprit en train de l'étudier. Quoi ?

— Tu as l'air différent le matin, » dit-elle en riant.

Il se mit à table avec elle. « Différent comment ?

— T'as les cheveux tout debout, et t'as des trucs qui grattent sur ton visage.

— Eh bien, excusez-moi, Madame, mais personne ne m'a dit que c'était un petit déjeuner habillé. Il feignit d'être offensé en passant une main gênée dans ses cheveux, puis sur son visage. La plupart des filles aiment le look laisser-aller. »

Elle fit une grimace qui lui dit qu'elle n'était pas l'une d'entre elles.

« Tu es déçue de manquer l'école aujourd'hui ?

— Il n'y a pas école aujourd'hui, banane. C'est Vendredi saint.

— Ah oui, c'est vrai. J'ai oublié.

— On est en vacances toute la semaine prochaine, aussi.

— Quelle super façon de commencer tes vacances – en étant malade.

— Je sais, mais ma maman va me laisser manger toute la glace que je veux plus tard, » dit-elle avec un sourire espiègle.

Il était soulagé qu'elle se sente mieux et se comporte davantage comme elle-même ce matin. « Quelle est ta glace préférée ?

— Aux pépites de chocolat.

— Moi aussi ! »

Son sourire était plein d'amour pour lui, et il aurait pu éclater de la simple joie qu'elle avait apportée à sa vie.

Daphne entra dans la cuisine et alla tout droit au café.

« Elle n'est pas du matin, chuchota Mike à Brandon.

— C'est bien de le savoir, murmura-t-il.

— Je vous entends tous les deux, » ronchonna Daphne en se versant une tasse de café.

Mike gloussa.

« Tu vas mieux aujourd'hui, mon ourson ? » demanda Daphne.

« Elle prépare une dégustation de glaces pour plus tard, si c'est une indication, » déclara Brandon, les yeux rivés sur les cheveux ébouriffés et les joues roses de Daphne.

Elle croisa son regard et le soutint alors que des centaines de pensées et de sentiments passaient entre eux. « Merci de m'avoir laissée dormir. Je ne me souviens pas de la dernière fois où j'ai pu dormir après sept heures.

— On m'a donné une leçon sur la façon de faire des toasts à la cannelle à la Mike, » dit Brandon en se levant pour partir.

Daphne leva les yeux au ciel. « La princesse choyée ne les mange que *sans* les croûtes.

— C'est ce que j'ai découvert. Il embrassa Mike sur la tête. Je vais partir un moment aujourd'hui, mais je viendrai te voir à mon retour, d'accord, ma puce ?

— D'accord. »

Il tendit la main à Daphne, et elle l'accompagna à la porte.

« Pas du matin, hein ? » murmura-t-il à son oreille en l'enlaçant.

Elle se blottit contre lui. « Pas d'habitude, mais je pourrais m'habituer à tout ça. »

Il lui leva le menton et l'embrassa. « Ça m'irait très bien. »

Elle passa un doigt paresseux sur la barbe d'un jour qui avait fasciné sa fille. « Je te vois plus tard ?

— J'ai hâte. »

~

Après sa réunion des AA et son café avec Joe, Brandon appela Alan. Ils s'étaient parlé plusieurs fois au téléphone mais ne s'étaient pas revus depuis le dernier jour de cure de Brandon.

« Hé, Brandon, ça fait plaisir d'avoir de tes nouvelles. Quoi de neuf ?

— Je me demandais si tu avais quelques minutes de libre aujourd'hui. J'ai besoin de conseils juridiques.

— Tu n'es pas dans le pétrin, non ?

— Non, rien de ce genre.

— Ouf, c'est un soulagement. Comme c'est Vendredi saint, mon bureau est fermé, je rattrape juste un peu de retard avec la paperasse. Tu n'as qu'à passer. »

Il expliqua à Brandon comment se rendre à son bureau à Dennis, sur la côte nord de Cape Cod.

« Je suis à Harwich, donc j'y serai dans une vingtaine de minutes, » dit Brandon.

En arrivant au bureau, il aperçut une pancarte pour Alan St. John, avocat, et réalisa que ses jours d'anonymat avec Alan étaient terminés.

Alan l'attendait à la réception. « Tu as l'air en forme, Brandon, dit Alan pendant qu'ils se serraient la main.

— Merci. Comment vas-tu ?

— J'ai beaucoup de travail, mais ça m'empêche de me mettre dans le pétrin. »

Il conduisit Brandon dans son bureau spacieux et lui fit signe de s'asseoir sur le canapé. « Du café ?

— Non, merci. »

Alan s'en servit une tasse et s'assit en face de Brandon. « Que puis-je faire pour toi ?

— Si je te dis quelque chose alors que je ne suis pas techniquement ton client, c'est toujours confidentiel, non ?

— Bien entendu. Tu as ma parole, Brandon. Rien de ce dont nous parlerons ne quittera cette pièce à moins que ce soit quelque chose que je suis légalement tenu de signaler.

— J'ai cette amie. C'est une mère célibataire avec une adorable fille de cinq ans. »

Alan leva un sourcil. « De nouvelles amies ?

— Oui. » Brandon savait ce qu'Alan pensait de son rétablissement. Joe lui avait encore fait la leçon sur le sujet ce matin-là, autour d'un café. Sans citer de noms, Brandon exposa la situation de Daphne à Alan.

« Hmm. Alan se gratta le menton en y réfléchissant. Donc elle n'a pas eu de contact avec les grands-parents depuis cinq ans ?

— Non, dit Brandon. Dis-moi qu'elle a des droits, Alan. Ils ne peuvent pas lui enlever son enfant, peu importe qui ils sont, n'est-ce pas ?

— Ils auraient du mal à trouver un juge qui leur donnerait la garde. Il leur faudrait prouver qu'elle est inapte, et il me semble qu'ils auraient du mal à le faire. Mais de nos jours, les tribunaux reconnaissent que les grands-parents ont aussi des droits. Le fait qu'elle leur ait refusé l'accès à l'enfant pendant toutes ces années pourrait être un problème.

— Quel genre de problème ?

— Ils auraient probablement un droit de visite, au moins.

— Elle ne veut pas du tout qu'ils fassent partie de la vie de sa fille.

— Alors il lui faudra décider si ça vaut la peine de continuer à vivre comme elle le fait maintenant.

— Elle dirait que ça en vaut la peine, dit Brandon avec tristesse. Elle les tient responsables du suicide de son mari et a peur que sa fille ne soit entraînée dans leur monde si elle leur fait la moindre concession. Elle ne l'a pas dit ouvertement, mais j'ai aussi l'impression que le beau-père est corrompu et qu'il paie les gens pour obtenir ce qu'il veut.

— Je suis désolé de le dire, mais ça arrive – pas souvent, heureusement. Laisse-moi en parler à un juge aux affaires familiales que je connais et lui demander ce qu'il en pense. Pourquoi ne viendrais-tu pas dîner à la maison avec elles un soir de cette semaine ? Sa fille pourra jouer avec mes filles, et nous pourrons en discuter.

— Ce serait super, Alan. J'apprécie ton aide. Envoi-moi la facture pour ton temps.

— Ne sois pas ridicule. Je suis heureux de t'aider. Voyons voir ce que nous pouvons faire pour sortir ton amie de ce pétrin. »

Soulagé, Brandon poussa un soupir. Il était venu au bon endroit. « Merci.

— Alors c'est juste une amie, hein ? La maman ?

— Euh, bah... »

Alan rit de la gêne de son ami. « Je suis sûr que tu t'es déjà fait sonner les cloches par ton parrain pour t'être engagé auprès de quelqu'un trop tôt, alors je ne vais pas te chanter la même chanson. Mais j'espère que tu fais attention.

— Ne t'inquiète pas, dit Brandon. Je sais ce qui est en jeu – pour nous tous.

— Je parlerai au juge, et je t'appellerai pour organiser quelque chose dans la semaine.

— Merci encore, Alan. »

Brandon quitta le bureau d'Alan et se rendit chez Foster à Harwich où il passa une demi-heure à essayer de décider laquelle des cinquante configurations de terrain de jeu différentes serait la meilleure pour Mike. Comme elle n'avait même pas encore six ans, il écarta celle avec le mur d'escalade en faveur d'une cabane dans les arbres, deux toboggans, trois balançoires et des barres de singe. Trois mille cinq cents dollars plus tard, il y avait quatre énormes boîtes empilées à l'arrière de son pick-up. Pour cinq cents dollars de plus, Foster aurait envoyé des gars pour les assembler à sa place. Brandon avait ri en l'entendant. Il avait un diplôme d'ingénieur civil de Notre Dame, pour l'amour de Dieu. S'il ne pouvait pas le faire lui-même, qui le pourrait ?

Il heurta une bosse et les millions de pièces à l'intérieur des boîtes s'entrechoquèrent bruyamment sur le plateau du pick-up. « Ça donne un nouveau sens à l'expression *à monter soi-même* », marmonna-t-il en rentrant à Chatham. Peut-être que j'aurais dû débourser les cinq cents dollars supplémentaires. »

Il avait passé plusieurs heures un soir à examiner sa situation financière, et quand il eut fini, une chose était claire : il avait dépensé une énorme somme d'argent ces dernières années, en grande partie sur l'alcool. Les deux cent cinquante mille dollars qu'Aidan avait donnés à ses parents et à chacun de ses frères et sœurs après la mort de Sarah étaient partis depuis longtemps – la première moitié de la part de Brandon avait servi à acheter et à rénover la maison qu'il avait acquise avec Valerie. La majeure partie de la seconde moitié avait servie à racheter sa part lorsqu'ils avaient rompu. Brandon n'avait pas voulu de l'argent d'Aidan au départ et n'avait accepté que lorsque Aidan avait insisté sur le fait que Sarah aurait voulu qu'ils en aient tous une part.

Brandon avait remboursé à son père près de huit mille dollars pour les paiements effectués pour le petit prêt que Brandon avait encore sur la maison et avait envoyé à Colin un chèque de quatre mille dollars, en espérant que cela suffirait à rembourser son frère pour l'avoir fait sortir de prison – deux fois – et pour les notes de bar que Colin avait payées pour lui au fil des ans. Autant qu'il le sache, Brandon ne devait d'argent à personne d'autre. Il se disait qu'il finirait bien par en entendre parler s'il se trompait.

Dennis utilisait une formule compliquée pour déterminer leurs salaires annuels qui dépendaient des résultats de l'entreprise durant l'année en question. Brandon, Colin, Declan et Tommy étaient associés au même titre que Dennis, et ces dernières années aucun d'entre eux n'avait fait moins de cent cinquante mille dollars par an.

La nuit de comptabilité de Brandon avait révélé qu'après avoir payé toutes ses dettes, il lui restait un peu plus de vingt mille dollars à la banque, et que les boîtes qui s'agitaient à l'arrière du camion venaient d'y mettre un sacré coup. Il avait honte d'avoir fichu en l'air plus de cent mille dollars ces dernières années en bars, en alcool et Dieu seul sait quoi d'autre.

Il allait consacrer tout l'argent qui lui restait aux avocats, si c'était ce qu'il fallait pour garder Mike avec Daphne et mettre fin à ce jeu du chat et de la souris auquel elle jouait avec ses anciens beaux-parents. Il en eut un nœud à l'estomac quand il pensa au prix que pouvait coûter une longue bataille judiciaire. S'ils en arrivaient là, il prendrait une seconde hypothèque sur sa maison pour la payer. Et s'il avait le moindre doute sur sa passion pour Daphne et Mike, il n'hésiterait pas à ravaler sa fierté et à se tourner vers Aidan, qui avait encore plusieurs des millions de Sarah mis de côté. Quoi qu'il lui en coûterait, Brandon trouverait pour Daphne un moyen de la sortir de là.

En arrivant dans le quartier, Brandon siffla doucement les rangées de nouvelles maisons de luxe que son père appelait « Mc Manoirs ». Celle de Valerie était une maison coloniale en briques avec des volets noirs, un grand porche et une luxueuse fenêtre à deux étages au-dessus de la porte d'entrée. Un mur de pierre bordait la propriété. *Elle s'est vraiment élevée*

dans le monde depuis ses jours avec moi, pensa Brandon en s'arrêtant dans l'allée circulaire.

Valerie l'attendait sur un canapé en osier sous le porche d'entrée, et lorsqu'elle se leva pour le saluer, il vit qu'elle était bien avancée dans sa deuxième grossesse. Le soleil faisait ressortir les reflets roux de ses cheveux bruns, et Brandon se dit qu'elle n'avait jamais été aussi belle.

Ses yeux s'agrandirent lorsqu'il monta les escaliers vers le porche. « Regarde-toi. Elle secoua la tête, comme si elle ne pouvait pas en croire ses yeux. Tu es magnifique ! Tu n'aurais pas pu avoir la décence d'avoir une gueule de déterré ? »

Le rire de Brandon brisa la glace. « Tu es magnifique, Val. La grossesse te va très bien. Il l'embrassa sur la joue et s'assit à côté d'elle sur le canapé.

— Mon Dieu, je n'arrive pas à y croire. Erin m'a dit que tu allais très bien, mais tu as l'air d'avoir dix ans de moins que la dernière fois que je t'ai vu.

— J'ai recommencé à m'entraîner. Ça fait du bien de retrouver la forme. En fait, ça fait du bien de retrouver la vie, pour être honnête avec toi. »

Elle posa une main sur la sienne, et la lumière du soleil se refléta sur une grosse bague en diamant. « Je suis fière de toi, Brand. Tu es vraiment en train de le faire, hein ?

— J'essaie. Tu as un bel endroit ici.

— Merci.

— Quand est-ce que le bébé doit naître ?

— Mi-juin, si j'arrive à tenir jusque-là. J'étais en avance avec Chelsea. Elle passa la main sur le bébé. C'est un garçon, et il a la bougeotte.

— J'ai entendu dire que Chelsea était mignonne.

— Elle est adorable. On a eu beaucoup de chance avec elle.

— Es-tu heureuse, Val ? »

Les larmes aux yeux, elle détourna son regard. « Oui. Mon mari, Peter, est un père merveilleux.

— Que fait-il ?

— Il est dans la vente pour une société de logiciels.

— Est-ce que tu travailles ? » Elle avait été l'assistante du PDG d'une banque locale quand ils étaient ensemble.

Elle secoua la tête. « Je suis une mère au foyer maintenant.

— Erin me dit que ton mari est un type bien. »

Valerie essuya ses larmes. « Il m'aime, tu sais ? Il m'aime vraiment.

— Tu le mérites.

— Je sais que tu ne m'as jamais aimée, Brandon, mais je pensais que si je t'aimais assez pour nous deux, un jour tu tomberais amoureux de moi, aussi. »

Le cœur gros, il garda fermement sa main dans la sienne. « Il n'y a pas plus désolé que moi par rapport à la façon dont je t'ai traitée. Tu as été tellement bonne avec moi, et tu es restée avec moi beaucoup plus longtemps que la plupart des femmes ne l'auraient fait. Je ne t'ai certainement pas donné beaucoup de raisons de rester.

— Je t'aimais tellement désespérément. Je crois que tu n'as jamais su à quel point. »

Ses mots prononcés si doucement lui firent monter les larmes aux yeux. « Je suis tellement désolé, chuchota-t-il. Ce n'était pas quelque chose que tu avais fait ou que tu n'avais pas fait. Je veux que tu le saches.

— Alors qu'est-ce que c'était ? »

Brandon s'essuya le visage et prit une profonde inspiration. « J'étais amoureux de Sarah. La femme d'Aidan. »

Valerie poussa un cri. « Mais elle était morte depuis deux ans quand on s'est rencontrés. Je ne comprends pas...

— Je l'aimais depuis que j'étais enfant, mais elle a toujours été la petite amie de mon frère, puis sa femme. Quand elle est morte... Il secoua la tête lorsqu'il ne put continuer.

— Aidan le sait-il ?

— Il le sait maintenant.

— Oh, mon Dieu, chuchota-t-elle. Qu'est-ce qu'il a dit ?

— Il était choqué, c'est le moins qu'on puisse dire.

— Ça explique certainement des choses.

— Rien de ce qui s'est passé entre nous n'est de ta faute, Val. J'espère que tu le comprends. Je ne croyais pas pouvoir aimer qui que ce soit après sa mort. C'était comme si une partie de moi était morte aussi, ou du moins je le pensais. J'ai eu tort de m'impliquer autant avec toi alors que je savais que je n'avais rien à te donner.

— Merci de m'avoir dit cela. Ça aide de savoir que je n'aurais rien pu faire d'autre. J'ai passé beaucoup de temps à me poser la question après t'avoir quitté.

— Il n'y avait rien d'autre à faire. Tu étais face au fantôme d'une fille qui n'était même pas à moi. J'ai laissé ça foutre en l'air ma vie et la tienne.

— Mais tout n'était pas noir, non ? demanda-t-elle doucement. On a eu de bons moments, n'est-ce pas ?

— On a passé de merveilleux moments ensemble. »

Un cri du baby phone sur la table les fit sursauter, les arrachant à leurs souvenirs.

« Je suppose que c'est mon signal. » Brandon se leva. Il voulait lui demander s'il pouvait rencontrer sa fille, mais il savait qu'il n'avait pas sa place dans la maison qu'elle partageait avec son mari. Il soupçonnait qu'elle le savait aussi, c'est pourquoi elle l'avait rencontré sous le porche.

« Je suis contente que tu sois venu, dit-elle, prenant la main qu'il lui offrait pour l'aider à se lever.

— Moi aussi. Il la prit dans ses bras. Je peux te demander une chose ? » Elle s'éloigna de lui. « Bien sûr.

— Tu n'as pas dit que tu l'aimais – ton mari. Tu l'aimes, n'est-ce pas ?

— Je l'aime autant que j'en suis capable, mais c'est différent. Ce n'est pas l'amour dévorant que je ressentais pour toi. Cela n'arrive qu'une fois dans la vie. Tout le reste fait pâle figure à côté. »

Brandon hocha la tête pour montrer qu'il comprenait, mais il regrettait d'avoir posé la question. « Merci de m'avoir reçu. Bonne chance avec le bébé.

— Bonne chance avec ton rétablissement.

— Merci. » Il l'embrassa sur la joue et descendit les marches.

Elle se tenait encore debout sous le porche quand il s'en alla.

Brandon faisait un câlin à Daphne sur le canapé de son salon. Ils étaient sortis dîner avec Mike, qui était presque complètement guérie de sa maladie, mais elle s'était endormie tôt.

Daphne passa ses doigts dans les cheveux de Brandon. « Tout va bien ? Tu as été silencieux ce soir. »

Il haussa les épaules.

« Qu'est-ce qu'il y a ?

— J'ai vu mon ancienne petite amie aujourd'hui.

— Oh.

— Ce n'est pas ce que tu penses, chérie, alors ne t'inquiète pas. Je ne suis pas encore attaché à elle. J'avais besoin de la voir dans le cadre de mon rétablissement. Il me fallait m'excuser platement auprès d'elle.

— Pourquoi ?

— Je n'ai pas été très sympa avec elle et je lui ai causé beaucoup de douleur.

— J'ai du mal à imaginer cela.

— Tu ne me connaissais pas quand je buvais, Dieu merci. J'étais une personne affreuse et j'ai fait du mal à beaucoup de gens, y compris à Valerie, mon ex.

— Ces jours-là sont derrière toi maintenant.

— Je suis toujours tenté de boire, mais ensuite je pense au chemin parcouru et à ce que j'ai dans ma vie maintenant, et je vois que ça n'en vaut pas la peine.

— Alors c'était dur ? De la voir ?

— En fait, c'était bien de la voir. Nous avons été ensemble pendant cinq ans, et ça s'est mal terminé, donc c'était bien d'avoir la chance de réparer ça. Mais elle a dit des choses qui étaient difficiles à entendre.

— Quel genre de choses ?

— J'ai juste une meilleure idée maintenant de combien je l'ai blessée. Je m'habitue encore à gérer ce genre de choses sans l'anesthésie que m'apportait l'alcool.

— J'ai une douleur, là, dans l'estomac, quand on parle de ça. »

Il fit une grimace. « Je suis désolé.

— Ça ne veut pas dire que je ne veux pas en parler, parce que je veux bien en parler. Alors pourquoi ça a cassé entre vous ?

— Je ne l'ai jamais aimée et elle en a eu marre de supporter mes conneries en attendant que je change.

— Tu as passé cinq ans avec une femme que tu n'aimais pas ? demanda Daphne, époustouflée.

— Ce n'est qu'une des nombreuses choses dont j'ai honte, crois-moi. Je vais devoir te dire ces choses à petites doses si je ne veux pas te faire fuir. »

Elle prit le visage de Brandon dans ses mains. « Je ne te connaissais pas à l'époque, mais je te connais maintenant, et j'aime l'homme que tu es aujourd'hui. Je t'aime, Brandon.

— Je t'aime aussi, dit-il, incapable de garder les mots en lui une minute de plus. Il se pencha pour l'embrasser doucement. Je n'ai jamais dit ça à une femme avant. Je pensais que c'était pathétique, mais maintenant je suis content de l'avoir gardé pour toi.

— Brandon, » soupira-t-elle en pressant ses lèvres contre les siennes.

Le baiser était chaud et profond, mais Brandon se retira avant qu'ils ne finissent par faire l'amour sur le canapé. Il avait prévu des choses, et ce n'était pas l'une d'entre elles. « Tu veux bien faire quelque chose pour moi ?

— Bien sûr.

— Viens avec moi chez ma sœur dimanche, et apporte des sacs de voyage pour Mike et toi

— Le repas de Pâques avec les O'Malley est une soirée pyjama ? demanda-t-elle avec un sourire en coin.

— Très drôle. Il lui embrassa le bout du nez. Tu veux bien le faire sans poser de questions ?

— Bon, qu'est-ce qu'il doit y avoir dans ces sacs de voyage hypothétiques ?

— Eh bien, Mike a besoin d'un pyjama, d'une brosse à dents, de vêtements de rechange et de Brandon l'Ours. Il fut stupéfait de réaliser qu'il aurait pu faire le sac de l'enfant lui-même s'il avait dû le faire. Et toi, tu as juste besoin d'une brosse à dents dans le tien. »

Elle rit. « C'est tout ? »

Il fit semblant d'y réfléchir sérieusement. « Oui, c'est à peu près tout.

— Qu'est-ce que tu manigances, Brandon O'Malley ?

— Rien que tu aies besoin de savoir pour l'instant. Tu vas le faire ? Tu viendras chez Erin et apporteras des affaires pour la nuit ?

— Tu es sûr que ça ne dérangera pas ta famille que nous soyons là ? Je ne pense pas que ton père m'aime beaucoup.

— Oh, c'est un gros ours. Ne le laisse pas t'effrayer. Ils adoreraient t'avoir, et Mike s'amusera beaucoup avec les enfants. »

Daphne se mordit la lèvre en y réfléchissant. « D'accord. On vient, mais à une condition.

— J'ai hâte d'entendre ça.

— Tu viens à l'église avec nous le matin de Pâques ? »

Le sourire de Brandon s'effaça. « Je ne fais plus vraiment le truc de l'église.

— Je le fais pour Mike. Ce n'est pas tout à fait vrai. Je le fais pour moi, aussi. Avec tous ces déplacements, c'est la seule chose qui nous est familière, où que nous soyons. C'est réconfortant, tu sais ? »

Curieusement, il comprenait. « Je vois ce que tu veux dire, mais ce n'est pas mon genre.

— Fais-le pour moi ?

— Ne fais pas cette tête, grogna-t-il. Je ne peux pas dire non à ce visage-là.

— Il faut que je me souvienne de ça. »

Brandon sourit. « OK, tu as gagné. Je vais venir, mais juste cette fois. Maintenant, il y a une autre chose que j'ai besoin que tu fasses pour moi.

— Tu deviens très exigeant, plaisanta-t-elle.

— Je ne fais que commencer, chérie. Il lui donna un baiser bien mouillé. Tu veux bien empêcher Mike d'aller dans le jardin demain après-midi ? »

Daphne leva un sourcil. « Pourquoi ?

— Le lapin de Pâques lui a apporté un cadeau de bonne heure, et je ne veux pas qu'elle le voie jusqu'à ce qu'il soit prêt pour elle.

— Qu'est-ce que tu as fait, Brandon ? demanda Daphne, tout signe de plaisanterie ayant disparu.

— Ce n'est rien. Il se tortilla sous l'intensité de son regard. Juste une petite surprise. Je peux lui acheter quelque chose si je veux, non ? »

Daphne s'assit. « Je ne veux pas que tu la gâtes. Ça va juste rendre les choses plus difficiles quand nous...

— Quand vous quoi ? demanda-t-il, s'asseyant tout droit à côté d'elle.

— Quand nous serons obligées de partir, » dit-elle doucement.

Ses paroles firent naître la peur dans son cœur. « Vous n'irez nulle part, Daphne.

— Ce ne sera pas par choix, mais je le ferai s'il le faut. »

En glissant un bras autour d'elle, il ramena sa tête sur son épaule. « Pendant que j'étais sorti aujourd'hui, je suis allé voir un ami avocat. » Il avait prévu d'attendre d'avoir plus d'informations d'Alan pour lui en parler.

Elle poussa un cri et le regarda, le visage blême de peur. « Tu ne lui as pas dit...

— Je n'ai pas utilisé de noms. Je ne ferai jamais rien qui puisse vous mettre en danger, Mike ou toi. Il faut que tu le saches. »

Quand il vit qu'il avait réussi à la rassurer, il continua. « Mon ami, Alan, fait des recherches pour nous. Il va m'appeler cette semaine et veut que nous allions dîner chez lui. Il a deux filles avec lesquelles Mike pourra jouer pendant qu'on cherche des solutions avec lui.

— Je ne peux pas me permettre de prendre des avocats, Brandon.

— Moi, je peux. Je dépenserai chaque centime que j'ai si c'est ce qu'il faut pour régler ça.

— Je ne peux pas te demander de faire ça.

— Tu ne me l'as pas demandé, alors ne t'inquiète pas pour ça. Tu ne peux pas t'attendre à ce que je reste les bras croisés et que j'attende qu'ils bouleversent votre vie – et la mienne – quand ils vous retrouveront. Je ne peux pas faire ça, Daph. J'ai promis à Mike que je trouverai un moyen de vous sortir de là, et je vais le faire.

— Quand en as-tu parlé à Mike ?

— Elle m'a dit ce matin qu'elle ne voulait plus déménager, et je lui ai promis que j'allais arranger ça. Laisse-moi arranger ça, s'il te plaît ?

— J'ai presque plus peur de remuer les choses que de les voir nous trouver, admit-elle.

— Nous serons très, très prudents. Je te le promets. Je ne laisserai personne vous séparer, toi et Mike. Tu me fais confiance ? »

Le regard qu'elle posa sur lui était le même que celui de Mike ce matin quand ils avaient découvert qu'ils aimaient la même glace. Il était plein d'amour et de confiance. « Bien sûr que je te fais confiance.

— J'ai besoin que tu me promettes que tu ne partiras jamais sans me le dire. Je deviendrais fou si je ne savais pas où vous étiez toutes les deux.

— Parfois j'ai dû partir en quelques heures. Ça peut arriver très vite. Si ça arrive ici, je t'appellerai dès que c'est sans danger. C'est tout ce que je peux te promettre. »

La mâchoire de Brandon se crispa. « Il faut que ça cesse. Ça va s'arrêter.

— Merci d'essayer de nous aider. Même si ça ne marche pas, je n'ai jamais eu personne avec qui partager ce fardeau.

— Maintenant, si, et ça va marcher. » Il ne pouvait pas imaginer le contraire.

Le lendemain après-midi, Brandon entra dans un magasin de vins et spiritueux pour la première fois depuis soixante-treize jours. La délicieuse odeur de l'endroit lui mettait l'eau à la bouche, mais il restait concentré sur ce qu'il était venu faire. « Un pack de Sam Adams, s'il vous plaît, dit-il au jeune qui travaillait derrière le comptoir. Froid. Deux sacs de glace, aussi. »

Le temps que Brandon paie la bière et la glace et les range dans la glacière à l'arrière de son camion, il en avait des sueurs froides. Il n'y avait pas si longtemps, il aurait pu boire toute cette bière à lui tout seul. Il mourait d'envie d'en boire une seule maintenant ! Ce n'était peut-être pas la chose la plus brillante qu'il ait jamais faite, mais il venait de prouver qu'il pouvait entrer dans un magasin d'alcool et acheter quelque chose qu'il n'avait pas l'intention de boire. Il prit la décision de discuter de la transaction avec Joe après la réunion suivante.

Il retourna à l'immeuble et traîna la glacière dans le jardin. Ses frères et Tommy devaient bientôt arriver, alors Brandon démonta l'ancienne balançoire et décida de se lancer dans l'assemblage de la nouvelle. Le temps que les autres arrivent, il était prêt à se tirer une balle dans la tête.

« T'es déjà en train de tout casser ? » demanda Tommy. Il était grand et blond, avec des yeux bleus et un grand sourire. Erin avait craqué pour lui le jour où elle l'avait rencontré, et le pauvre gars n'eut aucune chance contre elle. « Tais-toi et aide-moi, tu veux ? »

Tommy éclata de rire en prenant les instructions et les remettant dans le bon sens. « Le haut, c'est ici. Voilà ton premier problème, crétin. »

Brandon en tomba en arrière sur l'herbe de rire. « J'aurais dû payer les cinq cents putains de dollars pour qu'ils fassent ça pour moi.

— Ce n'était pas le moment d'être radin, Brand, en convint Declan en arrivant dans la cour, avec Colin derrière lui. Ils examinèrent la pile de pièces, morceaux, bois, boulons et outils, et firent demi-tour pour repartir.

— Revenez ici, cria Brandon. Personne ne part tant que ce n'est pas fini. Quand ses frères revinrent à contrecœur, Brandon ajouta : Il y a de la bière, mais seulement si vous m'aidez. »

Tous les yeux se tournèrent vers Brandon.

« Tu as acheté de la bière ? demanda Colin.

— Ce n'est rien, alors n'en faites pas tout un plat. Allez, on s'y met. On n'a pas beaucoup de temps. » Daphne avait emmené Mike déjeuner et puis au parc, mais elle ne pouvait pas la tenir à l'écart indéfiniment, et Brandon savait que Mike viendrait le chercher dès qu'elle rentrerait à la maison.

Ils n'avaient que peu progressé deux heures plus tard lorsque Dennis arriva nonchalamment dans la cour avec Aidan, qui était de retour pour Pâques.

« Nous avons entendu dire que vous prépariez tous quelque chose ici, dit Dennis. Mais qu'est-ce que vous faites ? Je n'ai pas autorisé un terrain de jeu, Brand.

— Ne t'inquiète pas. C'est moi qui ai payé pour ça.

— Oui, on dirait bien que tu paies le prix, remarqua Aidan, souriant de la scène chaotique.

— Soit tu m'aides, soit tu te tais, » dit Brandon.

En lançant un regard à Aidan, Dennis haussa les épaules et retroussa ses manches.

« Pourquoi n'ont-ils pas un cours sur comment faire ça à l'université ? demanda Declan. Tous les futurs pères devraient suivre une formation pour ça.

— J'ai essayé de le prévenir, dit Tommy.

— Est-ce que vous parlez toujours autant quand vous travaillez, les filles ? demanda Brandon. C'est un miracle que l'entreprise ne soit pas en faillite. »

Aidan ricana, et Brandon croisa son regard pour partager la blague. Le ressentiment et la colère avaient disparu. Ce qui restait était peut-être le début de quelque chose de nouveau.

Une heure et demie plus tard, le terrain de jeu prenait forme, en grande partie grâce à Aidan, qui avait déjà fait ce travail à plusieurs reprises pour des clients dans le Vermont.

Mike fonça dans la cour et cria quand elle vit ce qu'ils faisaient.

« Oh ! Brandon la prit dans ses bras pour la détourner de l'action. Tu n'es pas censée le voir avant que ce soit fini.

— C'est pour *moi* ? demanda-t-elle les yeux écarquillés en penchant sa tête autour de lui pour arriver à voir.

— Bah, oui, bien sûr. Est-ce que ça te plaît ?

— C'est *génial*. Elle enroula ses petits bras autour de son cou dans une étreinte féroce. Merci. Elle embrassa sa joue et plissa son nez avec dégout. Tu es tout transpiré. »

Il frotta son visage en sueur sur le sien, la faisant couiner de rire.

Quand Brandon leva les yeux, les autres le regardaient avec intérêt.

« Je vous présente Mike. Tu connais mon père, ça c'est mon frère, Aidan, mon beau-frère, Tommy – c'est le père de Josh – et mes autres frères, Declan et Colin. »

Declan siffla discrètement. « Et *ça*, c'est *qui* ?

— Oh, c'est la déesse, » chuchota Colin.

Brandon se retourna à temps pour voir Daphne entrer dans la cour. Il mit Mike sur sa hanche et tendit la main à sa mère. « Voici Daphne, dit-il en répétant les présentations.

— C'est ta *petite* surprise, Brandon ? Daphne arpentait le terrain de jeu avec un mélange d'étonnement et de consternation sur le visage. Je n'arrive pas à croire que tu aies fait ça. »

Les autres se remirent au travail, laissant Brandon se débrouiller seul avec Daphne.

« Mais c'est une *petite* surprise, insista Brandon.

— C'est une *grosse* surprise, déclara Mike.

— Merci beaucoup, ma puce, » grogna Brandon tandis que Mike se dépêchait d'aller superviser les travailleurs.

Brandon se tourna vers Daphne, qui avait les mains sur les hanches et la bouche dans cette moue qu'elle faisait quand elle était énervée. Il n'avait pas vu ça depuis un bon moment. « Elle avait besoin d'un endroit pour jouer, et tu lui as dit qu'elle devait se faire faire une piqûre de « techanos » pour pouvoir jouer sur l'autre, alors... »

Daphne sourit.

« Quoi ?

— T'es un homme bien, » dit-elle en se mettant sur la pointe des pieds pour l'embrasser.

En ignorant les huées de ses frères, Brandon la surprit en lui passant un bras autour de la taille et en l'embrassant avec plus de passion.

« Prenez une chambre ! » cria Declan.

Brandon ne la laissa partir que quand il était fin prêt.

Lorsqu'elle parvint enfin à se libérer de lui, les joues de Daphne étaient roses d'embarras. Elle passa une main gênée sur sa bouche. « Bon, je vais te laisser retourner au travail. Tu veux que je prenne Mike avec moi ?

— Non, elle peut rester. »

Après le départ de Daphne, Brandon se retourna pour trouver que les autres le fixaient.

« Quoi ?

— Je t'avais dit qu'il batifolait avec elle, dit Dennis à personne en particulier.

— Finissons-en avec ce truc, putain, dit Brandon, agacé par eux tous.

— *Ohhh*, tu as juré, Brandon, » dit Mike, scandalisée.

Il serra les dents et fit semblant de ne pas entendre les autres se moquer de lui, réalisant qu'il aurait été bien moins douloureux de payer les cinq cents dollars supplémentaires.

La plupart des bières étaient finies et l'aire de jeu était presque terminée à six heures quand Dec dit qu'il devait partir pour un rendez-vous avec Jessica. Après son départ, Colin chuchota à Brandon : « Je crois que c'est le grand soir. » Ils travaillaient ensemble pour installer le deuxième toboggan à l'extrémité de l'aire de jeu.

« Pourquoi dis-tu ça ? demanda Brandon.

— Juste une intuition. Il a été bizarre toute la semaine.

— C'est toujours difficile de l'imaginer marié. »

Colin sourit. « Je le sais.

— Hé, ma puce, c'est assez haut, dit Brandon à Mike, qui grimpait sur le côté de la cabane dans l'arbre. T'es supposée jouer dedans, pas dessus. »

Pendant que Mike descendait avec l'aide d'Aidan, Brandon se retourna vers Colin. « Et toi ? Des progrès avec ta copine ? »

L'expression de Colin changea brusquement, passant d'amusé à déprimé. « Non. J'ai honte de dire que je suis allé à une réunion Al-Anon hier soir dans l'espoir de la voir – c'est là que je l'ai rencontrée, mais ne le répète à personne. De toute façon, elle n'était pas là. Personne ne semblait savoir où elle était.

— Tu ne peux pas penser à un autre endroit où tu pourrais la rencontrer ?

— Elle a dit qu'elle faisait des balades sur la plage au Light, mais je ne peux pas vraiment camper là-bas pour l'attendre. Je passerais vraiment pour un harceleur. »

Brandon sourit. « C'est vrai. Pourquoi tu ne l'appelles pas ?

— Parce que si quelqu'un doit faire un pas maintenant, il faut que ce soit elle. Elle m'a fait comprendre qu'elle n'était pas intéressée.

— Je suis désolé, Col. Ça craint.

— C'est vrai. Ça a tout de suite accroché avec elle, tu sais ce que je veux dire ?

— Oui, je crois que oui.

— En parlant de nanas et de ce qui marche, tu as gardé des secrets ici à Melrose Place. On dirait que ça va bien entre Daphne et toi.

— Je suis amoureux d'elle.

— Sérieusement ? Tu ne perds pas de temps. »

Brandon haussa les épaules. « C'est comme tu l'as dit, ça a tout de suite accroché.

— Elle est vraiment agréable à regarder.

— Ne pose ni ton regard, ni rien d'autre sur elle, dit Brandon, mais il plaisantait et Colin le savait.

— Qu'est-ce qu'elle pense de toi ?

— Elle m'aime aussi, dit-il avec une pointe d'émerveillement. C'est incroyable comme c'est mieux quand c'est réciproque.

— Je suis content pour toi, Brand. Tu mérites quelque chose comme ça après tout ce que tu as enduré. Est-ce qu'elle est au courant de... tout ?

— En grande partie. J'espère juste...

— Quoi ? »

Brandon regarda Mike, qui avait persuadé Dennis de la pousser sur une des balançoires. « Je les aime toutes les deux. Je suis terrifié à l'idée de tout foutre en l'air d'une manière ou d'une autre.

— Continue de penser à comment tu te sentirais si tu les perdais, et tu ne le feras pas. »

Brandon sourit quand le rire de Mike emplit l'air. « Je ne peux même pas songer à les perdre. Ce n'est pas envisageable. »

Longtemps après le départ de tout le monde, Brandon continuait à pousser Mike sur la balançoire. À l'exception d'une brève pause pour le dîner, ils avaient joué toute la soirée sur le nouveau terrain de jeu.

« C'est l'heure d'y aller, ma puce, dit-il lorsqu'il remarqua qu'elle commençait enfin à se fatiguer.

— Pas déjà. Il est encore tôt.

— Il est temps. Il arrêta la balançoire et jeta la petite par-dessus ses épaules.

— C'était la meilleure journée de ma vie, dit-elle alors qu'il la portait à l'intérieur.

— Je suis content que tu te sois amusée. Ta mère t'a dit que vous veniez avec moi chez Josh demain ?

— Oui. J'ai hâte.

— Livraison spéciale, » appela Brandon quand ils arrivèrent à l'appartement de Daphne.

Il s'arrêta net lorsqu'il la trouva assise sur le canapé avec une pile de papiers sur ses genoux, un crayon enfoncé dans sa queue de cheval et des lunettes à monture métallique en équilibre au bout de son nez.

« Tu la fixes encore du regard, dit Mike.

— Je n'y peux rien. Ta mère est tellement belle qu'elle me fait baver. »

Mike gloussa.

Daphne sourit et enleva ses lunettes.

« Non, dit-il. Garde-les. Il s'affala sur le canapé avec Mike encore dans ses bras, et se pencha pour embrasser Daphne. Tu fais très intelligente comme ça.

— Je *suis* très intelligente.

— Elle est comptabe, dit Mike, les faisant rire quand elle estropia le mot.

— L'heure du bain, dit Daphne, en pinçant le nez de Mike.

— Je dois vous laisser quelques moments, Mesdames, pour passer vite fait chez moi chercher des vêtements pour demain, dit Brandon.

— Tu as une maison ? demanda Mike. Où ça ?

— À peine plus d'un kilomètre et demi d'ici.

— On pourrait y aller un jour ?

— Bien sûr.

— Qu'est-ce que je dois préparer pour le lapin de Pâques ? » demanda Mike.

Brandon s'était habitué aux changements rapides de sujet quand elle participait à la conversation.

« Il en a probablement marre des carottes, tu ne crois pas ? » demanda Mike.

Son visage était tellement sérieux que Brandon eut du mal à ne pas sourire. « Pourquoi pas des chips ? C'est ce qui me ferait envie si j'étais le lapin de Pâques.

— Pas de cookies ?

— Non. Des chips, pour sûr.

— OK. Je vais en chercher, dit Mike, sautant des genoux de Brandon.

— Tu as l'intention de revenir manger toutes les chips qu'elle va préparer ? murmura Daphne.

— Est-ce que tu vas garder ces lunettes jusqu'à ce que je revienne ? » Elle se pencha pour l'embrasser. « On peut peut-être s'arranger.

— J'espère que le lapin de Pâques a *vraiment* faim, » dit Mike quand elle revint avec un énorme bol de chips.

Daphne regarda Brandon avec amusement. « Je suis sûre qu'il doit mourir de faim. Va te préparer pour ton bain. J'arrive tout de suite.

— À demain matin, ma puce. »

Mike posa le bol et l'embrassa. « Merci encore pour le terrain de jeu.

— De rien. »

Elle se cramponna à lui pendant un long moment, puis elle sortit de la pièce en courant.

« Ça doit être la cinquième fois qu'elle me remercie. C'est un amour.

— Je n'arrive toujours pas à croire ce que tu as fait. Ça a dû coûter une fortune, Brandon.

— Ne t'inquiètes pas de ça. Il l'embrassa et se leva. Je reviens tout de suite.

— Dépêche-toi. Tu as beaucoup de chips à manger. »

Chez lui, Brandon alla directement au placard de sa chambre et fouilla dans ses vêtements jusqu'à ce qu'il trouve au fond son costume kaki dans une housse à vêtements de la teinturerie. Il n'avait pas porté le costume depuis des années, alors il supposa que Valerie l'avait apporté au pressing pour lui. Ce n'était certainement pas lui qui l'avait fait.

Les mots de Valerie lui revenaient sans cesse à l'esprit. « Ce n'est pas l'amour dévorant que je ressentais pour toi. Tout le reste fait pâle figure à côté. » Ça rendait Brandon malade de penser qu'il avait négligé les sentiments de Valerie à ce point. Il souhaitait pouvoir faire quelque chose pour se racheter, mais il savait qu'il devait la laisser tranquille et la laisser vivre sa vie. Tout ce qu'il pouvait faire maintenant, c'était de s'assurer qu'il ne blesserait jamais quelqu'un d'autre comme ça.

Il attrapa une chemise bleue royale et une cravate jaune et posa la housse sur les vêtements. Dénichant une paire de Richelieu dont il avait oublié l'existence, il les jeta dans un sac et se rendit dans la salle de bains pour vite prendre une douche.

Après avoir enfilé un jean et une chemise qui avaient été trop petits pour lui pendant des années, il retourna dans la salle de bain à la recherche de préservatifs. Lorsqu'il enfonça le bras dans le meuble sous le lavabo, sa main se referma autour d'une bouteille de 70 cl de Jack Daniels.

Lentement il sortit la bouteille à moitié vide de sous le lavabo et s'assit par terre, se demandant à quoi il avait bien pu penser pour cacher une bouteille de whisky dans sa salle de bains. Tenant la bouteille en équilibre entre ses mains, il regarda le liquide ambré clapoter d'un côté à l'autre.

Ce serait tellement facile de prendre rien qu'une gorgée. Dévisser le couvercle, incliner la bouteille vers le haut, et prendre une longue gorgée. Il pouvait sentir la chaleur du whisky brûler en lui, juste à y songer. *Personne n'aurait jamais à le savoir.* Puis il pensa à Daphne et Mike qui l'attendaient à la maison. Ce n'était plus sa maison ici et s'asseoir par terre avec une bouteille à la main n'était plus sa vie. Non, sa maison et sa vie étaient avec elles maintenant.

Se levant du sol, il ouvrit la bouteille et versa le whisky dans l'évier avec l'eau qui coulait pour s'en débarrasser avant qu'il ne puisse en sentir l'odeur. Ayant hâte de sortir de cette maison, il jeta la bouteille à la poubelle, prit la boîte de préservatifs dans l'armoire, la balança dans son sac et sortit sur les chapeaux de roues une minute plus tard.

Il s'arrêta à l'épicerie sur le chemin du retour aux appartements pour acheter des petits bouquets d'orchidées pour ses femmes. Son père avait toujours fait cela à Pâques pour Colleen et Erin, et Brandon pensait que c'était une belle tradition à poursuivre. De retour dans l'immeuble, il accrocha les vêtements sur un coin de porte dans l'appartement de Mme Oczkowski et planqua les fleurs dans son nouveau réfrigérateur.

Avant de monter à l'étage, il appela Erin.

« Salut, Brand.

— Je ne te dérange pas en plein milieu de l'heure du coucher des petits ?

— Non, Tommy est en train de s'en occuper. J'essaie de finir les paniers de Pâques. Qu'est-ce qu'il y a ? Daphne et Mike viennent toujours, non ?

— Oui, oui, elles ont hâte. Je me demandais si tu pouvais me faire une faveur demain.

— Bien sûr, de quoi as-tu besoin ?

— Tu peux inviter Mike à passer la nuit chez toi ? »

Erin se mit à rire. « Qu'est-ce que tu mijotes ?

— Pas tes oignons. Tu vas le faire ? S'il te plaît ?

— J'aimerais être assez méchante pour te faire mettre à genoux, mais heureusement pour toi, je me sens généreuse. Néanmoins, j'aimerais bien connaître ton plan.

— Ce n'est pas un plan. Pas exactement. »

Erin rit. « Pas de problème. Je trouverai un moyen de me faire rembourser. En fait, nous avons quelques mariages à venir. Tu peux faire du baby-sitting pour l'un d'eux.

— Tu me ferais assez confiance pour le faire ? demanda-t-il, touché.

— Bien sûr.

— Ce n'est pas vraiment une bonne affaire – je te demande de surveiller un enfant, et j'en ai cinq en retour ?

— Tu as vraiment envie de t'envoyer en l'air ?

— Oui, vraiment, avoua-t-il.

— Alors je dirais que c'est équitable. »

Brandon éclata de rire. « Tu aurais dû être avocate plaidante.

— J'essaie d'utiliser mes dons pour le bien plutôt que pour le mal, mais de temps en temps, c'est amusant d'être mauvaise.

— Je préfère ton côté maléfique quand il s'adresse à d'autres personnes que moi.

— J'en suis sûre.

— Euh, écoute, il y a quelque chose que vous devez savoir si vous allez garder Mike. Je veux que tu le dises à Tommy aussi, mais à personne d'autre, OK ?

— OK. Qu'est-ce qu'il y a ? »

Brandon lui expliqua pour les grands-parents de Mike.

Erin poussa un cri. « Oh, mon Dieu ! Qu'est-ce qu'on va faire ? »

Brandon appréciait que sa sœur s'approprie son problème. Il n'en attendait pas moins d'elle. « Je m'en occupe, mais je voulais que tu le saches, parce qu'il n'y a que comme ça que Daphne accepterait de la laisser.

— Elle sera en sécurité ici. Tu le sais.

— C'est pourquoi c'est à toi que je l'ai demandé. Merci, Erin.

— À demain. »

Brandon monta les escaliers à toute vitesse. Quarante-cinq minutes loin d'elle, c'était une éternité. Il frappa à sa porte.

Elle lui ouvrit vêtue d'un peignoir court en satin à fleurs, sur une chemise de nuit qui se terminait à mi-cuisse. Les lunettes délicates étaient posées sur son nez, et ses cheveux étaient maintenant coiffés en une queue de cheval haute. « Tu n'as pas besoin de frapper, » dit-elle avec un sourire timide qui lui alla droit au cœur.

La fragilité de son cou, l'éclat rosé de sa peau, les lunettes sexy et le peignoir de satin, le laissèrent sans voix.

« Brandon ? Qu'est-ce qui ne va pas ?

— Rien, » chuchota-t-il en retirant les lunettes de Daphne et en les posant sur la table près de la porte. Il fit courir ses mains lentement le long de son dos et la souleva. Enroulant les jambes de la jeune femme autour de sa taille, il se retourna et la pressa contre la porte pour la fermer.

D'un air essoufflé, elle attendit qu'il l'embrasse.

Il esquiva ses lèvres et fit courir sa langue le long de sa mâchoire et de son oreille.

Les doigts de Daphne s'agrippèrent à ses épaules lorsqu'il fit rouler le lobe de son oreille entre ses dents. Lorsqu'il quitta son oreille, elle effleura ses lèvres avec les siennes et gémit de frustration quand il tourna son attention vers son autre oreille.

La bouche de Brandon devint sèche lorsqu'il découvrit qu'elle était nue sous sa chemise de nuit. La portant au canapé, il la coucha et s'agenouilla par terre. « Mike dort ? » murmura-t-il contre la peau douce de l'intérieur de sa cuisse.

« Elle s'est écroulée comme une masse, » réussit-elle à dire alors que les lèvres de Brandon bougeaient sur sa jambe. Elle se cambra en signe d'encouragement.

Il glissa un doigt dans sa chaleur humide jusqu'à l'endroit qui palpitait de désir. Dessinant des cercles langoureux avec son doigt, il observa les yeux de Daphne se refermer et sa respiration devenir saccadée. Il vit qu'elle ne s'attendait pas à ce qu'il remplace son doigt par sa langue, ni à ce qu'il enfonce deux doigts en elle. Ses yeux s'ouvrirent et elle poussa un cri lorsque la combinaison de ses doigts et de sa langue l'envoya au septième ciel.

« Oh, mon Dieu, *Brandon*, » souffla-t-elle en s'effondrant sous lui.

Il resta avec elle lorsqu'elle trembla et se secoua, et sans lui laisser le temps de s'en remettre, il la reprit et l'emmena jusqu'au bout encore une fois. Puis il s'étendit à côté d'elle sur le canapé. C'est alors qu'il remarqua les larmes sur son visage. « Qu'est-ce qu'il y a, mon cœur ? Alarmé, il embrassa ses larmes. Je t'ai fait mal ?

— Non.

— Alors qu'est-ce que c'est ? Pourquoi tu pleures ?

— Je t'aime, Brandon. »

Il sentit le cœur de Daphne qui battait fort lorsqu'il posa sa tête contre sa poitrine. « Et moi aussi, je t'aime. Je te veux tellement. Je n'ai jamais voulu quelque chose comme je te veux. »

Elle passa ses doigts dans ses cheveux. Quand il sentit son autre main sur sa poitrine, il découvrit qu'elle avait déboutonné sa chemise. Se redressant au-dessus de lui, elle défit sa queue de cheval, libérant ses cheveux, et puis l'embrassa de son cou à son torse.

Brandon caressa les cheveux longs et doux de Daphne et prit une profonde inspiration lorsque la langue de celle-ci dessina un chemin humide sur son ventre. Il s'agrippa à ses cheveux. « Daph, dit-il d'une voix étranglée par le désir. Arrête. »

Les yeux dans les siens, elle tira sur le bouton de son jean et descendit sa braguette.

Il lui prit la main. « Daphne, allez...

— Quoi ? murmura-t-elle, en libérant sa main et la pressant contre son érection. Tu peux me rendre folle, mais je ne peux pas te rendre la pareille ?

— Tu n'as pas à le faire. Viens ici.

« — Je sais que je n'ai pas à le faire. Elle glissa sa main dans son pantalon et l'enroula autour de lui. J'en ai envie. »

Brandon ferma les yeux et se battit pour garder le contrôle pendant qu'elle le caressait. Il était en train de gagner la guerre jusqu'à ce qu'elle remplace sa main par sa bouche. « Bon Dieu... *Daphne*...

— Quoi ? » murmura-t-elle en revenant à la charge.

Se rendant, il chuchota : « Ne t'arrête pas.

— Je n'en avais pas l'intention. » La chaleur de sa bouche, la traînée de sa langue, la traction de sa main... L'ensemble était irrésistible. Puis elle le suça fort et l'emmena dans un lieu où il n'était jamais allé auparavant, un endroit où il ne s'attendait pas à aller. Si c'était ça l'amour, il comprit enfin, à ce moment précis, pourquoi les gens se donnaient tant de mal pour le trouver et le garder. Maintenant qu'il l'avait, il n'y avait aucune chance qu'il le laisse lui échapper.

« J'espère que tu sais pratiquer la réanimation, murmura-t-il quand il eut retrouvé la parole. Je pense que tu as arrêté mon cœur. »

Se couchant sur lui, elle rit. « Allons au lit.

— Je ne peux pas.

— Si, tu peux, insista-t-elle. Viens, je t'emmène.

— Non, je veux dire que je ne peux vraiment pas. Je ne peux pas dormir avec toi ce soir et ne pas te faire l'amour. Demain soir.

— Quoi demain soir ? demanda-t-elle, caressant les poils de son torse.

— Demain soir, je te ferai l'amour. Il passa la main sur son dos. Au moins deux fois, peut-être même trois. Et puis je dormirai avec toi dans mes bras. Mais ce soir, je ne peux pas. »

Elle en trembla. « Merci de m'avoir prévenue. »

Il aurait ri, mais cela lui aurait demandé trop d'effort.

« Où sera Mike dans ton scénario ?

— Je m'en occupe, ne t'inquiète pas. À quelle heure est l'église ?

— Onze heures et demie à l'église du Saint-Rédempteur. »

Brandon gémit.

« Quoi ?

— C'est la messe à laquelle vont mes parents. Ma mère m'y verra et déclarera un miracle de Pâques.

— On peut aller ailleurs si tu veux.

— Non, c'est bon. Non pas que tu en aies besoin, mais tu marqueras mille points faciles avec ma mère pour m'y avoir emmené.

— Les points gratuits, c'est bien. Je vais les prendre. »

Brandon fit appel au peu d'énergie qu'il lui restait pour les remettre assis tous les deux. « Je vais y aller. »

Il passa son bras autour de son cou et fit captive sa bouche avec un profond baiser sensuel. Sa langue se mêla à la sienne dans une danse qui le laissa sans souffle. « Je t'aime, et je ne sais pas comment je vais survivre à la journée de demain alors que je ne pense qu'à te mettre toute nue. »

En souriant, elle boutonna sa chemise. « Essaie de ne pas penser à ça pendant que nous sommes à l'église.

— Je ne penserai à rien d'autre.

— Moi non plus, » avoua-t-elle.

Il se leva, ferma son jean et lui tendit la main. Il fit courir ses pouces le long de sa mâchoire et baissa la tête pour l'embrasser une fois de plus. « Demain soir, lui chuchota-t-il à l'oreille. Encore une nuit à attendre. » Il l'embrassa sur la joue et s'en alla.

Une fois allongé sur le canapé de Mme Oczkowski, il réalisa qu'il avait oublié les chips du lapin de Pâques.

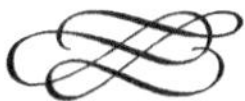

Lorsque Brandon arriva au troisième étage à onze heures le lendemain matin, il avait déjà assisté à une réunion et s'était précipité chez lui pour se changer pour aller à l'église. La porte de l'appartement de Daphne était ouverte, alors il s'arrêta pour écouter.

« Ne bouge pas, mon ourson. J'ai presque fini.

— Dépêche-toi. Tu les as déjà brossés six fois.

— Tu ne veux pas être jolie pour Pâques ?

— Je *suis* jolie pour Pâques. Me brosser les cheveux *encore une fois* ne va pas me rendre plus jolie. Quand est-ce que Brandon arrive ?

— D'une minute à l'autre.

— C'est bien. »

Il jeta un coup d'œil dans la pièce. *Oh, regardez-moi ça.* Elles portaient des pulls jaunes assortis sur des robes d'été jaune pâle imprimées à petites fleurs bleues. Les cheveux de Mike brillaient à force d'être brossés, et ils tombaient sur ses épaules. Habitué à la voir en bottines rouges, Brandon trouva ses minuscules chaussures blanches et ses chaussettes en dentelle adorables. Daphne ajusta le petit chapeau de paille de Mike avant que l'enfant ne se tortille et s'éloigne.

Daphne se leva, et Brandon étouffa un cri en voyant la robe soyeuse épouser toutes ses formes.

« Je crois que quelqu'un nous espionne, Winnie mon ourson, dit

Daphne sans même jeter un coup d'œil à la porte. Pourquoi ne vas-tu pas voir qui est là dehors ? »

Mike se précipita dans le couloir et rit quand elle trouva Brandon appuyé contre le mur comme si c'était sa place. « T'es grillé, dit-elle. Hé ! T'es habillé comme nous ! »

Brandon regarda sa chemise bleue et sa cravate jaune. « Mais oui, c'est vrai.

— On dirait qu'on va ensemble, dit-elle, heureuse de la coïncidence.

— Nous allons bien ensemble. Il enroula une mèche de ses cheveux autour de son doigt. J'ai failli ne pas te reconnaître sans ta queue de cheval et ta salopette. »

Elle leva les yeux au ciel. « Tu ne peux pas porter de *salopette* à Pâques. Tout le monde sait ça.

— J'aime ta robe.

— Maman a fait nos robes. Elle les fait chaque année.

— Ah bon ?

— Oui. C'est notre tradition. Qu'est-ce que tu caches derrière ton dos ?

— Comment sais-tu que je cache quelque chose ?

— Qu'est-ce que c'est ? demanda-t-elle, en essayant de le contourner pour voir ce qu'il avait.

— Mike, les femmes en robe ne se battent pas avec des hommes en costume, dit Daphne en arrivant à la porte. Ses yeux se posèrent sur lui avec admiration. Même les très, très beaux hommes en costume.

— Vous êtes belles toutes les deux. » Il embrassa la joue de Daphne. Elle passa ses doigts sur sa cravate. « Tu n'es pas trop mal non plus.

— Aussi magnifiques que soient mes deux femmes préférées, il me semble qu'il manque quelque chose. »

Daphne et Mike échangèrent un regard. « Quoi ? demanda Mike.

— Ceci, dit-il, en sortant les orchidées de derrière son dos.

— Oh, dit Daphne. Elles sont magnifiques !

— Je peux les sentir ? » demanda Mike.

Brandon tint la fleur pour qu'elle la sente et se pencha ensuite pour l'épingler sur son pull.

« Merci, Brandon, dit Mike en lui embrassant la joue.

— Va te brosser les dents, Mike, dit Daphne. Il faut qu'on parte dans quelques minutes. »

Une fois Mike rentrée dans l'appartement, Brandon se tourna vers

Daphne avec l'orchidée. « À ton tour. » Il glissa sa main sous le pull de Daphne pour épingler la fleur. Ses doigts frôlèrent sa peau chaude et il s'y attarda bien plus longtemps que nécessaire. Une fois la fleur en place, il l'attira dans ses bras et déposa de doux baisers dans son cou.

« Les fleurs sont magnifiques. Merci. » Elle posa la main sur la nuque de Brandon et le fit se baisser pour lui donner un vrai baiser.

— Ai-je le temps de prendre une dernière douche froide avant l'église ? demanda-t-il, les lèvres encore pressées contre les siennes.

— Non. Il est temps d'y aller.

— Ça va être une *très* longue journée, » gémit-il en la relâchant à contrecœur.

Quand ils arrivèrent à l'église, ils créèrent l'agitation qu'il avait prédite. Ils s'installèrent plusieurs rangées derrière ses parents et la famille d'Erin. Sa mère se retourna pour le fixer, la bouche d'Erin resta ouverte et Dennis secoua la tête avec stupéfaction. Colin s'approcha de Brandon quelques minutes après le début de la messe. Il n'avait pas aperçu Declan ou Aidan, mais Brandon savait que son frère aîné n'avait pas mis les pieds dans une église depuis la mort de Sarah, et que son jeune frère célébrait probablement encore ses fiançailles.

Il regarda sa mère et Erin se murmurer quelque chose l'une à l'autre tout en essayant de ne pas se faire remarquer pendant qu'elles observaient Daphne.

« Laisse-moi deviner, chuchota Daphne avec un sourire. Ta mère et ta sœur ?

— Qu'est-ce qui a vendu la mèche ? Le regard fixe ou la bouche bée ? » Elle glissa ses doigts autour des siens et les serra.

Un élan d'amour inattendu pour elle le laissa sans souffle. Il fut surpris lorsque ses yeux se remplirent de larmes. La joie, comme la tristesse, frappait souvent sans prévenir au milieu de sa vie sans alcool, le laissant à vif et exposé à des émotions qui étaient toutes nouvelles pour lui. Il aurait eu du mal à décrire ce sentiment à quelqu'un qui n'avait pas connu les hauts et les bas rencontrés lorsqu'on découvrait finalement la vie presque au milieu de son parcours.

Peu de choses avaient changé dans les vingt ans ou plus depuis qu'il était venu dans cette église – l'odeur épicée de l'encens, la musique et la cérémonie étaient comme dans ses souvenirs. Mike se glissa sur les genoux de Brandon et posa sa tête sur son épaule pendant le discours du prêtre. Il remarqua que Colin observait quelqu'un de l'autre côté de l'église et poussa doucement son frère pour lui demander qui il regardait.

« C'est elle, chuchota Colin. Meredith. »

Brandon s'étira pour mieux voir la femme aux longs cheveux noirs, mais il ne pouvait pas voir son visage. « Comment tu sais ? chuchota-t-il.

— Je reconnaîtrais ces cheveux n'importe où, » dit Colin sans la quitter des yeux, comme s'il avait peur qu'elle s'éclipse dès qu'il ne regardait plus.

Brandon se concentra à nouveau sur la messe, reprenant la routine comme s'il n'avait jamais été absent. Il était impressionné par le bon comportement de Mike pendant l'heure de l'office. De toute évidence, elle avait l'habitude de venir là.

Colin partit en trombe après la communion, dans l'espoir de voir Meredith.

Devant l'église, Brandon tenait la main de Mike et Daphne en attendant que ses parents et les Maloney les rattrapent.

« Maman, Erin, voici Daphne. »

Colleen serra la main de Daphne. « Ravie de te rencontrer, ma belle. Et qui est cette adorable petite fille ? Serait-ce la petite Mike dont j'ai entendu parler ? » Elle tendit les bras à Mike qui se blottit contre elle comme si elle avait attendu toute sa vie que cette grand-mère la trouve.

Habituellement, les pitreries de sa mère l'agaçaient, mais Brandon sentit son cœur enfler d'amour pour elle lorsqu'elle embrassa l'enfant qu'il était venu à considérer comme le sien.

« Hé, Mike, dit Josh lorsque Colleen relâcha enfin la petite. Comment va ta tête ?

— Bien mieux. Et la tienne ? »

Il sourit et souleva ses cheveux blonds pour montrer un bleu encore bien visible avant de conduire Mike à l'endroit où les enfants d'Erin attendaient leurs parents.

Brandon chercha autour de lui mais ne vit Colin nulle part. Il espérait que son frère avait réussi à retrouver l'insaisissable Meredith.

Erin donna le bras à Daphne. « Allons-y », dit Erin.

Daphne regarda par-dessus son épaule, à la recherche de Brandon.

« J'arrive, » dit-il.

~

L'allée d'Erin était pleine de voitures quand Brandon gara le 4x4 de Daphne sur le trottoir.

Mike courut vers la maison lorsqu'elle vit Josh sous le porche d'entrée, mais Daphne arrêta Brandon alors qu'il s'apprêtait à ouvrir sa portière.

« Quoi, ma chérie ?

— Je suis nerveuse, » avoua-t-elle en serrant le bouquet de tulipes qu'elle avait apporté pour Erin.

Il se pencha pour l'embrasser sur la joue. « Ne le sois pas.

— Ils sont tellement nombreux. »

Il se mit à rire. « Je serai là avec toi.

— Promis ?

— Je te le promets. Embrasse-moi. »

Daphne jeta un coup d'œil sur le porche plein d'O'Malley. « Pas ici.

— Si, ici, » dit Brandon, en lui indiquant sa bouche.

Elle résista une seconde avant de lui donner ce qu'il voulait – et même plus.

Gémissant, il s'éloigna d'elle. « C'est vache !

— Tu l'as cherché.

— Nous avons un public, » dit Brandon, en hochant la tête vers le porche où ses parents, Erin, Tommy et Aidan faisaient comme s'ils ne les regardaient pas.

Brandon sortit et fit le tour pour ouvrir sa portière. « Viens. Il la tira de la voiture. Je t'aime. Je serai là avec toi. »

Les O'Malley firent tout leur possible pour que Daphne se sente la bienvenue. Même Dennis était particulièrement amical, ce que Brandon appréciait. Lui et Daphne choisirent des Bloody Marys Virgin parmi les boissons offertes par Erin.

Colin arriva quelques minutes plus tard et se rendit directement au bar. Quand Brandon attira son attention, Colin secoua la tête.

« Je dois parler à Colin une seconde, chuchota Brandon à Daphne. J'arrive tout de suite.

— D'accord. »

« Que s'est-il passé ? demanda-t-il à Colin, qui retirait la capsule d'une bière.

— Elle était avec sa famille, alors je n'ai pas eu l'occasion de lui parler.

— Est-ce qu'elle t'a vu ? »

Il fit oui de la tête. « Elle avait l'air tellement triste. Elle m'aurait peut-être parlé si elle n'avait pas été entourée de gens.

— Je pense quand même que tu devrais l'appeler. »

Colin haussa les épaules.

Brandon jeta un coup d'œil à l'endroit où Colleen et Erin interrogeaient Daphne. « Je dois aller la sauver. Ça va aller ?

— Ouais, vas-y. Daphne et Mike sont superbes.

— Oui, hein ?

— Tu en as de la chance.

— Je me sens chanceux ces derniers temps. Ton tour viendra, Col. Je le sais.

— Oui, c'est ça. D'un instant à l'autre maintenant. »

Declan et Jessica arrivèrent peu de temps après.

Remarquant comme ils étaient rayonnants de bonheur, Brandon et Colin échangèrent un regard.

Après avoir salué tout le monde et présenté Daphne à Jessica, Declan glissa son bras autour de Jessica. « Alors écoutez tous, nous avons une nouvelle à annoncer. Il baissa la tête pour regarder Jess. Nous nous sommes fiancés ! »

La salle explosa de félicitations, d'accolades et d'embrassades.

« Tommy ! appela Erin alors qu'elle cherchait la main de Jessica pour admirer la bague. Sors le champagne ! »

Brandon observa Aidan féliciter Declan et Jessica, puis sortir par la porte d'entrée pour aller sur le porche.

Prise par l'excitation de regarder la bague de Jessica et d'entendre celle-ci raconter comment Declan l'avait demandée en mariage, Daphne ne remarqua pas Brandon s'éclipser.

Il trouva Aidan penché par-dessus la balustrade, étudiant le jardin en dessous.

« L'eusses-tu cru, hein ? dit Brandon, en rejoignant son frère à la balustrade.

— Je sais. C'est difficile de croire que ce sera *lui*, le seul frère O'Malley à être marié.

— Sans blague. Merci pour toute ton aide hier. On y serait encore si tu n'étais pas venu.

— Ce n'était rien. Tu as une belle femme, Brand. Deux, en fait.

— Merci. Je fais de mon mieux pour ne pas tout foutre en l'air. »

Aidan rit.

« J'ai, euh, j'ai reçu une très belle lettre de Clare, » dit Brandon, pas sûr s'il devait en parler.

Les yeux d'Aidan se mirent à briller. « Vraiment ? Qu'est-ce qu'elle a dit ?

— Elle m'a remercié pour ma lettre et mes excuses et m'a souhaité un bon rétablissement.

— Rien d'autre ?

— Juste qu'elle était désolée que les choses n'aient pas marché avec toi. »

La mâchoire d'Aidan se serra comme s'il venait d'encaisser un coup de poing.

« Tu lui as parlé ? »

Aidan secoua la tête. « A quoi bon ?

— Je parie que tu lui manques aussi.

— Peut-être. »

Declan les rejoignit sur le porche. « Erin te cherche, Aidan.

— Je suis censé l'aider à la cuisine, » dit Aidan, et il rentra.

« Il va comment ? demanda Declan.

— Il souffre en silence.

— Ça craint. Je me sentais mal de me pointer avec ma grande nouvelle après ce qui s'est passé quand il a demandé Clare en mariage.

— Il est heureux pour vous. Tu le sais. Bien qu'aucun d'entre nous ne puisse croire que tu vas passer à la casserole en premier.

— Je sais, dit Declan avec un sourire et un haussement d'épaules. Mais c'est le bon moment et la bonne fille.

— C'est quand, le grand jour ?

— Le 4 juillet. Aucun de nous ne veut du grand mariage en blanc, alors on va faire un barbecue dans le jardin de Maman et laisser la ville fournir le feu d'artifice[1].

— Ça me semble parfait. »

Declan se tourna vers lui. « J'ai besoin d'un témoin. Ça t'intéresse ? »

Brandon regarda son frère avec de grands yeux. « *Moi ?*

— Oui, toi, dit Dec avec un gloussement. Qu'est-ce que t'en dis ?

— Ce serait un honneur. » Brandon prit son frère dans ses bras et fit un effort surhumain pour ne pas se mettre à chialer comme une madeleine.

La porte s'ouvrit, et Daphne sortit. Brandon lui tendit la main. « Salut, mon cœur, je suis désolé. J'allais rentrer à l'instant. »

Elle lui prit la main. « Je vais bien, ne t'inquiète pas. La bague de Jessica est magnifique, Declan.

— Et voilà le gars qui m'a aidé à la choisir. Dec serra les épaules de Brandon. Je ferais mieux de retourner auprès de Jess avant que Maman ne se charge des préparatifs du mariage. »

Quand ils furent seuls, Brandon prit Daphne dans ses bras.

« Alors tu étais au courant ? demanda-t-elle.

— Je ne savais pas quand ça allait se faire, mais Colin et moi l'avons aidé à acheter la bague en rentrant du Vermont.

— Ça doit être bien d'être si proche de ses frères.

— Il m'a demandé d'être son témoin.

— C'est merveilleux, Brandon !

— Il y a quelques mois, rien de tout cela n'aurait été possible pour moi. Je n'étais pas proche de mes frères quand je buvais. Je n'étais proche de personne d'autre que la bouteille. C'est pourquoi je suis si stupéfait que Dec m'ait demandé d'être son témoin. Je veux dire, pourquoi moi ?

— Parce qu'il sait qu'il peut compter sur toi maintenant. Elle s'approcha pour lui caresser le visage. Est-ce que ça te manque ? De boire ?

— Une bière fraîche à la fin d'une longue journée me manque. Les gars avec qui je buvais me manquent. Ce serait un peu exagéré de les appeler mes amis, mais nous avons passé de bons moments ensemble. Ça ne me manque pas de me sentir comme une merde tous les jours ou de me réveiller quelque part sans savoir comment j'y étais arrivé. Ça, ça ne me manque pas du tout. »

Daphne fit une grimace. « Qu'est-ce que je vais faire si tu t'y remets ? Je sais qu'il est possible que les choses ne marchent pas entre nous, mais si je te perds à cause de ça...

— Ça n'arrivera pas. Et ne parle même pas du fait que ça puisse ne pas marcher entre nous. Ça va marcher parce que j'ai maintenant quelque chose de bien mieux qu'une bière fraîche. »

Elle sourit. « Ah, oui ?

— Oh, *oui*, » dit-il, en se perdant dans un baiser chaud et profond.

Pour l'amour de Dieu, vous allez arrêter ça, vous deux ? dit Erin en sortant une minute plus tard.

Le visage de Daphne prit une teinte rose vif.

Brandon l'empêcha de fuir. « Fous le camp, Erin.

— Je venais juste vous dire qu'il est temps de manger, si vous trouvez un moment quand vous reprenez votre respiration.

— Ne l'écoute pas, dit-il à Daphne. Comment crois-tu qu'elle a fini avec cinq enfants en cinq ans, elle ?

— Tais-toi et viens manger, » dit Erin en riant lorsqu'elle retourna à l'intérieur.

Quand Brandon essaya de reprendre là où ils s'étaient arrêtés, Daphne le repoussa. « Allons-y. On aura le temps de faire ça plus tard.

— Je ne vais pas survivre jusque-là. »

Elle lui fit un sourire faussement pudique et plein de promesses. « Sois fort et *tiens-toi bien.*

— Je n'aime pas ton attitude, » marmonna-t-il en la suivant à l'intérieur.

---

1. Le 4 juillet est le jour de la fête nationale américaine.

Brandon atteignit sa limite à six heures. Il avait suivi Mike avec son panier de Pâques pendant qu'elle cherchait des œufs, avait joué au Wiffle ball[1] avec ses frères, Tommy, et les enfants, et avait passé du temps avec la famille. Maintenant, il voulait prendre sa chérie et se tirer de là. Il partit à la recherche d'Erin et la trouva en train de charger le lave-vaisselle pour la deuxième fois.

« C'est l'heure de l'Opération Mike, lui dit Brandon. Sois subtile, d'accord ?

— Je sais ce qu'il faut faire. Ne t'inquiète pas.

— Quel est notre couvre-feu demain matin ?

— Vous n'en avez pas. On va se la couler douce demain parce que les enfants sont en vacances et que tout le monde sera fatigué après aujourd'-hui, surtout moi. »

Brandon embrassa la joue de sa sœur. « Merci.

— Je suis contente de la garder, Brand. C'est une enfant tellement adorable. Josh et elle sont copains comme cochons, tu sais ?

— Tout à fait. Mike l'a suivi toute la journée, mais ça n'a pas l'air de le déranger. »

Erin retira le tablier qu'elle avait mis sur sa robe en soie lavande. « Laisse-moi m'occuper de Daphne. »

Brandon se pencha pour regarder Erin sortir rejoindre Colleen et

Daphne sur la terrasse. Elles regardaient les enfants jouer sur les balançoires. Il vit le moment exact où Erin demanda si Mike pouvait rester.

L'expression de Daphne se referma avec prudence lorsqu'elle secoua la tête pour dire non.

L'estomac de Brandon se noua de déception.

Erin prit la main de Daphne et lui parla doucement.

Brandon retenait son souffle en attendant de voir ce que Daphne allait faire.

Elle regarda Mike puis se retourna vers Erin. Cette fois, elle dit oui.

Brandon voulait crier de soulagement en les rejoignant sur la terrasse. Le soleil éclatant du matin avait fait place à des nuages et la pluie menaçait quand il s'assit à côté de Daphne et passa son bras autour d'elle.

« Erin a invité Mike à passer la nuit, dit Daphne.

— Quelle bonne idée » répondit-il en feignant la surprise.

Daphne leva les yeux au ciel pour lui faire comprendre qu'elle n'était pas dupe, et elle appela Mike.

La robe jaune de Mike avait bien tenu le coup malgré la journée chargée, mais sa joue était souillée de terre et les chaussures et chaussettes blanches avaient été abandonnées.

« Qu'est-ce que tu veux, Maman ? demanda-t-elle, agacée que Daphne essaye de lui nettoyer le visage.

— M. et Mme Maloney t'ont invitée à passer la nuit avec les enfants. Tu aimerais rester ? »

De nouveau, Brandon retint son souffle.

Le visage de Mike s'illumina pendant une brève seconde puis s'allongea tout aussi vite. « Pas si tu ne veux pas que je le fasse.

— Je pense que ça va aller.

— Vraiment ? Vraiment ? »

Daphne hocha la tête. « On a même un sac pour toi dans la voiture. Quelle coïncidence, hein ? » demanda-t-elle en lançant un regard amusé à Brandon.

Il haussa les épaules avec innocence.

« As-tu apporté Brandon l'ours ? demanda Mike.

— Bien sûr, » dit Daphne.

Mike se rongea un ongle, ses yeux passant de sa mère à Brandon. « Et si, tu sais... »

Brandon tendit les bras à Mike et l'amena assez près pour lui chuchoter à l'oreille qu'Erin et Tommy savaient tout et qu'elle serait en sécurité avec eux. « Je ne te laisserai jamais dans un endroit qui n'est pas sûr.

— Je peux vous appeler Maman et toi si j'ai peur ?

— Bien sûr que tu peux, dit Brandon. Je vais te noter mon numéro de portable, d'accord ?

— D'accord. »

L'expression solennelle de son petit visage lui fendait le cœur. Il fit un signe de tête pour l'encourager.

« Merci, Mme Maloney, dit-elle à Erin. J'aimerais rester.

— Nous allons passer un bon moment ensemble, lui assura Erin. Mais Mme Maloney, c'est ma belle-mère. Il faut que tu m'appelles Erin, on est d'accord ? »

Mike sourit d'avoir obtenu le droit d'appeler par son prénom un autre adulte et serra la main tendue d'Erin. « Marché conclu. » Elle embrassa Daphne et Brandon et leur fit un câlin avant de partir en courant rejoindre les enfants.

Brandon attendit sur la terrasse pendant qu'Erin s'en allait avec Daphne chercher le sac de Mike.

« Tu sais t'y prendre avec cette enfant, dit Colleen.

— C'est ma copine.

— Tu l'aimes. »

Brandon hocha la tête.

« Tu les aimes toutes les deux.

— Encore une fois tu as raison. »

Colleen l'étudia. « C'est bien. C'est exactement ce qu'il te faut. »

Brandon rit. « D'après qui ?

— D'après ta mère. Elle serra sa main. Chéris cela, mon cœur. Et fais-y attention. »

Il se pencha pour l'embrasser avant de partir. « Je n'y manquerai pas. »

Daphne était silencieuse quand ils quittèrent la maison d'Erin.

Brandon lui prit la main. « Est-ce que ça va ?

— Ouais. Elle plaça sa main entre les siennes.

— Tu t'inquiètes pour Mike ?

— Je suis sûre qu'elle ira bien. Elle était tellement excitée.

— A-t-elle déjà fait quelque chose comme ça ? »

Daphne secoua la tête. « Une autre première. »

Brandon arrêta la voiture et se tourna vers elle. « Pourquoi on ne retourne pas la chercher ? Elle n'est pas prête. Je n'aurais pas dû faire ça.

— Elle va tellement s'amuser qu'elle ne pensera pas une fois à nous.

— Et toi ? Il embrassa la paume de sa main. Ce sera la première nuit que tu passeras loin d'elle, pas vrai ? »

Elle acquiesça. « Sais-tu qui a été la première personne à la mettre dans une voiture et à la conduire loin de moi ?

— Non, qui ?

— Toi. Le jour où tu l'as emmenée jouer chez Erin. »

Brandon soupira. « Tu as dû flipper tout le temps qu'on était partis.

— Non, je ne flippais pas. Je savais qu'elle serait en sécurité avec toi, tout comme je sais qu'elle sera en sécurité avec Erin et Tommy. Si je n'en étais pas sûre, je ne l'aurais pas laissée.

— J'espère que ça ne te dérange pas que je leur ai dit, mais je savais que tu n'accepterais jamais s'ils n'étaient pas au courant.

— Tu as parfaitement bien géré la situation. Merci d'avoir organisé tout ça et d'avoir partagé ta merveilleuse famille avec nous. C'était la plus belle journée que j'aie passée depuis longtemps.

— Je suis heureux que tu l'aies appréciée. J'espère qu'ils n'ont pas été trop pénibles pour vous deux.

— Ils ont été charmants. C'était si gentil de la part de ta mère d'apporter un panier de Pâques pour Mike aussi. »

Il remit la voiture en marche. « Laisse-moi t'expliquer – si tu lui plais, tu es tirée d'affaire avec les O'Malley, et tu as fait un grand chelem avec elle.

— Je suppose que c'est une bonne chose ?

— De toute évidence on va devoir travailler sur tes connaissances en baseball. Mais ne me dis pas que tu n'as jamais entendu parler des Red Sox. Ça pourrait être un facteur de rupture.

— On parle toujours de baseball, là[2] ?

— Oh, allez, gémit-il. Dis-moi que tu te moques de moi !

— Je me moque de toi. »

Il sourit. « C'est une bonne chose. J'aurais horreur de devoir te lourder chez toi après tout ce que j'ai fait pour t'avoir à moi tout seul.

— Et où m'emmènes-tu, exactement ? demanda-t-elle lorsqu'ils laissèrent Chatham derrière eux.

— Ailleurs. »

~

Trente minutes plus tard, Brandon s'arrêta sur un parking en gravier au bout de la route de Rock Harbor à Orleans, sur la côte nord de Cape Cod.

« Où sommes-nous ? demanda Daphne.

— L'auberge de Rock Harbor. Elle appartient à un ami de l'équipe de natation de mon lycée. »

Les yeux de Daphne brillaient de larmes.

« Quoi ? demanda-t-il, alarmé. Tu ne veux pas faire ça ? On n'est pas obligés – »

Elle le fit taire avec un baiser qui lui donna envie de demander grâce, puis de la supplier de recommencer.

« Pourquoi ces larmes ? murmura-t-il, en les balayant de ses lèvres.

— Je n'arrive pas à croire que tu te sois donné autant de mal.

— Ce n'est rien. Je t'ai dit que je voulais que notre première nuit ensemble soit spéciale, et je ne voulais pas être trop loin de Mike, juste au cas où...

— C'est parfait.

— Que dirais-tu d'une promenade sous la pluie ? La plage est juste en bas de ce chemin, là-bas. Ça te dérange de te faire mouiller ?

— Pas du tout. »

Ils marchèrent bras dessus, bras dessous sur la grande pelouse de l'auberge. En haut des escaliers, Brandon l'arrêta. « Tu sens ça ? Il inclina son visage sous la pluie fine et prit une profonde respiration.

— Quoi ?

— Cette odeur de terre qui vient avec la pluie. J'adorais cette odeur quand j'étais enfant. Je ne me souviens pas de la dernière fois que je l'ai remarquée.

— J'aime l'odeur de la plage.

— As-tu grandi près d'une plage ? lui demanda-t-il, en l'aidant à descendre le petit escalier qui menait à la mer. Ils enlevèrent leurs chaussures en bas de l'escalier.

— Stinson. Au nord de San Francisco.

— Je suis allé à San Francisco, mais pas à Stinson. C'est là que tu vivais ?

— Non, on vivait à Sausalito, juste après le Golden Gate de San Fran. Mes parents possédaient une galerie d'art en ville. Ils y exposaient les œuvres de Randy. C'est comme ça que je l'ai rencontré.

— Où sont-ils maintenant ? Tes parents ?

— Ils vivent toujours à Sausalito, mais ils sont à la retraite. Ils ont vendu la galerie il y a quelques années. Ils sont tous les deux peintres, et je les imagine passant leurs journées devant leur chevalet.

— As-tu hérité de leur talent artistique ?

— Non, mais Mike oui. Je le vois déjà dans sa peinture. J'ai pris tous les trucs du côté gauche du cerveau – les maths et la logique – et aucun des gènes créatifs que le reste de ma famille possède. »

Brandon l'accompagna jusqu'à un perchoir de maître-nageur et l'aida à monter l'échelle. Il grimpa derrière elle et l'installa sur ses genoux.

« Comment t'appelais-tu à l'époque ? Avant ton mariage ?

— Flemming.

— Daphne Flemming, dit-il pour voir comment cela sonnait. Quand as-tu vu tes parents pour la dernière fois ?

— Deux jours avant la mort de Randy. Leur maison est le premier endroit où les voyous de Monroe sont allés après notre départ.

— Oh, Daph. Brandon la serra contre lui. Ils doivent tellement te manquer.

— Oui, ils me manquent. J'ai deux frères et une sœur, et des neveux et nièces que je n'ai jamais rencontrés. Être avec ta famille aujourd'hui m'a rendue triste pour ce que nous ratons, Mike et moi, avec la mienne.

— As-tu le moindre contact avec eux ?

— Je leur fais parvenir de mes nouvelles une ou deux fois par an, pour qu'ils sachent que nous sommes en sécurité, mais c'est tout. Je ne sais pas jusqu'où les Monroe iraient pour nous trouver, donc moins ma famille en sait, mieux c'est.

— Alan va trouver un moyen de nous sortir de là. Brandon priait pour que ce soit vrai. Cette semaine, nous trouverons une solution. »

Elle balaya les gouttes de pluie qui s'étaient accumulées sur le visage de Brandon. « J'espère que tu sais combien j'apprécie ton aide, mais si je n'avais que Mike et toi, ça me suffirait. Je pourrais me cacher avec toi pour toujours. »

Il l'embrassa alors comme il avait voulu le faire toute la journée. Finalement, personne ne regardait, personne n'avait besoin d'eux pour quoi que ce soit, personne ne les interrompait. Il pouvait prendre son temps pour savourer chaque sentiment et satisfaire chaque désir. « Sais-tu ce que je n'ai jamais fait ? Il embrassa ses joues, le bout de son nez et son front.

— Quoi ? demanda-t-elle, essoufflée.

— Je n'ai jamais fait l'amour de ma vie. »

Confuse, elle dit : « Mais, tu as sûrement, tu sais...

— J'ai eu beaucoup de sexe, mais jamais avec quelqu'un que j'aimais. Veux-tu venir avec moi et me montrer ce que j'ai loupé ? »

Elle se leva de ses genoux et lui offrit sa main.

Ils descendirent de la chaise du maître-nageur, et lorsque Daphne le surprit en se précipitant dans les escaliers, Brandon se mit à rire et lui courut après.

---

1. Dérivé du baseball qui se joue dans des petits espaces.
2. Red socks veut aussi dire chaussettes rouges et se prononce comme Red Sox, l'équipe de baseball.

Colin rentra de chez Erin et se changea, enfilant un jean et un T-shirt. Il avait essayé de convaincre Aidan d'aller prendre une bière, mais son frère avait refusé, disant qu'il avait mal à la tête et qu'il allait se coucher. Colin soupçonnait que les fiançailles de Declan et l'amour évident de Brandon pour Daphne avaient plongé Aidan dans une dépression encore plus profonde après avoir perdu Clare. Colin pouvait compatir. En regardant ses frères s'engager dans des relations qui, de toute évidence, allaient durer toute la vie, il se sentait plus seul que jamais.

Il s'assit pour regarder Sports Center mais ne put s'intéresser aux derniers scores ou aux dernières controverses. L'agitation qui le rongeait depuis sa dernière rencontre avec Meredith s'était aggravée après l'avoir vue à l'église. *Si seulement j'avais pu lui parler. Ne serait-ce qu'une minute.*

Rester assis seul à la maison, dans le noir et le silence, devint soudain insupportable. Il attrapa une veste, se rendit au garage et retira la housse de sa moto. Lorsque la Harley rugit, Colin attacha le casque, sortit la moto du garage et ferma la porte. Il se vengea d'un mois entier de frustration impuissante sur la moto, se lançant sur une ligne droite sur la Route 28, et roulant plein gaz. Avec la saison touristique qui allait bientôt commencer, il n'y aurait plus beaucoup d'occasions de lâcher la grosse moto sur les grandes routes bondées du Cap. Ce soir de Pâques, il avait la route à quatre voies pour lui tout seul et il profita de la solitude pour pousser la moto à plus de 135 km/h pour la toute première fois.

Colin savait qu'il était imprudent et que ses parents auraient tous les deux une crise cardiaque s'ils pouvaient le voir à ce moment-là, mais il en avait tellement marre d'être prudent, de faire ce qu'il fallait et d'être le gars sur lequel tout le monde pouvait compter. *Qu'est-ce que ça m'a apporté de bon ? J'ai trente-six ans, et je suis seul.* À ce moment-là, il comprit pourquoi les gens se tournaient vers l'alcool comme l'avait fait Brandon. *Ça doit être bien d'avoir quelque chose pour faire disparaître tout ça.*

La route se rétrécit, et Colin rétrograda pour ralentir la moto. D'un seul coup, il se sentit comme un idiot d'avoir agi si bêtement. Il était à la tête d'une entreprise qui faisait vivre plus de quarante personnes. Ses responsabilités envers elles et leurs familles l'empêchaient de refaire de la vitesse sur la prochaine portion de route plate et vide. Cela n'aidait en rien, de toute façon. La seule chose qui pouvait l'aider était la seule chose qu'il ne pouvait pas avoir.

À la première occasion, Colin fit demi-tour pour retourner à Chatham. Comme il pouvait se cacher derrière son casque et son masque, il décida de passer devant la maison de Meredith à son retour en ville. Il prit un virage au ralenti sur Stepping Stones Road et garda la moto en deuxième vitesse en se faufilant dans la rue tranquille. Il eut des papillons dans le ventre à l'approche de la maison de Meredith – cela ressemblait certainement à du harcèlement, mais plus tôt dans la journée, il avait arrêté de s'en soucier lorsqu'il n'avait pas réussi à lui parler. La lumière du porche était allumée, et Colin faillit tomber de sa moto lorsqu'il la vit assise sur les marches de l'escalier d'entrée. Pleurant. Même à la lueur d'une faible lumière, il n'y avait aucun doute. Elle pleurait.

Il passa devant la maison et le cimetière de l'autre côté de la rue jusqu'à un panneau d'arrêt au bout du pâté de maisons. La moto tournait bruyamment au ralenti pendant qu'il essayait de décider quoi faire. *Si tu y retournes, elle saura que tu es passé devant sa maison comme un ado en mal d'amour. Et puis merde. On s'en fout.* Il fit demi-tour avec sa moto.

Quand il ralentit pour s'arrêter devant chez elle, Meredith se leva et s'accrocha à la poignée de la contre-porte. *Mais qu'est-ce qu'elle fait ?*

« Hé, ce n'est que moi. Il posa son casque sur le siège. Qu'est-ce qu'il y a ?

— Oh, Colin, dit-elle, la main sur le cœur. Tu m'as fait peur.

— Tu pensais que j'étais qui ? demanda-t-il, s'asseyant à côté d'elle sur la marche du haut.

— Euh, personne. Mais tu es à peu près la dernière personne que je m'attendais à voir à moto.

— Suis-je à ce point un geek ? »

Elle rit, un son délicat qui lui rappela les verres de cristal et les toasts au champagne. « Ce n'est pas ce que je voulais dire. Bien que je me demande comment ta moto a pu se retrouver dans ma rue.

— Pourquoi pleures-tu à Pâques ?

— J'ai posé ma question en premier.

— Tu m'as manqué. Il se retourna pour pouvoir voir ses grands yeux marrons. À ton tour, dit-il.

— Tu m'as manqué aussi, avoua-t-elle, les joues prenant cette ravissante nuance de rose dont il était tombé amoureux la première fois. Tout doute sur son amour pour elle s'était dissipé dès qu'il l'avait vue pleurer. Il lui prit la main et l'embrassa. Pourquoi ne m'as-tu pas appelé ? »

Elle haussa les épaules. « Je pensais que tu ne voudrais plus entendre parler de moi après la dernière fois.

— Tu as mal pensé. Il tint sa main contre ses lèvres. J'ai été de mauvais poil, un vrai grincheux, un emmerdeur. Mes employés en ont marre de moi, et c'est entièrement de ta faute.

— Comment est-ce ma faute ? demanda-t-elle, amusée.

— Parce que tout ce à quoi j'ai pensé le mois dernier, c'est à la fille que je ne pouvais pas avoir. Il utilisa leurs mains jointes pour la rapprocher de lui et l'embrassa tout doucement. Quand il s'éloigna, il dit : Tu veux aller faire un tour ? »

Ses yeux s'agrandirent. « Sur ça ? »

Il hocha la tête, le souffle coupé par le désir.

Elle étudia la moto pendant un moment. « Oui. Emmène-moi faire un tour, Colin. »

Son cœur plein d'espoir prit son envol. « Va chercher une veste.

— J'ai besoin de me changer, dit-elle, en montrant sa jupe. Tu me donnes cinq minutes ?

— Prends ton temps. Je ne bougerai pas d'ici. »

Après qu'elle fut entrée, Colin offrit son visage à la pluie légère qui avait commencé quelques minutes plus tôt. Il dit une prière silencieuse de remerciement au dieu, quel qu'il soit, qui avait placé Meredith sous le porche au moment où il passait devant. Peut-être que cette fois...

« Prêt ? » demanda-t-elle en revenant, vêtue d'un jean moulant et d'une veste en jean.

Colin la siffla en se levant. « Tu es une motarde très *sexy*.

— Ouais, c'est ça, dit-elle en pouffant de rire. C'est moi, ça. Une vraie motarde. »

Elle le suivit jusqu'au trottoir.

Il lui mit son casque, l'attacha sous son menton et l'aida à monter à l'arrière de la moto.

« Et un casque pour toi ?

— On passera vite fait chez moi en chercher un autre. Il monta devant elle et attrapa ses mains dans son dos. N'hésite pas à t'accrocher aussi fort que tu le peux. »

Elle gloussa. « Tout ça n'est qu'un stratagème, n'est-ce pas ?

— Bah, du moment que ça marche. » Lorsqu'il démarra la moto, la pression des cuisses de Meredith serrant son derrière l'excita. Quand sa poitrine généreuse s'appuya contre son dos, il fut heureux que le grondement de la moto étouffe son gémissement.

« Prête ? »

Il sentit son hochement de tête et il accéléra.

Elle s'accrocha fermement pendant le court trajet jusqu'à sa maison, où il prit un second casque dans le garage.

« Maintenant que tu sais où j'habite, tu peux descendre ma rue quand tu veux, dit-il.

— J'y penserai. »

Quand il remonta sur la moto, Meredith reprit sa place. L'avoir enroulée autour de lui était la chose la plus proche du paradis qu'il ait jamais connue, et Colin se demandait combien de temps il pouvait raisonnablement la garder là. Il reprit la Route 28, mais cette fois-ci, il resta à moins de 80 km/h, en raison de la pluie et de sa précieuse cargaison. À la limite de la ville de Brewster, il fit demi-tour et retourna à Chatham. Ils descendirent la rue principale jusqu'à Shore Road. Colin se gara au phare de Chatham, coupa le moteur de sa moto, retira son casque et aida Meredith avec le sien.

« C'était génial. Elle utilisa ses doigts pour lisser ses cheveux. J'ai adoré. »

Il s'était assis face à elle sur le petit siège, et passait ses mains sur ses cuisses en jean. « Tu es toute mouillée avec la pluie.

— Je m'en fiche. »

Ils se regardèrent avec des yeux affamés pendant un long moment, retenant leur souffle, avant que Colin ne passe une main derrière son cou pour l'amener à lui. Le baiser fut plein de tendresse et de retenue, mais il le prit aux tripes. Colin garda le baiser chaste jusqu'à ce que la langue de Meredith cherche la sienne. C'est alors qu'il inclina la tête pour aller plus loin.

Elle gémit.

Soulevant les jambes de Meredith au-dessus des siennes, il la mit sur ses genoux.

Elle enroula ses bras autour de lui, et lorsqu'il lui prit les fesses pour la garder ancrée à lui, elle le récompensa en inclinant ses hanches de façon provocante. Colin gémit et jura doucement, interrompant le baiser. Il garda une main fermement sur ses fesses tandis que son autre main s'aventurait sous son chemisier à la recherche de sa peau douce et chaude. En écartant ses cheveux noirs et soyeux, il fit glisser sa langue sur son cou. « Vas-tu tenter ta chance avec moi, Meredith ? Avec nous ? »

Elle frissonnait de l'attention qu'il portait à son cou. « Oh, Colin, j'en ai envie, vraiment, mais rien n'a changé.

— Mais si, une chose a changé, chuchota-t-il.

— Quoi ?

— Je suis amoureux de toi.

— Colin... Elle s'éloigna de lui. Tu ne l'es pas. Tu ne peux pas l'être.

— Je le suis, et je le peux. Je n'ai pensé qu'à toi depuis la dernière fois que je t'ai vue. Elle baissa les yeux, et il posa sa main sur son visage pour ramener son regard vers le sien. Dis-moi ce que c'est, ce qui nous fait obstacle. Dis-moi qui tu pensais que j'étais tout à l'heure, et pourquoi tu avais peur. »

Elle lui saisit les poignets et fondit en larmes.

« Oh, ma chérie, ne fais pas ça. Il la serra très fort dans ses bras. Je suis désolé. Tu n'es pas obligée de me le dire. Je ne veux pas que tu pleures. » Il la tint longtemps, jusqu'à ce que ses sanglots se calment enfin.

« Quand tu es arrivé sur la moto, dit-elle, en essuyant les larmes de son visage, j'ai cru que tu étais l'homme qui a failli me tuer quand j'avais dix-neuf ans. »

Colin poussa un cri.

« Il est sorti de prison, et il veut me voir. »

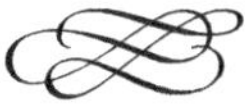

Brandon porta leurs sacs depuis la voiture et conduisit Daphne à un gîte derrière l'auberge. « Tu devais seulement apporter une brosse à dents, dit-il, en faisant semblant de s'écrouler sous le poids de son sac.

— J'y ai glissé quelques autres produits nécessaires, dit-elle avec un sourire sexy qui lui fit bouillir le sang de désir.

— Ça m'intéresse.

— Où as-tu trouvé la clé ?

— Je suis venu la chercher hier. Je voulais me débarrasser du bavardage avec mon ami, du genre « comment ça va depuis vingt ans », pour ne pas avoir à perdre une demi-heure de ma nuit avec toi. »

Le rire de Daphne était teinté de nervosité. « Tu as beaucoup réfléchi à tout ça. J'espère que je ne te décevrai pas. »

Il laissa tomber ses chaussures et leurs sacs à l'intérieur et se tourna vers elle. « Il n'est pas possible que tu me déçoives. Passant ses doigts dans ses longs cheveux blonds, il baissa la tête pour l'embrasser. Je t'aime tellement, Daph, chuchota-t-il. Tellement. Il l'embrassa à nouveau. Et j'aime cette robe. Je n'arrive pas à croire que tu l'aies faite toi-même.

— Je les fabrique tous les ans.

— Alors même que vous étiez les seules à les voir.

— Nous faisions notre propre fête. Elle lui donna un petit baiser et prit son sac. J'ai besoin de dix minutes dans la salle de bains.

— C'est juste là, dit Brandon, en montrant une porte qui donnait sur le coin salon.

— C'est une belle pièce. »

Elle était décorée de motifs floraux audacieux et de dentelle blanche. Un ancien lit traîneau en cerisier avec un baldaquin de dentelle constituait le point central de la pièce.

« Ton ami nous a laissé un mot, dit Daphne : Chers Brandon et Daphne, bienvenue à Rock Harbor ! Je vous offre le champagne. Le petit déjeuner est servi dans la maison principale à partir de neuf heures, sinon nous pouvons l'apporter dans votre chambre, si vous préférez. Restez aussi longtemps que vous le souhaitez demain. Ravi de t'avoir vu hier, Brandon. Profitez bien ! »

— C'est gentil, dit-il. Tu veux du champagne ? Ça ne me dérange pas si tu en prends.

— Mais alors tu ne pourras pas m'embrasser, et on ne peut pas tolérer ça, n'est-ce pas ? »

Buvant ses paroles douces, Brandon secoua la tête.

« Je reviens tout de suite, » dit-elle.

Brandon enleva sa veste de costume, déboutonna sa chemise et la sortit de son pantalon. À l'aide d'une pochette d'allumettes sur la cheminée, il alluma le feu qui avait été préparé pour eux dans la cheminée, puis les bougies placées de-ci, de-là dans la pièce. Dans la kitchenette, il se passa de l'eau froide sur le visage, se brossa les dents et s'aspergea d'un peu d'eau de Cologne.

Il alluma la radio et passa un doigt sur la condensation de la bouteille de champagne qui flottait dans le seau à glace. Dans son ancienne vie, il aurait eu besoin d'une ou deux doses de Jack Daniels à ce moment-là pour se calmer les nerfs. Dans sa nouvelle vie, il ne voulait rien enlever au plaisir exquis de ce moment avec l'amour de sa vie.

« Brandon. »

Il se tourna vers elle.

Elle était appuyée contre l'encadrure de la porte, vêtue d'une longue chemise de nuit en soie en une nuance de pêche des plus délicates. La lumière du feu jetait une lueur chaude sur son visage et ses cheveux.

Brandon ne pouvait pas la quitter des yeux alors qu'elle se dirigeait vers lui comme un rêve devenu réalité.

Elle descendit la chemise déboutonnée de Brandon sur ses épaules, et celle-ci flotta jusqu'au sol derrière lui.

Il la prit dans ses bras. « Après t'avoir rencontrée pour la première fois, dit-il d'un ton bourru, je t'ai surnommée « la déesse ». Mais maintenant il va me falloir trouver un meilleur mot, parce que celui-ci ne te rend pas justice. »

Elle rit doucement en se blottissant contre les poils de son torse.

D'un doigt sous son menton, il leva sa bouche vers la sienne. Faisant appel à une patience qu'il ne savait pas avoir, Brandon garda le baiser léger. « Danse avec moi, » dit-il, en levant les bras de Daphne pour les enrouler autour de son cou.

Les mains de Brandon ne cessaient de passer sur la robe de soie pendant qu'ils bougeaient ensemble.

« Oh, c'est la chanson que Declan a chantée à Jessica quand il l'a demandée en mariage, dit-elle après qu'ils avaient dansé sur plusieurs chansons.

— Qui est-ce ?

— Keith Urban. Elle fredonna doucement la chanson sur l'amour et les souvenirs.

— J'aime bien. Je parie que la version de Dec était géniale. Il sait vraiment chanter. Aidan, aussi. Et tu devrais l'entendre jouer du piano. Il est incroyable.

— Et toi ?

— Je n'ai rien pris de tout ça.

— Allez, » dit-elle en essayant de le persuader.

En remuant les sourcils, il dit : « J'ai d'autres compétences.

— Comme quoi ? » demanda-t-elle avec un sourire faussement timide.

Un gémissement le traversa lorsqu'il se pencha pour coller ses lèvres aux siennes, explorant cette fois-ci chaque recoin de sa douce chaleur. Lorsque sa langue rencontra celle de Daphne, Brandon resserra ses bras autour d'elle et la souleva. Il l'emmena au lit et la coucha doucement, s'étendit à côté d'elle et reprit le baiser là où il s'était arrêté.

Elle se roula jusque dans ses bras, glissant sa main doucement sur son dos puis serrant ses biceps pendant qu'il caressait sa poitrine à travers la chemise de nuit en soie. Ses doigts dans ses cheveux le suppliaient de remplacer sa main par sa bouche.

Il la suça à travers la barrière de soie avant de faire glisser les fragiles bretelles de ses épaules et de descendre le vêtement jusqu'à sa taille. « Mon Dieu, que tu es belle, murmura-t-il contre sa poitrine.

— Brandon, dit-elle haletante, en tirant sur son pantalon. Je te veux. »

Il lui prit la main pour l'arrêter. « Attends, ma chérie. Cette fois, c'est pour toi. »

Mais elle avait autre chose en tête. En souriant, elle s'assit et le poussa sur le dos. « Non, mon amour, cette fois, c'est pour *toi*. » Elle explora son corps de haut en bas, l'embrassant jusqu'à la ceinture de son pantalon.

La douce caresse de ses cheveux sur son torse et son estomac faisait haleter Brandon. « Daphne, ma chérie... » Il gémit lorsqu'elle enleva vite le reste de ses vêtements et laissa tomber par terre sa chemise de nuit.

Une fine couche de sueur avait recouvert la peau de Brandon lorsqu'elle s'allongea nue sur lui.

« Il y a un préservatif dans ma poche, réussit-il à dire.

— On va y venir. Elle lui passa la langue sur l'oreille. En temps voulu. »

Brandon n'avait pas d'autre choix que de s'allonger et de se laisser faire alors qu'elle s'apprêtait à le rendre fou. Ses lèvres et ses mains étaient partout – sur le visage de Brandon, sur son cou, sur sa poitrine. Quand le bout de sa langue taquina son téton, il enfonça ses doigts dans ses cheveux et combattit l'envie de la retourner et de prendre ce qu'il voulait si désespérément. Mais comme il voyait bien à quel point elle prenait plaisir à son jeu de domination, il résista à cette envie et la laissa faire ce qu'elle voulait de lui.

Elle plaça ses mains sur ses pectoraux. « Tu es si fort, Brandon. Je me sens toujours en sécurité quand je suis avec toi. »

Alors qu'il expirait une longue et profonde respiration qui était composé d'un tiers d'émotion, deux tiers de désir, un tremblement le parcourut. « Tu ne vas pas être en sécurité très longtemps si tu continues comme ça. »

Elle traîna sa langue sur son ventre. « Si je continue comme quoi ? Le caressant, elle le regarda. Comme ça ?

— Daph...

— Quoi ? »

Au moment exact où sa langue tourna sur son gland, il atteignit sa limite. La prenant dans ses bras, il les retourna tous les deux.

« Hé, protesta-t-elle. Je n'avais pas fini.

— Moi, si. » Il se pencha pour l'embrasser, sa langue plongeant profondément en elle, ses bras se serrant autour d'elle.

Quand il reprit enfin son souffle, il garda ses lèvres près des siennes. « Je n'ai jamais rien ressenti de semblable. J'ai l'impression que mon cœur va éclater et sortir de ma poitrine. »

Les yeux de la jeune femme brillaient d'émotion lorsqu'elle posa la main sur son torse pour le sentir pour elle-même. « Je n'ai jamais ressenti ça non plus, Brandon. »

Sa confession alimenta le désir déjà ardent de Brandon, mais comme il était anxieux de retrouver un semblant de contrôle, il reprit à ses lèvres. Il les mordilla, les suça et les taquina.

Elle gémit, et lorsque la main de Daphne se referma autour de son érection, le désir aveugla Brandon. Toute intention de ralentir les choses fut abandonnée. « Laisse-moi prendre le préservatif, dit-il d'une voix rauque.

— Dépêche-toi. »

Une minute plus tard, il revint auprès d'elle.

Elle lui tendit les bras.

Il se blottit contre elle, submergé par des émotions qui lui étaient toutes nouvelles. « Je t'aime, Daphne. Il m'a fallu tellement longtemps pour te trouver et pour prononcer ces mots. Maintenant, c'est comme si je ne pouvais pas les dire assez.

— Je ne me lasserai jamais de les entendre. »

Il pencha la tête pour un baiser qui était davantage motivé par l'amour que par le désir.

« Brandon ?

— Hm ?

— Retourne-toi. »

Surpris, il la regarda.

Les mains sur ses épaules, elle le poussa pour qu'il se mette sur le dos.

« Daphne...

— Chut. » Elle s'assit sur lui et le prit en elle. Laissant tomber sa tête en arrière, elle poussa un soupir de contentement.

L'effort de se retenir, de l'attendre, le faisait trembler pendant qu'il s'agrippait à ses cuisses. Sa peau était si douce et soyeuse, son parfum si enivrant, et le son humide et chaud de leur amour si séduisant, que Brandon était obligé de se mordre la lèvre pour ne pas exploser.

Les soupirs de Daphne se transformèrent en gémissements. Le balancement de ses hanches devint plus urgent. Ses ongles lui entaillaient la poitrine.

« *Mon Dieu*, gémit-il. Daphne... »

Soudain, elle s'arrêta. Ses paupières se baissèrent, ses lèvres se séparèrent, et elle jouit avec un puissant frisson.

La sentant se refermer fort autour de son sexe, il s'agrippa à ses hanches et finalement se laissa aller à son plaisir.

Brandon n'aurait pas pu bouger même si la chambre avait pris feu. Après ses grandes promesses de faire cela deux ou trois fois, il aurait de la chance de se remettre un jour de cette première fois avec elle. « J'ai trouvé un nouveau mot.

— Pour ?

— Pour remplacer déesse. »

Comme elle était encore allongée sur lui, son rire retentit en lui. « Qu'as-tu trouvé ?

— Sorcière. Tu m'as jeté un sort et m'as laissé paralysé. »

Elle lui mordilla la lèvre. « Comme ça je pourrai profiter de toi sans cesse, et tu ne pourras pas m'arrêter. »

La seule partie de lui qui n'était pas paralysée revint à la vie. « Je n'ai pas l'intention de t'arrêter, ne t'inquiète pas. »

En riant, elle l'embrassa avec légèreté. « C'était différent, Brandon ?

— Je n'ai jamais été paralysé avant, si c'est une indication.

— On dirait que tout n'est pas paralysé. »

Brandon les retourna pour qu'il soit sur elle. « Tout en toi est différent de toutes celles que j'ai connues. Il la regarda de sa hauteur. Je crois que je l'ai compris le premier jour quand tu m'as crié dessus deux fois. »

Daphne rit et se cacha le visage de honte. « Ton père m'avait poussée à le faire. Tu es juste celui qui a répondu à la porte.

— La meilleure chose que j'aie jamais faite, dit-il en reconquérant ses lèvres, a été d'ouvrir cette porte.

— *Brandon*, dit-elle en haletant quand il bougea en elle.

— Quoi ? murmura-t-il.

— Je croyais que tu étais paralysé.

— Il semblerait que c'était temporaire. »

Colin ignora la sonnerie de son téléphone portable alors qu'il essayait de comprendre ce que Meredith venait de dire. *Quelqu'un avait tenté de la tuer ?* Lorsque le téléphone sonna à nouveau une minute plus tard, il le sortit de sa poche avec impatience pour vérifier l'identité de l'appelant. « Je suis désolé, je dois prendre cet appel. C'est le travail. » Il ouvrit le téléphone. « O'Malley.

— Bonjour, Colin, c'est Jesse, dit le directeur des travaux publics de Chatham. On a une rupture dans les égouts. On a besoin de quelqu'un tout de suite. Vous pouvez vous en occuper ? »

Tiraillé entre les deux urgences, Colin avait la tête qui tournait. C'était un gros travail et la ville les avait appelés en premier, donc ce ne serait pas une bonne idée de refuser. « Je vais voir ce que je peux faire et je reviens tout de suite vers vous. Il mit fin à l'appel et serra la main de Meredith. Je suis désolé, ma chérie. Donne-moi une minute pour régler ça, d'accord ? »

Elle hocha la tête, essuyant toujours les larmes sur son visage.

Colin aurait voulu jeter le téléphone sur la plage, mais au lieu de cela, il appela Declan.

« Quoi ? grogna Dec.

— J'ai besoin d'une faveur. Peux-tu rassembler une équipe et contacter Jesse Silvia ? Ils ont une conduite d'égout cassée. »

Declan grogna. « Je suis au lit, Col. M'enfin...

— Il est vingt heures trente.

— Je n'ai pas dit que je dormais. »

Colin prit une profonde inspiration pour faire preuve de patience. « Je ne te le demanderais pas si je n'avais pas vraiment besoin de ton aide. Je t'expliquerai demain. Tu vas t'en occuper ?

— Très bien, grogna Dec. Mais t'as intérêt à avoir une très bonne raison.

— C'est le cas. Merci. Il éteignit son téléphone et le remit dans sa poche. Je suis désolé.

— Ne le sois pas, dit Meredith. Tu diriges une entreprise.

— Ceci est beaucoup plus important, tu es beaucoup plus importante. »

Elle essuya les larmes qui coulaient sur ses joues.

« Raconte-moi. »

Hésitante, elle semblait peser le pour et le contre. Après une longue pause, elle prit une grande inspiration bruyante. « C'était mon petit ami du lycée. Kevin était le quarterback[1] de l'équipe de football, le meilleur ami de tout le monde, un excellent étudiant, tu sais, il avait tout pour plaire. J'avais le plus grand béguin pour lui, mais je ne voulais pas être comme les filles qui se jetaient toujours sur lui. C'est peut-être pour ça qu'il m'a choisie parmi toutes les autres. »

Colin plaça une longue mèche de cheveux noirs derrière son oreille. « Je parie que tu étais la plus jolie fille de l'école.

— Je ne dirais pas ça. Mais de toute façon, on est sortis ensemble toute notre année de terminale et tout l'été avant d'aller à l'université.

— Où es-tu allée ?

— À l'université de Boston. Il est allé au Massachusetts Institute of Technology[2], alors on restait ensemble quand on était à Boston. La seule chose que je n'aimais pas chez lui, c'était sa façon de boire. Ce n'était jamais une chose sociale. Le but était toujours de se saouler et, quand il était ivre, il pouvait être méchant. »

Colin lui prit les mains et attendit qu'elle continue.

« J'ai finalement rompu avec lui à la fin de notre deuxième année d'université. À cette époque, il buvait tous les jours, et une fois il est devenu violent avec moi quand nous étions... » Une larme coula sur sa joue qui était devenue rouge de honte.

« Quoi ? »

Il balaya la larme alors que son estomac se serrait parce qu'il sentait déjà ce qu'elle allait dire.

« Au lit, murmura-t-elle. Il m'a fait mal, et je lui ai dit que c'était fini entre nous. Je lui ai donné le choix : soit il buvait, soit il m'avait dans sa vie. Il m'a dit des choses vraiment horribles cette nuit-là, et il était clair qu'il n'allait pas me choisir, moi. »

Colin la blottit contre lui. « C'était un idiot.

— C'était un alcoolique, mais il ne le savait pas encore. Après notre rupture, un ami m'a parlé des Al-Anon. Je suis allée à ma première réunion cet été-là et je suis restée engagée depuis. »

Elle prit une grande bouffée d'air pour calmer ses émotions. « Bref, je ne l'ai pas revu pendant environ trois semaines, puis il est arrivé à une fête que donnait un de nos amis en commun. Il m'a suppliée de lui parler, et pour une fois, il n'avait pas l'air ivre, alors je l'ai fait. Je sais que j'étais très naïve, mais j'espérais que nous pourrions être amis après avoir passé trois ans ensemble.

— Tout le monde le voudrait.

— Nous sommes allés faire un tour dans sa voiture, et je n'ai réalisé qu'il avait de la bière avec lui que lorsqu'il était trop tard. Il buvait dans la voiture, alors je lui ai demandé de me ramener à la maison. Elle se remit à pleurer, son visage reposant sur la poitrine de Colin. Mais il a dit qu'on allait parler d'abord, et il a conduit jusqu'à la plage. Il n'arrêtait pas de me dire à quel point il était désolé et combien il m'aimait. Puis il a éclaté en larmes et m'a dit qu'il ne pouvait pas vivre sans moi. Il m'a fait pleurer aussi, et une chose en entraînant une autre... J'étais tellement en colère contre moi-même après. J'avais fait une rupture nette avec lui, et il ne lui avait pas fallu plus de cinq minutes pour me reconquérir.

— Tu l'aimais.

— Oui, vraiment. Elle prit une profonde inspiration. J'ai insisté pour qu'il me laisse conduire jusqu'à chez moi, et quand nous sommes arrivés, j'ai pris les clés et je suis sortie de la voiture. J'allais le convaincre de dormir sur le canapé au sous-sol. Mes parents l'aimaient bien, mais ils ne savaient pas combien il buvait. Ils nous faisaient toujours la morale, à ma sœur et à moi, sur la conduite en état d'ivresse, alors je savais que ça ne les dérangerait pas qu'il reste. Nous avons passé le portail du jardin et il a commencé à se battre avec moi pour avoir les clés. Ça a dégénéré en bagarre, parce que je savais que si je les lui donnais, il irait voir ses copains et se saoulerait encore plus. Plus que tout, j'avais peur qu'il se tue dans un accident de voiture. Alors j'ai jeté les clés dans la piscine. »

Elle se mit à trembler dans les bras de Colin. Il voulait lui dire d'arrêter, mais il savait que si elle ne terminait pas ça, ils n'auraient aucune chance, eux deux.

« Il est devenu fou, dit-elle d'une petite voix. Il criait et jurait, m'appelant par tous les noms imaginables. Il m'a attrapée par les cheveux pour me traîner dans la piscine et m'a maintenue sous l'eau en criant : « Prends ces clés, espèce de salope ! » Il n'arrêtait pas de le dire encore et encore et tellement fort que je l'entendais sous l'eau. Je me battais pour lui échapper, mais il était tellement costaud. J'ai commencé à voir des taches devant mes yeux et je savais que j'allais me noyer s'il ne me laissait pas partir bientôt. »

En l'écoutant, Colin eut lui aussi les larmes aux yeux.

« C'est la dernière chose dont je me souvienne. Je me suis réveillée à l'hôpital une semaine plus tard. Apparemment, ma sœur, Mélanie, nous a entendus nous disputer, mais le temps qu'elle sorte pour voir ce qui se passait, il était parti, et je flottais la tête en bas dans la piscine. Nous avions la climatisation dans nos chambres, mais elle n'avait pas mis la sienne en marche cette nuit-là, alors elle a pu nous entendre. C'est la seule raison pour laquelle je suis en vie aujourd'hui. Elle m'a sortie de la piscine et m'a fait du bouche-à-bouche pour me faire respirer à nouveau. Quand je suis revenue à moi et que je leur ai raconté ce qui s'était passé, Kevin a été arrêté et accusé de tentative de meurtre. »

« Bon Dieu, chuchota Colin.

— Il m'a fallu témoigner contre lui, le premier garçon que j'ai aimé, le seul avec qui j'avais fait l'amour. Je l'ai mis en prison pour dix ans, Colin.

— Mais tu as été condamnée à vie, pas vrai ? C'est pour ça que tu ne sors pas avec quelqu'un. C'est pour ça que tu ne te laisses pas tenter par une autre relation. Il t'a pris bien plus que ça. Dix ans, c'était le moins qu'il puisse faire.

— Il a été libéré il y a quatre mois. Il est devenu sobre en prison, et il travaille au programme, pour se racheter. C'est pour ça qu'il veut me voir, mais je ne peux pas le voir. Je ne peux tout simplement pas.

— Tu pensais que j'étais lui ce soir quand je suis arrivé sur la moto.

— Oui.

— Je suis désolé, dit-il, en effleurant ses cheveux de ses lèvres.

— J'étais tellement contente que ce soit toi, et pas seulement parce que tu n'étais pas lui.

— Je ne suis pas lui. Colin leva le visage de Meredith pour lui donner un baiser. Je ne te ferai jamais, jamais de mal.

— Je commence à le croire.

— Tu peux le croire.

— Ce dernier mois, savoir que tu étais quelque part, c'était juste...

— De la torture ? » demanda-t-il, en utilisant son mot à lui.

Elle acquiesça.

« Je suis là, Meredith, et je t'aime. Il l'embrassa avec un nouveau sentiment d'urgence, sachant que si elle le renvoyait cette fois-ci, il n'y survi-
vrait pas. Y a-t-il eu quelqu'un d'autre ? Quelqu'un depuis lui ? »

Elle secoua la tête.

« Laisse-moi te montrer comment c'est censé être. Laisse-moi te
montrer ce que c'est que d'avoir quelqu'un qui t'aime comme tu le
mérites. On peut prendre notre temps... » Son souffle resta coincé dans sa
gorge lorsqu'elle passa légèrement le bout d'un doigt sur sa lèvre
inférieure.

Après une longue pause remplie d'espoir et de possibilités, elle dit
« Montre-moi, Colin. »

———————————————————

1. Poste offensif au football américain qui dirige l'attaque.
2. MIT, prestigieuse université scientifique américaine.

Le plic-ploc des gouttes de pluie sur le toit rappellerait à jamais à Brandon cette nuit avec Daphne. La deuxième fois, il s'était entièrement consacré au plaisir de la femme qu'il aimait, et ses gémissements haletants l'avaient rendu fou d'amour et d'une passion brûlante dont il ignorait être capable. Dans le calme après la tempête de leur amour, son cœur battait la chamade au rythme de la pluie qui tombait sur le toit de tôle.

La main de Daphne traça un chemin paresseux sur son torse. « Qui était-elle, Brandon ? La femme que tu as aimée mais que tu n'as pas pu avoir ? »

Il soupira. « Elle est sur cette liste de choses honteuses dont je t'ai parlé. J'ai peur que si je te le dis, ça changerait – »

Elle l'arrêta, ses doigts sur ses lèvres. « Je t'aime. Rien de ce que tu pourrais me dire ne changera cela. »

La vague d'émotion inattendue le submergea à tel point que cela en était presque douloureux. Il se tourna sur son flanc pour être face à elle. « Je ne sais pas ce que j'ai fait pour te mériter.

— Pour commencer, tu as aimé mon enfant comme personne d'autre que moi ne l'a jamais fait.

— L'aimer – vous aimer toutes les deux – est la chose la plus facile que j'aie jamais faite. Tout à coup, il voulait qu'elle connaisse ses secrets honteux pour pouvoir les oublier et se concentrer sur la vie qu'il voulait si désespérément partager avec elle et Mike.

— C'était la femme d'Aidan, Sarah. Si Daphne était choquée, elle le cachait bien. Mais elle n'était pas sa femme quand je suis tombé amoureux d'elle. » Avalant sa peur, il lui raconta toute l'histoire, du premier jour sur la plage jusqu'à ce qu'il avoue tout à Aidan dans le Vermont.

Des larmes brillaient dans ses yeux quand il eut fini.

« Tu es consternée, pas vrai ?

— Non. Elle effaça l'expression sombre du visage de Brandon par la douce caresse de ses doigts. C'est tellement triste. Pas étonnant que tu te sois tourné vers l'alcool. »

Qu'elle comprenne, qu'elle soit de son côté, lui en disait plus long sur son amour que tout le reste ne le pourrait jamais. « L'alcool n'était pas la solution. Je l'ai découvert à mes dépens. »

Comme il était bien parti, il lui raconta ce qu'il avait fait à la petite amie d'Aidan lors d'un black-out d'alcool et comment il avait atterri en désintoxication le lendemain. « À l'époque, je pensais que mes frères étaient contre moi, mais maintenant je sais qu'ils m'ont sauvé en me faisant entrer en désintoxication quand ils l'ont fait. Je ne sais pas combien de temps encore j'aurais pu survivre en continuant comme ça.

— Je n'arrive pas à croire que tu sois encore si gentil et généreux après tout ce que tu as vécu. Cela ne t'a pas rendu amer.

— Oh, j'ai été amer pendant longtemps, crois-moi. J'avais l'impression d'avoir été piégé dans une carrière dont je ne voulais pas, que mon frère avait la fille que j'étais censé avoir, mes plaintes n'en finissaient plus. J'étais tellement amer, et je vois maintenant à quel point c'était stupide et destructeur. Je crois que je suis en train de devenir ce qu'on appelle un « alcoolique reconnaissant. »

— Que veux-tu dire ?

— Eh bien, si je n'avais pas vécu toute cette merde, je n'aurais jamais apprécié ce que j'ai maintenant. Avec toi. Il balaya les cheveux de son front. Je suis dans cette relation pour toujours, Daphne. J'espère que tu le sais.

— Je serais terriblement déçue si tu ne l'étais pas, et Mike aussi.

— Nous allons tout avoir – une belle et grande maison où tu pourras avoir ton jardin, et un frère ou une sœur pour Mike. Bon sang, peut-être même les deux. »

Elle sourit au tableau qu'il avait peint, mais son regard était lointain.

« Hé, où es-tu, là ?

— Ça a l'air si facile, comme si on pouvait vraiment avoir une vie normale ensemble.

— On le peut. On le fera.

— Mais pas si...

— Arrête. Il la fit taire avec un baiser. Pas ce soir. Ce soir, c'est pour nous, d'accord ? Bientôt, tu n'auras plus à t'inquiéter de ça. »

Elle s'abandonna à son baiser et soupira quand il s'installa sur elle.

« Je t'ai promis un tiercé gagnant, dit-il en souriant.

— Et tu tiens toujours tes promesses ?

— Maintenant, oui. »

Colin regardait Meredith dormir et savait qu'il ferait tout ce qu'il fallait pour se réveiller devant ce visage pour le restant de ses jours. Sa chambre était décorée dans des nuances de bon goût de ce qu'il savait maintenant être sa couleur préférée. Se rappelant la découverte du soutien-gorge et de la culotte roses qu'elle avait portés sous son jean serré, il eut envie de recommencer.

Il la prit dans ses bras, et lorsqu'elle soupira dans son sommeil, il ne put résister à l'envie de goûter une fois de plus à la douceur de sa peau. Il fit glisser ses lèvres sur son épaule et abaissa le drap pour prendre son mamelon dans sa bouche.

Elle se réveilla avec un frisson et un gémissement. « On remet ça ? murmura-t-elle.

— On remet ça. »

« Je dois aller travailler, dit Colin bien plus tard, alors que son désir ardent pour elle avait été satisfait – pour le moment.

— J'ai de la chance, je suis en vacances cette semaine.

— Des vacances, dit-il en soupirant. Qu'est-ce que c'est ?

— Tu travailles trop dur.

— Nous avons été négligents, Meredith. Et si tu étais enceinte ? »

Elle haussa les épaules. « Alors nous aurons un bébé dont la maman et le papa s'aiment et qui l'aimeront.

— Et c'est vrai que Maman aime Papa ? » demanda-t-il, le cœur battant fort.

Elle hocha la tête. « Je t'aime, Colin. Je l'ai réalisé cinq minutes après ton départ, le soir où nous avons dîné ici. »

Il la serra très fort dans ses bras. « Merci, dit-il, la voix pleine d'émotion, de nous avoir donné une chance et de m'avoir permis de passer la nuit la plus incroyable de ma vie. Ce n'est que le début. J'espère que tu le sais.

— Quelle couleur de cheveux penses-tu que notre bébé aurait ? Elle jouait avec une mèche de ses cheveux d'un blond vénitien. Tes cheveux sont si clairs, et les miens si foncés.

— Je veux une petite personne qui sera la copie conforme de sa mère. » Il captura ses lèvres dans ce qu'il avait imaginé être un baiser rapide. Il faut que j'appelle le bureau, dit-il quand il refit enfin surface. Je pense que je vais être en retard.

Elle rit et le laissa monter pour aller chercher son téléphone portable. « Où était-il ? demanda-t-elle quand il fut de retour.

— Dans la poche de mon manteau sur le sol de la cuisine, à côté de ton jean. Il sortit sa main de derrière son dos et le soutien-gorge et la culotte roses étaient suspendus à son doigt. Ceci, dit-il en souriant en montrant le soutien-gorge, décorait la rampe. Et cette culotte rose très sexy était à mi-chemin dans l'escalier. »

Les joues de Meredith brûlèrent d'embarras.

« Mon Dieu, j'adore ça. Il s'assit sur le lit et passa un doigt sur ses joues rouges.

— Moi, je déteste ça.

— Tu ne peux pas le détester. Ça m'allume complètement. En parlant d'allumer… »

Il fit une grimace et alluma son portable. Il n'arrêta pas de biper avec des messages. « Merde, » gémit-il en écoutant les messages furieux de Declan se succéder. Quand le dernier se termina avec : « *Mais où es-tu, putain de merde ?* » Colin soupira. « Je suis désolé. Il faut que je m'occupe de ça. Pourquoi tu ne te rendors pas un peu ?

— Tu es obligé d'y aller ?

— Pas tout de suite, » dit-il, en remontant les couvertures autour d'elle et l'embrassant.

Il trouva son jean dans le couloir devant la chambre et l'enfila avant de descendre appeler Declan.

« Bon sang, Colin, *où étais-tu passé, bordel ?* J'ai essayé de te joindre toute la nuit.

— Qu'est-ce qui ne va pas ?

— Le problème avec la canalisation d'égout est *énorme*. J'ai dû appeler tout le monde.

— Merde, marmonna Colin.

— Tu l'as dit. De la merde partout. J'ai vraiment besoin d'aide ici. »

Levant les yeux vers la pièce en haut de l'escalier où Meredith dormait nue dans le lit où ils avaient fait l'amour toute la nuit, Colin prit une décision. Pour une fois, juste cette fois, il allait penser d'abord à lui – et à elle. « Je prends la semaine de congé. J'ai besoin de vacances.

— *T'as perdu la tête ?* T'as entendu ce que je viens de dire ? On est en pleine crise. Tu ne peux pas juste me refourguer ton boulot.

— Voilà ce que je veux que tu fasses : appelle Papa et Brandon et fais-les venir pour vous aider, Tommy et toi . Les égouts, c'est la spécialité de Brandon de toute façon.

— Il est parti quelque part avec Daphne. Il ne voudra pas venir.

— Ils doivent aller chercher Mike chez Erin à un moment donné aujourd'hui, donc il sera dans les parages. Il est temps de le ramener au bercail. Il a purgé sa peine en Sibérie.

— Qu'est-ce qui te prend, mec ? Ce n'est pas ton genre de laisser tomber le boulot.

— Dis à Brandon que les choses ont bien marché pour moi. Il saura ce que je veux dire, et il pourra te mettre au courant. En attendant, c'est toi qui es responsable pour la semaine prochaine. Si tu as un problème, appelle Papa. Je n'ai pas pris de vacances depuis six ans. J'ai besoin de souffler, Dec.

— Ouais, eh bien, t'as bien choisi ton moment.

— Je suis désolé, mais tu vas te débrouiller. Je dois y aller. »

Declan était encore en train de râler quand Colin mit fin à l'appel. Il avait envie de sauter de joie. Une semaine entière à passer avec Meredith ! En parcourant ses numéros de téléphone, il trouva son ami Tony Peluzo.

« Salut, Colin, dit Tony lorsqu'il répondit au téléphone de son agence

Les Voyages de Tony. Ravi d'avoir de tes nouvelles. Qu'est-ce que je peux faire pour toi ?

— J'ai besoin d'une faveur. Colin savait qu'il n'avait pas besoin de rappeler à Tony le marché qu'il lui avait proposé dans l'allée que O'Malley & Fils avait construite chez lui l'année dernière. Je veux être dans un endroit chaud d'ici ce soir. Deux personnes, le grand luxe jusqu'au bout. Qu'est-ce que tu peux faire ?

— Ça va être compliqué. C'est la semaine des vacances d'avril, et tout est au complet.

— Allez, il doit bien y avoir quelque chose.

— Laisse-moi voir ce que je peux faire, et je te rappelle.

— Merci, Tony. » Colin bondit dans les escaliers et se remit au lit avec Meredith.

« Je pensais que tu devais aller travailler, marmonna-t-elle quand il se blottit contre elle.

— J'ai pris une semaine de congés. »

Un grand œil brun s'ouvrit, suivi de l'autre. « Tu as fait ça ?

— Ouais, et j'ai vraiment fait chier mon frère, dit Colin avec un grand sourire euphorique.

— Une semaine entière, soupira-t-elle.

— Ça ne te dérange pas ? demanda-t-il, soudain inquiet de trop précipiter les choses.

— Pas du tout, c'est plus que bien. Elle l'attira dans un baiser charnel et osé qui lui fit tourner la tête.

— J'ai besoin d'une semaine entière pour me remettre de la nuit dernière. Heureusement qu'on y va mollo. »

En rougissant, elle rit, et le cœur de Brandon s'emballa follement.

Son téléphone sonna, et il le sortit de la poche de son pantalon. « Salut, Tony. Quel est le verdict ? Colin écouta une minute. Attends une seconde. »

Il mit le téléphone de côté et regarda Meredith. « Qu'est-ce qui te ferait plaisir ? La Jamaïque ou l'île de Grand Cayman ? »

Ses yeux devinrent tout ronds, puis elle poussa un cri.

« Eh bien, qu'est-ce que ça va être ?

— Le Grand Cayman. Elle jeta ses bras autour de lui. Sans le moindre doute, le Grand Cayman. »

Les équipes d'O'Malley & Fils avaient passé cinq jours entiers à réparer la conduite d'égout cassée et à réparer les faiblesses que Brandon avait découvertes lorsqu'il avait inspecté la zone autour de la fissure. Ses collègues l'avaient accueilli chaleureusement à son retour, même Simms et Lewis, qui avaient accepté ses excuses pour l'accident évité de justesse avec le gravier. Brandon avait été ravi d'apprendre par Declan que les choses avaient bien marché pour Colin. Lorsqu'il avait expliqué la situation à Dec, l'attitude de son jeune frère envers Colin s'était adoucie, mais seulement un peu. Brandon avait dû reconnaître que Colin avait choisi un sacré moment pour enfin s'entendre avec Meredith. À un moment donné de cette longue semaine dans les tranchées, Brandon avait pris une décision : il ne voulait plus faire ça. Même s'il avait dû mettre ses études et son expérience à profit pour réparer les canalisations d'égout, il ne pouvait plus faire semblant de trouver ce travail satisfaisant ou gratifiant. Il avait autre chose en tête, mais il voulait en parler avec Daphne avant de passer à l'action. Si elle était d'accord avec son plan, il lui faudrait aussi le soumettre à ses partenaires. Il était prêt à quitter l'entreprise s'il devait en arriver là, mais il espérait que ce ne serait pas le cas.

Il rentra à la maison le vendredi soir, sale et épuisé, mais il se précipita à l'étage car il avait hâte de voir ses femmes. Il avait pratiquement emménagé avec elles la semaine précédente.

Mike vint vers lui en courant comme elle le faisait tous les soirs, mais Brandon la tint à bout de bras. « Je suis dégoûtant, ma puce. Laisse-moi prendre une douche, d'accord ? »

Elle agita une main devant son visage. « Tu pues. »

Il rit et se jeta sur elle. Elle couina, s'éloignant de lui.

Daphne était au téléphone, alors il lui souffla un baiser en allant à la douche.

Longtemps après avoir nettoyé la saleté de la journée, il resta debout sous la chaleur de la douche pour soulager ses tensions au dos et aux épaules. La porte de la salle de bain s'ouvrit puis se referma. Il écarta le rideau et sourit à Daphne. « Qu'est-ce que tu fais ici ? »

Elle l'attrapa. « Je viens juste te dire bonjour comme il faut, dit-elle, en l'embrassant à le rendre fou. Mauvaise journée ?

— Affreuse jusqu'à maintenant. Tu veux te joindre à moi ? »

Ses yeux se posèrent sur lui. « Mm, plus que tout, mais... Elle fit signe pour indiquer la présence de Mike dans la pièce d'à côté.

— Je sais. Il se pencha pour un autre baiser. Vous êtes prêtes à partir ?

— Quand tu voudras.

— Je vais faire vite. Alan a dit de venir après dix-huit heures. »

Elle se mordit la lèvre inférieure, son visage se tordant d'inquiétude.

« Qu'est-ce qu'il y a, chérie ?

— Tu es sûr qu'on fait bien, Brandon ? Et s'ils réussissent à nous l'enlever ? Que ferons-nous alors ? »

Il coupa l'eau, prit la serviette qu'elle lui tendait et l'enroula autour de sa taille. « Nous devons le faire pour pouvoir vivre sans menaces et sans soucis planant au-dessus de nos têtes. Nous devons le faire pour Mike. »

Rassurée, elle acquiesça et appuya son visage contre les poils humides de son torse. « Tu as raison. »

Il la serra fort dans ses bras. « Tout ira bien. »

La maison contemporaine d'Alan à Dennis donnait sur la baie de Cape Cod. Après le dîner, il fit entrer Brandon et Daphne dans son bureau alors que sa femme Janice apportait le dessert pour Mike et leurs filles, Haley et Kendall.

« J'adore cette maison, Alan, déclara Brandon avec un profond respect pour la vie que son ami avait construite après avoir touché le fond en tant qu'alcoolique. Et tu as une si belle famille.

— Merci. Maintenant que tu sais où nous sommes, il faudra que vous veniez à la plage cet été.

— Avec grand plaisir. » Brandon prit la main de Daphne et ils s'assirent ensemble sur un canapé.

Sentant la tension nerveuse qui se dégageait d'elle, il lui serra la main.

Alan s'assit en face d'eux, attentif à la soudaine nervosité de Daphne. « Je veux t'aider, Daphne. J'espère que tu pourras me faire confiance et me laisser t'aider. »

En lançant un regard à Brandon, elle fit oui de la tête. « Merci – à vous deux. Je ne peux pas exprimer combien cela me touche d'avoir votre aide. »

Alan prit un grand bloc-notes jaune et un stylo. « Raconte-moi toute l'histoire : les noms, les dates, les lieux. N'oublie rien, même si tu penses que c'est insignifiant, d'accord ? »

L'histoire de Daphne commença le jour où elle avait rencontré Randy et se termina avec les conséquences de son suicide, les propos, qu'elle avait surpris, tenus par la mère de Randy à Mike, et leurs cinq années de fuite.

« Randy a-t-il été maltraité par ses parents ? demanda Alan.

— Pas physiquement, du moins pas que je sache. Ils l'ont maltraité de toutes les autres façons possibles en le forçant à abandonner son art et à faire des études de droit. Il détestait cela ainsi que les années passées à travailler dans le cabinet de son père. C'était juste pour le montrer, pour qu'ils puissent dire que leur fils avait réussi. Un artiste affamé n'aurait pas été un bon choix pour la carrière politique de son père. Il les gênait et ils faisaient en sorte qu'il le sache. Je pense que son esprit était mort bien avant qu'il ne s'ôte la vie. »

Les yeux de Daphne se remplirent de larmes. « Malgré la façon dont ils l'avaient traité, son suicide a été un choc terrible pour eux, pour nous tous. Mais plutôt que de pleurer leur fils comme le feraient des gens normaux, ils se sont mis en mode dissimulation. Ils ont dit au monde entier qu'il était mort dans un accident de voiture.

« Savez-vous combien de personnes en position d'autorité doivent être impliquées pour tuer une personne connue dans un accident qui n'a pas eu lieu ? J'ai vu de mes propres yeux, cette semaine-là, après sa mort, à quel point leur pouvoir était étendu. Entre cela et ce que sa mère a dit à Mike, je savais que je devais la sortir de là, sinon elle se ferait aspirer dans leur monde comme Randy l'avait été. Il était doux et gentil, certainement pas de taille face à eux. Je ne savais pas alors à quel point Mike serait forte. Je suis à peu près certaine maintenant qu'elle aurait pu les combattre mieux que son père, mais je ne pouvais pas prendre ce risque avec une enfant d'un an dont la personnalité commençait à peine à émerger. »

Brandon, qui entendait certaines de ces choses pour la première fois, avait du mal à rester calme.

Alan prit de nombreuses notes sur les efforts de la famille Monroe pour retrouver la petite. « Pourquoi penses-tu qu'ils n'ont pas essayé de l'attraper ?

— Ils l'ont fait. Une fois. »

Brandon poussa un cri. « Quand ça ?

— La dernière fois qu'ils nous ont trouvées, à Raleigh, en Caroline du nord. Je m'étais posée la même question, et j'avais pensé qu'ils ne voulaient pas s'encombrer d'un bébé. Elle avait presque quatre ans quand ils sont passés à l'action.

— Que s'est-il passé à Raleigh ? demanda Alan.

— Je l'avais inscrite dans une école maternelle deux matins par semaine pour qu'elle puisse être avec d'autres enfants pendant quelques heures. Un des hommes de Monroe est allé à l'école et a essayé de la faire sortir, en disant qu'il était son grand-père. Il avait même une carte d'identité avec le nom de famille que nous utilisions à l'époque. Ils ont refusé parce que personne d'autre que moi n'était autorisé à venir la chercher.

— Cela semble être un peu amateur pour quelqu'un comme Monroe, dit Alan.

— C'était sa seule chance de l'atteindre quand elle n'était pas avec moi. Cela m'a montré à quel point ils étaient désespérés. On a quitté Raleigh ce jour-là et, après avoir sillonné la côte Est pendant quelques semaines, on s'est retrouvées ici. »

Brandon se cala contre le canapé et expira longuement.

Daphne lui prit la main, lui offrant du réconfort autant qu'elle en prenait.

Satisfait d'avoir tous les faits, Alan mit le carnet de côté et posa son stylo. « Je suggère qu'un enquêteur fasse des recherches. Si Monroe a du linge sale, ça nous donnera un moyen de pression, si on en arrive à ça.

— Faisons-le, dit Brandon.

— Ça va vous coûter cher, avertit Alan.

— Combien ? demanda Daphne.

— Ça dépend du temps que ça prendra, mais ça pourrait aller jusqu'à 10 ou 15 000 dollars. »

Daphne soupira.

« Je connais un gars qui est spécialisé dans ce genre de choses, ajouta Alan. Il est discret mais minutieux. S'il y a quelque chose à trouver, il le trouvera.

— Fais-le, dit Brandon sans hésiter. Qu'il me facture. Que pouvons-nous faire d'autre ?

— J'ai un ami de la fac de droit qui pratique au Nebraska. Je vais rédiger une lettre pour tâter le terrain et lui demander de l'envoyer pour moi, pour qu'on ne grille pas votre couverture avant d'en savoir plus sur ce qu'ils cherchent.

— Je sais ce qu'ils cherchent - ils veulent la garde exclusive, dit Daphne.

— Ils ne l'auront pas, Daphne. J'ai parlé à mon collègue, le juge aux affaires familiales, et il entendra votre cas dans sa salle d'audience si on en arrive à ça. Il ne fait de promesse à aucune des parties, mais on ne peut pas l'acheter, quel que soit le prix. Je peux vous le garantir. La meilleure chose que nous puissions faire si l'affaire passe devant le tribunal est de la garder dans notre juridiction, ce qui désavantage considérablement Monroe. Il a peut-être des amis en Californie, mais je doute qu'il en ait ici.

— Comment penses-tu que ça va se résoudre, Alan ? demanda Brandon.

— Si cela va au tribunal, vous serez probablement obligés de les laisser voir Mike. Comme tu auras du mal à prouver ce qu'ils t'ont fait ces cinq dernières années, Daphne, le tribunal sera favorable aux grands-parents qui ont perdu leur fils unique et qui veulent avoir une relation avec leur seul petit-enfant. »

Daphne paniqua. « Je ne peux pas les laisser l'approcher. Ils vont la prendre et je ne la reverrai plus jamais. Je sais comment ils opèrent.

— Quand nous arriverons au stade de la négociation, nous n'offrirons que des visites surveillées. Un travailleur social devra accompagner Mike à tout moment.

— Et s'ils insistent pour avoir des visites non surveillées ? demanda Brandon, son bras s'enroulant autour de Daphne.

— On se battra avec tout ce qu'on a. Alan fit un geste vers les pages de notes qu'il avait prises. Notre atout dans cette situation est qu'un politicien chevronné comme Monroe ne voudra pas de la publicité d'une longue et laide bataille de garde, durant laquelle son ancienne belle-fille témoignera qu'il a poussé son unique enfant au suicide et l'a ensuite dissimulé. Les médias en raffoleraient et il n'a pas besoin de ça, surtout pas maintenant. Avez-vous entendu les dernières rumeurs ? »

Daphne secoua la tête. « Non, quoi ?

— Il est sur la liste de présélection pour être le vice-président de Tucker. »

Alan faisait référence au candidat présumé du Parti démocrate à la présidence. « Avec la convention dans un peu plus de deux mois, la dernière chose dont il a besoin est un tas de publicité négative. Ce pourrait être le moment idéal pour s'arranger avec eux. »

Pleins d'optimisme et d'espoir, Brandon et Daphne échangèrent un regard.

« Écrivons cette lettre, » dit-elle avec un sourire.

Plus tard dans la soirée, bien après avoir bordé Mike, Brandon tenait Daphne près de lui dans ce qui était devenu leur lit. Ils avaient fait l'amour avec un abandon total, portés par la rencontre avec Alan et remplis d'espoir pour un avenir sans les soucis et les craintes que Daphne avait gardés en elle pendant cinq longues années.

« À quoi penses-tu ? demanda-t-elle.

— Au fait que je ne puisse pas croire que, même après presque une semaine de longues nuits sexy avec toi, je te désire encore plus que la première fois.

— Je sais. Mon désir pour toi ne fait que s'accroître. »

Il sourit. « J'espère qu'il ne sera jamais complètement assouvi et que tu continueras à revenir à la charge. »

Elle le récompensa avec un profond baiser humide qui lui assurait qu'elle n'en avait pas assez. À contrecœur, il s'arracha à elle. « Écoute, avant que tu ne me mettes encore dans tous mes états, il y a quelque chose dont je veux te parler.

— Quelque chose de grave ?

— Non, mon cœur, rien de grave, dit-il, touché par son inquiétude. Une fois qu'on aura réglé cette histoire avec Mike, je ne veux plus jamais voir ce regard craintif sur ton beau visage. Tu m'entends ? »

Elle sourit et hocha la tête.

« Voilà qui est mieux, dit-il, mais le sourire de Daphne s'effaça.

— Et maintenant ? Pourquoi ce visage inquiet est de retour ?

— C'est juste que…

— Quoi, chérie ?

— Je déteste le fait que ça va coûter si cher – »

Il la fit taire avec un baiser. « Je ne veux plus entendre un seul mot à ce sujet. Pas un seul mot. C'est ma fille maintenant, aussi, et il n'y a *rien* que je ne ferai pas pour elle. Ou pour toi. Je ne veux pas que tu y penses. » Il soupira lorsqu'elle ferma les yeux pour combattre une bouffée d'émotion. « Pas de larmes.

— Je t'aime, murmura-t-elle.

— J'ai beaucoup, beaucoup de chance.

— Non, c'est moi qui en ai. Elle lui caressa le visage et le regarda dans les yeux. De quoi voulais-tu me parler ?

— J'ai réfléchi à ma situation professionnelle. Il lui avait déjà fait part de ses sentiments mitigés sur sa carrière chez O'Malley & Fils. Cette semaine m'a vraiment fait comprendre que j'avais besoin de changement.

— Passer une semaine dans la merde jusqu'au cou inciterait n'importe qui à faire le point, plaisanta-t-elle pour la centième fois depuis que Declan avait appelé en panique le lundi matin, les obligeant à écourter leur séjour au Rock Harbor Inn.

— Même si je ne doute pas que tu aies quelques autres blagues scato dans ton inventaire, j'essaie d'être sérieux, là, en fait. »

Elle retint son sourire et l'embrassa. « Je suis désolée, mon chéri. Je vais essayer de bien me comporter.

— J'envisage de me lancer dans la restauration. Redonner vie à cet endroit est la chose la plus intéressante que j'aie faite depuis des années. » Il ne lui restait plus que l'extérieur de l'immeuble et l'appartement de Daphne à rénover. Elles déménageraient chez lui pendant qu'il ferait les travaux dans leur appartement. Si tout se passait comme prévu, elles ne retourneraient pas à leur appartement.

« Aidan a monté une affaire florissante dans le Vermont en rénovant de vieilles maisons, et je pense qu'il y a un marché pour ça ici aussi.

— Qu'est-ce que cela impliquerait ?

— J'espère pouvoir le faire sous les auspices d'O'Malley & Fils, mais s'ils ne sont pas intéressés, je quitterai la société. Si cela se produit, ce sera serré pendant un certain temps, le temps que je m'établisse. Mais avec le temps, ça devrait aller.

— J'ai l'habitude que les choses soient serrées, alors ne t'inquiète pas pour moi. Si on résout la situation avec les Monroe, je pourrai renouveler ma licence d'expert-comptable et gagner beaucoup plus d'argent que maintenant.

— Je ne veux pas que tu aies à travailler du tout si tu préfères être à la maison avec Mike et tous les autres petits O'Malley qui pourraient arriver. »

Ses yeux se remplirent de larmes d'amour et d'espoir. « Je voudrai probablement toujours faire quelque chose. Elle se leva pour l'embrasser. Mais tu es si gentil de vouloir me donner des choix.

— Je veux tout te donner. C'est la seule raison pour laquelle j'hésite à faire ce changement. Je gagne sacrément bien ma vie maintenant – plus de cent cinquante mille dollars par an. Ce n'est pas le bon moment pour y renoncer.

— Tu dois faire ce qui te satisfait, Brandon. Le reste viendra tout seul. Je ne peux pas nous imaginer plus heureux que nous le sommes en ce moment dans ce petit appartement. Nous n'avons besoin de rien d'autre.

— Nous allons tout avoir, même si je dois travailler vingt heures par jour pour l'obtenir. »

Elle l'embrassa de la poitrine à son ventre. « Si tu travailles vingt heures par jour, tu n'auras pas le temps pour ça. »

Il soupira quand elle le caressa jusqu'à l'exciter. « Ma chérie, j'aurai *toujours* le temps pour ça. »

<h1 style="text-align:center">CHAPITRE 30, JOUR 80</h1>

Le ventilateur de plafond, qui déplaçait la légère brise qui pénétrait par les portes-fenêtres ouvertes, hypnotisait Colin. Depuis leur lit, ils avaient une vue parfaite sur le sable blanc comme du sucre de la célèbre Seven Mile Beach de Grand Cayman, ainsi que sur les eaux turquoise des Caraïbes au loin.

« Que ferons-nous pour notre lune de miel après ça ? »
Meredith gloussa. « On y va toujours mollo, hein ?

— Au rythme d'une tortue, dit-il en souriant.

— *Plus de blagues sur les tortues.* Je n'arrive pas à croire que tu as réussi à me piéger en me faisant manger de la tortue.

— Tu ne peux pas venir aux Caïmans et ne pas essayer la tortue.

— J'aurais pu vivre sans.

— Moi, je n'aurais pas survécu sans toi. Il dessina d'un doigt la ligne de bronzage au-dessus de ses seins blancs laiteux. Tu m'aurais manqué pour le reste de ma vie.

— Colin... »

Il lui prit la main sous l'oreiller et lui dit : « Épouse-moi. » Il lui glissa à son doigt une bague en diamant de taille princesse.

« Oh ! Colin, mais quand... bafouilla-t-elle. Tu ne m'as pas quittée d'une semelle depuis presque une semaine !

252

— Sauf pendant une demi-heure, quand nous faisions nos courses à Georgetown, lui rappela-t-il.

— Tu as dit que tu devais appeler le travail.

— J'ai menti. »

En levant la main pour mieux voir cette bague extraordinaire, des larmes coulèrent de ses yeux.

« Je suis désolé d'avoir menti. Il essuya les larmes de Meredith Je ne le ferai plus jamais.

— Oh, tais-toi, va, cria-t-elle en jetant ses bras autour de lui.

— Est-ce un oui ?

— Oui, dit-elle, s'étouffant en sanglotant. C'est un oui. »

Sur le vol de Miami à Boston le lendemain, Colin prit sa main pour admirer comme la bague brillait à son doigt. Sa bague à lui. Sa fiancée à lui. Il voulait toujours se pincer pour s'assurer qu'il ne rêvait pas.

« C'est la plus belle bague que j'aie jamais vue.

— Je suis content qu'elle te plaise. J'espérais que tu n'étais pas une de ces filles qui rêvent toujours de choisir leur propre bague.

— Je n'avais pas de rêve. Je n'ai jamais imaginé que tout cela puisse m'arriver.

— Eh bien, commence à rêver parce que te rendre heureuse est devenu mon seul but dans la vie. »

Elle pressa ses lèvres contre son cou, en chuchotant : « Pour l'instant, tu fais du très bon travail.

— Meredith, chérie, il y a quelque chose que je veux que tu fasses pour moi et pour nous, mais surtout pour toi. »

Ses sourcils se rejoignirent avec curiosité. « Qu'est-ce que c'est ?

— Je veux que tu voies Kevin. Il arrêta sa protestation d'un doigt sur ses lèvres. Je veux que tu le voies et que tu l'écoutes pour que tu puisses mettre ça derrière toi une fois pour toutes. Je serai là avec toi.

— Je ne sais pas, Colin. Rien que d'y penser, ça me rend malade.

— Alors faisons-le et finissons-en. Je ne veux pas que tu t'inquiètes tout le temps de tomber sur lui quelque part. Faisons-le selon tes conditions.

— Tu viendrais vraiment avec moi ?

— Bien sûr que je viendrai.

— J'ai peur...

— De quoi, ma chérie ?

— Que ça me fasse régresser. Je me sens si bien maintenant, et ça m'a pris tellement de temps pour en arriver là.

— J'aurais aimé te rencontrer il y a bien des années. Il détestait l'idée de tout ce temps qu'elle avait passé seule et effrayée.

— Je n'aurais pas été prête pour toi à l'époque.

— Quoi qu'il arrive, je serai là pour toi. Nous y arriverons ensemble. »

Elle réfléchit encore un instant. « OK, dit-elle finalement. Je vais le faire pour toi. »

Il aurait voulu qu'elle le fasse pour elle, mais il prenait ce qu'il pouvait. La tirant plus près de lui dans le large siège de première classe, il espérait faire pour le mieux en l'encourageant à voir Kevin. « Alors, quel genre de mariage veux-tu ?

— Je veux le conte de fée. »

Il leva un sourcil en signe de surprise. « Tu ne viens pas de dire que tu n'y avais pas pensé ?

— J'ai eu presque vingt-quatre heures pour ne penser à rien d'autre. »

Il gémit. « Ma mère va t'adorer. »

« Sainte Marie, Mère de Dieu. » Telle fut la réaction de Colleen lorsqu'elle apprit qu'un autre de ses fils s'était fiancé. « Est-ce que vous essayez de me faire mourir prématurément ? »

Colin rit. « Je jure que ce n'est pas un complot, Maman.

— C'est une belle fille, dit Colleen, jetant un coup d'œil à travers la pièce où Dennis faisait de son mieux pour charmer Meredith.

— Je le sais.

— Mais c'est un peu rapide, non, mon cœur ? Tu es sûr de ce que tu fais ?

— Tu te souviens comme j'étais bouleversé quand Nicole a annulé notre mariage ?

— Bien sûr que je m'en souviens. C'était un moment horrible pour toi, pour nous tous.

— Je ne pense plus qu'à la gratitude que j'éprouve envers Nicole de ne pas m'avoir épousé. Je ne sais pas ce que j'aurais fait si j'avais rencontré Meredith en étant marié à quelqu'un d'autre. Elle est faite pour moi. Je l'ai tout de suite su. »

Elle l'embrassa. « Je suis heureuse pour toi, mon cœur. Je n'arrive pas à croire que mes garçons se casent enfin, d'un seul coup.

— Sauf Aidan. »

Elle secoua la tête avec consternation. « Je ne sais pas ce qu'on va faire pour ce pauvre garçon. »

Colin sourit de sa description de son frère de quarante ans. « Il va retomber sur ses pieds.

— J'espère que tu as raison. Comment est sa famille ?

— Je les rencontre demain soir.

— Tu l'as amenée ici en premier, dit Colleen avec un sourire satisfait.

— Je lui ai dit que nous devions venir ici en premier parce que si ma mère ne l'aimait pas, je ne pouvais pas l'épouser. »

Colleen lui donna une tape. « Ne me raconte pas d'âneries. Tu n'as rien dit de la sorte.

— Euh, d'accord. Puisque tu le dis. »

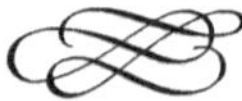

Brandon marqua son centième jour de sobriété à la mi-mai en organisant avec Daphne la fête du sixième anniversaire de Mike dans le jardin de sa maison où ils vivaient pendant les rénovations de l'appartement. Il avait fallu une grue, un camion à plate-forme et six hommes, mais Brandon avait réussi à déplacer le terrain de jeu de l'immeuble d'habitation à son jardin. Entre le clan O'Malley, la famille d'Alan et les amis d'école de Mike, près de trente enfants avaient pris possession des lieux pour l'après-midi.

Ce soir-là, Brandon borda Mike dans son lit et lui lut deux des livres qu'elle avait reçus pour son anniversaire, pendant que Daphne rangeait.

« Alors, quel était ton moment préféré de la fête ?

— Quand tu as failli faire tomber mon gâteau, dit-elle en s'étouffant de rire.

— C'était ma première fois ! Une erreur de débutant. Il fit une moue avec sa lèvre qui donna le fou rire à la petite. Heureusement que Meredith a pu l'attraper avant qu'il m'échappe, hein ? » Ce sauvetage avait valu à sa future belle-sœur une place permanente dans le cœur de Brandon.

Mike hocha la tête, se tordant encore de rire. Juste quand il pensait qu'elle ne pouvait pas être plus mignonne, elle avait perdu ses deux dents de devant, à temps pour son anniversaire.

« T'as pas fini de te moquer de moi ? »

Elle essuya les larmes de ses yeux. « Presque.

— Sale gosse, » murmura-t-il, en enfonçant un doigt dans ses côtes et lui provoquant une autre crise de rire.

Quand finalement elle se calma, elle lui prit la main. « Merci encore pour la fête et le vélo.

— De rien. C'est quoi, la règle ?

— Il faut toujours porter le casque, dit-elle en l'imitant.

— Es-tu sûre de vouloir te moquer à nouveau de moi ? » demanda-t-il, en menaçant de la chatouiller.

Elle lui tira les cheveux pour jouer. « Brandon, qu'est-ce qu'un coholique ?

— Hein ? Un quoi ?

— Un coholique.

— Oh. Il eut l'impression d'avoir été attaqué au dépourvu quand il réalisa ce qu'elle lui demandait. Tu veux dire un alcoolique ? »

Elle fit oui de la tête.

« Josh m'a dit que tu étais un coholique, mais il a dit que je n'avais pas besoin de m'inquiéter parce que tu n'es plus méchant. »

Tout son souffle quitta les poumons de Brandon en une seule grande expiration, pendant qu'il disait vite une prière silencieuse pour qu'on le guide. « Un alcoolique est quelqu'un qui ne peut pas boire des choses comme de la bière et du vin comme les autres parce qu'il ne peut pas s'arrêter une fois qu'il a commencé. C'est une maladie.

— Tu peux en mourir ? demanda-t-elle avec de grands yeux solennels.

— Les gens qui n'arrêtent pas de boire peuvent en mourir, oui.

— Mais toi, tu ne vas pas mourir, non ? »

Bouleversé par son inquiétude, il lutta contre l'envie de pleurer. « Non, mon bébé. Je ne bois plus d'alcool. Tu sais ces réunions auxquelles je vais le matin ? »

Elle hocha la tête.

« Les gens que je vois là-bas sont aussi des alcooliques, et ils me rappellent toutes les bonnes choses que j'ai dans ma vie maintenant – comme toi et ta maman – alors je ne bois plus.

— Je peux venir avec toi un jour ?

— Quand tu seras un peu plus grande, je serai heureux de t'emmener. »

Il attendait, pour lui donner une chance de tout digérer.

« Alors, si tu as arrêté de boire, tu n'es plus un alcoolique, c'est juste ?

— Je serai un alcoolique pour le reste de ma vie. Ce n'est pas quelque chose qui disparaît. On apprend juste à vivre avec.

— Tu ne vas pas te remettre à boire, non ?

— Je n'en ai pas l'intention, et j'espère que je ne le ferai jamais.

— Est-ce que tu étais méchant comme l'a dit Josh ?

— Parfois. Je ne voulais pourtant pas être méchant, parce que j'aime Josh et ses frères et sœurs, mais la maladie m'a fait faire beaucoup de choses dont je ne suis pas fier. Mais je ne serai jamais méchant avec toi. Je te le promets. Tu me crois ? »

Elle lui tendit les bras. « Je te crois.

— C'est bien. »

Elle lui fit un long câlin avant qu'il l'embrasse et lui dise bonne nuit. « Je t'aime, ma puce.

— Moi aussi, je t'aime. »

Il éteignit la lumière et trouva Daphne qui l'attendait dans le couloir. Elle lui tendit les bras. « Ça va ? murmura-t-elle.

— Ouais. Il la laissa l'envelopper de son amour. Elle m'a coupé le souffle, là, pendant un moment.

— Quand j'ai entendu de quoi vous parliez, je ne savais pas quoi faire. Tu as si bien géré la situation, Brandon.

— Tu crois ? J'ai flippé.

— Tu t'es bien débrouillé. Entre les gâteaux d'anniversaire et les leçons de vie au coucher, on pourrait bien faire de toi un papa.

— N'oublie pas que je marque des points pour emploi à risques, avec la bosse à la tête et les vomissements. »

Elle rit doucement pour qu'ils ne dérangent pas Mike et leva les bras, enfouissant ses mains dans les cheveux de Brandon. « Je t'aime, dit-elle en l'amenant à elle.

— Mm, dit-il contre ses lèvres. Moi aussi. »

Après avoir remis de l'ordre dans la maison, Daphne dit qu'elle avait du travail à faire pour son client, alors Brandon emmena son téléphone portable sur la terrasse arrière et appela Aidan.

« Salut, Brand. Comment ça va ?

— Eh bien, j'ai survécu à l'anniversaire d'une enfant de six ans aujourd'hui. » Brandon détestait le flot d'anxiété qu'il ressentait encore au son de la voix de son grand frère. Il espérait que cela s'estomperait avec le temps.

« Désolé d'avoir manqué ça. »

Brandon rit. « Non, ce n'est pas vrai. Alors, comment vas-tu ?

— Je m'accroche.

— Et Colin, alors ? Les deux en une semaine ! Tu peux y croire ?

— Il doit y avoir quelque chose dans l'eau là-bas. Vous tombez comme un jeu de cartes, les gars.

— Je ne serai pas loin derrière eux.

— Vraiment ? demanda Aidan en riant. Maman va piquer une crise.

— Bah, ça fait des années qu'elle cherche à nous marier.

— Je ne pense pas qu'elle voulait dire tous en même temps. »

Ils rirent ensemble, et Brandon se détendit un peu. « Ecoute, la raison pour laquelle je t'appelle est que je cherche des conseils.

— Bien sûr, vas-y. »

Brandon présenta son idée pour une branche de restauration et de rénovation d'O'Malley & Fils. « Je me demande si tu penses que le marché serait aussi bon ici qu'il l'a été pour toi dans le Vermont.

— Sans aucun doute. La Nouvelle-Angleterre est pleine de vieilles maisons qui ont besoin d'être rénovées.

— Comment t'as fait pour lancer le projet une fois que tu avais décidé de le faire ?

— Je n'ai jamais vraiment pris de décision. J'ai fait une maison pour un ami, puis il l'a dit à quelqu'un d'autre et, avant que j'aie le temps de me retourner, j'avais une entreprise. Une fois que tu auras fait quelques maisons, je suis sûr que ce sera pareil pour toi.

— Tu crois que les autres vont adhérer au projet en tant que branche d'O'Malley & Fils ?

— Ils seraient bêtes de ne pas vouloir. C'est une mine d'or si c'est bien fait, et je suis certain que tu le feras bien.

— Je les rencontre demain matin pour leur présenter le projet. Serais-tu prêt à participer par téléphone à la réunion ? Juste au cas où ils auraient des questions auxquelles je ne pourrai pas répondre.

— Avec plaisir.

— Merci, Aidan. »

~

Brandon était nerveux, même s'il savait qu'il n'aurait pas dû l'être. Après tout, il n'y avait que son père, ses frères et son beau-frère dans la pièce. Mais ils allaient déterminer son avenir dans l'heure qui suivait, et il espérait qu'O'Malley & Fils en ferait partie. Avec une éventuelle bataille pour la garde de son enfant qui se profilait à l'horizon, ce n'était pas le moment pour Brandon de quitter son travail. Cependant, s'il avait appris quelque chose au cours de ses cent et un jours de sobriété, c'était qu'il ne pouvait plus faire semblant. C'était ce qu'il voulait faire et, d'une manière ou d'une autre, il trouverait un moyen de le faire.

« J'ai demandé à Aidan de se joindre à nous par téléphone, dit Brandon, en appelant Aidan sur le téléphone de la salle de conférence.

— Pourquoi ? » demanda Colin.

Cela faisait des années qu'Aidan avait cédé ses parts dans la société à ses frères et sa sœur et n'avait plus son mot à dire dans son fonctionnement.

« Je vais vous expliquer dans une minute, » dit Brandon.

Quand Aidan décrocha, et après s'être salués, Brandon s'éclaircit la gorge. « La raison pour laquelle je vous ai demandé de me rencontrer aujourd'hui est que je veux proposer une nouvelle branche d'O'Malley & Fils, axée sur la restauration de vieilles maisons, comme ce que j'ai fait dans l'immeuble de Papa, et la rénovation de maisons plus récentes qui ont besoin d'être modernisées. »

Personne ne s'y opposant immédiatement, il poursuivit. Il avait fait ses recherches et disposait de statistiques sur le nombre de maisons construites dans le centre et le sud du Cap avant et après 1960, ainsi que d'une liste des services qu'il avait prévu d'offrir. « Aidan est d'accord qu'il y a un marché pour cela ici, et il pense qu'une fois que nous en aurons quelques-unes à notre actif, nous bénéficierons de recommandations.

— Laissez-moi ajouter une chose, dit Aidan. J'ai constaté une véritable tendance à l'achat d'une deuxième ou d'une troisième maison. Les gens ont plus d'argent qu'ils avaient la première fois, et ils veulent démolir les vieilles cuisines et salles de bains. Ils sont prêts à payer et Brandon sait ce qu'il fait. En plus, vous auriez l'avantage d'avoir un nom déjà connu.

— Tu as l'intention de faire cavalier seul ou voudrais-tu une équipe ? demanda Declan.

— Seul, jusqu'à ce que je fasse un profit, dit Brandon. Si je reste dans l'entreprise pour le faire, mon salaire sera assez lourd comme ça jusqu'à ce que ce soit rentable. Je ne m'attendrais pas à ce que vous encaissiez encore un coup en payant une équipe.

— Ne gagnerais-tu pas de l'argent plus rapidement si tu avais de l'aide ? demanda Tommy.

— Je suppose que oui, répondit Brandon. Je n'y ai pas vraiment réfléchi. Je me suis juste dit que je le ferai tout seul.

— Que voulais-tu dire par « si je reste dans l'entreprise » ? demanda Colin.

— Je suis prêt à partir – sans rancune – si vous n'êtes pas d'accord. Je vais le faire, avec ou sans la société, mais j'espère que ce sera *avec* la société.

— Qu'est-ce que tu en penses, Papa ? demanda Declan.

— C'est vous les gars qui dirigez maintenant, donc c'est votre décision, dit Dennis.

— Mais tu as toujours une participation dans l'entreprise, lui rappela Brandon.

— Je ne suis pas en danger de mourir de faim de sitôt. Dennis tapota son ventre rond. Alors je laisse ça entre vos mains compétentes.

— Et toi, Col ? demanda Brandon, sachant que l'opinion de Colin était celle qui comptait le plus.

— C'est intéressant que tu aies cette idée maintenant, parce que dernièrement j'ai réfléchi à la façon dont nous pourrions nous réorganiser pour être plus efficaces, dit Colin.

— Comment ça ? demanda Tommy.

— Je veux avoir une vie en dehors du boulot, alors je cherche comment me libérer un peu. Au vu de l'idée de Brandon, j'imagine trois divisions : terrassement, nouvelles constructions et rénovation/restauration. »

Avec ces mots de Colin, Brandon comprit qu'il ne quitterait pas l'entreprise.

« Tommy dirigerait l'excavation, Dec superviserait les constructions neuves, et Brand se chargerait de la rénovation, dit Colin. Chacun d'entre vous serait entièrement indépendant pour prendre toutes les décisions dans votre domaine, en me faisant intervenir au besoin. Je superviserais l'estimation, l'équipement, l'entretien, le bureau, l'inventaire, etc. Qu'en pensez-vous ?

— Comment nous répartirions-nous les gars ? demanda Dec.

— Nous les laisserions choisir où ils veulent travailler en fonction de leur ancienneté, dit Colin.

— Ça me paraît bien, dit Tommy.

— Ça pourrait prendre un an ou deux avant que ma division ne devienne rentable, les avertit Brandon.

— Je ne pense pas que cela prenne autant de temps, Brandon, dit Aidan. Surtout si tu as de l'aide.

— J'apprécie le vote de confiance, répondit Brandon, touché par le soutien de son frère aîné.

— J'aimerais dire quelque chose, ajouta Dennis, et tous les yeux se tournèrent vers lui. Il y a trois mois, j'ai demandé à Colin de prendre les commandes et de travailler avec vous autres pour faire de cette affaire la vôtre. Je suis très heureux de la façon dont vous l'avez tous soutenu et des mesures que vous prenez pour positionner l'entreprise pour l'avenir. C'est l'héritage que vous laisserez à vos enfants, c'est-à-dire, *si toutefois* ils le souhaitent, ajouta-t-il en faisant un clin d'œil à Brandon. »

Brandon lui sourit, et pour la première fois de sa vie, il perçut l'entreprise comme une bénédiction plutôt qu'un fardeau.

« Nous annoncerons le plan lors d'une réunion du personnel demain matin, dit Colin, en se retirant de la table.

— Avant que vous ne disparaissiez tous, il y a autre chose dont je veux vous parler. »

Brandon demanda à Aidan de rester au téléphone pendant qu'il les mettait au courant de la situation avec les grands-parents de Mike. « Inutile de dire qu'on pourrait assister à une sacrée bataille.

— C'est un scandale ! dit Dennis, son visage rougissant. Pas étonnant que Daphne ait été si secrète. Je me sens mal après ce que j'ai dit sur elle, mon fils.

— Tu ne savais pas, Papa, et de ton point de vue, son comportement était certainement étrange. J'en ai parlé à Tommy et Erin quand Mike a passé la nuit avec eux, mais personne d'autre n'était au courant.

— Ils ne peuvent pas simplement lui enlever son enfant, dit Declan. On ne peut pas laisser cela se produire.

— Je ne vais pas les laisser faire, dit Brandon. Mais ils ont déjà essayé de l'enlever une fois auparavant, et nous pensons qu'ils le referaient s'ils savaient où elle se trouvait. Daphne est convaincue que ce n'est qu'une question de temps avant qu'ils ne la retrouvent, alors nous espérons trouver une solution avant que cela n'arrive.

— Qu'est-ce qu'Alan vous a suggéré de faire ? » demanda Colin.

Brandon leur parla du détective privé et de la lettre qu'Alan avait envoyée aux avocats de Monroe.

« Tu as besoin d'argent ? demanda Aidan.

— Je pourrais en avoir besoin, dit Brandon. Ça va pour l'instant, mais l'affaire pourrait devenir longue et moche.

— Tout ce qu'il te faut. Fais-moi savoir.

— Merci, Aidan, dit Brandon à voix basse. Merci à vous tous de votre soutien et de ne pas m'avoir laissé tomber pendant que je mettais de l'ordre dans ma vie.

— Fais-nous juste savoir ce que nous pouvons faire pour vous aider, Daphne et toi, dit Dec.

— D'accord. »

La semaine suivante, Brandon appliquait de la peinture jaune sur l'extérieur de l'immeuble locatif lorsque la Cadillac argentée de Colleen dérapa avant de venir s'arrêter au bord du trottoir. Elle sauta de la voiture et se précipita vers le portail d'entrée.

Il posa son pinceau. « Qu'est-ce qui t'arrive ? lui demanda-t-il en l'embrassant sur la joue.

— Tu ne vas pas y croire ! Ses yeux brillaient de larmes de joie.

— Croire quoi ?

— Aidan et Clare se sont remis ensemble, et ils sont *fiancés* !

— Pas possible ! Comment c'est arrivé ? »

Elle glissa sa main dans le creux de son bras et le conduisit à la nouvelle balancelle du porche.

« Cet endroit est magnifique, mon cœur.

— Ne t'occupe pas de ça. Dis-moi ce qui s'est passé.

— Eh bien, la plus jeune fille de Clare, Maggie, celle qui a treize ans, a eu un terrible accident hier. Elle est tombée en arrière de l'échelle qui va au grenier de la maison de son père, et elle s'est cassé les deux bras et une côte. C'est terrible. C'est un vrai chou. On a passé un excellent moment avec elle à l'anniversaire d'Aidan à Boston.

— Il l'a appris comment ?

— La fille aînée de Clare, Jill, l'a appelé pendant qu'ils attendaient que

Maggie se réveille. Elle a aussi une grave commotion cérébrale, donc elle était dans un état critique hier. Bref, Jill a pensé qu'Aidan voudrait savoir, alors elle l'a appelé.

— Est-ce que Maggie va bien maintenant ?

— Oui, elle est consciente et sortie de l'auberge. Bien entendu, elle a du chemin à faire avec ses bras cassés.

— Ah, ça me soulage. Alors Aidan est allé à Rhode Island ? »

Elle hocha la tête. « Il a conduit pendant des heures sans savoir si la petite fille serait vivante à son arrivée, et il a dit qu'il a eu une sorte de révélation pendant ce long trajet.

— Comment ça ?

— Il a réalisé qu'il était déjà père – un beau-père, mais un père quand même – et il était terrifié à l'idée qu'ils puissent perdre leur chère et adorable Maggie. Il a dit à Clare qu'il avait été idiot de la laisser partir, et que si elle voulait plus d'enfants, ça lui convenait très bien. Colleen essuya une larme sur sa joue. Je suis si heureuse que tu sois là. Papa joue au golf, et j'avais besoin de le dire à quelqu'un. Après tout ce qu'il a vécu, personne ne le mérite plus qu'Aidan.

— Je ne pourrais pas être plus en accord avec toi, dit sincèrement Brandon en embrassant sa mère. Je suis ravi pour lui. Il était tellement bouleversé de la perdre.

— Il m'a dit que la deuxième fille de Clare, Kate, celle qui vit à Nashville, a une chanson qui est numéro un dans le hit-parade de la musique country cette semaine. Tu peux y croire ?

— On dirait qu'il entre dans une sacrée famille.

— *Trois garçons fiancés*, s'émerveilla Colleen. Mes amies m'ont taquinée sans merci à propos de deux, déjà. Ça, ça va les mettre dans tous leurs états.

— Que penses-tu qu'elles vont dire à propos de quatre ? »

Colleen, en état de choc, en resta bouche bée.

Il hurla de rire. « J'ai enfin trouvé un moyen de te laisser sans voix. Attends que je raconte ça aux gars ! »

Quand Colleen se remit, elle réussit à dire : « Tu lui as demandé ?

— Pas encore, mais bientôt.

— Papa m'a parlé de ce qui se passe avec les grands-parents de Mike. Ne les laisse pas mettre la main sur cette enfant, Brandon.

— Il faudrait qu'ils me tuent d'abord. »

En soupirant, elle posa sa tête sur son épaule. « Autant me tuer moi aussi, alors ne laisse pas cela arriver.

— Ne t'inquiète pas, Maman. On gère. »

Ils apprécièrent le doux va-et-vient de la balancelle et la chaude brise printanière pendant plusieurs minutes de silence.

« Tu sais que j'aime tous mes enfants, n'est-ce pas ?

— Oui, et nous savons tous qu'Aidan est ton préféré. »

Elle le tapa. « Chut. Ce n'est pas vrai. C'était mon premier. Tu devrais comprendre maintenant que tu as ta Mike.

— Hm, je n'avais pas pensé à ça, mais tu as raison. Même si j'en ai cinq autres, il n'y en aura jamais une autre comme elle.

— Exactement. Maintenant, ce que *j'allais* dire... dit-elle avec une exaspération qui le fit sourire, c'est que rien ne m'a jamais rendue plus fière que de te voir reprendre ta vie en main ces derniers mois. Je suis vraiment très, très fière de toi, Brandon.

— Merci, Maman, fut tout ce qu'il put dire.

— Daphne et toi faites un très beau couple. Si vous pouviez vous voir ensemble ! Vous êtes à couper le souffle, tous les deux.

— Maintenant tu vas me faire rougir.

— Vous allez me faire de très jolis petits-enfants.

— Je pense qu'on peut dire sans risque de se tromper qu'il va y avoir une explosion démographique dans cette famille.

— Six petits-enfants et ce n'est que le début. »

Quand il réalisa que son compte incluait Mike, le cœur de Brandon déborda de joie. « Je t'aime, Maman.

— Je t'aime encore plus. »

Alan appela le lendemain pour faire le point. « Il y a une bonne et une mauvaise nouvelle. Laquelle veux-tu d'abord ?

— La mauvaise, dit Brandon, en se préparant.

— Je viens d'avoir un coup de fil de mon ami au Nebraska. Pratiquement toute une armée est descendue dans sa ville pour chercher Daphne et Mike. Ils ont même réussi à entrer dans son bureau et ont tout retourné.

— Mon Dieu, murmura Brandon.

— Il a aussi reçu une lettre certifiée de Monroe, exigeant que nous produisions l'enfant immédiatement et indiquant leurs plans de nous poursuivre pour la garde exclusive. »

Brandon avala sa salive. « Quelle est la bonne nouvelle ?

— S'ils retournent une ville au Nebraska, ils ne savent pas où elle est.

— C'est vrai.

— J'ai aussi reçu un appel de Scott, dit Alan, en parlant du détective privé. Il a une piste, et il espère revenir vers moi bientôt avec une mise à jour.

— Appelle-moi quand tu auras du nouveau.

— D'accord.

— Tu sais, le fait qu'ils soient partout dans cette ville du Nebraska signifie aussi qu'ils ne vont pas laisser tomber. Tout ce que j'ai lu indique que Tucker va se présenter avec Monroe comme vice-président. J'espérais que ça détournerait son attention de Mike, mais ils ne lâchent pas, hein ?

— Non, on ne dirait pas, dit Alan. Reste calme, et voyons ce que Scott peut trouver.

— OK.

— À part ça, nous avons un gars à Laurel Lake qui me fait beaucoup penser à toi quand tu es arrivé. Un cas difficile. Je me demandais si tu pouvais venir avec moi un après-midi de cette semaine pour discuter avec lui.

— Tu penses vraiment que je suis prêt pour l'étape douze ? demanda Brandon.

— Ton histoire est exactement ce que ce type a besoin d'entendre.

— Bien sûr, je serai heureux d'essayer si tu penses que ça peut l'aider.

— Super, merci. Je te tiens au courant. »

Quand il raccrocha d'avec Alan, Brandon rentra pour mettre Daphne au courant.

Une fois qu'il lui eut tout raconté, elle fit les cent pas dans le salon avec ses lunettes sur le bout du nez et un crayon enfoncé dans sa queue de cheval.

« À quoi penses-tu, ma chérie ? lui demanda-t-il lorsqu'il ne put plus supporter le silence.

— J'espère que le détective privé pour lequel tu dépenses tout cet argent va nous fournir quelque chose que nous pourrons utiliser pour faire chanter Monroe – et vite.

— Alan dit qu'il y est presque. Brandon l'enlaça. Il faut juste que nous soyons patients encore quelques temps.

— J'ai tout le temps mal à l'estomac, avoua-t-elle.

— Depuis quand ? demanda-t-il, alarmé.

— Depuis une semaine environ. Je me demande si j'ai enfin réussi à me faire un ulcère.

— Allons voir un médecin. Il ne faut pas perdre de temps avec ça.

— J'appellerai cet après-midi.

— Tu me le promets ? Il passa ses pouces sur sa mâchoire fragile, remarquant pour la première fois les cernes sous ses yeux. Le stress la gagnait.

— Je te le promets. »

Il la souleva d'un coup et la porta dans ses bras jusqu'à leur chambre.

« Qu'est-ce que tu fais ?

— Je couche ma chérie pour qu'elle fasse une sieste. Il lui retira ses lunettes et le crayon de ses cheveux. Tu vas arrêter de t'inquiéter et bien te reposer. Je vais chercher Mike aujourd'hui puisque je suis maintenant *officiellement* sur la liste. »

Elle sourit. « Tu es tellement fier de ça, pas vrai ?

— Et comment.

— Ramène-la directement à la maison.

— Pas question. On a des projets. On sort déjeuner, et elle vient peindre pour moi cet après-midi. Toi, mon amour, tu as l'après-midi de libre. Pas de travail, pas de Mike, pas de soucis, rien du tout, tu m'entends ?

— Oui, Maître.

— Oh, j'aime ça, dit-il avec un sourire satisfait en se penchant pour un baiser. Répète-le.

— Jamais. C'est une erreur isolée. »

Il découvrit alors que rire et s'embrasser formaient une combinaison intéressante. « Quand tu te lèveras, je veux que tu prennes le plus long bain moussant de tous les temps et que tu te fasses une beauté. J'emmène mes filles dîner ce soir. »

Elle soupira de contentement.

Il lui embrassa les paupières fermées. « Dors, mon amour. Je vais m'occuper de tout.

— Je t'aime, » chuchota-t-elle en s'assoupissant.

Brandon la regarda dormir longtemps avant de partir chercher Mike.

Brandon et Mike arrivèrent à la maison juste avant cinq heures pour trouver Daphne encore endormie. Il envoya Mike se laver et s'assit sur le lit pour embrasser Daphne dans le cou, de haut en bas et de bas en haut.

Encore à moitié endormie, elle mit ses bras autour de lui et l'attira à elle.

Brandon aurait pu rester là toute la nuit, mais il savait que Mike serait de retour dans quelques minutes. « Réveille-toi, dit-il en l'embrassant à nouveau dans le cou.

— Je ne veux pas.

— Tu as dormi tout ce temps ?

— Mm-hm. Elle bâilla. Quelle heure est-il ?

— Presque cinq heures. »

Ses yeux s'ouvrirent d'un coup. « Pour de vrai ? »

Il l'étudia. « Qu'est-ce qui se passe, ma chérie ? On devrait peut-être t'emmener voir un médecin ce soir.

— Ça va. Elle commença à se lever mais s'assit à nouveau.

— Daph, tu me fais peur.

— Je me suis levée trop vite, c'est tout. Je pensais qu'on sortait ce soir.

— Pourquoi on ne resterait pas à la maison ?

— Tu serais terriblement déçu si on le faisait ? »

Il balaya une mèche de son visage. « Bien sûr que non. Mike et moi allons cuisiner. Je veux que tu te reposes.

— Mike et toi, vous allez cuisiner ? demanda-t-elle avec un sourcil levé en signe d'amusement. Ça promet.

— Nous avons beaucoup de compétences que tu ne connais pas. Va te tremper dans la baignoire et détends-toi. » Il l'embrassa et la fit partir, mais il ne pensait qu'à sa pâleur. Il appela Erin, prenant le téléphone de chevet.

« Que se passe-t-il ? » demande-t-elle.

Il lui dit que Daphne ne se sentait pas bien et lui demanda le nom d'un médecin. « Elle pense que toute cette histoire avec Mike lui a peut-être donné un ulcère.

— Moi, je n'arrive pas à croire qu'elle n'en ait pas depuis des années. Justement, je connais le type qu'il te faut. Elle va l'adorer. »

Brandon appela le médecin et prit rendez-vous pour neuf heures le lendemain matin. Il se promit aussi de demander à Lorraine, au bureau, de faire ajouter Daphne et Mike à son assurance maladie. Daphne était dans la grande baignoire quand il se rendit dans la salle de bain. « Je t'ai pris rendez-vous avec le médecin d'Erin à neuf heures demain matin.

— Je t'avais dit que j'appellerais, » répondit-elle, les sourcils froncés avec un agacement inhabituel.

Il se pencha pour l'embrasser et lui ôter son air renfrogné. « Je m'inquiète pour toi. Tu es blanche comme un fantôme et tu dors la moitié de la journée. Ça ne te ressemble pas.

— Je suis désolée. Elle semblait surprise quand ses yeux se remplirent de larmes. Je ne sais pas ce que j'ai ces derniers temps.

— Alors trouvons ce que c'est, d'accord ? »

Elle hocha la tête.

Après un dîner de spaghetti et de salade qui, Daphne dut l'admettre, était étonnamment bon, ils s'installèrent sur le canapé avec Mike pour regarder *Le Roi Lion*.

« Combien de fois as-tu vu ça, ma puce ? demanda-t-il.

— Cent fois, je crois, dit-elle, fixée sur Simba.

— Ça doit être plutôt deux cents, dit Brandon. Même moi, je connais les paroles des chansons, ce qui en dit long. »

Daphne gloussa et serra sa main.

Brandon n'avait pas souvenir de s'être jamais senti aussi comblé qu'avec la tête de Daphne posée sur son épaule et Mike qui utilisait sa jambe comme oreiller. « Pensez-vous que nous pourrions mettre le film sur pause pendant une minute ? » demanda-t-il une fois qu'il eut maîtrisé le nœud qu'il avait à la gorge.

Mike se redressa et prit la télécommande.

« Je reviens tout de suite. Il se leva, alla dans la chambre et revint avec un grand sac.

— Qu'est-ce que c'est ? demanda Mike.

— C'est un cadeau pour toi et ta maman. »

Les yeux de Mike s'illuminèrent. « C'est pour mon anniversaire ?

— Non. C'est pour quelque chose d'autre. Brandon s'assit entre elles. Dans ma famille, nous avons une tradition. Vous avez vu mon manteau vert avec le nom de la société O'Malley & Fils dessus, non ? »

Mike hocha la tête. « Il y a tous les trèfles jaunes, et il y a écrit « Brandon O'Malley ».

— C'est ça. Chaque membre de notre famille en a un. Parce qu'il y a des O'Malley et des Maloney, nous y avons mis nos noms en entier. Et puisque vous êtes ma famille maintenant... Il sortit une petite veste verte du sac et la donna à Mike. Celle-ci est pour toi, et celle-là pour ta maman.

— Sur la mienne, il y a écrit Mike O'Malley, dit-elle en regardant Brandon avec confusion.

— Oui, c'est vrai. »

Daphne avait les larmes aux yeux lorsqu'elle passa ses doigts sur la broderie dorée qui indiquait Daphne O'Malley.

« Je ne comprends pas, dit Mike.

— Moi, je comprends, chuchota Daphne en embrassant la joue de Brandon.

— Essaie-le, ma puce, » dit-il, en faisant un effort pour rester concentré sur Mike.

Toujours l'air perplexe, Mike se leva et l'enfila.

« Elle te va ?

— Oui. »

Il ajusta le manteau et remonta la fermeture Eclair.

Elle mit ses mains dans les poches. « Qu'est-ce que c'est ? demanda-t-elle, en sortant une petite boîte enveloppée de papier doré.

— Pourquoi ne l'ouvres-tu pas pour savoir ? »

Mike déchira le papier de la boîte et y trouva une boîte de bijoutier en velours. A l'intérieur brillait un solitaire diamant sur une délicate chaîne en or. Elle poussa un cri. « C'est un *vrai* ?

— Oui, c'est un *vrai*, dit Brandon, souriant de sa réaction. Il sortit le collier de la boîte et le lui mit. Je t'aime, Mike. Je veux t'adopter et te donner mon nom. Comment sonne Mike O'Malley ?

— Tu es sérieux ? »

Il fit oui de la tête. « Veux-tu bien être ma fille ? »

Ses yeux dorés étincelaient de larmes. « J'aimerais bien, Brandon.

— C'est bien. Il la serra dans ses bras. Je me suis dit qu'on pourrait utiliser Monroe comme deuxième nom pour que ton premier papa soit toujours avec toi aussi. Ça te conviendrait ?

— Qu'est-ce que tu en penses, Maman ? »

Se battant contre son propre flot de larmes, Daphne fit un signe de la tête. « Ce serait parfait, mon ourson. »

Il installa Mike sur ses genoux. « C'est au tour de Maman, » dit-il, en attrapant la boîte dans la poche de la veste de Daphne.

Ses mains tremblèrent lorsqu'elle retira le papier doré. Quand elle s'arrêta pour essuyer ses larmes, Brandon lui prit la boîte.

« Tous mes frères se marient. Son visage se tordit en une moue qui fit rire Daphne alors même que de nouvelles larmes coulaient de ses yeux. Je ne veux pas être laissé pour compte.

— On ne saurait tolérer cela, dit-elle en caressant sa moue.

— Je n'ai jamais imaginé avoir une maison et une famille à moi. Vous m'avez donné cela et tant d'autres choses que je ne savais même pas que je voulais. Je vous aime – toutes les deux – de toutes mes forces, de tout mon être, maintenant et toujours. Voulez-vous m'épouser, mesdames ? »

Daphne lança un regard à Mike. « Oui », dirent-elles à l'unisson.

Brandon les blottit longuement contre lui.

« Qu'est-ce que tu as acheté pour Maman ? demanda Mike, en jouant avec son nouveau collier.

— Ah, oui, comment ai-je pu l'oublier ? Il ouvrit la boîte. Un diamant taille coussin était entouré de topazes.

— Oh, je l'adore ! dit Daphne. La topaze est ma pierre préférée. Comment tu le savais ?

— Je ne le savais pas. La couleur me rappelait tes yeux et ceux de Mike. Les appeler marron ne leur rend pas justice, alors quand j'ai vu une topaze dans la vitrine de Chatham Jewelers, j'ai dit : C'est ça, c'est la couleur. Il lui passa la bague au doigt, enroula son bras libre autour de son cou et l'embrassa.

Mike se tortilla sur ses genoux. « Berk, dégoûtant, si vous voulez commencer avec ça, laissez-moi descendre, » dit-elle en les faisant rire.

Quand Brandon entendit le film repartir, il en profita pour embrasser Daphne comme il se doit. « Nous allons nous marier, murmura-t-il.

— Ta mère va flipper.

— Non, je l'ai prévenue. J'allais le faire il y a une semaine, mais Aidan s'est fiancé. J'ai décidé de lui donner une semaine avant de le détrôner.

— Ai-je gâché tes plans en ne voulant pas sortir ce soir ?

— Pas du tout. C'était bien mieux.

— C'était parfait, chuchota-t-elle. Merci d'avoir inclus Mike comme tu l'as fait.

— Ça n'aurait pas été bien sans elle.

— Non, dit-elle en l'embrassant. Ça n'aurait pas été bien, surtout que tu es tombé gaga d'elle en premier, après qu'elle t'a choisi pour nous.

— Je ne peux pas le nier, alors je n'essaierai même pas. Quand veux-tu qu'on se passe la bague au doigt ? Nous avons le mariage de Dec début juillet, celui d'Aidan à la mi-juillet et celui de Colin en août. Il reste donc septembre. Mes parents vont en Irlande pendant les deux premières semaines de septembre, alors que penses-tu de fin septembre ? »

Son sourire s'effaça, et le regard inquiet réapparut.

« Qu'est-ce qui ne va pas ? C'est ton estomac ?

— Non.

— Alors quoi ?

— Je veux attendre pour me marier qu'on ait réglé ce truc avec les Monroe. Je ne veux pas commencer notre vie ensemble avec ça qui nous pend au nez.

— Je m'en fous de ça. Si on attend, on les laisse diriger notre vie encore plus qu'ils ne le font déjà. Fixons une date, et si ce n'est pas réglé d'ici là, tant pis.

— On ne peut pas attendre quelques semaines pour voir ce qui se passe avant de faire des projets ?

— Je suppose qu'on pourrait, mais on sera mariés avant la fin de l'année, même si la question n'est pas résolue, tu m'as compris ? Tu peux juste dire « oui, Maître, » encore une fois. Ça marche pour moi.

— Pas question. Tu m'as surprise dans un moment d'extrême épuisement. Tu ne me feras plus jamais dire ça.

— J'ai beaucoup d'années pour te travailler. »

En lui lançant un regard coquin en coin qui lui assécha la bouche, elle lui caressa la jambe de bas en haut. « Fais de ton mieux. »

Il s'arracha à son regard juste assez pour aller trouver Mike par terre en train de regarder le film. « C'est l'heure d'aller au lit, ma puce. »

∾

Lorsque Mike insista pour porter son nouveau collier à l'école le lendemain matin, Daphne protesta. « Tu ne porteras pas un collier en diamant à la maternelle. Ton professeur va penser que j'ai perdu la tête.

— Je veux le montrer à tout le monde et leur dire que nous sommes fiancés, dit Mike.

— Il est assuré, chuchota Brandon à Daphne.

— C'est vrai ?

— Je donnais un diamant à une enfant de six ans. Je ne suis pas complètement idiot.

— Juste un peu, alors ? » demanda-t-elle avec un sourire.

Il rit au souvenir du jour où ils s'étaient rencontrés. « Laisse-la le porter aujourd'hui, et ensuite nous le rangerons pour les grandes occasions.

— Très bien, Mike. Ton nouveau papa s'est encore une fois battu pour toi. Tu peux le porter aujourd'hui, mais c'est tout. Et j'attends de toi que tu y fasses très attention. »

Avec un sourire reconnaissant pour Brandon, Mike dit : « Je ne laisserai jamais rien lui arriver, Maman. Ne t'inquiète pas.

— Je la déposerai en allant à ma réunion, dit-il.

— Merci.

— Appelle-moi dès que tu pars de chez le médecin. Je veux savoir ce qu'il dit.

— D'accord. »

Brandon passa la matinée à refaire les volets de l'immeuble locatif fraîchement repeint. Bientôt, il aurait terminé les appartements et passerait à sa nouvelle entreprise. Lorsqu'il avait parlé à son sponsor de ses projets de rénovation, Joe avait demandé à être son premier client. « Ma femme me demande depuis des années de changer la cuisine. Et ma fille vient d'acheter un vieil appartement à Brewster. Tu auras probablement de ses nouvelles aussi. » C'était un début, et Brandon était enthousiaste pour l'avenir. Il avait tellement de choses à attendre avec impatience ces jours-ci.

Il était sur une échelle et accrochait un volet à l'une des fenêtres du deuxième étage quand Daphne s'arrêta devant l'immeuble. Se dépêchant de tourner la dernière vis, il descendit vite l'échelle pour la rejoindre lorsqu'elle franchit le portail.

« Qu'est-ce qu'il a dit ? Brandon mit son bras autour d'elle et s'assit avec elle dans les escaliers. C'est un ulcère ? »

Ses yeux semblaient encore plus grands que d'habitude sur le fond de son visage pâle alors qu'elle secouait la tête.

« Quoi, alors ? Allez, tu me fais mourir, là.

— Je suis enceinte. »

Brandon la regarda fixement. « Quoi ? Mais, comment... »

Amusée par son expression stupéfaite, elle lui tapota le visage. « De la manière habituelle, je suppose.

— Mais on a été si prudents.

— Pas toujours, lui rappela-t-elle. Tu te souviens du jour où tu es rentré après avoir emmené Mike à l'école ?

— Il n'en faut pas plus que ça ?

— Apparemment pas.

— Enceinte. Il posa sa tête sur son épaule et, pour une fois, céda au besoin de pleurer.

— Quoi ? demanda-t-elle, alarmée. Tu es contrarié ? »

Il secoua la tête. « Je pensais juste à combien de belles choses m'attendent. Qu'il pourrait y avoir encore plus... »

Elle essuya les larmes de son visage et l'embrassa.

Il l'enlaça.

Le baiser dura plusieurs minutes jusqu'à ce qu'il prenne sa main pour la faire se lever. Il la souleva dans ses bras et la transporta à l'intérieur de son appartement.

« Où va-t-on ? lui demanda-t-elle en refermant la porte d'un coup de pied.

— Fêter ça. »

CHAPITRE 33, JOUR 132

Colin quitta le travail tôt le jour de juin où Meredith et lui devaient rencontrer Kevin.

« Que fais-tu déjà à la maison ? » lui demanda-t-elle lorsqu'il arriva chez elle à quatorze heures. Elle avait pris un jour de congé pour raisons personnelles, sachant qu'elle ne pourrait jamais se concentrer sur ses élèves ce jour-là. « On n'a pas besoin de partir avant seize heures trente.

— Je le sais. Quand il se pencha pour l'embrasser, elle mit ses bras autour de lui pour l'encourager à la rejoindre sur le canapé.

— Je viens tout droit d'un chantier, alors je suis sale. Laisse-moi prendre une douche.

— Je m'en fiche.

— Moi, non. Donne-moi juste cinq minutes et on remet ça. »

Il sortit de la douche avec une serviette enroulée autour de la taille et la trouva allongée sur le lit en train de l'attendre.

Elle tapota son côté du lit, et il s'étendit près d'elle.

« Cette clim fait du bien, » dit-il, en la rapprochant de lui.

Meredith passa la main sur son torse et son ventre. « Tu es bon.

— Pourquoi ne fais-tu pas une sieste avant qu'on parte ? Tu étais debout la moitié de la nuit.

— Comment sais-tu ça ? Tu dormais.

— Je le sais toujours quand tu n'es pas avec moi.

— Tu dis les choses les plus gentilles, Colin. Tu es rentré à la maison pour prendre soin de moi ?

— Peut-être. »

Elle tira sur la serviette. « Je suis contente que tu sois là.

— Qu'est-ce que tu fais ?

— On a deux heures devant nous avant de devoir partir.

— Je veux que tu dormes.

— Je ne veux pas dormir. Elle retira la serviette et enveloppa sa main autour de son érection.

— *Meredith.*

— Change-moi les idées, Colin. S'il te plaît ? »

Puisqu'il était rentré pour ça, il accepta avec joie.

~

Ils s'arrêtèrent devant un ranch à Eastham à dix-sept heures. Meredith ne voulait pas que Kevin vienne chez elle, et elle ne voulait pas le voir en public. Ils se retrouvèrent donc chez sa sœur Joanie, où il vivait depuis sa sortie de prison. Meredith avait envoyé une lettre à son conseiller pénitentiaire d'insertion et probation pour lui indiquer qu'elle était prête à le voir, afin que la rencontre ne viole pas sa liberté conditionnelle.

« Ça va aller ? » demanda Colin, inquiet de son visage soudainement blême et de la poigne de fer qu'elle avait sur sa main.

Elle acquiesça. « Ne me laisse pas.

— Jamais. Il leva leurs mains jointes pour embrasser celle de Meredith. Allons écouter ce qu'il a à dire et finissons-en, d'accord ? »

Elle respira profondément. « OK. »

Colin ne lâcha sa main que le temps de l'aider à sortir de son pick-up.

Joanie les attendait à la porte d'entrée. Colin ne fut pas surpris lorsque Meredith l'accueillit avec un câlin, car il savait que la sœur de Kevin était autrefois l'une de ses amies les plus proches.

« Voici mon fiancé, Colin O'Malley. »

Colin ne se lasserait jamais de l'entendre l'appeler son fiancé.

« Entrez, » dit Joanie, les conduisant dans un salon spacieux.

Colin et Meredith s'assirent ensemble sur le canapé et refusèrent l'offre de boisson de Joanie. « Ce sont tes enfants ? » demanda Meredith, en montrant des photos encadrées sur le mur.

Joanie fit oui de la tête. « Phillip a douze ans, et Matt sept. Ils sont avec leur père cette semaine. Nous sommes divorcés.

— Je suis désolée, dit Meredith. »

La main de Meredith se resserra comme un étau autour de la sienne, indiquant à Colin, qui regardait les photos, que Kevin les avait rejoints.

« Bonjour, Meredith, dit Kevin. Merci beaucoup d'être venue. »

Grand avec des cheveux blonds clairsemés, Kevin était encore bâti comme un joueur de football. Mais ses yeux bleus brisés racontaient l'histoire de sa vie depuis les beaux jours du lycée.

« Voici mon fiancé, Colin O'Malley, » dit Meredith d'une petite voix.

Puisque pour serrer la main de Kevin, il aurait fallu lâcher celle de Meredith, Colin fit simplement un signe de la tête.

« Ravi de vous rencontrer, » dit Kevin, en s'asseyant en face d'eux, à côté de Joanie.

Une longue pause silencieuse s'ensuivit pendant laquelle ils attendaient que Kevin leur dise ce pour quoi ils étaient venus.

« Tu es superbe, dit Kevin à Meredith.

— Merci. »

Colin savait à quel point elle devait détester le rougissement qui lui enflammait les joues.

« Je, euh, je sais que c'est une chose tellement insignifiante au vu de ce que je t'ai fait, mais je voulais avoir la chance de te dire à quel point je suis désolé, Meredith. Que j'ai pu te blesser comme je l'ai fait, c'est juste... Il clignait des yeux, en larmes, et secouait la tête. Quand tu as mis fin à notre relation, je suis devenu fou et je me suis mis à boire plus que jamais. Je sais que ce que je t'ai fait est impardonnable, mais il était important pour moi que tu saches à quel point je suis désolé. »

Joanie essuya une larme et prit la main de son frère.

« Je te pardonne. Meredith surprit Colin et de toute évidence elle-même, aussi. Tu as une maladie.

— Ce n'est pas une excuse. Tu serais morte si Mélanie ne t'avait pas trouvée.

— Eh bien, heureusement pour nous deux, elle l'a fait. Il est temps pour nous de mettre tout ça derrière nous et d'aller de l'avant avec nos vies. J'apprécie tes excuses, mais nous n'avons rien d'autre à nous dire. Elle lança un regard à Colin, et ils se levèrent. C'était bon de te voir, Joanie.

— Toi aussi, Meredith. Bonne chance pour ton mariage.

— Merci. »

Quand ils arrivèrent à la porte d'entrée, Kevin dit : « Meredith. »

Elle se retourna.

« Je t'aimais. Peu importe ce que tu te rappelles d'autre sur moi, j'espère que tu t'en souviendras aussi. »

Elle hocha la tête, et Colin mit son bras autour d'elle pour la sortir de la maison.

« Tu vas bien ? demanda-t-il une fois dans le pick-up.

— Ouais. Tirons-nous d'ici, et ensuite je vais avoir besoin d'un très gros câlin.

— À ton service. »

Il conduisit jusqu'à la plage d'Eastham Town, se gara et la prit dans ses bras. « Je suis tellement fier de toi, mon cœur. »

Elle se cramponna à lui. « Je suis juste contente que ce soit fini.

— Tu as été si courageuse là-dedans.

— J'avais les genoux qui s'entrechoquaient.

— Ça ne se voyait pas. »

Elle lui caressa le visage. « Merci de m'avoir encouragée à faire ça. Tu avais raison. J'aurais toujours eu peur de le croiser quelque part. Maintenant, si ça arrive, ce ne sera pas très grave.

— Il ne peut plus te faire de mal. Je ne le laisserai pas faire.

— Je t'aime, Colin O'Malley.

— Je t'aime aussi. »

Le printemps avait cédé la place à l'été à Cape Cod, et les O'Malley se consacraient à l'organisation de quatre mariages. Comme le détective privé ne parvenait pas à découvrir immédiatement quelque chose qu'ils pourraient utiliser contre Monroe, Brandon persuada Daphne de fixer la date de leur mariage à la fin du mois de septembre.

« Peut-être que d'ici là nous aurons trouvé une solution », avait-il dit.

Elle se fatiguait facilement, mais sinon se sentait mieux à mesure que sa grossesse avançait. Ils avaient décidé de garder pour eux la nouvelle du bébé jusqu'à ce que cela commence à se voir. Malgré leurs inquiétudes persistantes au sujet des grands-parents de Mike, c'était le meilleur été de la vie de Brandon. Il avait creusé deux jardins dans l'arrière-cour – l'un pour les légumes et l'autre pour les fleurs – et Daphne et Mike y avaient travaillé pendant des heures. Ils avaient également planté des fleurs dans toute la cour avant et commencé à faire quelques changements à l'intérieur de la maison. Les abat-jours perlés de Daphne avaient remplacé ceux que Valerie avait achetés des années auparavant. Ils avaient peint la chambre de Mike en lilas pâle, lui avaient acheté un nouveau lit à baldaquin et avaient commencé à rassembler tranquillement des objets pour bébé dans une chambre d'appoint dans laquelle Mike ne s'aventurait jamais.

Ils avaient passé un week-end à Nantucket avec la famille d'Erin, étaient allés naviguer sur le bateau de Colin et se reposaient sur la plage dès qu'ils en avaient l'occasion. Mike dormait au moins une fois par semaine avec les enfants d'Erin chez « grand-mère » Colleen et semblait passer autant de temps chez Erin – habituellement en train de suivre Josh – qu'elle en passait chez elle.

La frénésie des mariages avait commencé le 4 juillet avec le barbecue de Declan et Jessica dans le jardin de Dennis et Colleen et s'était poursuivie deux semaines plus tard lorsque la famille avait fait tout le chemin jusque dans le Vermont pour le mariage d'Aidan et Clare.

Fin juillet, Brandon et Daphne regardaient à la télévision la Convention nationale démocrate, au cours de laquelle Harrison Monroe était officiellement devenu le candidat de John Tucker à la vice-présidence.

« Avec les cinquante-cinq votes électoraux de la Californie à saisir, le populaire sénateur principal assure une victoire presque certaine à Tucker dans le Golden State[1], » déclara l'un des commentateurs après que M. Monroe se soit adressé à la convention.

Daphne se rapprocha de la télévision pour mieux voir Monroe et sa femme Eleanor alors qu'ils se tenaient à côté de Tucker et sa femme sur la grande scène. « Elle a l'air différente, déclara Daphne.

— Tout ce que les médias ont rapporté à son sujet, qu'elle vivait pratiquement en ermite depuis la mort de son fils, a probablement eu des conséquences sur elle, dit Brandon.

— Il y a quelque chose dans son regard. »

Le lendemain de la fin de la convention, Alan appela. « Nous le tenons.

— Que veux-tu dire ?

— Monroe a une maîtresse. »

Brandon cria de joie.

« Il l'a installée dans une maison de ville à Georgetown. Scott a des photos. C'est ce qu'on espérait.

— Je pense qu'il est temps que je rende visite au sénateur Monroe.

— Tu as lu dans mes pensées. »

Deux jours plus tard, Brandon s'envolait pour Saint-Louis. Scott avait réussi à mettre la main sur l'agenda du sénateur pour la première semaine de la campagne. Après une série d'apparitions le matin, Monroe avait prévu une réunion de stratégie dans sa suite d'hôtel à Saint-Louis l'après-midi.

Brandon avait mis un costume, espérant qu'il aurait l'air d'appartenir à la campagne présidentielle, et n'avait emporté avec lui que l'enveloppe remplie de photos accablantes. Il prit un taxi de l'aéroport jusqu'à l'hôtel Omni Majestic sur Pine Street et prit l'ascenseur jusqu'à la suite du dernier étage que Scott avait identifiée comme étant celle de Monroe.

Un agent des services secrets arrêta Brandon alors qu'il sortait de l'ascenseur. « C'est un étage sécurisé.

— Je dois voir le sénateur Monroe.

— Avez-vous rendez-vous ?

— Non, mais il voudra entendre ce que j'ai à dire. Vous pouvez lui dire qu'il peut l'entendre de ma part ou aux infos dans l'heure qui suit.

— J'ai besoin de voir une pièce d'identité, » dit l'agent.

Brandon lui présenta son permis de conduire du Massachusetts.

L'agent l'examina un instant et le rendit à Brandon. « Attendez ici. »

L'agent fit signe à l'un des assistants dans le couloir.

Brandon regarda l'agent parler à l'assistant, qui observa Brandon et haussa les épaules.

L'assistant disparut dans le long couloir. Quand il revint, il fit signe à Brandon. « Le sénateur vous donne deux minutes. »

L'agent des services secrets fouilla Brandon. « Qu'y a-t-il dans l'enveloppe ?

— Des photos.

— Je dois les voir. »

Brandon lui tendit l'enveloppe.

L'agent feuilleta les photos et remit l'enveloppe à Brandon avec un signe de tête pour lui dire d'avancer.

Brandon suivit l'assistant jusqu'à une suite au bout du couloir. Une fois à l'intérieur, il trouva Monroe dans un luxueux salon entouré d'assistants, tous avec de grands blocs-notes sur leurs genoux.

« Dépêchez-vous de dire de quoi il s'agit, aboya Monroe. Je suis en réunion.

— C'est personnel. Vous entendrez ce que j'ai à dire, ou cela ira aux médias. À vous de décider. »

C'était peut-être à cause de l'expression sur le visage de Brandon ou alors de l'enveloppe qu'il tenait à la main, mais en tous cas, il capta l'attention de Monroe.

« Laissez-nous. »

Les assistants de Monroe se levèrent et sortirent les uns derrière les autres.

Brandon fut stupéfait quand Eleanor Monroe entra dans la pièce.

« Que se passe-t-il, Harrison ?

— Rien, Ellie. Il lui parlait doucement comme il l'aurait fait à un enfant précieux. Va dans la chambre. J'arrive dans une minute.

— Ça va, je pense que je vais rester. »

Merde, pensa Brandon. *Elle ne fait pas partie du plan.* Mais Daphne avait raison. Il y avait quelque chose qui clochait avec la digne femme mûre. S'il était méchant, il dirait qu'elle avait un regard de folle.

« Qui êtes-vous, et que voulez-vous ? demanda avec autorité Harrison Monroe.

— Je m'appelle Brandon O'Malley. Il savait que l'agent des services secrets leur donnerait son nom s'il ne le faisait pas. Daphne Flemming est ma fiancée, et je vais adopter votre petite-fille. »

Eleanor poussa un cri.

« Alors voilà le marché. Rappelez vos voyous, et laissez-nous tranquilles. Toute chance que vous aviez d'une relation avec cette enfant s'est terminée le jour où vous avez essayé de l'arracher à sa mère. Est-ce bien clair ?

— Je ne sais pas de quoi vous parlez, dit Monroe, l'air déconcerté. Nous n'avons jamais essayé de l'enlever à sa mère. Tout ce que nous avons toujours voulu, c'est la voir. Notre fils est mort, et votre fiancée nous a privés de son enfant pendant cinq ans.

— Ne me racontez pas de conneries. Vous savez pourquoi votre fils est mort – et comment il est vraiment mort. Vous voulez prendre cette enfant et l'utiliser comme vous l'avez fait avec votre fils pour votre propre profit politique. Alors gardez votre numéro de pauvre grand-père démuni pour vous. Rappelez vos gars, ou le contenu de cette enveloppe sera envoyé par courrier express à tous les médias du pays. Votre carrière politique sera terminée. » Brandon posa l'enveloppe sur la table devant Monroe et se tourna pour partir.

« Comment est-elle ? demanda Eleanor. Michaela. »

Se retournant vers elle, Brandon retint l'envie de l'envoyer promener. « C'est la meilleure personne que j'aie jamais connue. Restez loin d'elle, ou je vous le ferai regretter à tous les deux. »

Deux heures plus tard, il prenait un vol de retour pour Boston.

La première chose que Brandon fit après son retour de Saint-Louis fut d'acheter trois billets d'avion pour San Francisco pour le week-end suivant afin que Daphne puisse voir sa famille pour la première fois en cinq ans. Ils eurent une joyeuse réunion de quatre jours avec ses parents, sa sœur, ses frères et leurs familles. Soulagée de son terrible fardeau, Daphne rencontra ses neveux et nièces pour la première fois, et Mike découvrit un tout nouveau groupe de tantes, d'oncles, de cousins et de grands-parents qui étaient ravis de la voir – et de la gâter.

Le premier jour de retour au travail de Brandon après le voyage en Californie, la branche restauration d'O'Malley & Fils se mit à l'œuvre en démolissant la cuisine de Joe Coughlin. Brandon était satisfait du groupe d'employés expérimentés qui avaient choisi de travailler avec lui. Parmi eux se trouvait Bob Simms, l'un des deux hommes sur lesquels Brandon avait failli faire tomber le gravier du temps où il buvait.

Brandon avait le moral au beau fixe en rentrant à la maison après la journée la plus satisfaisante qu'il ait passé en presque dix-sept ans dans l'entreprise. Sa nouvelle équipe, emplie de l'enthousiasme qui venait d'avoir choisi d'y travailler, s'était soudée exactement comme Brandon l'avait espéré.

Il se gara à côté de la voiture de Daphne et esquiva l'arroseur lorsqu'il prit le vélo de Mike dans l'allée et le rangea contre la porte du garage.

L'odeur de quelque chose qui brûlait frappa Brandon à l'instant même où il entra par la porte d'entrée laissée ouverte.

« Daph ? Mike ? Je suis rentré. » Il se rendit dans la cuisine pour arrêter le feu sous le poulet qui avait brûlé dans la poêle. Le sac à main et le portable de Daphne étaient restés sur la table à côté de ses clés de voiture. « Daphne ? » cria-t-il à nouveau avant de sortir pour voir si elles étaient dans le jardin, mais il n'y avait aucun signe d'elles.

Il retourna à l'intérieur et les appela encore. Une des lampes en céramique de Daphne était tombée d'une table dans le salon et s'était brisée en morceaux sur le plancher de bois. Alors que Brandon étudiait la lampe cassée, une peur glaciale envahit soudain son cœur.

« Daphne ! » Il courut dans sa chambre, mais elles n'y étaient pas. Trouvant Brandon l'ours par terre à la porte de la chambre de Mike, il comprit que son pire cauchemar s'était réalisé. Monroe les avait trouvées, et elles avaient disparu.

---

1. Surnom de la Californie.

« C'est le 911, veuillez indiquer votre urgence.

— Je dois signaler un enlèvement.

— Veuillez confirmer votre nom, adresse et numéro de téléphone. »
Brandon transmit l'information comme un robot.

« Qui a été enlevé, Monsieur ?

— Ma fiancée et sa fille.

— Comment s'appellent-elles ?

— Daphne et Michaela Van Der Meer. Michaela se fait appeler Mike.

— Quel âge ont-elles ?

— Ma fiancée a trente et un ans, et sa fille a six ans.

— Comment savez-vous qu'elles ont été enlevées ?

— *Parce qu'elles l'ont été* ! Envoyez des flics ici tout de suite ! » Lorsqu'il
raccrocha le téléphone, une rage impuissante et une peur écrasante le
submergèrent comme un raz-de-marée.

Quand il fut à nouveau capable de respirer, il reprit le téléphone.

« Colin, dit-il quand son frère décrocha.

— Brand ? Qu'est-ce qu'il y a ?

— Elles sont parties.

— Qui est parti ?

— Daphne et Mike. Monroe les a prises. »

Colin poussa un cri. « J'arrive.

— Col, dit-il avant que son frère ne puisse raccrocher. Ne le dis pas à Maman. Je lui ai dit qu'il lui faudrait me tuer avant qu'il puisse les prendre. »

Finalement, Brandon s'effondra en larmes. « Je ne les ai pas gardées en sécurité. Je les ai laissées ici toutes seules, et il les a prises.

— Je pars, Brandon. Je serai là dans un instant. »

Les flics arrivèrent en premier.

« Je suis l'inspecteur Russell. Voici mon partenaire, l'officier Hargraves. Vous avez signalé un enlèvement ? »

Brandon se poussa pour les laisser entrer. Il les mit rapidement au courant et leur montra la poêle brûlée, la lampe cassée, le sac à main et les clés de Daphne, et l'ours que Mike n'aurait jamais laissé derrière elle. « Elles ont été emmenées d'ici sous la contrainte.

— Vous voulez nous faire croire que Harrison Monroe, le candidat à la vice-présidence des États-Unis, a orchestré l'enlèvement de votre fiancée et de sa fille ? demanda Russell, son expression pleine de scepticisme.

— C'est exactement ce que j'attends de vous. Contactez mon avocat, Alan St. John à Dennis. Il dirige nos efforts pour nous débarrasser des Monroe. Il confirmera tout ce que je vous ai dit. »

Brandon leur donna le numéro d'Alan, et le jeune officier sortit pour l'appeler. « Pendant que vous perdez du temps en pensant que je mens, ils s'échappent avec ma famille.

— Donnez-nous une minute pour confirmer ce que vous venez de nous dire. Mettez-vous à notre place, M. O'Malley. Ça semble assez tiré par les cheveux.

— Ça ne l'est pas, dit Colin en arrivant avec Meredith. Si elles ne sont pas ici avec mon frère, le seul autre endroit où elles pourraient être est avec Harrison Monroe et sa femme – et elles sont avec eux contre leur volonté. »

Le jeune officier réapparut et fit oui de la tête à son partenaire.

« Je vous l'avais dit, dit Brandon.

— Nous allons lancer une alerte pour l'enfant, mais nous ne pouvons rien faire pour votre fiancée avant que cela ne fasse vingt-quatre heures qu'elle ait disparu. L'inspecteur Russell fit signe à son partenaire de passer à l'action et de lancer l'alerte.

— D'ici là, elle pourrait être morte. L'idée tortura Brandon. Ils ne sont pas intéressés par Daphne. Ils veulent Mike. »

Colin posa ses mains sur les épaules de Brandon. « Ne pense pas comme ça, Brandon.

— *Pourquoi ne devrais-je pas ?* cria Brandon. Elle leur a caché leur petit-enfant pendant *cinq ans*. Ils la détestent. Ce ne serait rien pour eux de la faire tuer pour se débarrasser d'elle. Pour l'amour de Dieu, ils ont transformé le suicide de leur fils en accident de voiture. Qu'est-ce qui les empêcherait de se débarrasser de sa femme peu coopérative ? »

Declan, Jessica, Erin et Tommy arrivèrent en courant, se précipitant par la porte d'entrée. Erin, qui était en larmes, se jeta dans les bras de Brandon. « Nous allons les trouver, Brand. »

Brandon se blottit contre sa sœur, trouvant du réconfort dans sa chaude étreinte.

« T'as déjà discuté avec Daphne de ce qu'elle ferait si ça arrivait ? demanda Declan.

Brandon hocha la tête. « Elle a promis de m'appeler dès qu'elle serait en sécurité.

— Avez-vous une photo récente de l'enfant ? » demanda l'inspecteur Russell.

Brandon se rendit dans la chambre de Mike et ramena l'album photo de ce qu'elle appelait « l'été de l'amusement ». Il l'ouvrit à la première page et retira une photo de l'anniversaire de Mike. Elle avait les bras autour de lui et de Daphne, et son sourire édenté le frappa comme une balle dans le cœur. Il s'assit brusquement, la tête dans les mains, secoué par les sanglots. Erin le prit dans ses bras et le tint contre elle. Elle lui enleva la photo et la tendit à l'inspecteur.

« Trouvez-les, chuchota Brandon. Trouvez-les, je vous en prie. »

La police leur demanda de patienter dehors pendant deux longues heures, durant lesquelles les experts de la scène de crime fouillaient la maison à la recherche de preuves, mais ils ne trouvèrent rien qui puisse leur servir à localiser Daphne et Mike.

Alan arriva au moment où les policiers partaient. « Ils ont fait appel au FBI, ce qui est courant dans les affaires d'enlèvement d'enfants. » Il serra la main aux frères de Brandon, qu'il avait rencontrés à l'anniversaire de Mike.

« Monroe a un alibi, dit Brandon. Mais ce n'est pas surprenant. Ce n'est pas comme s'il était venu ici et les avait enlevées lui-même. Il se leva. « Je vais à San Francisco. C'est là qu'ils les emmèneront.

— Ils vont obtenir un mandat pour fouiller la maison des Monroe à San Francisco, dit Alan. Il n'y a rien que tu puisses faire là-bas qui n'ait déjà été fait.

— Où est sa femme ? demanda Brandon. Eleanor ?

— Elle fait campagne avec lui au Texas, dit Alan.

— Alan a raison, Brand, dit Colin. La meilleure chose à faire est de rester tranquille et de laisser les flics faire leur boulot. Il faut que tu sois là si Daphne appelle.

— Elle appellerait sur mon portable, insista Brandon. Mike ferait de même. J'ai fait un jeu avec elle pour lui faire mémoriser le numéro, au cas où.

— Et si elles t'appellent d'un autre endroit que la Californie ? dit Dec. Tu serais obligé dans ce cas de perdre du temps à voler partout.

— Alors je suis censé rester assis ici à ne rien faire ?

— Pour l'instant, dit Alan. Ce sont les grands-parents de Mike. Ils ne vont pas lui faire de mal.

— Et Daphne ? demanda Brandon. Que vont-ils faire d'elle ? »

La question restait en suspens car personne n'avait la réponse.

Brandon passa la majeure partie de cette longue nuit à faire les cent pas. Lorsqu'il ne faisait pas les cent pas, il regardait sa ligne fixe et ses téléphones portables, voulant de toutes ses forces que l'un d'eux sonne.

Les autres avaient insisté pour rester, et Meredith et Jessica s'étaient occupées de la cuisine. Malgré leurs encouragements, Brandon ne put rien manger. Ce qu'il voulait vraiment, c'était une boisson – un bon whisky bien fort pour calmer la panique qui le rongeait et le rendait malade.

« Pourquoi n'essaies-tu pas de te reposer, Brandon ? demanda Alan juste après trois heures du matin. Les autres étaient affalés sur des canapés et des chaises. Tu ne leur seras d'aucune utilité si tu es épuisé.

— Je n'arrive pas à dormir, mais tu devrais rentrer chez toi.

— Je ne vais certainement pas partir.

— Tu as fait tout ce qu'un bon ami peut faire. Merci.

— Tu dois faire très attention à ce que cela ne provoque pas une crise dans ton rétablissement, dit Alan.

— Je pensais justement à combien j'aimerais un verre de whisky.

— Tu te souviens de l'histoire que je t'ai racontée sur la nuit où mon fils est tombé malade de la méningite ? »

Brandon hocha la tête.

« Et tu te souviens de ce que j'ai fait au lieu de boire ?

— Oui.

— Veux-tu prier, Brandon ?

— Si tu penses que ça peut nous aider.

— La seule chose dont je suis sûr, c'est que le whisky ne nous aidera *pas*. »

Brandon prit les téléphones et suivit Alan dehors sur la terrasse.

Ils s'assirent ensemble à la table, et Alan inclina la tête. « Seigneur, nous te demandons de veiller sur Daphne et Mike et de les garder en sécurité. »

Brandon essuya les larmes qui coulaient sur son visage en écoutant les mots qu'Alan prononçait doucement, et il y ajouta sa propre requête silencieuse pour que quelqu'un là-haut entende leurs prières.

À cinq heures du matin, Brandon tenait à peine debout, mais il faisait toujours les cent pas. Son téléphone portable sonna à cinq heures quinze, et il se précipita pour y répondre.

« Brandon ! dit Mike frénétiquement.

— Je suis là, ma puce. Où es-tu ?

— *Brandon* ! » pleura-t-elle encore.

Une lutte acharnée s'ensuivit, et il entendit un homme crier en bruit de fond. Mike pleurait quand la connexion fut coupée.

« *Mike* », gémit-il, tombant à genoux et fondant en larmes.

Réveillés par le téléphone, Erin, Colin et Declan formèrent un cercle autour de lui, sur le sol. « Qu'est-ce qu'elle a dit ? demanda Colin.

— Juste mon nom. Deux fois. Mais elle pleurait et quelqu'un criait dans le fond.

— Oh, mon Dieu, » chuchota Erin.

Declan attrapa le téléphone pour vérifier l'identité de l'appelant. « Merde, c'est une ligne privée, et l'appel était trop court pour être tracé.

— Qu'est-ce que je vais faire ? hurla Brandon. Il faut que je fasse *quelque chose.* »

Chacun de ses frères mit un bras autour de lui et l'aida à se relever. « Il faut que tu t'allonges un peu, Brand, dit Colin. Tu dois dormir un peu. »

Brandon n'eut alors d'autre choix que de les laisser le conduire dans sa chambre où ils le pressèrent de s'allonger. Il n'avait pas imaginé qu'il puisse dormir, mais il s'assoupit et fut assailli par des rêves où Mike et Daphne étaient à peine hors de sa portée. Il les rattrapait pour les voir s'éloigner avant de pouvoir les atteindre.

Il se réveilla en sursaut à huit heures lorsqu'il entendit Mike l'appeler, mais c'était encore un rêve. Quand il se rappela que Mike et Daphne étaient parties, il se roula sur son flanc et se mit à gémir sur l'oreiller qui sentait bon l'odeur de Daphne.

Aidan et Clare arrivèrent à neuf heures, tout juste de retour de leur lune de miel. « On est rentrés à Rhode Island hier soir et on a eu ton message, dit Aidan à Colin. Qu'est-ce qu'on peut faire ? »

Colin secoua la tête. « On attend, en espérant que Daphne appelle. Les flics ont lancé une alerte nationale pour Mike, mais jusqu'à présent il n'y a aucun signe d'elle.

— Et pour les Monroe ? demanda Aidan.

— Les deux ont des alibis en béton, dit Declan.

— S'ils veulent Mike, l'un d'eux ne nous mènera-t-il pas à elle ? » demanda Clare.

Dec acquiesça. « C'est ce qu'on espère. Les flics les surveillent de près.

— Monroe doit adorer ça en pleine campagne électorale, dit Aidan.

— Qu'est-ce qu'on en a à foutre de lui et de sa campagne ? dit Brandon en entrant dans la pièce. Il est temps de le réduire à néant. Envoyons ces photos de lui et de sa maîtresse aux médias.

— Tu ne devrais pas faire ça, Brandon, dit Alan. S'il est instable et que tu le mets en colère, tu pourrais les mettre en danger.

— Tu ne veux pas dire *encore plus* en danger ? » demanda Brandon en s'affalant sur une chaise.

Aidan s'accroupit devant lui. « Il faut que tu tiennes bon, Brand. On va les retrouver. »

Brandon pouvait à peine parler tant il était pris de panique. « Et si on n'y arrive pas ? Et si je ne les revoyais plus jamais ? »

Aidan serra le bras de son frère. « Ça n'arrivera pas. » Il se tourna vers

Alan. « Qu'est-ce qui se passe avec ce détective privé qui travaillait pour Daphne et Brandon ? Y a-t-il quelque chose qu'il puisse faire ?

— Il est déjà sur le coup, répondit Alan.

— Est-ce qu'on peut l'aider ? Quoi qu'il en coûte, je paierai. Et je veux offrir une récompense d'un demi-million de dollars pour tout tuyau qui mènerait à leur retour en toute sécurité. »

Alan hocha la tête. « Je vais passer quelques coups de fil.

— Et les médias ? demanda Aidan. Faisons passer ça à la télé et citons quelques noms. Ça pourrait rendre Monroe fou, mais il ne leur fera rien si le monde entier regarde.

— Quelqu'un doit le dire à Maman et Papa avant qu'on fasse ça, dit Colin.

— J'y vais, proposa Dec.

— Ne la laisse pas venir ici. Brandon ne doutait pas que sa mère serait hystérique. Je ne supporterai ça en ce moment.

— Je m'en occupe, dit Dec. Ne t'inquiète pas.

— J'ai une amie d'université qui est journaliste à la télévision à Boston, dit Meredith.

— Appelle-la, dit Aidan.

— Merci, chuchota Brandon à son frère.

— Nous ne lâcherons rien jusqu'à ce que nous les ayons retrouvées, dit Aidan. Je te le promets. »

À midi, tous les médias du pays avaient annoncé que la belle-fille et la petite-fille du candidat à la vice-présidence, Harrison Monroe, avaient disparu et qu'un homme du Massachusetts accusait M. Monroe de les avoir enlevées.

« Je n'ai absolument rien à voir avec cela, » déclara M. Monroe, visiblement ébranlé, lorsque les journalistes s'étaient attroupés autour de lui après un arrêt de campagne électorale à Houston. M. O'Malley est hystérique et cherche un bouc émissaire pour la disparition de sa fiancée et de sa fille. Peut-être que la police devrait concentrer son attention sur lui plutôt que sur moi. Eleanor et moi prions pour la sécurité de notre belle-fille et de notre petite-fille, et je n'ai rien d'autre à déclarer. »

« *Fils de pute !* Brandon hurla à la télévision. *Tu sais exactement où elles sont !* Et puis merde avec tout ça. Il saisit son téléphone portable. Il faut que je me tire d'ici. » Il se précipita vers la porte d'entrée et traversa la foule de journalistes réunie sur la pelouse devant la maison. Le vélo de Mike, toujours appuyé contre la porte du garage, l'arrêta net, lui rappelant l'anniversaire de la petite, comment il l'avait suivie dans la rue alors qu'elle apprenait à rouler sans roues d'entraînement, et comment il l'avait récupérée lorsqu'elle s'était écrasée sur la pelouse du voisin. Ignorant que les photographes captaient toutes ses émotions, il fixa le vélo, les larmes coulant sur son visage.

« Allez, viens, Brandon. » Aidan l'emmena loin du vélo et le dépêcha d'entrer dans la cabine de son pick-up alors que les journalistes leur criaient de faire une déclaration. Face aux reporters qui les poursuivaient dans la rue, Aidan appuya sur l'accélérateur et les sortit de là. Ils roulèrent pendant un moment et finirent par se retrouver dans la rue principale.

« On peut aller au phare ? demanda Brandon.

— Où tu voudras. »

Arrivés au phare de Chatham, Brandon sortit du pick-up et s'assit sur le garde-corps, face au sable et à l'océan. « Mike adore cet endroit. On a fait voler un cerf-volant sur la plage pas plus tard que le week-end dernier.

— Tu pourras la ramener ici quand elle rentrera à la maison, dit Aidan en s'asseyant à côté de son frère.

— Je n'avais pas vraiment compris jusqu'à maintenant, jusqu'à ce qu'on traverse la ville en voiture, ce que tu voulais dire quand tu disais que tu ne pouvais pas revenir ici après la mort de Sarah, dit Brandon. Je ne pourrais plus vivre ici sans elles. Partout où je regarde, je vois quelque chose qui me fait penser à elles.

— Je sais que c'est vraiment dur, mais essaie de ne pas penser au pire. Monroe veut peut-être tout contrôler, et c'est un politicien véreux, mais ce n'est pas un meurtrier.

— C'était comme ça pour toi quand Sarah a refusé le traitement, pas vrai ? »

Aidan hocha la tête. « Il n'y a rien de pire que de se sentir complète-ment impuissant.

— Et ça faisait presque vingt ans que tu étais avec elle à ce moment-là. J'ai passé cinq mois avec elles. Je ne peux pas m'imaginer ce que tu as dû endurer pendant qu'elle était malade.

— Si quelqu'un qu'on aime est en danger et qu'on ne peut pas l'aider, le sentiment est exactement le même, qu'on l'ait aimé pendant cinq mois ou vingt ans.

— Une seule chose pourrait empêcher Daphne de m'appeler pendant si longtemps. Brandon regarda l'océan sans fin. Elle doit être morte.

— Brandon, non...

— Elle est enceinte. »

Aidan poussa un cri. « Oh, mon Dieu.

— Personne ne le sait, pas même Mike, » dit-il alors que de nouvelles larmes coulaient de ses yeux déjà rouges à force de pleurer et de ne pas dormir.

Aidan glissa son bras autour de son frère. « Il faut que tu restes optimiste pour elles. Elles ont besoin que tu restes calme.

— Merci pour tout ce que tu fais pour m'aider, Aid. Pour avoir affiché la récompense et tout le reste.

— Cela aurait brisé le cœur de Sarah de savoir ce que tu ressentais pour elle et de penser qu'elle avait été désinvolte avec tes sentiments. Je suis certain qu'elle aurait approuvé que j'utilise son argent pour vous aider. »

Bouleversé, Brandon ne put que hocher la tête.

Brandon avait passé la majeure partie de la deuxième longue nuit allongé sur le lit de Mike avec l'album photo « Un été d'amusement ». Il l'avait feuilleté encore et encore et s'était arrêté à chaque fois pour étudier la photo prise sur l'île de Nantucket de Josh et Mike qui s'enlaçaient. On aurait dit deux anges blonds, au teint bronzé et au grand sourire. Ils s'étaient habitués à se voir presque tous les jours, et Erin se demandait comment expliquer à Josh où était passé sa meilleure amie.

Les trois pages suivantes étaient consacrées au mariage de Declan. La préférée de Brandon était celle que Daphne avait prise de Mike et lui, leurs visages s'illuminant des couleurs du feu d'artifice du 4 juillet. On y trouvait aussi une photo de la famille O'Malley, qui était passée de treize à dix-huit cette année – vingt et un si l'on comptait les filles de Clare, qui étaient sur la photo de famille prise au mariage d'Aidan et Clare. Il s'arrêta pour étudier un superbe cliché d'Aidan et de son témoin, Colin, partageant un rire avant la cérémonie.

Brandon passa un doigt sur la photo d'un Aidan rayonnant, entouré des femmes qui composaient sa nouvelle famille – Clare et Jill à sa gauche, Kate et Maggie, un bras toujours dans le plâtre, à sa droite.

Sur la page suivante, il y avait une photo d'Aidan au piano, faisant la sérénade à Clare avec la chanson *Beautiful in My Eyes*. Tout le monde dans la pièce avait fini en larmes lorsqu'Aidan, accompagné de Declan et de Kate en chœur, avait joué les dernières notes de la chanson. Sa famille n'avait pas entendu Aidan jouer depuis avant que Sarah ne tombe malade, et ce fut un moment inoubliable pour eux tous.

Mike, en admiration devant la vedette, avait pris plusieurs photos de la fille de Clare, Kate, qui leur avait montré pourquoi sa chanson *Je croyais savoir* était numéro un des hit-parades de country lorsqu'elle l'avait chantée pour sa mère et son nouveau beau-père. La semaine suivante, Brandon avait entendu Mike dire à quelqu'un sur la plage que son oncle Aidan était le beau-père de Kate Harrington, et que Kate allait devenir une *grande* star.

Brandon retourna à la photo de Clare entourée des frères O'Malley. Elle avait fait comme si rien ne s'était passé entre elle et Brandon en mettant son bras autour de lui pour la photo. Sur la page opposée, il y avait une photo de lui avec Daphne sur la terrasse d'Aidan. Ils avaient été photographiés à leur insu, avec le Mont Mansfield en arrière-plan. N'importe qui pouvait voir à quel point ils étaient profondément amoureux rien qu'en regardant cette photo.

Il s'étouffa en sanglotant. « Tu me manques, Daph. » Enfouissant son visage dans l'oreiller de Mike, il respira le parfum de son shampoing pour bébé.

Il se rendit compte, au cours d'une autre longue nuit, que Daphne était peut-être vraiment morte. « Si tu es partie, mon amour, chuchota-t-il, je jure devant Dieu que je vais consacrer toute mon énergie à récupérer notre fille. Je l'élèverai moi-même s'il le faut, mais eux ne le feront pas. »

Dans le chaos de ces derniers jours, Brandon n'avait pas passé beaucoup de temps à penser à comment Monroe les avait trouvées. Cependant, une fois qu'il prit le temps de réfléchir à la question, il ne lui fallut pas longtemps pour comprendre comment cela s'était passé.

Avec une sensation nauséeuse, il se leva et alla dans leur chambre, toucha la barre d'espacement de l'ordinateur de Daphne et attendit qu'il se lance. Il ouvrit le navigateur et tapa « Brandon O'Malley » dans le moteur de recherche.

La liste des résultats était longue, mais il suffisait de lire le premier article.

En avalant sa salive, il cliqua sur le lien vers le site web de l'entreprise. La légende sous sa photo disait : « Brandon O'Malley, ingénieur de profession et directeur, O'Malley & Fils Construction, Inc. O'Malley & Fils, dont le siège social est situé dans la pittoresque ville de Chatham, dans le Massachusetts, est l'une des plus grandes entreprises familiales de Cape Cod. »

« Oh, mon Dieu, » chuchota-t-il. En essayant de les débarrasser des Monroe, il les avait menés tout droit à Mike et Daphne.

Son esprit s'emballait. *Daphne avait raison. J'aurais dû laisser les choses comme elles étaient. Au lieu de cela, j'ai remué les choses, et maintenant elles sont parties.* Il avait été si confiant que les photos effraieraient Monroe, surtout en pleine campagne. Il était clair que Brandon avait sous-estimé l'obsession du sénateur pour sa petite-fille. Assis sur le lit, il mourait d'envie de trouver quelque chose pour atténuer l'horrible douleur qu'il ressentait à chaque instant depuis qu'il était rentré à la maison pour les trouver parties – une douleur qui était devenue insupportable maintenant qu'il venait de réaliser qu'il n'avait que lui-même à blâmer pour avoir conduit Monroe jusqu'à leur porte.

En repensant à quand il buvait, il tenta de se rappeler tous les endroits où il avait caché de l'alcool dans la maison. Il restait sûrement une bouteille que personne n'avait trouvée. Et puis il se souvint du garage, dans l'armoire au-dessus des escaliers du sous-sol. Traversant silencieusement le salon où ses frères dormaient, il sortit et se rendit au garage par la porte de la cuisine.

En utilisant un escabeau, il atteignit l'armoire où Valerie avait rangé les décorations de Noël, ouvrit la porte et trouva non pas une, mais deux bouteilles de Jack Daniels. Il attrapa la bouteille non ouverte et la descendit de l'armoire.

Il s'assit sur le sol du garage et s'appuya contre le mur, berçant la bouteille. Des larmes coulaient sur son visage alors qu'il s'efforçait de trouver le courage de jeter ses cent soixante et onze jours de sobriété par la fenêtre. Il avait sincèrement pensé qu'il ne boirait plus jamais. Mais rien n'aurait pu le préparer à ce qu'il ressentirait en découvrant qu'il avait mis en danger les deux personnes qu'il aimait le plus au monde.

Le bouchon résista à ses tentatives maladroites de le défaire, presque comme s'il savait ce qui était en jeu. Lorsqu'il réussit enfin à ouvrir la bouteille, l'odeur le frappa en premier, lui promettant le doux soulagement qu'il ne pouvait obtenir ailleurs.

Aveuglé par les larmes, il tint la bouteille ouverte sous son nez.

« Qu'est-ce que tu fais ? »

La voix de Colin le fit sursauter.

« Va-t'en, Col. La déception qu'il vit sur le visage de son frère était atroce.

— Où t'as trouvé ça ? » demanda Colin, en essayant d'attraper la bouteille.

Brandon la tint hors de sa portée. « *Fous le camp d'ici !*

— Ne fais pas ça, Brand. Ça ne servira à rien.

— Qu'est-ce que t'en sais ?

— Tu y as travaillé si dur pendant presque *six mois*. Allez, donne-la-moi.

— Laisse-moi tranquille, Colin. Je suis sérieux.

— Tu ne veux pas qu'elles soient fières de toi ? supplia Colin, accroupi pour se mettre au niveau des yeux de Brandon. Pense à Daphne et Mike qui rentrent à la maison et te trouvent ivre. Ne les laisse pas tomber comme ça. Elles comptent sur toi. »

De profonds sanglots violents saisirent Brandon. Il ne résista pas quand Colin lui prit la bouteille, la mit de côté et s'agenouilla pour le consoler. Brandon s'effondra contre le torse de son frère et pleura jusqu'à ce qu'il ne lui reste plus de larmes. « Tout est de ma faute, Colin.

— Comment ça ?

— Quand j'ai confronté Monroe, je lui ai donné mon nom. Je suis partout sur Internet à cause de l'entreprise. C'est comme ça que Monroe les a trouvées.

— Ils les avaient déjà retrouvées sans ton aide, et ils les auraient retrouvées à nouveau. Ils n'allaient pas abandonner. Tu ne peux pas te torturer comme ça. On pensait tous que ces photos de lui avec sa maîtresse mettraient fin à tout ça. »

Brandon s'essuya le visage. « Comment vais-je vivre sans elles si on ne les récupère pas ?

— Tu n'auras pas à le faire. »

La bouteille de whisky ouverte, posée sur le sol du garage, était un rappel brutal de ce que pourrait être la vie de Brandon sans elles.

~

Sur l'insistance de Colin, Brandon se coucha enfin et dormit jusqu'à dix heures le lendemain matin. Il savait qu'il avait besoin de dormir, mais se réveiller et se souvenir qu'elles étaient parties était insoutenable, tout comme le fait de réaliser à quel point il avait failli renoncer à sa sobriété durement gagnée. Il était étonné de la facilité avec laquelle il avait balayé toute la détermination qu'il avait accumulée au cours des six derniers mois. Bien sûr, il savait que l'alcoolisme était une maladie qui durait toute la vie, mais il pensait l'avoir vaincue. Les événements de la nuit précédente lui avaient démontré le contraire.

Il ne pouvait pas non plus ignorer qu'il était affamé. L'odeur du bacon le fit se lever et entrer dans la douche où il se tint sous l'eau pulsée sans rien ressentir. Il fit tout machinalement et par nécessité – se laver, se raser, se peigner, se brosser, s'habiller.

Dans la cuisine, sa mère surveillait le bacon. Elle se retourna et lui tendit les bras.

Quand il se blottit contre elle, Brandon vit qu'elle avait pleuré. « Je ne pouvais pas rester à l'écart plus longtemps.

— Je suis désolé, je savais que tu serais déçue...

— Qu'est-ce que tu racontes ?

— J'avais promis de les garder en sécurité.

— Tu ne pouvais pas être avec elles à chaque instant de la journée. Tu as fait tout ce que tu pouvais, Brand.

— J'en ai fait un peu trop, dit-il, en lui expliquant comment Monroe avait trouvé Mike et Daphne.

— Tu ne peux pas te blâmer. Tu essayais de les aider. Elle le garda longtemps dans ses bras. As-tu faim, mon cœur ? » Elle leva la main pour lui balayer les cheveux humides de son front.

Il hocha la tête. « Où sont les autres ?

— Papa, Dec, Aidan et Clare sont dehors. Colin et Tommy ont dû aller travailler un peu. Meredith et Jessica sont rentrées chez elles pour se changer, et Erin est chez la mère de Tommy pour s'occuper des enfants. Est-ce que c'est tout le monde ?

— Je crois que oui. » Elle avait compté tout le monde, sauf les deux personnes dont il avait le plus besoin.

Colleen posa une assiette de bacon et d'œufs devant lui. « Du café ? »

Il hocha la tête. « Merci. » La nourriture avait bon goût, mais il avait du mal à l'avaler avec le nœud qui s'était formé dans sa gorge à la vue de son visage sur Internet. *J'aurais aussi bien pu leur indiquer le chemin de ma maison,* pensa-t-il, éprouvant l'envie de casser quelque chose.

Lorsque son téléphone portable retentit, Brandon se précipita de sa chaise pour l'attraper sur le comptoir.

« Brandon. » Elle était faible, et sa voix était tendue, mais c'était bien Daphne.

Il se rassit sur la chaise de cuisine. « Oh, mon Dieu, Daph, tu vas bien ?

— *Ils la tiennent !* Ils ont pris mon bébé.

— Chérie, où es-tu ? Il était tellement soulagé qu'il pouvait à peine parler.

— Dans un motel à Topeka[1], chuchota-t-elle. Ils m'ont donné quelque chose qui m'a assommée. Ils l'ont prise et m'ont laissée ici. »

Chaque mot semblait saper son énergie.

« J'ai essayé de me réveiller, mais ils m'ont donné une autre dose, et je n'ai pas pu... Ses sanglots lui dérobèrent sa voix. J'ai essayé, Brandon. J'ai essayé de les combattre, mais ils étaient armés. »

Il avala sa salive et essuya vite les larmes de son visage. « Ça va aller, ma chérie. Peux-tu me dire exactement où tu es ? Je vais te trouver de l'aide tout de suite, et je serai dans un avion aussi vite que possible.

— Attends. L'adresse est sur le téléphone. Elle lui donna le nom et l'adresse du motel. C'est elle, Brandon. C'est Eleanor qui me poursuit depuis des années, pas lui. »

Brandon poussa un cri de surprise alors qu'il sortait pour communiquer la position de Daphne aux policiers. « Comment le sais-tu ? »

Elle prit une profonde inspiration pour rassembler l'énergie nécessaire pour continuer. « Je les ai entendus quand ils pensaient que j'étais dans les vapes. Ils parlaient de la vieille dame ceci, la vieille dame cela. On ne veut pas énerver la vieille dame.

— C'est pour ça que les photos n'ont pas marché. Je ne comprenais pas pourquoi il risquerait la campagne en faisant un coup comme celui-ci maintenant.

— Il ne les a probablement jamais montrées à sa femme. Mais c'est elle qui est derrière tout ça. Elle l'est depuis le début.

— C'est une information précieuse, mon cœur. Ça aidera le FBI à trouver Mike.

— Et si on ne la trouve pas ? demanda-t-elle, en pleurant à nouveau. Qu'est-ce qu'on va faire ?

— On va la trouver. J'ai eu si peur quand tu n'as pas appelé...

— Ça fait combien de temps ? Je ne sais pas depuis combien de temps je suis ici.

— Presque deux jours. J'étais terrifié à l'idée qu'ils te tuent pour se débarrasser de toi.

— Je crois que j'ai perdu le bébé, dit-elle, ses sanglots parsemés de hoquets.

— Non, gémit-il. Non.

— Il y a du sang partout sur moi, et j'ai eu une douleur terrible. »

La perte lui fit mal jusque dans son âme, mais Brandon lutta pour rester concentré sur ce dont elle avait besoin. « Ils t'envoient une ambulance, ma chérie. Aidan avait affrété un avion et un équipage prêts à partir au cas où tu appellerais, alors je serai là dans quelques heures. Je t'aime tellement.

— Je t'aime aussi. Dépêche-toi, Brandon. J'ai besoin de toi. »

---

1. Ville de l'État du Kansas située à près de 2500 km de Cape Cod.

CHAPITRE 36, JOUR 172

*S*es frères insistèrent pour venir avec lui au Kansas, et ils s'entassèrent dans le SUV de Daphne pour le trajet jusqu'à Hyannis, où Aidan avait affrété l'avion. Ils passèrent chercher Colin au bureau et se mirent en route.

« Est-ce qu'on va pouvoir voler avec ça ? demanda Colin, en jetant un œil sur le brouillard épais qui caractérisait les étés à Cape Cod.

— Au pire, ça devrait se lever dans une heure ou deux, » dit Declan depuis le siège du conducteur.

Brandon gémit à l'idée d'un retard. Comme ce n'était pas un jour de plage, ils partageaient la route très fréquentée avec des cyclistes, des coureurs et des couples poussant des poussettes. Declan s'engagea à toute vitesse sur un rond-point, dans sa hâte coupant la route à deux automobilistes en colère.

Avec les embouteillages de l'été, ils mirent près de quatre-vingt-dix minutes pour faire ce qui aurait dû être un trajet de quarante-cinq minutes.

Pris de désarroi en découvrant que le brouillard était pire à Hyannis qu'il ne l'avait été à Chatham, Brandon se lamentait.

À l'aéroport, Aidan traversa le terminal pour consulter le pilote qu'il avait engagé.

En voyant le pilote secouer la tête, l'estomac de Brandon se retourna.

« L'aéroport est fermé, dit Aidan en revenant à l'endroit où ses frères l'attendaient. Ils ont eu un incident quelconque sur la piste. Ça va durer une heure ou deux.

— On peut aller à Boston ? demanda Brandon désespérément.

— Vu la circulation, le temps qu'on y arrive, cet aéroport sera ouvert, dit Colin.

— *Putain de merde*, tout ça est incroyable, » gémit Brandon.

Cinq interminables heures plus tard, un taxi les déposa à l'hôpital St Francis de Topeka.

Brandon courut à l'intérieur et jusqu'au quatrième étage, où on lui avait dit que Daphne se trouvait après avoir été admise. Il fit irruption dans sa chambre et retint son souffle lorsqu'il la trouva endormie, blanche comme un linge et toute petite dans le grand lit d'hôpital. Mais il lui importait peu qu'elle soit si pâle. Elle était vivante, et c'était tout ce qui comptait.

Essuyant ses larmes, il lui prit la main qui n'était pas attachée à un moniteur.

Quand il pressa ses lèvres contre sa paume, elle remua. « Brandon ?

— Je suis là, mon amour, chuchota-t-il. Je suis désolé d'avoir mis autant de temps. »

Elle lui tendit les bras, et il se glissa sur le lit pour la blottir contre lui.

« Mon Dieu, j'ai cru que je ne te reverrais plus jamais. Aveuglé par les larmes, il s'enfouit le visage dans ses cheveux. Je n'ai jamais eu aussi peur de ma vie.

— Est-ce qu'ils ont trouvé Mike ?

— Pas encore. Ils ont fouillé la maison des Monroe deux fois mais ne l'ont pas trouvée. J'ai parlé à l'agent en charge il y a une heure, et sur la base de ce que tu as entendu, ils emmènent Eleanor pour l'interroger. Ils veulent aussi te parler, quand tu t'en sentiras capable.

« Je vais le faire tout de suite. Aujourd'hui. Tout ce qu'il faut pour récupérer Mike.

— Laisse-moi te tenir dans mes bras encore une minute, et puis je l'appellerai.

— Tu as l'air si fatigué, mon chéri. Elle lui caressa le visage. Tu n'as pas bu, non ?

— Non. Et pourtant j'en avais envie. J'ai failli le faire hier soir, mais Colin m'a arrêté, Dieu merci. »

Elle passa ses doigts dans les cheveux de l'homme qu'elle aimait. « Oh, Brandon.

— Tout est de ma faute, Daph. J'aurais dû t'écouter et laisser tomber. Je les ai menés droit à vous.

— Chut, dit-elle, les doigts sur les lèvres de Brandon. Cela aurait fini par arriver. Elle ne se serait pas arrêtée tant qu'elle n'avait pas mis la main sur Mike.

— Est-ce que ça va ? Qu'ont dit les médecins ?

— J'ai perdu le bébé, chuchota-t-elle. Ce qu'ils m'ont donné a tué notre bébé. »

Une rage brûlante le traversa, mais il ne la lui montra pas. Au lieu de cela, il la tint simplement plus près de lui. « Elle ne s'en tirera pas comme ça. Je me fiche de qui elle est.

— Je le voulais tellement, dit-elle, ses larmes mouillant la chemise de Brandon.

— Moi aussi, ma chérie. Mais nous en aurons d'autres, beaucoup d'autres. Nous allons trouver Mike, rentrer à la maison, nous marier, et avoir un tas d'enfants.

— Promis ?

— Je te le promets, et tu sais que je tiens toujours mes promesses. »

Il se pencha pour l'embrasser et fut surpris par l'explosion de passion qui les frappa au moment où leurs lèvres se rencontrèrent. « Je t'aime tellement. Je n'aurais pas pu vivre sans toi.

— Je ne pourrai pas vivre sans Mike. Il faut la retrouver.

— Nous la trouverons. Je te le promets. »

Après deux jours de recherches intenses par les forces de l'ordre, ils ne l'avaient toujours pas retrouvée. Lorsque Daphne sortit de l'hôpital, Brandon l'emmena par avion chez ses parents en Californie, car le FBI était certain que Mike serait retrouvée quelque part dans l'État d'origine des Monroe. Il tenta de renvoyer ses frères chez eux, en particulier Colin, dont le mariage était prévu dans une semaine, mais ils refusèrent de partir tant que Mike n'aurait pas été retrouvée. Ils se réfugièrent dans un hôtel de Sausalito pour être proches de Brandon et de Daphne.

Cette dernière put donner des descriptions détaillées de ses ravisseurs, mais les bribes de leur conversation dont elle se souvenait ne suffirent pas au FBI pour arrêter Eleanor, qui fut interrogée et relâchée sans révéler d'informations utiles.

Brandon finit par convaincre ses frères de rentrer chez eux quand il s'avéra que l'affaire n'allait pas se terminer rapidement. Ils passèrent chez les parents de Daphne pour leur dire au revoir avant de prendre un vol commercial pour Boston. Aidan insista pour garder l'avion affrété au cas où Brandon en aurait besoin.

« Nous serons à la maison avec Mike à temps pour le mariage, affirma Brandon à Colin avec plus de confiance qu'il ne ressentait. Mais si ce n'est pas le cas, je veux que tu te concentres sur Meredith et ton grand jour, tu m'entends ? »

Colin détourna son regard et hocha la tête. « J'aimerais qu'on puisse faire quelque chose.

— Je sais, mais il n'y a rien à faire. Alors rentre chez toi et prépare-toi pour ton mariage. Moi, ça va aller.

— Tu es sûr ?

— Absolument. Merci pour ce que tu as fait pour moi l'autre nuit. Je ne sais pas à quoi je pensais...

— Tu ne pensais pas. Tu étais terrifié.

— Je suis tellement content que tu aies été là pour m'arrêter, Col.

— Moi aussi. »

Brandon le serra dans ses bras. « Ne laisse pas tout ça gâcher ton mariage, s'il te plaît ? Mike détesterait ça. »

Colin cligna des yeux, retenant ses larmes, et hocha la tête.

« Où est le témoin ? demanda Brandon.

— Ici, dit Declan.

— Allez, emmène-le. Brandon leur serra la main à tous les deux. Merci pour tout, les gars.

— On priera pour toi, Brand, et pour Mike, » dit Dec, en serrant son frère dans ses bras. Ils s'éloignèrent tous les deux et laissèrent Aidan lui dire au revoir.

« Tu sais comment me joindre – de jour comme de nuit – si tu as besoin de quelque chose, d'accord ? demanda Aidan.

— Je ne pourrai jamais te remercier assez pour tout ce que tu as fait. Tu es venu et tu as pris les choses en main, ce qui était exactement ce dont j'avais besoin. Après tout ce qui s'est passé entre nous, que tu puisses être entièrement *là* pour moi... Brandon s'arrêta et secoua la tête quand l'émotion l'envahit.

— C'est du passé, tout ça. Aidan posa ses mains sur les épaules de son frère. Ce qui compte maintenant, c'est l'avenir. Il n'y a rien que je ne ferais pas pour toi, Brand.

— Y compris être mon témoin en septembre ? »

Aidan sourit. « Ouais ?

— Ouais.

— J'aimerais beaucoup.

— Je te verrai la semaine prochaine au mariage de Colin. Mike ne raterait jamais un mariage.

— C'est vrai. Aidan le serra dans ses bras. Accroche-toi, frérot.

— J'essaie. »

Le lendemain, l'enquête avança quand les trois hommes qui avaient enlevé Daphne et Mike furent arrêtés dans le Chinatown de San Francisco. Tous désignèrent Eleanor comme étant le cerveau de l'opération, et les importants dépôts récents sur leurs comptes bancaires constituaient toutes les preuves dont le FBI avait besoin pour l'arrêter. Elle fut emmenée de sa maison à Pacific Heights, on lui prit ses empreintes digitales, et elle fut arrêtée et accusée d'enlèvement et séquestration, d'enlèvement et séquestration d'enfant, de tentative de meurtre et d'enlèvement commis en bande organisée.

Plus tard dans la matinée, Harrison Monroe, l'air fatigué et sombre, donna une conférence de presse au cours de laquelle il démissionna de la campagne électorale et du Sénat. Il déclara ne pas savoir où se trouvait sa petite-fille et promit de soutenir sa femme jusqu'à ce que les accusations « sans fondement » portées contre elle soient abandonnées.

Les médias se déchaînèrent, diffusant à maintes reprises les images d'Eleanor emmenée de son manoir les menottes aux poignets. Daphne fut bombardée de demandes d'interviews et accepta finalement de parler à la filiale de la NBC, dans l'espoir que cela génère quelques pistes. Brandon et elle regardaient l'émission ce soir-là sur le canapé du salon de ses parents.

« Tu as été formidable, ma chérie, dit-il en lui embrassant la main.

— J'ai une tête de déterrée.

— Tu es magnifique.

— Tu es obligé de dire ça.

— C'était dur de parler de Randy ?

— Pas vraiment. C'était il y a si longtemps, et il est temps que les gens sachent comment il est mort et pourquoi.

— J'espère que quelqu'un verra cette émission et nous aidera à trouver Mike, dit Brandon, le cœur brisé en l'imaginant seule et effrayée. L'image était presque plus que ce qu'il pouvait supporter, et cela le fit frémir.

— Qu'est-ce qui se passe ? demanda Daphne.

— Ma petite me manque.

— Je ne supporte pas de penser à ce qu'elle doit ressentir, se demandant pourquoi nous ne sommes pas venus la chercher. »

Brandon enfouit son visage dans ses mains pour qu'elle ne voie pas ses larmes.

Elle glissa son bras autour de lui et appuya son visage contre son dos.

Quand il sentit une chaude humidité à travers sa chemise, il réalisa qu'elle, aussi, pleurait.

Il la prit dans ses bras, et l'un contre l'autre, ils sanglotèrent.

« Tu n'as pas à me le cacher.

— J'ai tellement peur, » confessa-t-il.

Elle embrassa ses larmes comme pour enlever sa peine.

D'un baiser profond, il captura sa bouche en y mettant toute son âme, ce qui pendant un bref instant chassa ses pensées.

Le téléphone sonna et les fit sursauter. Brandon alla le chercher.

« Nous avons une piste, dit l'agent Jackson sans préambule. Une femme de ménage de la maison a entendu parler de la récompense et s'est présentée en disant qu'il y a une pièce secrète au troisième étage qu'Eleanor a fait construire pour sa petite-fille. M. Monroe dit qu'il n'est pas au courant, et Eleanor ne parle pas. Nous y envoyons une équipe maintenant.

— Nous arrivons tout de suite, dit Brandon.

« — Non, ne bougez pas. Ça va aller vite. Je vous appelle dès que je sais quelque chose. »

Brandon raccrocha et relaya l'information à Daphne.

« Oh, mon Dieu, chuchota-t-elle. Qu'est-ce qu'on peut faire ? Il faut qu'on fasse quelque chose. »

Il lui tendit la main. « Prie avec moi. »

Après vingt des plus longues minutes de leur vie, le téléphone sonna à nouveau.

« Nous l'avons, et elle va bien, dit l'agent Jackson. Elle a dit que sa grand-mère a été gentille avec elle. »

Brandon souffla la nouvelle à Daphne et garda son bras autour d'elle alors qu'elle fondait en larmes. « Pouvons-nous lui parler ?

— Les ambulanciers sont en train de l'examiner vite fait, puis nous la ramènerons à la maison. Vous auriez dû voir cette pièce. Elle était cachée derrière un panneau dans le mur, et on aurait dit que la boutique de jouets FAO Schwartz[1] avait explosé là-dedans. Il y avait des vêtements suspendus dans le placard allant de la taille d'un bébé à celle d'un adolescent. Eleanor a construit la pièce quand Harrison était à Washington et a payé tout le monde pour garder le secret. Sans la femme de ménage qui voulait se donner bonne conscience – et qui avait soif d'un demi-million de dollars – je ne sais pas si nous l'aurions jamais trouvée. »

Le cœur de Brandon s'emballa à la pensée qu'ils avaient failli la perdre à jamais.

« Nous la ramènerons chez vous dans l'heure qui suit, » dit l'agent Jackson.

Brandon, Daphne et ses parents attendaient sous le porche quand une voiture de police arriva quarante minutes plus tard. Encore affaiblie par son épreuve, Daphne était enveloppée dans une couverture que Brandon avait exigé qu'elle porte.

Il descendait les escaliers lorsque la portière arrière de la voiture de patrouille s'ouvrit.

Mike sortit en courant de la voiture, vêtue d'une robe à froufrous qui ne lui allait pas du tout.

Des larmes coulant le long de son visage, Brandon lui tendit les bras.

Elle se jeta contre lui. « Tu m'as manqué, dit-elle en sanglotant et en s'accrochant à lui.

— Tout va bien, ma puce. Il pleura dans ses cheveux doux en la portant à Daphne. Tu vas bien maintenant. Papa te tient. »

---

1. Ce magasin de jouets était, à l'époque, le plus grand au monde.

ÉPILOGUE

Brandon fit face au miroir pour ajuster son nœud papillon et enlever les peluches de l'épaule de son smoking noir. Il passa une main tremblante dans ses cheveux striés de mèches blanches qui avaient commencé à apparaître après l'enlèvement.

La boule de nerfs qu'il avait au ventre depuis des jours avait quadruplé en une nuit. Il prit le rouleau d'antiacides dans sa poche. *Comment vais-je y arriver ?*

« Seigneur, dit-il à son reflet dans le miroir, à l'aise maintenant avec les demandes quotidiennes qu'il adressait à sa puissance supérieure. S'il vous plaît, aidez-moi à passer cette journée sans me mettre dans l'embarras. »

Il fit une dernière tentative infructueuse pour redresser son nœud papillon et quitta les toilettes hommes à l'arrière de l'église du Saint-Rédempteur.

Sa mère sortit de la pièce réservée aux mariées, essuyant une larme au coin de son œil. « Elle est belle, mon amour.

— Toi aussi, Maman.

— Merci, dit-elle. Elle nous fait tous pleurer là-dedans. »

Il sourit. « Elle tient le coup ?

— Elle est d'un calme olympien. Exactement ce dont on s'attendrait d'elle. Et toi, comment vas-tu ? »

Il mit un autre antiacide dans sa bouche. « Plutôt une épave, pour être honnête. »

Colleen lui tapota le visage. « Tu vas y arriver, mon cœur. Je te soutiendrai.

— Merci, Maman. Il l'embrassa. Je te verrai à l'intérieur. »

La porte de la chambre de la mariée s'ouvrit à nouveau. Isabel, dix-sept ans, et Emily, quinze ans, sortirent en robe bustier vert foncé. Les boucles marron d'Isabel étaient balayées en une coiffure glamour qui le laissa sans voix. *Quand est-elle devenue une femme ?* Les cheveux blond clair d'Emily, qui ressemblaient tant à ceux de sa mère et de Mike, étaient torsadés dans le même style élégant que celui de sa sœur.

« Papa, elle te demande, dit Isabel, en embrassant la joue de Brandon et en ajustant une fois de plus le nœud papillon. Tu es beau.

— Et vous, mesdemoiselles, vous êtes éblouissantes. Les demoiselles d'honneur ne sont pas censées éclipser la mariée. »

Ils rirent.

Daphne, exquise dans une robe de soie couleur vieux rose, sortit de la pièce de la mariée en s'essuyant les yeux.

« Salut. Brandon l'embrassa. Est-ce que ça va ? »

Daphne hocha la tête. « Elle est prête pour toi. »

Brandon jeta un coup d'œil à la porte fermée, puis à sa femme. « Suis-je prêt pour elle ? »

Elle rit. « J'en doute.

— T'es toujours une déesse, lui chuchota-t-il à l'oreille, enroulant autour de son doigt une mèche de ses cheveux désormais mi-longs. Je t'aime. »

Elle se mit sur la pointe des pieds pour l'embrasser. « Je t'aime aussi.

— Eh bien, je me jette à l'eau. » Il frappa à la porte et entra.

Comme elle lui tournait le dos, la première chose qu'il remarqua fut la traîne brodée d'un mètre cinquante et ses épaules nues sous le léger film de son voile.

Elle leva alors les yeux et leurs regards se rencontrèrent dans le grand miroir.

« Oh, mon Dieu, regarde-toi, ma puce, » chuchota-t-il, stupéfait par sa beauté. Tu es magnifique. »

Elle se tourna vers lui, une adulte de vingt-cinq ans, sa petite fille, sa Mike – ou Michaela comme tous l'appelaient ces jours-ci, mais elle était encore et toujours Mike pour lui. Il s'approcha d'elle, voulant la tenir, voulant arrêter le temps et revenir à l'époque où elle apprenait à faire du vélo, où elle s'égratignait les genoux, faisait voler un cerf-volant avec lui sur la plage, skiait sur le Mont Mansfield, apprenait à conduire... Mais elle était si parfaite qu'il n'osait pas la toucher.

« Tu as vu Josh ? Comment va-t-il ?

— Il va très bien et il t'attend. En fait, il t'attend depuis que vous vous êtes cogné la tête à cinq et huit ans.

— Est-ce que j'ai été terrible de le faire attendre jusqu'à ce que nous établissions nos carrières ?

— Tu as eu raison d'attendre jusqu'à ce que tu sois prête, même si ça a pris vingt ans. »

Elle rit. « Tu crois que les gens trouvent ça bizarre ? Je veux dire que nous, nous savons tous que Josh et moi ne sommes pas techniquement cousins, mais les autres...

— Vous ne vous êtes jamais considérés comme des cousins. Même quand vous étiez enfants, il y avait quelque chose de spécial entre vous. Tous ceux qui vous connaissent le savent.

— Je l'aime, Papa. Je l'aime de la même façon que tu aimes Maman. »

La gorge de Brandon se serra d'émotion. « Comment suis-je censé donner à un autre homme la chose qui m'est la plus précieuse au monde ? »

Ses yeux étaient baignés de larmes. « Ne me fais pas pleurer. Tu vas ruiner mon maquillage. »

Le diamant qu'il lui avait offert tant d'années auparavant brillait autour de son cou sur une nouvelle chaîne plus longue.

Elle le toucha. « Mon porte-bonheur.

— Tu ressembles tellement à ta mère quand je l'ai rencontrée. Il secoua la tête. C'est incroyable.

— Je me souviens de tout, tu sais, de nos premiers mois ensemble – t'avoir trouvé sous l'évier, Brandon l'ours, le terrain de jeu que tu m'as construit, tous les mariages. Tu te souviens quand tu as failli faire tomber mon gâteau d'anniversaire ? J'avais six ou sept ans ?

— Six, dit-il avec un sourire. C'était ton premier anniversaire après que je t'ai rencontrée.

— C'était le meilleur anniversaire de ma vie parce que tu étais là. Tu es le premier homme que j'aie jamais aimé. Tu le sais, non ?

— Maintenant, c'est toi qui vas me faire pleurer.

— Je n'ai aucune idée de ce qu'aurait été ma vie si je ne t'avais pas trouvé sous mon évier. »

Brandon riait alors même que des larmes coulaient sur son visage.

« La façon dont nous vivions à l'époque... Elle secoua la tête. Tu m'as sauvée d'une vie en fuite. Toi et tous les O'Malley... Vous m'avez sauvée. »

Il lui prit la main et la porta à ses lèvres. « Oh, non, mon cœur, c'était plutôt le contraire. C'est toi qui m'as sauvé.

— Quel jour sommes-nous aujourd'hui ? C'était une question qu'elle posait souvent.

— Le sept mille trois cent sixième. Il était depuis longtemps un leader des AA, et d'autres se tournaient régulièrement vers lui pour obtenir de l'aide, ce qui lui semblait encore parfois ironique. Vingt ans et six jours.

— C'est à peu près le temps qu'on a été ensemble.

— Ce n'est pas une coïncidence, tu sais. Toi et ta mère m'avez donné la volonté de rester sobre. Vous deux, tes sœurs et les garçons m'ont gardé sobre.

— Six enfants suffiraient à garder n'importe qui sobre, dit-elle en souriant.

— C'est bien vrai. Vous êtes tous la raison pour laquelle je balaye devant ma porte. »

La porte s'ouvrit derrière eux, et Isabel passa la tête à l'intérieur. « Quand vous êtes prêts. »

Brandon offrit son bras à sa fille. « On y va ? »

Le cortège comprenait tous les dix-neuf petits enfants de Colleen. Mike et Josh avaient tourné en rond pendant des semaines à essayer de réduire la taille du cortège jusqu'à ce que Josh dise, « Y'en a marre. On n'a qu'à les prendre tous. » Les sœurs de Josh, Nina, Amanda et Cecelia, et les quatre filles de Declan précédèrent Isabel et Emily dans l'allée centrale. Le frère de Josh, Ben, était son témoin. Les fils de Brandon, Jake, Sam et Dennis, les fils de Colin, Nate et Will, et les fils d'Aidan, Max et Nick, le rejoignaient à l'autel.

Lorsque les filles atteignirent le devant de l'église, l'organiste se lança dans la marche nuptiale.

Brandon jeta un coup d'œil à Mike. « Prête ? »

Elle serra sa main et lui fit oui de la tête.

Tous les yeux étaient rivés sur eux pendant qu'ils avançaient lentement dans l'allée, passant devant Colin et Meredith, Declan et Jessica, Aidan, Clare, Maggie, Jill, Kate et leurs familles. Mike, toujours une des plus grandes fans de Kate, lui avait demandé de chanter à la réception.

Nous avons été tellement bénis, pensa Brandon. *Mais nous avons aussi eu notre part de chagrin.* Daphne et lui avaient longtemps pleuré le bébé qu'ils avaient perdu, même après l'arrivée de tous les autres. Et Dennis leur manquait encore, lui qui avait succombé à une crise cardiaque quatre ans plus tôt, laissant un vide béant dans la vie de sa femme, de ses enfants et de ses petits-enfants.

L'entreprise que Dennis avait créée continuait de prospérer sous la responsabilité de ses enfants et maintenant de plusieurs de ses petits-enfants. Josh était le bras droit de Brandon dans le secteur de la restauration qui, l'année précédente, avait éclipsé les nouvelles constructions pour devenir la branche la plus rentable de l'entreprise. Mike avait récemment obtenu une maîtrise en architecture et, à son retour de lune de miel, allait rejoindre Declan dans la branche des constructions neuves, apportant ainsi une autre facette à O'Malley & Fils Construction. Après que le fils cadet de Brandon et Daphne, Dennis, avait commencé sa première année d'école primaire trois ans auparavant, Daphne était devenue le directeur financier de l'entreprise et les faisait tous marcher à la baguette.

Grand, blond et beau, Josh ne quittait pas des yeux sa femme qui se dirigeait vers lui au bras de son père.

Au deuxième rang, à gauche de l'allée, Harrison Monroe était assis à côté des parents de Colleen et Daphne. Mike n'avait jamais tenu Harrison pour responsable des actes de sa femme et s'était efforcée, au fil des années, d'entretenir une relation avec lui. Après avoir plaidé coupable pour cause d'aliénation mentale, Eleanor était morte dans un hôpital psychiatrique public neuf ans après l'enlèvement.

Au premier rang à droite, Erin et Tommy regardaient la mariée de leur fils avancer dans l'allée. Comme Daphne en face d'elle, Erin essuyait ses larmes lorsque Brandon et Mike arrivèrent devant l'autel de l'église.

Brandon leva le voile sur le visage de Mike et l'embrassa sur la joue. « Je t'aime, murmura-t-il.

— Je t'aime aussi. Avant tout et pour toujours. »

Il la regarda dans les yeux pendant un long moment avant de joindre sa main à celle de Josh. En les voyant monter les marches de l'autel, Brandon se souvint d'une photo prise il y a longtemps de deux enfants blonds, s'enlaçant. Ils n'avaient jamais lâché prise.

« Qui donne cette femme en mariage ? » demanda le prêtre.

Brandon s'éclaircit la gorge. « Sa mère et moi. » Il se retourna alors pour prendre sa place à côté de Daphne.

Elle passa ses doigts dans les siens et les tint fort pendant qu'ils regardaient leur fille épouser le garçon qu'elle avait aimé toute sa vie.

Brandon avait donné sa fille, mais il ne la lâcherait jamais.

Newsletter list
BookBub
Facebook
Instagram
Book+Main
Website

Autres livres de Marie Force

La série Rester à Flot
Livre 1: Rester à Flot
Livre 2: Marquer le pas
Livre 3: Tout recommencer

La Série Quantum
Livre 1: Virtuous
(Flynn & Natalie)
Livre 2: Valorous
(Flynn & Natalie)
Livre 3: Victorious
(Flynn & Natalie)
Livre 4: Rapturous
(Addie & Hayden)
Livre 5: Ravenous

(*Jasper & Ellie*)
Livre 6: Delirious
(*Kristian & Aileen*)
Livre 7: Outrageous
(*Emmett & Leah*)
Livre 8: Famous
(*Marlowe*)

L'île de Gansett
Livre 1: Quand on est fait pour l'amour
(*Maddie & Mac*)
Livre 2: Quand on est fou d'amour
(*Joe & Janey*)
Livre 3: Quand on est prêt pour l'amour
(*Luke & Sydney*)
Livre 4: Quand on rencontre l'amour
(*Grant & Stephanie*)
Livre 5: Quand on espère l'amour
(*Evan & Grace*)
Livre 6: Quand vient la saison de l'amour
(*Owen & Laura*)
Livre 7: Quand on aspire à l'amour
(*Blaine & Tiffany*)
Livre 8: Quand on attend l'amour
(*Adam & Abby*)
Livre 9: Quand Vient le Temps de l'Amour
(*Daisy & David*)
Livre 10: Quand on est Destiné à l'Amour
(*Jenny & Alex*)
Livre 10.5: Quand Surgit L'Amour
(*Jared & Lizzie*)
Livre 11: Gansett à la tombée de la nuit
(*Owen & Laura*)

Titres Uniques
Cinq Ans Sans Lui
Un An Plus Tard

Marie Force est l'auteur de plus de 70 romances contemporaines parmi les meilleures ventes du New York Times, y compris la série Fatal publiée par les Éditions Harlequin et la série de l'Ile de Gansett. Elle est également l'auteur des séries Butler, Vermont, et La Montagne Verte ainsi que de la série de romance érotique Quantum. En tout, ses livres se sont vendus à plus de 9 millions d'exemplaires dans le monde!

Ses buts dans la vie sont simples — finir d'élever deux jeunes adultes heureux, en bonne santé et productifs, continuer à écrire des livres aussi longtemps qu'elle le pourra et ne jamais prendre un vol qui fera la une des journaux.

Adhérez à la liste de diffusion de Marie pour recevoir des nouvelles sur ses nouveaux livres et sa venue prochaine dans votre région.

Suivez-la sur Facebook et sur Instagram. Joignez un des nombreux groupes de lecteurs de Marie. Contactez Marie à l'adresse mail *marie@marieforce.com.*

www.ingramcontent.com/pod-product-compliance
Lightning Source LLC
Chambersburg PA
CBHW071723190726
48292CB00003B/587